Cornelia Franke

Sommernerdstraum

Cornelia Franke

SOMMERNERDS-TRAUM

cbt

Bei diesem Buch wurden die durch das verwendete Material und die Produktion entstandenen CO_2-Emissionen ausgeglichen, indem der cbj Verlag ein Projekt zur Aufforstung in Brasilien unterstützt.
Weitere Informationen zu dem Projekt unter:
www.ClimatePartner.com/14044-1912-1001

FSC
www.fsc.org
MIX
Papier aus verantwortungsvollen Quellen
FSC® C014496

Wir produzieren
Klimaneutral
ClimatePartner.com/14044-1912-1001
Druckprodukt

Penguin Random House
Verlagsgruppe FSC® N001967

Für all diejenigen, die für ihr kreatives Schaffen belächelt werden.
Schreibt. Malt. Singt. Näht. Spielt. Erschafft!

1. Auflage 2021
Originalausgabe Mai 2021

Umschlaggestaltung: Kathrin Schüler
Umschlagmotive: Shutterstock.com (guteksk7, vlad09, Olga Danylenko)
MK · Herstellung: ik
Satz: Uhl + Massopust, Aalen
Druck: GGP Media GmbH, Pößneck
ISBN 978-3-570-31156-1
Printed in Germany

www.cbj-verlag.de
Dieses Buch ist auch als E-Book erhältlich.

1. KAPITEL

»Du bist ein Mädchen, verhalte dich wie eines.« Lady Ruby konnte diesen Satz noch nie leiden. Als Mädchen war ihr alles verboten, was Spaß machte. Doch als die Nachricht vom Tod des Königs verbreitet wurde, packte Lady Ruby ihre Taschen, legte ihr Schwert um und ritt mitten in der Nacht in ihr größtes Abenteuer. Sie würde allen beweisen, wozu sie fähig war.

Die Abenteuer von Lady Ruby und Prinz Xenio, Kapitel 1

»Gleich sind wir da«, versprach Ruby und prüfte erneut ihr Smartphone. Dank GPS-Navigation sollten sie ihr Ziel nicht verfehlen, allerdings kroch der Pfeil auf ihrer Karte vorwärts.

»Das hast du schon vor einer halben Stunde gesagt«, murrte Merlin, der die Nachhut ihrer Gruppe bildete.

Zu viert wanderten sie über einen Pfad, der sie tiefer und tiefer in den Wald führte. Zweige knackten unter ihren Schritten und altes Laub raschelte, während Ruby es genoss, die frische, erdige Luft einzuatmen. In den Baumkronen zwitscherten Vögel und die hochstehende

Julisonne warf goldene Lichtflecken auf den Waldboden. Für Ruby war es der Weg in eine Welt voller Wunder, wie der Einstieg in die fantastischen Welten, von denen sie so gerne las.

Fröhlich breitete Ruby die Arme aus und strahlte ihre Mitstreiter an. »Seid ihr auch so aufgeregt wie ich?«, lachte sie und ging ein Stück rückwärts. Heute Morgen waren sie in der Betonwüste ihrer Heimatstadt gestartet, nun wandelte Ruby bereits durch einen magischen Wald. Da schlug ihr Herz, das sich vor allem für Abenteuergeschichten begeisterte, gleich schneller.

»Also ich bin hauptsächlich froh, wenn ich meine Sachen abwerfen kann«, schnaufte Merlin, der seinen großen Koffer hinter sich herzog. Die Rollen blockierten andauernd auf dem unebenen Boden und Merlin versank unter den beiden Reisetaschen, die er über den Schultern trug. Er war nicht nur der jüngste der Gruppe, sondern auch viel zu klein für seine dreizehn Jahre. Der geborene Zwerg, wie Ruby und Isabel gern scherzten, etwas dicklich und ständig am Schimpfen.

Er selbst sah sich wie der unbesiegbare, herausragendste Zauberer aller Zeiten. Ruby stimmte bei herausragend zu, Merlin hatte sogar seine eigene Runenschrift entwickelt. Unbesiegbar war jedoch nur seine Streitlust. Obwohl sie selbst eher ruhig und ein wenig introvertiert war, mochte sie es, mit Merlin stundenlang über Strategien oder Neuigkeiten aus der Pen-&-Paper-Gruppe zu diskutieren. Bei P&P-Spielen schlüpfte man in eine

Rolle, und bis auf den Charakterbogen und das Spielfeld aus Papier lief dabei alles in der Fantasie des Spielers ab. Die Gruppe erzählte gemeinsam das Abenteuer und würfelte die einzelnen Aktionen aus. Und Ruby und Merlin liebten solche Rollenspiele!

»Du hättest nicht so viel einpacken müssen«, mischte sich Isabel ein, die ihr Gepäck in eine einzelne Sporttasche gequetscht hatte. Zusätzlich trug sie ihr Kostüm in einem Kleidersack über der Schulter.

Ruby selbst war in Jeans und Turnschuhen angereist – Hauptsache gemütlich –, während Isabel elegant wie eine Prinzessin durch den Wald schritt. In ihrem mit Blumen bedruckten Sommerkleid war sie bereit für eine Party, stattdessen erwartete sie eine Woche Zelten.

»Du weißt, dass ich auf alles vorbereitet sein möchte«, giftete Merlin zurück.

»Genau. Auf Regen, auf Schnee, auf zu wenig Proviant«, stichelte Isabel, »und vermutlich auch auf Drachen.«

»Vergiss nicht die Mücken, die mich jedes Jahr fast auffressen.«

»Die sind eindeutig schlimmer. Einen Drachen könntest du wenigstens mit deinem Stab erschlagen«, erwiderte Isabel. Vor ein paar Wochen hatte Ruby noch befürchtet, dass ihre Freundin die gemeinsame Zeit ausfallen lassen würde. Immerhin war sie gerade achtzehn geworden und verfolgte bestimmt andere Pläne. Doch dann hatte Isabel sich mit Feuereifer in die Vorbereitungen und das Training gestürzt.

Eine Woche zusammen mit ihren beiden Freunden zu verbringen, die sie im Alltag viel zu wenig sah, war für Ruby die schönste Zeit des Jahres.

»Vielleicht gibt es dieses Jahr ja Drachen?«, warf sie ein, um die Zankerei zu unterbinden. »Wer weiß, was sich hinter diesem Wald verbirgt. Spürt ihr nicht die Spannung, die in der Luft liegt? Ein Abenteuer wartet auf uns!«

Immer noch rückwärtsgehend fühlte Ruby sich auf einmal wie der Erzähler, der eine spannende Geschichte einleitete. »Jeden Moment könnte etwas aus dem Dickicht springen … vielleicht Banditen?« Sie zeigte auf den nächstbesten Busch. »Oder ein magisches Wesen, das Hilfe braucht und uns zum Dank einen Wunsch erfüllt. Was würdet ihr euch wünschen?«

»Einen Schwebezauber für meine Sachen«, murrte Merlin.

»Den neusten Band von unserem Lieblingsautor«, seufzte Isabel.

»Der kommt bestimmt demnächst«, warf Ruby ein, während sie das alte Laub vor sich herschob. Dennoch konnte sie Isabels Sehnsucht voll und ganz nachvollziehen.

»Demnächst reicht mir nicht. Ich will ihn jetzt.«

Darauf antworte Ruby mit einem Lächeln. »Ich würde mir wünschen, dass der LARP häufiger im Jahr stattfindet.«

Ein LARP – kurz für Live Action Role Playing – war

ein Rollenspiel, das nicht wie bei Pen-&-Paper nur in der Fantasie, sondern im realen Leben abgehalten wurde. Die Figur, die es sonst nur auf einem Bogen Papier gab, wurde vom Spieler selbst verkörpert.

Zu spät kam ihr der Gedanke, was Ben – das letzte Mitglied ihrer Gruppe – von ihrer Leidenschaft für LARPs hielt, und sogleich stolperte Ruby über ihre Füße. Ihr Reiserucksack prallte schmerzhaft gegen ihren Rücken, aber sie schämte sich mehr für ihre Ungeschicklichkeit. Eine tolle Anführerin war sie …

»Alles okay?« Ben zog sie an der Hand hoch. Er war schon so nett und trug den Koffer mit ihrer Ausrüstung, zusätzlich zu seinem Gepäck, jetzt musste er ihr auch noch aufhelfen. Dabei wollte sie Ben von Anfang an beeindrucken.

»Jedenfalls bist du voll und ganz in deinem Element«, scherzte Isabel und setzte sich an die Spitze. Ben blickte ihr kurz nach, bevor er Rubys Cap zurechtrückte, die bei ihrem Sturz verrutscht war.

»Natürlich ist sie das.« Merlin rumpelte an ihnen vorbei. »Das ist unser dritter gemeinsamer LARP und trotzdem ist sie so hibbelig wie beim ersten Mal.«

»Ich bin einfach neugierig, was sich die Organisatoren haben einfallen lassen«, schwärmte Ruby, während Isabel mit den Schultern zuckte.

»Bin ich eigentlich der Einzige, der sich die Internetseite des Veranstalters durchgelesen hat?«, fragte Ben.

»Ja«, antworteten Isabel und Ruby in Chor. Nach der

Anmeldung waren sie allen Spoilern ausgewichen. Dafür hatten sie wochenlang spekuliert und über die Möglichkeiten geschwärmt. Zwar war das Hauptthema, die Suche nach den Insignien des Königs, jedes Jahr das gleiche, aber die Veranstalter gaben sich viel Mühe, diese abwechslungsreich und spannend zu gestalten.

»Ich hab sie gelesen.« Merlin reckte die Hand in die Höhe, wie zur Bestätigung. »Gut organisiert ist halb gewonnen.«

Abseits des LARP stach Merlin nie aus der Menge heraus, seine Kleidung wirkte meist zusammengewürfelt, so, als hätte er die erstbesten Sachen von der Wäscheleine gegriffen. Bis auf seine megateuren Sneaker deutete nichts darauf hin, dass seine Eltern erstaunlich reich waren.

Vor Vorfreude konnte Ruby kaum stillstehen. »Sag du mir wenigstens, dass du total aufgeregt bist. Immerhin ist es dein erster LARP.«

Breit grinsend erwiderte Ruby Bens Blick. Doch seine grünen Augen teilten ihre Freude nicht ansatzweise. Seit sie den Waldweg betreten hatten, war Ben seltsam still geblieben.

»Im Moment frage ich mich, wohin die Reise überhaupt geht«, gestand er langsam. »Und wenn ich einen Wunsch frei hätte, dann wäre ein Tutorial nicht schlecht.«

»Das bringen wir dir schon bei«, munterte Ruby ihn sofort auf.

Kurz vor Beginn des LARP war ihnen das vierte Mitglied abgesprungen, daher hatte Ruby Ben als Ersatz eingeladen. Sie hoffte, dass er nicht nur gerne an Konsolen Rollenspiele zockte, sondern auch ihrem liebsten Hobby etwas abgewinnen konnte.

Ben und Ruby gingen zwar schon seit einer gefühlten Ewigkeit in die gleiche Klasse, doch sie hatte ihn erst im letzten Jahr richtig kennengelernt. Der kommende LARP musste deswegen ein voller Erfolg werden, damit ihre Freundschaft nicht auf eine harte Probe gestellt wurde.

Ohne zu zögern griff Ruby nach Bens Hand und wies damit ins Gebüsch. »Du musst dich nur umschauen, dann hast du die Antwort. Sieht es nicht aus wie in einem Zauberwald?« Die Julisonne drang durch das Blätterdach der Birken und tauchte die Umgebung in einen goldenen Schein. Abseits des Pfades wuchs das satte Gras knöchelhoch und in der Ferne jagten zwei Eichhörnchen über die tiefer gelegenen Äste.

»Wir sind fernab jeglicher Zivilisation«, spottete Merlin.

»Genau.« Jetzt klang Ruby erst recht überdreht. »Fernab von allem, was stört oder ablenkt, können wir unser Abenteuer erleben!«

»Aber dafür gute vier Stunden mit dem Auto brauchen?«, gähnte Ben. Merlins Vater hatte sie in aller Frühe abgeholt und quer durch das Land kutschiert. Viel Neues hatten sie jedoch nicht gesehen. Abgesehen von Wolkenbrüchen und dichtem Nebel.

»Was ist denn mit euch los? Laut Wetterbericht soll es die nächsten Tage nicht mehr regnen!«, versicherte sie. »Das wird lustig, Leute.« Mit Absicht stampfte Ruby auf und erwischte dabei eine Pfütze. Bis zu den Waden mit Schlamm bespritzt, zog Ben skeptisch die Augenbrauen hoch.

»So… sorry«, stammelte Ruby und riss sich mit einem Satz los. Hatte sie etwa die ganze Zeit seine Hand gehalten? Verlegenheit färbte Rubys Wangen rot, als sie sich rasch umdrehte und weitereilte.

»Mit euch habe ich noch ein Hühnchen zu rupfen«, rief sie aus, als sie Merlin und Isabel einholte. »Traut ihr meiner Kunst der Führung etwa nicht?« Sie stemmte die Hände in die Hüften wie ein General. Hauptsache, sie lenkte sich ab, bevor ihre Gedanken zurück zu Ben schweiften und dazu, wie warm sich seine Finger angefühlt hatten.

»Verzeihung, Lady Ruby.« Merlin senkte demütig den Kopf. »Ich könnte Euch jederzeit mit einem Zauber die Richtung weisen.«

»Ihr beide habt die Anreise geplant, also folge ich meiner Lady wie ein Schatten«, antwortete Isabel. Seit jeher teilte sich ihr Teamwork klar auf: Isabel kümmerte sich um die Kostüme, Merlin um die Anreise und alles, was für den LARP angeschafft werden sollte, während Ruby als Anführerin die Organisation übernahm. Sie füllte die Anmeldungen aus, erstellte Trainingspläne und kümmerte sich um das Finanzielle.

Und Ben … der würde sich bestimmt in die Gruppe einfügen.

»Wie steht's mit dir, Noob?«, wandte Merlin sich an Ben.

»Nenn mich nicht Noob, Zwerg.«

»Doch. Du bist ein totaler Anfänger.«

»Sei ein bisschen nachsichtiger, immerhin hilft er uns«, mischte Ruby sich ein. Zwar schlüpfte sie in ihre Figur wie in eine zweite Haut, aber wenn Ben sie als seine Lady ansprechen würde, wäre ihr das unendlich peinlich.

Schnell marschierte Ruby weiter, damit Ben nicht ihre Unruhe bemerkte. Seit ihrem Aufbruch dachte sie eindeutig zu häufig darüber nach, was er von ihr halten würde.

Allmählich lichtete sich der Wald, sodass sie wenig später die dahinter liegende Wiese erreichten. Zum Glück hatten weder Isabel noch Merlin ein Wort darüber verloren, dass Ruby absichtlich den längeren Weg gewählt hatte. Denn so konnten sie das Spielterrain auskundschaften und Ben sich in Ruhe umsehen. Außerdem wollte Ruby dafür sorgen, dass er sich mit Isabel und Merlin anfreundete.

»Sekunde mal.« Merlin blieb abrupt stehen und warf sein Gepäck ab. »Wieso folgst du nur Lady Ruby? Was ist mit mir?«

»Wenn ich einen kleinen Schutzschild brauche, dann auch dir«, scherzte Isabel. »Wobei ich dir bloß halb folge.

Immerhin kann ich über deinen Kopf hinweg alles überblicken.« Sie drehte sich kurz um und sah zum Horizont, als würde kein Hindernis ihre Aussicht trüben.

»Toll!«, schnaufte Merlin und spießte Isabel mit einem bösen Blick auf. »Jetzt fangen die Größen-Witze schon vor der Veranstaltung an.«

Das erneute Wortgefecht ihrer besten Freunde dämpfte Rubys Übermut ein wenig, dennoch war sie froh, die beiden an ihrer Seite zu wissen. Nur durch Zufall waren sich die drei im Alltag über den Weg gelaufen, hier teilten sie jedoch eine Leidenschaft, die sie mit jedem Jahr enger zusammenschweißte.

»Ach.« Isabel winkte ab. »Eine Kleinigkeit kann ich immer dazwischenschieben.«

»Kleinigkeit! Du könntest dich mir sehr wohl unterordnen. Ich bin der große Zauberer von …«

»Ja ja, schon klar. Obwohl niemand außer dir den Namen aussprechen kann.« Isabel wuschelte Merlin durchs Haar, um ihn zu necken. »Außerdem ist es keine Frage, ob ich mich unterordnen *kann*, sondern ob ich das *möchte*.«

»Wer ist denn die Sprachbegabte, wenn du nicht mal meinen Namen hinkriegst?« Merlin streckte ihr die Zunge heraus, ehe er wieder seine Taschen wuchtete.

Plötzlich legte Ben Ruby eine Hand auf die Schulter. »Sind die beiden immer so?«

»Die wärmen sich erst auf.« Mit einem warmen Lächeln sah sie zu ihm hoch.

Ben überragte sie locker um einen Kopf. Anders als in der Schule sah Ruby ihn zum ersten Mal mit total zerzausten Haaren, zerknittertem T-Shirt und völlig übermüdet. Immerhin hatten sie und Isabel die ganze Autofahrt über ihr aktuelles Fantasy-Buch gefachsimpelt und den anderen den Schlaf geraubt.

Ruby konnte immer noch nicht glauben, dass Ben auf ihre Einladung direkt eingegangen war. Sie war davon ausgegangen, dass seine Pläne für die Sommerferien dem Spruch auf seinem heutigen T-Shirt glichen: Essen, schlafen, zocken, wiederholen.

»Die beiden sind echt nett«, fuhr Ruby fort. »Sogar Merlin, solange du keine Witze über seine Größe reißt.«

»Über seinen Namen schon?«, fragte er skeptisch.

»Daran ist er gewöhnt.«

»Ist vermutlich nicht gerade einfach«, merkte Ben an, bevor sie ebenfalls die letzte Strecke zurücklegten. Der Wind frischte auf, ließ die Wildblumen tanzen und wirbelte Staub sowie Pollen auf. Die Wiese stieg leicht zu einem Hügel an, von dessen Kamm aus Ruby das tiefer gelegene Spielgelände gut überblicken konnte. So stellte sie sich die Landschaft aus einem Fantasy-Roman vor. Zu beiden Seiten von einem Wald flankiert breitete sich eine grasgrüne Ebene unter ihr aus, an deren Rand eine mittelalterliche Burg erbaut worden war. Für einen Hofstaat bot sie nicht genug Platz, jedoch war sie groß genug, um im Innenhof Feste zu veranstalten. Fast malerisch schlängelte sich auf der Burgrückseite ein Fluss entlang.

Die anderen Spieler des LARP bauten vor dem Burgtor bereits das Lager auf. Rubys Blick schweifte über die Fahnen und Banner der einzelnen Teams, die überall an den Zelten gehisst wurden.

»Was hast du nach dem Frosch-Desaster dieses Jahr mitgebracht? Eine Katze?«, hörte sie Isabel spotten, die sich weiterhin mit Merlin stritt.

»Frösche sind als magische Begleiter genauso gut wie jedes andere Tier.« An die Geschichte, wie Merlin versucht hatte, seine Angst zu überwinden und der Frosch dann *zufällig* davongehüpft war, würde Ruby sich ewig erinnern. »Aber nein, du und Ruby seid mir Begleitung genug.«

»Moment mal … Ich stehe also auf der gleichen Stufe wie ein kleines, glitschiges, grünes Ding?«, hakte Isabel nach, die Stimme auf einmal eisig.

»Was? Ne… nein!«, widersprach Merlin verlegen. »Warum bist immer so bockig, Isabel? Und wenn überhaupt würde ich den Noob als meinen Schützling auswählen.«

»Jetzt bin ich also der Frosch«, seufzte Ben, blies dennoch die Wangen auf, als würde er quaken. Lachend kletterte Ruby die leichte Steigung hinab.

»Für einen Frosch bist du zu süß«, flirtete Isabel auf einmal mit Ben. »Da will man gleich testen, ob sich ein Prinz dahinter versteckt.« Auch Isabel steckte bereits halb in ihrer Spielfigur.

Doch Ben verharrte mitten in der Bewegung und ging dann weiter, ohne etwas zu erwidern. Brachte Isabel ihn etwa so sehr durcheinander?

Plötzlich geknickt ließ Ruby die Schultern hängen und zog die Cap tiefer ins Gesicht. Isabel besaß einfach diese Wirkung. Ein strahlendes Lächeln genügte und selbst Ben vergaß zu funktionieren. Ob Isabel und Ben …? Nein. Irgendwie wäre das komisch, bisher hatte Ben sich nie für Mädchen interessiert.

Bisher hatte er nie so auf Ruby reagiert.

Die beiden gehörten zu einer Gruppe von Gamern in ihrer Schule, die sich regelmäßig zum Spielen traf. Bis auf Laura, die Freundin von Kris, war Ruby das einzige Mädchen. Und die zählte nicht, da sie nur auftauchte, um an Kris festzukleben. Ruby hatte sich längst an die Sticheleien gewöhnt, dass Mädchen nicht richtig zocken konnten, obwohl keiner der Jungs den Fehler wiederholte, sie bei Autorennen zu unterschätzten. Lediglich Ben hatte sich nie mitreißen lassen, Ruby zu ärgern.

»Jetzt sind wir definitiv mitten im Nichts«, stellte Ben fest, als er zu den anderen aufschloss.

»Um genau zu sein, sind das die Sommerlande«, erzählte Merlin, doch Ruby unterbrach ihn sofort.

»Das erfahren wir früh genug.« Sie zückte ihr Smartphone aus ihrer Jeanstasche, aber das Netz blieb eingeschränkt. Kurzerhand schrieb sie eine Nachricht nach Hause, dass sie angekommen waren, und schaltete das Handy aus, ohne eine Antwort abzuwarten.

»Folgen wir also den Rauchzeichen.« Isabel wies auf die Burg, aus deren Mitte eine Rauchsäule emporstieg.

»Es gibt auch Indianer?«, scherzte Ben auf den letzten Metern bis zum Zeltplatz.

»Sehr lustig.« Merlin konnte es nicht lassen, Ben zu belehren: »Wie willst du als Indianer gegen einen Drachen kämpfen?«

»Die haben genauso Pfeile und Bogen wie andere Kämpfer.«

»Klugscheißer. Deren Rüstungswerte sind eine Katastrophe.«

»Gegen einen Drachen hilft die beste Ritterrüstung nichts«, warf Ben ein.

»Ist nur ein Unterschied, ob du mit oder ohne Dose gegrillt wirst«, beendete Ruby seinen Satz kichernd.

Kurz trafen sich ihre Blicke, worauf Ben breit grinste. Solche Diskussionen führten sie beim Zocken ständig, daher sollte Ben sich gut mit ihren Freunden verstehen.

Merlin antwortete mit einem gemurmelten Fluch, bevor er sie daran erinnerte, dass sie endlich einen Platz für die Zelte suchen sollten.

»Das erledige ich«, meinte Isabel verschwörerisch und zog Merlin mit sich, ehe dieser protestieren konnte.

Ben deutete auf die Freifläche vor ihnen. »Warum nicht einfach hier?«

Ruby erklärte ihm schnell, dass sie die kommende Woche zwar in freier Wildbahn übernachteten, der LARP jedoch halbwegs geordnet zuging. Damit die Kulissen funktionierten, wurden die Zelte in der Nähe der Burg aufgebaut. Nicht, dass jemand eine Aufgabe im *Dunkelwald der ruhelosen Toten* erfüllen musste und plötzlich über ein Lagerfeuer stolperte. Das würde die Illusion zerstören, die alle aufrechterhalten wollten.

Im Zeltlager angekommen geriet Ben endlich ins Staunen.

Dieses Jahr waren gut zweihundert Teilnehmer für den LARP angereist, die bereits ihre Zelte für das Spektakel dekorierten. Felle und gegerbtes Leder zierten die Unterkünfte, mehrere Gruppen hatten Rundzelte angefertigt, wie Ruby sie aus Rittergeschichten kannte. Dazwischen breiteten die letzten Teilnehmer in Alltagskleidung ihr Equipment aus. Handverzierte und oft aufwendig gestaltete Schwerter, Speere, Bögen, Schilde und Rüstungen wurden bestaunt und ebenso weiterverkauft.

Ruby winkte hier und da einem bekannten Gesicht zu, während sie die Zelte hinter sich ließ, und schwärmte erneut: »Bei einem LARP treffen nicht nur Verrückte aufeinander und spielen Ritter im Wald. Es ist wie ein riesiges Theaterstück. Jeder kann das sein, was er ausprobieren möchte, solange es zum Thema passt.«

Der Vorstellungskraft waren kaum Grenzen gesetzt und Ruby hatte sich sogleich in die Möglichkeiten verliebt: Ein zweites Ich zu erschaffen, das seine eigenen Abenteuer bestritt, war wie ihre Lieblingsbücher auszuleben. Nur viel, viel realer dank Sonnenbrand, Lagerfeuergeschichten und der bunten Truppe, die sich hier versammelte.

»Mist, dabei wollte ich so gerne ein Roboterkrieger sein«, warf Ben ein.

Ruby lachte laut auf, bevor die Worte nur so aus ihr herausflossen. »Das Schöne ist, niemand verurteilt einen für seine Träume, es ist mehr wie eine große Familie, die sich zu einem ganz besonderen Sommerfest trifft. Nur, dass wir in eine völlig andere Welt eintauchen.«

Erneut ließ Ben den Blick über die Ausrüstung der LARPler schweifen. »Bei all den Waffen, die hier rumliegen, gibt es also auch Kämpfe?«

»Im Endeffekt funktioniert es wie bei den Videospielen, die wir zocken.« Ben und Ruby waren eingefleischte Fans von Final Fantasy und der Tales-Reihe. »Spieler können sich herausfordern und gegeneinander antreten. Nur, dass du hier deine Schläge kurz vorher abbremst, niemand soll sich unnötig verletzen. Dafür musst du allerdings so tun, als hätte man dich getroffen.«

»Also jammernd am Boden liegen und sich den Arm halten?«

»Genau.« Ruby zeigte den Daumen hoch. Sie war sich sicher, dass Ben die Regeln schnell verinnerlichen würde. Wie man kämpfte, würde sie ihm noch zeigen. »Das wird lustig, glaub mir.«

Zwar nickte Ben, ein wenig Skepsis blieb jedoch. »Ich halte mich einfach an dich und lasse mich überraschen.«

»Lady Ruby achtet jederzeit auf ihre Mitstreiter.« Sie ballte die Hand zur Faust. »Du kannst unbesorgt sein.«

»Dann werde ich Eurer Führung vertrauen«, meinte Ben gespielt ernst und sah sich weiter um, als versuche er, so viele Details wie möglich zu erfassen.

Ruby bog scharf zwischen den Zelten ab, um den Kampfplatz in der Mitte zu kreuzen.

»He, Ruby!«, rief eine Männerstimme, und ein Hüne in einem Kettenhemd schritt auf sie zu, die Arme zur Begrüßung ausgebreitet.

»Hallo, Johann«, winkte Ruby.

»Wer ist das?«, fragte Ben leise, ohne dass Johann ihn hören konnte.

»Er hat uns in den letzten Jahren oft geholfen. Ein Freund von Merlins Onkel.«

Da hatte Johann sie bereits erreicht und zog Ruby in eine Umarmung. Ben war ihm völlig fremd, dennoch erhielt er einen kräftigen Schulterklopfer. »Wer ist dein neuer Freund, Lady Ruby?«

»Das ist Ben, wir gehen in die gleiche Klasse.«

Ben grüßte mit einem Nicken. »Nur Klassenkameraden? Ich dachte, wir sind das Powerhouse-Duo aus Albion Online?«, scherzte er und spielte dabei auf ihre Figuren in dem Game an, das sie zurzeit spielten.

Johann bemerkte sofort, dass Ben Rubys Koffer zog, und grinste schief. »Seid ihr zusammen?«

»Johann!«, rief sie laut aus. »So … so ist das nicht! Wir sind nur Freunde.«

Dennoch traute Ruby sich nicht, einen Seitenblick auf Ben zu werfen. Warum stritt er diese Annahme nicht genauso heftig ab wie sie?

Manchmal verglich sie ihre Freundschaft mit Ben mit einem Videospiel, dessen Cover sie schon seit einer Ewigkeit im Laden umkreist hatte, unsicher, ob es wirklich zu ihr passte. Doch gleich nach der Installation packte sie es so sehr, dass sie nicht mehr aufhören konnte.

Wenn Ben ihr die Möglichkeit bot, würde sie noch viel mehr über ihn erfahren wollen. Aber deswegen musste man sie nicht gleich für ein Paar halten, oder?

»Wie geht's dir und Thea?«, wechselte Ruby abrupt das Thema.

»Gut!«, freute sich Johann. »Ich werde bald Stammesoberhaupt und gründe meinen eigenen Clan, wobei ich viel aufgeregter bin als mein Weib«, schmunzelte er. Ruby übersetzte für Ben, dass Johann heiraten und dazu Vater werden würde.

»Glückwunsch! Wisst ihr schon, was es wird?« Sie klatschte vor Freude in die Hände.

»Du wirst dich überraschen lassen, Ruby, ob es ein Cousin oder eine Cousine wird.«

»Schickst du mir eine Nachricht, wenn es so weit ist?«, bat sie.

Wie die meisten anderen LARPler stand Ruby mit vielen über das eigens eingerichtete Forum in Kontakt. Dort hatte sie auch die Fotos von Johanns und Theas Verlobung gesehen.

»Natürlich! Jetzt muss ich allerdings den Rest meiner Bande suchen, bevor sie ohne mich zum Burgfest aufbrechen. Ihr seid dieses Jahr spät dran, geht euch lieber gleich anmelden. Grüß Kaliandra und den großen Zauberer von …« Er stutzte kurz. »Ach du weißt, wen ich meine.« Damit stapfte er fort und verschwand bei der nächsten Gabelung hinter den Zelten.

»Cousine? Bist du mit ihm irgendwie verwandt? Und Kaliandra?«, fragte Ben verwirrt.

»Nein, nein.« Ruby schüttelte den Kopf. »Ich nicht, doch Lady Ruby ist mit seiner Figur, Johann Bärenbeißer, über drei Ecken verwandt.« Für sie klang das absolut verständlich, dennoch fürchtete sie, Ben zu verschrecken. »Kaliandra ist natürlich Isabel.«

»Also bist du mit Johann in einer Gilde?«

Ruby schüttelte den Kopf. »Die Weißen Raben sind meine Gilde«, verkündete sie stolz. »Wir haben eine Zeit lang mit Johann als Team gespielt, um als Neulinge nicht gleich angegriffen zu werden.«

»Macht Sinn«, kommentierte Ben. Er gehörte zu den wenigen, die sie immer verstanden, selbst wenn sie in Gamersprache verfiel.

Je weiter sie ins Zentrum vordrangen, desto öfter hielt Ruby an, um sich mit den anderen Spielern auszutauschen. Manche LARPler sahen sich nur einmal im Jahr, daher schwirrten überall Neuigkeiten herum. Vermutlich war Ben davon ausgegangen, dass sich bloß Teenager und Geeks versammelten, stattdessen waren da Studenten, Anwälte, Krankenschwestern und sogar ein Rentnerpaar. Umso mehr genoss Ruby diese Führung durch die bunte Meute.

»Du kennst wirklich jeden«, merkte Ben an und rieb sich die von jedem geschüttelte, gedrückte oder gar gequetschte Hand.

»Wie gesagt, meine Zweitfamilie. Meine echte würde nicht mal mitmachen, wenn ihr Leben davon abhinge.« Ruby rollte kurz mit den Augen, bevor sie sich besann, wie wenig Ben von ihren langweiligen Eltern wusste. »Auch hier gibt es mal Streit oder einen seltsamen Onkel, dem man lieber aus dem Weg geht. Trotzdem würde ich die kommenden Tage für nichts verpassen wollen.«

Außen, um das Zeltlager herum, wäre der schnellere Weg gewesen, denn nachdem sie alle Reihen abgesucht hatten, fanden sie den Rest ihrer Gruppe am Waldrand.

»Da seid ihr ja«, meinte Ruby, als sie ihre Freunde entdeckte.

Ben lud sogleich ihre Taschen neben Merlins gewaltigem Koffer ab.

»Das könnte ich so zurückgeben. Was hat euch aufgehalten?«, erwiderte Merlin, der gerade die Einzelteile seines Zelts am Boden ausbreitete.

»Willkommensrituale«, fasste Ruby zusammen, als sie ihr Gepäck abstellte.

Merlins dunkle, fast schwarze Haare waren seit ihrem letzten Treffen ein weiteres Stück gewachsen. Damit sie ihm beim Aufbau nicht ins Gesicht fielen, hatte er sie zu einem Mini-Zopf nach hinten gebunden. Ruby würde ihn wohl beiseitenehmen und erklären müssen, dass dies sogar bei Fußballstars eigenartig aussah.

»War sonst nichts mehr frei?«, fragte sie an Merlin gewandt.

»Nur direkt an der Burg, doch ich habe darauf bestanden, dass wir Schlaf brauchen. Die werden wieder bis zum Morgengrauen feiern. Ein kleiner Kreis rund um Peter wäre die andere Alternative gewesen.« Merlin hockte im Gras und hantierte mit den Querstangen herum, die nicht in die Bahnen und Schlaufen passen wollten.

»Der etwas seltsame Onkel«, erklärte Ruby, als Ben nur fragend dreinblickte.

Merlin schnaubte. »Seltsam ist noch gnädig.«

»Das möchte ich jetzt genauer wissen«, hakte Ben nach und ließ sich ins Gras fallen.

Merlin hielt kurz inne, da seine Versuche eh nichts brachten. »Peter geht in seiner Figur völlig auf. Dabei hat der LARP feste Zeiten, in denen das Spiel stattfindet, also wir uns mit den Rollennamen ansprechen und nichts Modernes erwähnen. Genauso gibt es Situationen, in denen wir das nicht beachten müssen. Peter sieht das allerdings anders. Wenn er nachts verdächtige Geräusche hört, stürmt er laut brüllend aus seinem Zelt, weil er glaubt, er wird von Wegelagerern überfallen. Letztes Jahr ist er nackt durch das Zeltlager gerannt und schrie: ›Zu den Waffen!‹«

»Diese Erinnerung hat sich tief in mein Gedächtnis gebrannt«, merkte nun auch Isabel an, die aus ihrem komplett fertig aufgebauten Zelt herausstieg. Dieses Jahr hatten sich die Mädchen für ein Tarnnetz aus Blättern und Gras entschieden, damit ihr Lager für die nächste Woche einer Hobbithöhle ähnelte.

»Wer könnte Peter vergessen?«, lachte Ruby. Sie würde sich später bei Isabel für den Aufbau ihres gemeinsamen Schlafplatzes bedanken.

Anstatt eine Lösung für seinen Stangenhaufen zu finden, sah Merlin auf. »Wie hast du das wieder hinbekommen? Ich wollte das beste Kostüm haben!«

»Was denn?« Isabel zupfte ihre blonde Pixiefrisur zurecht, sodass ihre Haare wie windgepeitscht abstanden. »Eifersüchtig?«

Für ihre Figur Kaliandra entwarf Isabel regelmäßig neue Kostüme. Diesen Sommer hatte sie einen knielangen Rock aus mehreren Lagen grüner und schwarzer Spitze angefertigt, der so gefasst war, dass der Mittelschlitz überraschend hoch endete. Unter der bauchfreien Minikorsage aus weichem Leder trug sie ein dunkles schulterfreies Rüschenoberteil. Passende braune Schnürstiefel und Handschuhe, die aus Lederstücken gewickelt waren, rundeten ihr Outfit ab.

Wie immer würden alle männlichen Spieler Isabel hinterhersehen, dennoch sollte niemand sie unterschätzen. Denn an ihrem Rücken versteckte sie einen Waffengürtel für mindestens vier Wurfmesser.

»Sorry, Zwerg, dagegen kommst du nicht an«, staunte Ben und betrachtete Isabel ausgiebig.

Solche Blicke wünschte Ruby sich ebenfalls. Nicht von allen anwesenden Kerlen hier, aber wenigstens von einigen. Oder zumindest von einem bestimmten.

»Ach, halt die Klappe, Noob.«

Noch schienen die Wortgefechte friedlich abzulaufen, umso mehr hoffte Ruby, dass Isabel und Merlin sich mit Ben anfreunden würden.

Mit einer eleganten Bewegung ging ihre Freundin vor Merlin in die Hocke und deutete auf sein Debakel. »Langsam solltest du Übung haben, großer Zauberer.«

»Du hast deine Einzelteile nummeriert, niemand ist so schnell.«

Isabel hatte keine halbe Stunde gebraucht, um das Zelt aufzubauen, alles zu verstauen und sich komplett umzuziehen. Das war eindeutig ein neuer Rekord.

»Und?«, spottete Isabel. »Warum kam der große Taktiker nicht auf diese Idee?«

Merlin schob eine andere Zeltstange in die Bahn, doch die war viel zu kurz und verschwand im Stoff.

»Punkt geht an Isabel«, verkündete Ben, der sich unbeschäftigt am Rand aufhielt. Die Hände in die Taschen vergraben, wirkte er ein wenig verloren.

»Seit wann werden jetzt schon Punkte gezählt?«, beschwerte sich Merlin. Mit einem Klappern feuerte er das Gestänge zu Boden.

Ruby machte sich daran, Koffer und Rucksack in ihr

Zelt zu stopfen. Das Futteral mit ihrem LARP-Schwert legte sie dagegen so zärtlich ab, als bestände es aus Glas.

Zum Schluss feuerte sie ihre Cap auf den Haufen und wuschelte sich durch die langen braunen Locken. Warum ärgerte sie es nur so sehr, dass Ben Isabels Kostüm bewundert hatte? Er war gewiss nicht der Einzige, der dies an diesem Wochenende machen würde.

»Ich kann dir helfen«, bot Ben derweil Merlin an.

»Mach das mal.« Isabel erwartete Ruby mit einem breiten Grinsen und zog sie sofort mit sich, als sie aus dem Zelt kletterte. »Wir zwei Hübschen gehen unser Team anmelden. Krempel die Ärmel hoch und bau dein Zelt mit einer Beschwörung zusammen, Zauberer, sonst schläfst du im Freien.«

Merlins zorniges Fluchen verfolgte sie noch eine Weile lang.

»Ich bin nicht hübsch«, protestierte Ruby, als sie außer Hörweite waren.

»Blödsinn.« Isabel knuffte sie in die Seite. »Ben werden die Augen ausfallen, wenn er erst dein anderes Ich sieht.«

»Sicher nicht!«

Statt einer Erwiderung lachte Isabel nur. »Wenn du meinst. Ob Merlin unter den Sternen schlafen muss, oder kriegt dein Ben das hin?«

»Er ist nicht *mein* Ben«, wehrte Ruby ab. »Außerdem

ist es fies, was du abziehst. Deine Eltern haben dich von klein auf zum Zelten mitgenommen, du würdest das sogar mitten in der Nacht, ohne Taschenlampe und mit zusammengebundenen Händen schaffen.«

»Das werde ich Merlin nicht unter die Nase reiben. Er kann auch mal die niederen Tätigkeiten verrichten.«

»Auch wieder wahr.«

Ruby entgingen die Blicke nicht, die Isabel auf sich zog, während sie durch das Zeltlager auf die Burg zumarschierten. Noch pfiff keiner der Männer ihr hinterher, lange konnte es allerdings nicht mehr dauern. Ruby hätte nie gedacht, dass auch Ben in diese Kategorie fiel, aber Isabels Verwandlung war regelrecht magisch.

»Meinst du nicht, dein Outfit ist zu gewagt?« Ruby wollte nicht wie eine besorgte Erwachsene klingen, nur überwogen bei ihr die schlechten Erfahrungen mit Jungs.

»Das ist ein Test, falls ich ein paar Abänderungen nähen muss.« Isabel blickte prüfend an sich herunter und strich erneut die Spitze glatt. »Kann ich damit laufen, kämpfen, tanzen …?«

Rubys Frage hatte sie damit nicht beantwortet. Doch Isabels Selbstsicherheit gründete darauf, dass sie sich ihrer Wirkung bewusst war.

»Du willst nur herausfinden, wie viel Aufmerksamkeit du bekommst«, meinte Ruby und stieß sie in die Seite.

»Vielleicht auch das.«

»Soll ich aufpassen, dass dir keiner dumm kommt?«,

hakte Ruby nach. Immerhin gab ihre Freundin immer auf sie acht.

Isabel winkte sogleich ab. »Ach, ich flirte nur ein bisschen. Alles ganz harmlos.«

Durch einen Torbogen im Burgwehr gelangten sie in den Innenhof. Die Flagge der Organisatoren flatterte am höchsten Turm, und an den Mauern waren überall die Banner der einzelnen LARP-Gruppen befestigt. Das Banner der Weißen Raben steckte zusammengerollt an Isabels Gürtel, bereit zur Ablieferung. Merlin hatte ihr Logo entworfen und die beiden Mädchen hatten es zusammengenäht. Sie mochten die Symbolik dahinter, weiße Raben repräsentierten diejenigen, die ein bisschen anders waren.

Mit dem nächsten Schritt betrat Ruby das Schloss eines fantastischen Königreichs. Wimpelgirlanden spannten sich zwischen Fachwerkhauswänden, die langen Tische für die kommende Eröffnungsvorstellung waren bereits aufgebaut und die Bühne am anderen Ende wurde mit Schilden, ausgestopften Drachenköpfen und Sommerblumen verziert.

Zwar handelte es sich nur um Dekoration, doch Ruby geriet ins Staunen. An keinem anderen Ort fiel es ihr so leicht, sich an den Schauplatz ihres Lieblingsbuchs zu träumen wie hier. Obwohl es letzten Endes nur ein Spiel war, fühlte es sich fast real an. Als wäre sie für die nächsten Tage wirklich Bewohnerin der Sommerlande.

Ruby und Isabel hielten sich rechts und stiegen über

eine knarrende Holztreppe hinauf in den Raum für die Anmeldung. Im Verlauf des LARP saßen dort immer Ansprechpartner und halfen bei Unstimmigkeiten aus. Vorbei an den Aushängen mit Angeboten für allerlei Rüstungsteile und Gewänder sowie Werbeflyern für Pen-&-Paper-Treffen stellten die beiden sich vor einem mit Zetteln überfüllten Tisch auf.

»Hallo, ihr zwei«, grüßte der Helfer hinter seinem Laptop und betrachtete sofort Isabel genauer. »Geniales Kostüm, Kaliandra!«

Isabel antwortete mit einem verschmitzten Grinsen und händigte ihm die Teamflagge aus.

»Hey.« Ruby reichte dem Helfer ihre Anmeldebestätigung und die Charakterbögen mit den Statuswerten. »Ich bin die Sprecherin der Weißen Raben. Dieses Jahr mit dabei sind Lady Ruby als Teamführerin, Kaliandra und der große Zauberer von …«

Bevor sie einen Knoten in der Zunge riskierte, um Merlins Figurennamen auszusprechen, wurde Ruby unterbrochen.

»Hängst ja immer noch mit den gleichen Leuten rum«, spottete plötzlich eine Stimme dicht hinter ihr.

Ruby ballte die Hände zu Fäusten und stierte stur an die nächste Wand. Natürlich musste sie auf Henrik treffen. Natürlich direkt am ersten Tag.

Oft genug hatte sie sich in den letzten Wochen ausgemalt, wie dieses Wiedersehen ablaufen würde. In den guten Vorstellungen hatte sie ihn vor sich im Staub kriechen lassen. In den schlechten fühlte sie sich genauso verletzt, klein und erniedrigt wie in diesem Moment. Allein der Klang seiner Stimme ließ die Erinnerungen und all ihre Fragen erneut aufleben. Wie hatte er letztes Jahr nur diese Seite an ihr herausgekitzelt?

»Anders als du weiß Lady Ruby, was sie an ihren Mitstreitern hat«, feuerte Isabel zurück und stellte sich vor ihre Freundin. Sie bildete für Ruby einen Schutzwall, hinter dem sie sich halbwegs sicher fühlte.

Henrik war ein bisschen größer als Ben, doch im Gegensatz zu dessen Wuschellook trug er seine dunklen Haare kurz geschnitten. Wie sehr war sie damals seinen hohen Wangenknochen und dem stechenden Blick seiner eisblauen Augen verfallen… Obwohl sie sich ein Jahr lang weder gesehen noch gesprochen hatten, ließ das Wiedersehen ihr Herz schneller schlagen.

Jedoch bereitete es ihr genauso Magenschmerzen.

»Das zeigt nur, dass deine teure Lady Ruby genauso dumm ist wie letztes Jahr.« Henrik feixte selbstgefällig, der Handlanger in seinem Schatten imitierte ihn sogleich. »Sonst hätte sie sich längst ein besseres Team zusammengestellt.«

Ruby knirschte mit den Zähnen und schwieg beharrlich, bevor das Gespräch hässlich endete. Schließlich war ihre Gruppe angereist, um eine Woche lang Spaß zu haben.

»Wer das bessere Team ist, könnt ihr gerne während

des LARP feststellen«, ging der Helfer dazwischen. »Fair und ehrlich.«

»Falls du die Wörter überhaupt kennst«, zischte Isabel.

Darauf schritt Henrik lieber ins Freie. Sein piratenähnlicher Kapitänsmantel wehte hinter ihm her – Henrik brauchte stets einen großen Auftritt. Sein Handlanger hingegen durfte sich allein um den Papierkram für die Anmeldung kümmern.

»Idiot«, murmelte Isabel, bevor sie tröstend nach Rubys Hand griff. »Alles in Ordnung?«

»Ja, glaub schon.«

Sie würde Henrik irgendwie aus dem Weg gehen müssen. Dieses Jahr würde er ihr nicht den LARP vermiesen. Auf gar keinen Fall.

Anstatt zurück ins Lager zu gehen, zog Isabel Ruby mit sich. Schwerfällig trottete sie ihrer Freundin hinterher, die an den Türen der Galerie rüttelte, bis sie eine unverschlossene fand. Mit einem Schubs fand Ruby sich im Halbdunklen wieder, eingequetscht von Kisten, Erste-Hilfe-Koffern und einem Arsenal Funkgeräte der Organisation.

»Alles okay?«, fragte Isabel erneut.

»Nein.«

Ruby schlang die Arme um ihre Mitte, als würde ihr dies mehr Halt geben.

Ein Jahr war vergangen, seitdem sie Henrik das letzte

Mal gesehen hatte, und doch tat es immer noch weh. Ruby hätte nicht gedacht, nie geglaubt, dass er sie weiterhin so aufwühlen konnte.

»Du hattest recht und ich lag falsch«, seufzte Ruby. »Er wird mich nicht einfach in Ruhe lassen.«

Isabels Seufzer war Antwort genug. Die zwei Jahre, die sie voneinander trennten, hatten bereits einige Ecken und Kanten bei ihrer Freundin hinterlassen. Wenn Isabel aus Erfahrung sprach, hoffte Ruby naiverweise auf einen glücklicheren Ausgang.

»Tut mir leid.« Sanft manövrierte Isabel Ruby in Richtung Tische, bis sie beide auf der Kante Platz nahmen, und legte ihr einen Arm um die Schultern. Ruby, die sich so gerne stark und wie eine Anführerin gab, lehnte den Kopf an die Schulter ihrer Freundin. Sogleich zogen Isabels Finger federleichte, beruhigende Kreise über Rubys Oberarm.

Die ersten Wochen nach dem letzten LARP hatte Ruby um das Aufrechterhalten ihrer Fassade gekämpft. Abgesehen von den Spielern vor Ort ahnten die wenigsten, wie die Veranstaltung zwischen Henrik und ihr ausgegangen war, und daran wollte Ruby nichts ändern. Es war hart gewesen, sich fröhlich und unbeschwert zu geben, während sie sich gleichzeitig fragte, wen die Schuld traf und welche Fehler sie hätte vermeiden können.

Oder war es von vorneherein Henriks Plan gewesen, sie erst auf seine Seite zu ziehen, um sie dann fallen zu lassen? Eine Antwort hatte sie nie erhalten, nur Beleidigungen und Vorwürfe.

Der Abstand und der fehlende Kontakt hatten jedenfalls geholfen, die Erfahrung mit Henrik beiseitezuschieben. Vergessen würde sie es nie, doch spätestens mit dem Beginn des neuen Schuljahres hatte sie genug Ablenkung gehabt.

Isabel hatte ihr stets zugehört und beigestanden und letzten Endes hatte Ruby den vergangenen Sommer so weit wie möglich aus ihrem Bewusstsein verbannt.

Sie hatte sich immer wieder gesagt, gar geschworen, dass sie über Henrik hinweg sein würde, wenn der nächste LARP startete. Es hatte Wichtigeres, Schöneres, Lustigeres in ihrem Leben gegeben als diesen einen Tag, an dem Ruby sprichwörtlich explodiert war, Henrik ihr das heimgezahlt und Ruby mit doppelter Münze abgerechnet hatte. Es erschreckte Ruby immer noch, wie dieser eine Streit zwischen ihnen eskaliert war. Als hätte jemand anderes, Zorniges von ihr in diesem Moment Besitz ergriffen.

»Henrik ist der dickköpfigste Mensch, den ich kenne«, versuchte Isabel zu scherzen. »Dabei zähle ich Merlin zu meinen besten Freunden und kenne seine Sturheit nur zu gut.«

Ruby schaffte zumindest ein schwaches Lächeln.

Sie hatte seinen blinden Ehrgeiz unterschätzt und sich blenden lassen.

Ehrgeiz bestimmte und definierte Henrik.

Im Nachhinein hatte Ruby sich oft gefragt, wie viele von Henriks Geschichten der Wahrheit entsprachen. Demnach war er der mittlere von drei Brüdern: noch nicht alt genug, um an die Auszeichnungen des Älteren heranzureichen, doch zu alt, um die gleiche Aufmerksamkeit wie das Nesthäkchen zu erhalten. Wie hatte Henrik es ihr einst erzählt? All das Talent in seiner Familie schien an seine Brüder gegangen zu sein. Während der ältere dabei war, der erste Violinist eines berühmten Orchesters zu werden, gewann sein kleinerer Bruder einen Kampfsportwettkampf nach dem anderen.

Weniger Beachtung zu erhalten, hatte stets an seinem Ego gekratzt, in ihm einen Zorn anwachsen lassen, mit dem Ruby nie gerechnet hätte. Bis er den LARP entdeckte und die Möglichkeit, sich über alle zu erheben. Hier konnte er glänzen, hier konnte er bestimmen, ohne sich seinen begabteren Brüdern unterordnen zu müssen.

»Wie wir alle kompensiert er nur etwas damit«, schloss Ruby. »Auch wenn sein Ehrgeiz, unbedingt gewinnen zu wollen, ihm mehr Feinde einbringt als Freunde.«

Ruby legte beim LARP ihre Unsicherheit ab, Isabel sprengte die Ketten all der Verpflichtungen, die sie sonst bewältigte, und Merlin machte keinen Hehl daraus, einfach nur er selbst zu sein, ohne deswegen gemobbt zu werden.

»Richtig«, erwiderte Isabel und es klang ein wenig wie Lob. Selbst Ruby, ihre Freundin und auch Merlin hatten mit Schüben von Ehrgeiz und Erfolgsdrang zu kämpfen, aber jeder von ihnen besaß einen Vertrauten, der ihn sofort wachrüttelte. *Hör auf, Ruby, das ist es nicht wert*, war Isabels Antwort gewesen, nachdem Henrik ihnen Rache geschworen hatte.

»Dennoch«, fuhr Isabel fort, »sollte dies keine Ausrede für sein Verhalten sein. Wie lange wart ihr eben im gleichen Raum? Zwei Minuten?«

Ruby fühlte sich furchtbar, bereits jetzt emotional ausgelastet, dabei hatten sie den Stress und die langen, anstrengenden Stunden des LARP noch vor sich.

Ohne Vorwarnung piekte Isabel sie in den Oberarm. »Du kannst ruhig zugeben, dass du noch verletzt bist.«

Ihre Freundin kannte sie zu gut.

»Ich bin nur nicht so eiskalt, ihm ins Gesicht zu lächeln und so zu tun, als wäre nie was passiert. Ich hab mich so mies und furchtbar verhalten …«

»Und er auch«, erinnerte Isabel prompt. »Wobei Henrik weniger Gewissensbisse hegt.«

»Das weiß ich doch. Es ist so schrecklich kompliziert.« Ruby setzte sich auf und suchte den Blick ihrer Freundin. »Aber da ist nichts mehr zwischen uns. Selbst wenn er sich komplett geändert hätte und sich ehrlich und anständig bei mir entschuldigen würde, wäre da nichts mehr.«

Isabel ließ ihre Feststellung unkommentiert. Stattdessen glitten ihre Finger durch Rubys Haar, um es dann zu einem französischen Zopf zu flechten.

Dieses kleine, eingespielte Ritual beruhigte Ruby mehr, als sie es sich hätte vorstellen können.

Wäre ihre Freundin ein Buch, dann mit Sicherheit der nächste Fantasy-Bestseller, der mittig im Schaufenster präsentiert wurde. Niemand würde daran vorbeigehen können, ohne die schön verzierte Aufmachung zu bestaunen, und auch der Inhalt überzeugte. Bei Isabel war Ruby nie sicher, was sie auf der nächsten Seite erwartete.

Doch ihre Freundin war für sie noch viel mehr. Selbst wenn sie einen langweiligen, einfarbigen Einband tragen würde, wenn Ruby sie bräuchte, würde Isabel sie nie enttäuschen. Isabel würde bereitwillig mit ihr die Geheimnisse zwischen den Zeilen teilen und mit Rat und Unterstützung aufwarten.

»So, fertig.« Isabel beäugte ihr Werk skeptisch, ehe sie eine wilde Strähne mit einer Haarnadel befestigte. »Genug über den dunklen Schatten des letzten Sommers geredet. Sprechen wir über deinen Neuen.«

»Neuen?«, echote Ruby verwirrt.

»Na, Ben!«, freute Isabel sich und steckte ihre Styling-Utensilien in ein Geheimfach ihres Kostüms.

»Aber er …« Ruby stutzte und setzte neu an. »Er ist nicht mein Neuer. Er ist … da ist nichts zwischen uns!« Wieso dachten das alle? Selbst Isabel.

»Ach.« Sie stupste Ruby auf die Nase. »Das wird keine neue Tradition, dass deine Lady Ruby jedes Jahr einen neuen Ritter mitbringt?«

Ruby runzelte die Stirn. »Ich kann mich sehr gut selbst verteidigen und brauche keinen Beschützer.«

»Was nicht heißt«, lachte Isabel, »dass ein Mädchen sich nicht ab und zu von einem starken, gut aussehenden Beschützer aushelfen lassen kann.«

»Kaliandra!« Das sagte Isabel nur, um sie zu ärgern. Einen anderen Grund konnte sie nicht hegen, oder doch? »Wenn Ben das hört, versteht er das nur falsch.«

»Dann hast du nichts dagegen, wenn *ich* dieses Jahr einen Beschützer habe?«, hakte Isabel nach.

»Das hab ich nicht gesagt!«

Daraufhin sprang Isabel vom Tisch auf. »Also hegst du sehr wohl Besitzansprüche.«

»Ich … also … ich … Nein, das tue ich nicht.« Eigentlich machte es keinen Unterschied, was sie sagte. Isabel hatte sich ihre Meinung gebildet und damit würde sie sie necken. Besonders, da Ruby in Isabels Nähe selten vorsichtig war. Sie sprach einfach aus, was sie dachte, selbst wenn dies nicht überdacht war. Wieso sollte sie Besitzansprüche auf Ben hegen? Das war absurd.

»Ich beurteile nur, was ich sehe, Ruby.«

Sofort ging Ruby in die Defensive und schritt zügig auf die Tür zu. Vielleicht würde Isabel draußen das Thema fallen lassen. »Ich hab Ben gefragt, damit er das Team verstärkt. Mehr ist da nicht.«

Isabel stellte sich ihr jedoch in den Weg und schüttelte gespielt tadelnd einen Finger. »Du hast einen Jungen aus deiner Klasse gefragt, von dem ich zuvor noch nie ein Wort gehört habe, mit dem du dich aber so mühelos verstehst, als würdet ihr euch jahrelang kennen.«

Ihr selbstzufriedenes Grinsen sprach Bände.

»Er ist bloß ein Freund«, beharrte Ruby. Dennoch wich sie Isabels Blick aus, während sie an ihr vorbeieilte.

»Bloß ein Freund«, echote Isabel direkt hinter ihr. »Soso.«

2. KAPITEL

»Fertig sieht definitiv anders aus«, stellte Ruby fest, als sie mit Isabel zu ihrem Zeltplatz zurückkehrte. Immerhin besaß Merlins Zelt nun die richtige Grundform, selbst wenn eine Stange quer nach oben herausragte. Merlin betrachtete sein Werk so konzentriert, als müsste er dafür Planetenumlaufbahnen berechnen.

»Ihr habt eine Ewigkeit gebraucht«, murrte er.

»Ach, es gab eine Schlange bei der Anmeldung«, meinte Isabel schnell, bevor Ruby antworten konnte. Daher gab sie sich Mühe, kein betroffenes Gesicht zu zeigen.

»Jemand Bekanntes getroffen?«, hakte Merlin trotzdem nach.

»Nur die üblichen Verdächtigen.«

Merlin verengte die Augen einen Moment zu Schlitzen, als er den Hinweis verstand. »Muss echt langweilig gewesen sein, wenn Isabel Zeit hatte, dir eine andere Frisur zu verpassen.«

Schnell suchte Ruby eine Ablenkung, ihr Blick fiel auf das ordentlich aufgebaute Zelt neben Merlins Chaosprojekt. »Aber Ben hat es geschafft.«

Tatsächlich saß er vorm Eingang seines Zeltes und tippte auf seinem Tablet herum. Nur kurz blickte er auf und meinte: »Der große Zauberer hat meine Unterstützung verschmäht.«

Ruby schenkte ihm ein Lächeln und beugte sich über ihn, um zu sehen, was er spielte. Zu ihrer Überraschung las Ben ein Buch, doch er drehte rasch das Display von ihr weg.

»Du hast wohl einen Fahnenmast mit eingebaut«, scherzte Isabel und schnippte gegen Merlins wackelige Konstruktion.

»Nicht lustig.«

»Jetzt ärger ihn nicht unnötig«, schlichtete Ruby, ganz im Sinne einer Anführerin.

»Ich warte nur darauf, dass der große Zauberer Hilfe von einem Mädchen erbittet«, stichelte Isabel ungerührt weiter.

Das wird nie passieren, dachte sich Ruby und verschwand im Mädchenzelt, um die Teamunterlagen zu verstauen.

»Noob, hast du Platz bei dir?«, hörte sie Merlin fragen. Wie gesagt, nie im Leben würde er Isabel um Hilfe bitten.

»Nur, wenn du mich nicht mehr Noob nennst.«

»Mach Platz, mein Schützling, dein Meister wünscht es so.«

Bens genervter Seufzer brachte zumindest Isabel zum Lachen. Ruby hingegen zweifelte, dass er sich einen Meister wünschte.

Ein letztes Mal kontrollierte Ruby ihren fest verschlossenen Schlafsack, denn Isabel sollte auf gar keinen Fall mitbekommen, was sie Geheimes und Wertvolles mit sich herumtrug. Allein der Gedanke, dass sie ihr in Leder gebundenes Notizbuch mitgebracht hatte, ließ Ruby nervös werden. Doch es zuhause zurückzulassen, hätte es nur noch schlimmer gemacht.

Sie war nicht nur ein Bücherwurm, sondern ein Hardcore-Fan ihrer Lieblingsbuchreihe *Die Insignien des Königs*. Mehr und mehr war sie in deren Welt abgetaucht: Sie war den Protagonisten Celia, die von allen Seiten unterschätzte Tochter des verstorbenen Königs, und Tristan, der vermeintlich verschollene Prinz des Wolkenvolks, gefolgt, wie die beiden versuchten, das Wettrennen um die meisten Insignien zu gewinnen, dabei erst gegeneinander kämpften, bis sie im Verlauf zusammenfanden und ein Team bildeten.

Doch eines Tages hatten Ruby die Bücher allein nicht mehr gereicht. Denn was machten die zahlreichen Nebenfiguren, nachdem Celia und Tristan weitergezogen waren? Deren Leben hörte schließlich nicht einfach auf, weil der Erzähler nichts mehr über sie berichtete.

Daraufhin hatte Ruby wochenlang Fan-Fictions zu den Insignien-Büchern gelesen. Viele Leser spannen weiter, was im Buch noch hätte passieren können, manche dachten sich verrückte Konstellationen oder neue Todesfälle aus. Oder alternative Enden. Bei einer Fan-Fiction konnte sich die Fantasie zügellos entfalten und die von Ruby war schließlich in vollem Tempo davongeprescht.

Mit zitternden Fingern durchblätterte Ruby ihr Notizbuch. Dick und wellig waren die Seiten, sie hatte mehr als die Hälfte mit ihren Geschichten und Gedanken gefüllt. *Die Abenteuer von Lady Ruby und Prinz Xenio* – die einst verrückte Idee hatte sich mittlerweile in eine sehr detaillierte Fan-Fiction entwickelt.

Dieses Notizbuch war ihr größtes Geheimnis und ihr wertvollster Schatz zugleich. Die Wörter und Zeilen waren wie ein guter Freund. Stets an ihrer Seite, wenn sie sich einsam fühlte.

Dennoch verstaute sie das Buch und überprüfte ein zweites Mal, ob der Schlafsack ordentlich verschlossen war.

Als Ruby ins Freie trat und sich einen Sweater um die Hüften band, hatte Merlin Bens Zelt bereits in Beschlag genommen.

»Ich glaube, Merlin hat mehrere Zelte zusammengewürfelt, das sind viel zu viele Teile.« Isabel beugte sich über das Zeltpuzzle wie ein Arzt über einen Seziertisch. »Und das ohne Anleitung.«

Sollte einer ihrer Freunde fragen, was sie so lange gemacht hatte, würde Ruby einfach behaupten, sie habe ihr Brillenetui gesucht. Das verlegte sie ständig – wo hatte sie das eigentlich verstaut? Schnell tastete Ruby nach ihrer kleinen Hüfttasche und wurde fündig. Wie zum Beweis setzte sie ihre Brille auf. Ihre leichte Kurzsichtigkeit beeinträchtigte sie ihm Alltag wenig, dafür erweckte sie erst recht den Eindruck eines Bücherwurms.

»Um ehrlich zu sein, habe ich mir ein neues besorgt, nachdem das letzte eine Katastrophe war. Und die Gebrauchsanleitung lag auf dem Stapel, den ich unbedingt mitnehmen wollte, ganz sicher. Nur fehlte mir am Ende die Zeit, das Zelt auszutesten, weil ich noch etwas für euch vorbereitet habe.«

Merlin kramte aus seinem übergroßen Koffer einen Haufen Gegenstände hervor: Insektenspray, ein Erste-Hilfe-Set, Klamotten, blaue Lackfarbe, Dosenravioli, Kekse, Handtücher, eine Landkarte, seine lederne Stifte- und Werkzeugrolle … Bis er letztendlich zwei mit Stoff umwickelte Pakete hervorholte. Jeweils eines reichte er den Mädchen. »Happy Birthday, frohe Weihnachten und so weiter.«

Ben beobachtete amüsiert, wie Ruby die Stoffbahnen löste und ihr Geschenk vor Schreck beinahe fallen ließ.

»Danke!«, quietschte sie aufgeregt.

Sie hielt einen kleinen Rundschild aus glänzendem Metall in den Händen, den sie sich mit einem Riemen auf den Rücken schnallen konnte. Vermutlich war sie außerhalb des LARP das einzige Mädchen, das sich darüber freute.

»Jetzt bist du eine Schildmaid mit undurchdringlicher Verteidigung«, erklärte Merlin. »Obwohl der Schild aus Leichtmetall besteht, versuchte mein Handwerker, ihn so robust wie möglich zu gestalten.«

Ruby berührte die eingefassten Verzierungen, Raben flogen über das Metall, bevor sie den Lederriemen überstreifte. Merlins Geschenk wog fast nichts. »Das kann ich nicht annehmen.«

»Ein Geschenk abzulehnen, ist unhöflich. Außerdem kann dir so niemand mehr in den Rücken fallen«, stellte Merlin ernst fest. So überzogen er sich manchmal verhielt, er war einfach zu lieb. Ruby hatte keinen Bruder, doch so in etwa musste es sich anfühlen.

Neugierig wandte sich Ruby zu ihrer Freundin. »Ein Gürtel, wie schön«, kommentierte Isabel halbherzig und hielt das Lederband mit spitzen Fingern hoch.

»Warte, da fehlt was.« Merlin schmiss die nächste Hälfte seines Gepäcks ins Gras, während Ruby erneut den Schild drehte und wendete. »Hier seid ihr …« Als er sich erhob, glänzten in seinen Händen zwei Karambit-Messer, mit klauenförmigen Klingen und einem Ring am Griffende. Anders als bei Ruby zierte ein Wirbel aus Blüten, Ranken und Blättern die Oberfläche.

»Genau solche wollte ich!« Isabel drückte Merlin fest, dann entriss sie ihm die Waffen. »Danke!«

»Die sehen verdammt echt aus«, merkte Ben an und beobachtete die vor Freude hüpfende Isabel.

»Die sind auch aus einem Metallgemisch«, warnte Merlin. Aus Sicherheitsgründen bestanden LARP-Waffen meist aus einem Hohlkern und einer Schaumstoffkonstruktion. »Sie sind nicht geschärft, aber du solltest sie niemandem über den Schädel ziehen.«

»Du kennst mich doch.«

»Genau deswegen betone ich es extra. Die sind auch nicht zum Werfen geeignet.«

»Das ist gemein«, schmollte Isabel und presste ihr Geschenk an ihre Brust.

Prompt lief Merlins Gesicht rot an. Sie wickelte Jungs aller Altersstufen problemlos um den Finger.

»Du solltest kein Mädchen ärgern, kurz nachdem du ihm Waffen geschenkt hast.«

Merlin ignorierte Rubys Einwurf und stopfte seine Sachen zurück in den Koffer. So sah niemand seine feuerroten Wangen.

»Also geht es jetzt zu dieser Party?«, fragte Ben, der sich im Hintergrund gehalten hatte. Was sollte er dazu auch groß beitragen? Er konnte ja schlecht »Das steht dir« sagen, so als hätten die Mädchen gerade Schuhe oder Kleider ausgepackt. Dazu tat er Ruby ein bisschen leid. Als kurzfristiger Ersatz hatte Merlin für ihn natürlich nichts anfertigen lassen.

Wie auch? Es würde sich erst noch herausstellen, welcher Typ Spieler er war. Ruby notierte sich in Gedanken, später bei Johann vorbeizuschauen. Bestimmt konnte Ben eine Waffe aus seinem Arsenal leihen, um sie auszutesten.

»Genau, jetzt geht es zur Party«, antwortete sie lächelnd und legte ihren Schild um, obwohl sie noch nicht ihr Kostüm trug.

Ben holte ein Vorhängeschloss hervor, um den Eingang seines Zelts zu sichern.

Wortlos nahm Merlin es ihm ab, wuchtete seinen Koffer ins Innere und zog den Reißverschluss zu. »So was brauchen wir hier nicht.«

Da Ruby sich vorgenommen hatte, Ben den Einstieg so leicht wie möglich zu machen, setzte sie sogleich zu einer Erklärung an. »Geklaut wird hier nicht. Mit der Anmeldung willigt man ein, dass es sich die Organisation im Falle von Diebstählen vorbehält, die Zelte aller Teilnehmer zu durchforsten«, versicherte sie ihm.

Trotzdem warf Ben einen unsicheren Blick zurück und bat Ruby, sein Tablet in ihrer Tasche zu verstauen. Sobald Ben die Meute hier besser kennenlernte, würde Ruby ihm die Zweifel nehmen, hoffte sie und kam seiner Bitte nach.

»Du ziehst dich nicht um?«, fragte Ben, als die Gruppe loszog.

»In dem Aufzug findest du mich leichter, solltest du verloren gehen«, erklärte Ruby. »Du hast noch Welpenstatus.«

»Mensch, heute war ich ein Frosch, ein Zauberlehrling und nun kommt ein Hund dazu«, grinste Ben. »In welches Wesen verwandel ich mich erst morgen?«

Isabel und Merlin gingen ein Stück vor den beiden, als die vier durch das Lager zur Burg schlenderten. Die meisten LARPler sammelten sich bereits für die Eröffnungsfeier im Innenhof.

Kurz vor der Burg hielt Ruby jedoch inne. Obwohl die Sonne tief am Horizont stand, waren die Fackeln entzündet und eine schwere, feierliche Musik dröhnte ihnen entgegen. Genau das wäre die richtige Stimmung für die Szene, die Ruby als Nächstes schreiben wollte. Wie in Trance zog sie ihren kleinen Ringblock und einen Stift aus der Tasche.

Sie konnte Xenio, eine der Hauptfiguren ihrer Fan-Fiction, in ihren Gedanken spotten hören: *»Schaut, meine Lady, was für ein protziges Schloss. Allein von den Summen, die die Gärten verschlingen, könnte man ein ganzes Dorf ein Jahr lang ernähren.«* Auch die Erwiderung fiel Ruby prompt ein: *»Ach, macht man das in deinem Königreich so? Die Palastgärten als Äcker nutzen?«* – *»Nein. Aber wenn ich etwas zu sagen hätte, würden sie es.«*

»Was machst du da?«, hörte sie Ben fragen. Doch die echte Welt rückte in den Hintergrund, bis die Worte aufs Papier gebannt waren.

»Ni… nichts Wichtiges, nur was notieren.«

Wie ein Bild, das sich vor ihre Augen schob, übermannte ihre Geschichte sie manchmal. Für Ruby war dieser Gedankenstrom wie ein Geysir, wenn die Wörter und Szenerien aus ihr hervorsprudelten, musste sie diese schnell aufschreiben. Versiegte der Strom, konnte sie sie nur schwer rekonstruieren.

»Geheime Strategien für die nächsten Tage?«, hakte Ben nach und rüttelte an ihrer Konzentration.

»So… so was in der Art?«

Ben wartete ein, zwei Schritte entfernt, die Fackeln erhellten kaum sein Gesicht, dafür leuchteten seine blonden Haare im Feuerschein beinahe rot. Da Ruby ihr Geheimnis nicht verraten wollte, ging sie kommentarlos weiter. Sie versteckte vieles vor den Jungs in ihrer Gamer-Clique und in der Schule sowieso. Leider hatte sie bei ihrer Einladung nicht bedacht, dass Ben all diese Geheimnisse nun entdecken könnte. Diese Erkenntnis kam ein paar Tage und viele Stunden Fahrt zu spät.

Ihr blieb nur eine Strategie: sich nicht allzu auffällig zu verhalten. Also weder peinlich noch komisch noch abschreckend. Was bei ihrer Schusseligkeit im Bereich des Unmöglichen lag.

Zum Glück bohrte Ben nicht nach, worauf Ruby ein erleichtertes Seufzen unterdrückte.

Im Innenhof waren die langen Tische schon fast vollständig mit Teilnehmern besetzt. Die Leute unterhielten sich, scherzten oder lauschten der Musikgruppe, die ihr Können darbot. Ein großes Banner spannte sich quer über die Bühne und warb für die Buchreihe, auf der der LARP basierte. Während Isabel und Merlin freie Plätze suchten, stellte Ruby sich mit Ben bei den Essensschlangen an.

Trotz der Mittelalter-Fantasy-Kostümparty, die hier stattfand, hielt Ben sich mit dummen Sprüchen zurück. Ruby wartete nur auf den Moment, in dem er seinen Sarkasmus zurückgewann, den sie so mochte. Hoffentlich gewöhnte er sich bald ein, anstatt das Event als verrückt abzustempeln.

Als Ben sein Geld herauskramen wollte, winkte Ruby ab. »Das brauchst du nicht. Ich habe vorhin genug in Münzen eingetauscht.« Sie zog eine Schnur hervor, an der goldene Plastikchips mit einem Loch in der Mitte aufgereiht waren. »Erinnert an Kasinos, ist aber die beste Lösung. Geldscheine gibt es in den wenigsten Fantasy-Welten. Ich kann dir morgen zeigen, wo du dein Geld eintauschst, heute Abend lade ich dich ein. Dafür, dass du so kurzfristig mitgekommen bist.«

Die Schlange rückte ein Stück vor. Wenn Ruby tief Luft holte, konnte sie den Duft des Gegrillten auf der Zunge schmecken. Erst jetzt wurde ihr bewusst, wie sehr ihr Magen in den Kniekehlen hing. Wann hatte sie zuletzt etwas gegessen? Vor Aufregung hatte sie bei ihrer Rast kaum einen Bissen herunterbekommen.

»Und du bist jeden Sommer hier?« Ben drehte den Kopf in alle Richtungen, um kein Detail zu verpassen.

Ruby fragte sich, ob ihre Reaktion beim ersten Mal ähnlich ausgefallen war.

»Seit drei Jahren, ich bin durch Merlin darauf gestoßen.«

Wie eine Welle spülten Seufzer über die Schlange hinweg, als zwei Helfer losgeschickt wurden, um den Vorrat aufzustocken. Sie würden noch eine ganze Weile warten.

»Woher kennst du ihn?«, wollte Ben wissen. »Er ist nicht auf unserer Schule.«

»Merlin geht auf so ein Internat für Hyperintelligente«, erzählte sie fröhlich. »Selbst wenn er es nicht mit praktischen Dingen hat, solltest du ihn nicht unterschätzen. Wir sind uns in dem Shop über den Weg gelaufen, der die Pen-&-Paper-Treffen in unserer Stadt ausrichtet.«

Ruby gab vor, ihre gut sitzende Brille zu richten, um Ben nicht in die Augen zu sehen. Bisher hatten ihre Mitschüler stets negativ auf ihr Hobby reagiert und sie damit aufgezogen.

»Ach, deswegen kannst du manchmal an den Wochenenden nicht, obwohl die Jungs sich zum Zocken treffen«, hakte Ben nach. »Ich dachte schon, du hast einen Freund. Du hast immer so um das Thema herumgedruckst.«

»Nein, nein. Kein Freund.« Ruby hob abwehrend die Hände. »Ich wusste nur nicht, wie ich das erklären soll. Klingt doch albern, dass ich mit Würfeln abenteuerliche Quests bestreite.«

»Na und?« Ben zuckte mit den Schultern. »Wir machen das durch das Drücken von Tasten.«

Ruby ging nicht weiter darauf ein, da ihr Blick auf einen allzu bekannten Piratenmantel fiel. Rasch tat sie so, als schnürte sie ihre Turnschuhe neu, und machte sich reflexartig klein. Wie aus dem Nichts marschierte Henrik an ihnen vorbei, schenkte seiner Umgebung allerdings keine Aufmerksamkeit. Trotzdem schämte Ruby sich, dass ihr Herz panisch trommelte. Ihr graute es regelrecht vor dem nächsten Aufeinandertreffen.

»Idiot«, kommentierte Ben, als Henrik sich in der Schlange vordrängelte.

»Und was für einer«, seufzte sie so leise, dass Ben es überhörte.

Beladen mit Tellern und Getränken fanden die beiden den Rest der Gruppe und quetschten sich an ihren Tisch.

»Da seid ihr ja.« Merlin nahm Ruby beide Teller mit Grillwürstchen ab. Für seine Größe aß er erstaunlich viel und Ruby scherzte oft, dass er all die Energie für seine Zauber brauchte.

Isabel hingegen lehnte die Würstchen ab. Sie wollte warten, bis die guten Stücke auf dem Grill landeten, nachdem die Halbverhungerten gesättigt waren.

Die Band auf der Bühne wechselte und ein Zentaur in voller Montur stellte sich mit seiner E-Gitarre auf. Plötzlich verwandelte sich die Veranstaltung in ein Rockkonzert, bei dem der halbe Innenhof mitgrölte.

»Er ist besser geworden«, lobte Ruby, ehe sie sich über ihren marinierten Grillkäse hermachte.

»Konnte ja auch ein Jahr lang üben«, meinte Merlin mit vollem Mund.

»Na ja, ein Jahr Zeit zu haben, um zu üben, und es tatsächlich umzusetzen, sind zwei unterschiedliche Dinge«, stichelte Isabel und hustete in ihre Hand: »Zelt.«

»Habt ihr auch das Gefühl, dass es *hier* immer am besten schmeckt?« Merlin ignorierte den verbalen Angriff schlicht.

Bens ungewohntes Schweigen schob Ruby auf all das Neue.

In dem Moment stibitzte Ben Merlin einen Teller und scherzte: »Sieh es als Miete für mein Zelt, großer Meister.«

Zu Rubys Überraschung zog Merlin lediglich die Nase kraus und schubste den Brotkorb in Bens Richtung. Mit einem breiten Grinsen verscheuchte Ruby ihre Bedenken. Bisher verhielten sich Merlin und Isabel ganz anders als letztes Jahr.

Das kleine Konzert endete abrupt und alle Köpfe drehten sich sofort zur Bühne. »Jetzt geht's los«, freute sich Ruby.

»Vielen Dank für die musikalische Darbietung!«

Schwungvoll kletterte der Spielleiter des LARP, kurz SL genannt, auf die Bühne, sodass die Teilnehmer in Applaus ausbrachen. Wie letztes Jahr bestand sein Kostüm aus einem schwarzen T-Shirt mit der Aufschrift: *Ich bin der SL, ich habe immer recht.*

»Ein herzliches Willkommen zum diesjährigen LARP! Schön, ein paar neue Gesichter zu entdecken.« Er winkte Ben zu. »Noch schöner, alte Bekannte wiederzusehen. Kinder, was seid ihr alt geworden!« Wie alle anderen wirkte er durch die Vorfreude leicht überdreht, das stachelte Ruby allerdings nur weiter an. »Willkommen im ...« Der Spielleiter machte eine bewusste Pause und blickte ernst ins Publikum. Er wollte die Spannung bis zur letzten Sekunde ausreizen. »Im Schloss von König Belos!«

Jubel explodierte, brandete gegen die Mauern des Innenhofs und heizte die Feiernden an. »Willkommen in den Sommerlanden!« Es folgten begeisterte Pfiffe und die Anwesenden griffen nach ihren metallenen Bechern, um damit auf die Tische zu klopfen. Getränke spritzten in alle Richtungen, doch niemand störte sich daran.

Der Spielleiter holte tief Luft, bevor er in sein Mikrofon brüllte: »Willkommen zur epischen Schlacht um die Insignien des Königs!«

Auch Merlin klatschte kurz, bevor ihn das Abendessen zurück in seinen Bann zog, während Isabel wild jubelte. Als riesiger Fan der Bücher konnte Ruby jedes Jahr kaum glauben, wie perfekt der Ort ausgewählt war. Manche LARPler scherzten sogar, dass der Autor das Fleckchen als Vorbild genutzt hatte. Niemand ahnte, wo er in Deutschland lebte, also hielt sich das Gerücht hartnäckig.

Da lehnte sich Ben zu Ruby rüber und schrie in ihr Ohr, um gehört zu werden. »Ich bekomm 'ne Erklärung?«

Ruby nickte und drückte bestätigend seine Hand, da der tosende Beifall nur langsam abebbte. Der Spielleiter wartete geduldig, bis das letzte Hämmern verklungen war.

»Zwar liegen die friedvollen, satten Wiesen der Sommerlande direkt vor unserer Schwelle, aber täuscht euch nicht, meine Mitstreiter. Das Labyrinth der Riesen erwartet euch, ebenso die unsäglichen Wälder der Halbwesen, die euch mit List und Tücke in ihre Fallen locken wollen. Und die Hexenclans warten nur darauf, dass wir Schwäche zeigen. Doch trotz all dieser Gefahren werden wir uns nicht unterkriegen lassen.«

»Niemals!«, schrie die Menge wie aus einem Mund. Neben Ruby zuckte Ben überrascht zusammen.

»Dennoch muss ich euch eine traurige Nachricht überbringen.« Der Spielleiter griff sich an die Brust und klagte: »Der König ist tot.«

Sofort erhoben sich die Becher und Gläser der Anwesenden zum Trinkspruch: »Lang lebe der König!«

Auch Ruby rief die Losung, lediglich Ben wirkte ein wenig verloren bei der Zeremonie. So, als wäre er der Einzige, der den Ernst der Lage nicht verstand. Oder überhaupt etwas davon. Ruby schenkte ihm ein mildes Lächeln und fragte sich, wann er wohl das Weite suchte.

»Heute jedoch«, schallte es über die Lautsprecher, »ehren wir den alten König, damit jeder in den Sommerlanden hört, wie sehr wir Belos geliebt haben. Trinkt, stärkt euch, feiert, tanzt und lacht.« Er beugte sich ein Stück vor, als wollte er den Anwesenden ein Geheimnis verraten. »Und morgen, ja morgen, beginnt die Jagd nach den magischen Insignien. Auf den neuen König!«

»Lang lebe der König!«, antworteten die Feiernden.

Auf einmal räusperte sich der Spielmacher verlegen und fügte hinzu: »Da wir dieses Jahr wieder minderjährige Teilnehmer haben, bitte nicht vergessen: kein Alkoholausschank an Spieler unter achtzehn Jahren.«

Die Menge lachte über diesen Ausbruch aus dem Szenario und klatschte erneut, bevor die Tischgespräche wieder einsetzten und aus den Lautsprechern Tanzmusik tönte.

»Ist das jedes Mal so?«, fragte Ben nun doch.

»Die Stimmung ist immer toll.« Isabel sprang auf, angestachelt von der guten Laune. »Kaliandra braucht jetzt Fleisch!«

Mehr oder weniger fassungslos starrte Ben ihr hinterher. Ruby wischte derweil mit einem Taschentuch einige Spritzer Saft von ihrem Teller.

»Hast du denn nicht die Bücher gelesen?«, hakte Merlin nach und stellte seinen Teller ab, den er vorsorglich in Sicherheit gebracht hatte. »Ruby hat dir auf jeden Fall erzählt, dass der LARP sich um diese Reihe dreht.«

Ruby und Isabel waren eindeutig die Lesebegeisterten der Gruppe, gäbe es einen Film, hätte Merlin den immer vorgezogen. Doch diese Reihe war im Allgemeinen unter Fantasy-Lesern sehr beliebt, und Ruby wünschte sich, eines Tages auch etwas so Aufregendes zu schreiben. Mit ihrer Fan-Fiction war sie auf einem guten Weg, hoffte sie.

Unsicher kratzte Ben sich im Nacken und zögerte seine Antwort einen Moment heraus. »Ich hab angefangen, ja, hab aber nur zwei Drittel des ersten Bands geschafft. Der Rest wartet auf meinem Tablet.«

Ruby stutzte kurz bei seiner Antwort. Das las er also im Geheimen!

»Es gibt tatsächlich noch jemanden, der die Bücher nicht kennt?«, lachte Merlin und wandte sich an Ruby. »Wo hast du den gefunden?«

Ben gab sich verlegen, immerhin hatte die Buchreihe für jede Menge Wirbel in der deutschen Fantasy-Szene gesorgt. Jeder kannte die Geschichte oder hatte ein Buch davon zumindest in den Händen gehalten.

»Zwei Tischreihen hinter mir«, erwiderte Ruby und tappte Ben freundschaftlich auf den Arm. Wie regelmäßig sie zockten, wollte sie zunächst nicht erwähnen. Das Klischee, dass Gamer nie lasen, gehörte endgültig abgeschafft.

»Hat sich also in deinem toten Fangirl-Winkel versteckt«, schlussfolgerte Merlin. »Keine Sorge. Wir spielen zwar in der Welt der Bücher, die Veranstalter entwickeln trotzdem eigene Aufgaben. Du bist nur im Nachteil gegenüber den Spielern, die die Bücher auswendig können.« Damit wies er auf Ruby, die begeistert nickte. »Sie kennt bestimmt jeden Satz auswendig. Vorwärts wie rückwärts.«

Ruby drehte sich zu Ben und wollte ihm am liebsten alles auf einmal erzählen und gleichzeitig fragen, wie er ihre Lieblingsbücher fand. »Ohne zu viel zu verraten … Am Anfang des Romans hast du doch erfahren, dass sich mit dem Tod des Königs die Insignien der Macht über die Länder verteilen und die Suche danach beginnt. Denn wer die meisten sein Eigen nennt, wird der neue Herrscher.«

»So weit klar«, bestätigte Ben und schüttete behutsam den Saft aus seiner Folienkartoffel.

»Genau den Part spielen wir.« Merlin rieb sich die Hände. »Wenn wir uns geschickt anstellen, wird Lady Ruby die neue Königin und ich ihr oberster Berater.«

»Und was habt ihr davon?«, wollte Ben wissen.

Ruby und Merlin wechselten einen verwunderten Blick. »Abgesehen davon, dass die anderen Spieler uns nächstes Mal wie Könige behandeln müssen«, freute sich Merlin, »wäre das für Ruby der ultimative Fangirl-Moment.«

Prompt kicherte Ruby – Königin der Sommerlande, das wäre ein wahr gewordener Traum. Sie konnte nicht verraten, dass sie insgeheim darüber schrieb. Wenn auch ein wenig anders, als Isabel und Ben wohl erwarten würden.

Sie liebte die Bücher, die Welt, die Figuren – der Sieg beim LARP wäre das schönste Geschenk. Dazu eines, das sie sich selbst erarbeiten konnte.

»Ich hab gar keinen Charakter«, warf Ben jedoch ein und klang dabei verwirrter denn je.

»Du bist bestimmt ein hübscher Prinz, der sich verkleidet hat, um nicht aufzufallen«, flötete Isabel und setzte sich wieder an den Tisch. Mit ihrem Charme hatte sie den Helfern irgendwie Eiswürfel für ihre Cola abgeluchst.

Ruby hielt sich gerade noch zurück und stocherte lieber im Rest ihres Grillkäses. Am liebsten hätte sie ihrer

Freundin gesagt, dass sie Ben in Ruhe lassen sollte. Warum glaubte Isabel nur, er sei ein Prinz? Wollte sie damit Ruby ärgern? Klar, hatte er die Weißen Raben mit seinem Dazustoßen aus einer Notlage gerettet, dennoch …

Unbemerkt von den anderen rollte Ruby mit den Augen. Sie sollte wirklich damit aufhören, ständig an Ben zu denken.

»Du hast doch bei der Anmeldung deinen Charakterbogen …« Merlin stoppte und spießte Ruby mit einem eisigen Blick auf. »Hast du das etwa vergessen?«

Ruby schloss kurz die Augen. »Jaaa«, gestand sie und senkte beschämt den Kopf. Wie konnte sie vergessen, mit Ben eine Figur zu entwickeln? Dabei ging es in der kommenden Woche um nichts anderes.

»Und was jetzt?« Ben schob seinen Teller fort.

Ja, was jetzt? Sie hatte Tage und Wochen an ihrer Figur geschraubt. Wie sollte Ben das auf die Schnelle bewältigen? Abgelenkt griff Ruby neben ihr Glas und warf es beinahe um, hätte Isabel nicht in letzter Sekunde eingegriffen.

»Wir sollten das schleunigst nachholen«, beschloss Merlin und bewies damit, warum er Rubys rechte Hand beim LARP war. Er behielt stets einen klaren Kopf. »Sonst wird Ben zum Witz der Veranstaltung und wir gleich mit.«

Sobald Ben den letzten Bissen vom Teller gekratzt hatte, zog Ruby ihn auf die Füße – sie hatten schon viel zu viel Zeit vertrödelt. Anstatt sofort loszustürmen, hustete Ben erstickt, als hätte er sich verschluckt.

»Nicht so rabiat, Lady Ruby«, scherzte Isabel. »Du bringst unseren Prinzen noch um, bevor der Spaß anfängt.«

»Was hast du eigentlich mit diesem Prinz-Zeug?«, moserte Merlin. »Wieso soll mein Schützling ein Prinz sein?«

Ruby ahnte das unausgesprochene ›Und ich nicht?‹ und zog Ben zwischen die Feiernden, die entweder zur Tanzfläche strömten oder sich Nachschlag am Grill holten, bevor Isabel und Merlin richtig loslegen konnten.

An den Tischen plauderten die LARP-Teilnehmer ausgelassen, erzählten Geschichten aus früheren Jahren oder schmiedeten ihre Strategien für die kommenden Tage. Ben folgte ihr, und obwohl Ruby sich nicht umsah, konnte sie ihn beinahe spüren. Vielleicht lag es daran, dass sie sich in diesem Moment furchtbar durcheinander fühlte. Freude, Ärger und Zweifel wechselten sich heute so schnell ab, Ruby war irgendwo stecken geblieben. Sicher lag es nicht daran, dass sie Ben am Handgelenk gepackt hatte …

»Hast du schon eine Idee, was für eine Figur du sein möchtest?«, fragte sie und gab Ben aus ihrem Griff frei.

»Nicht wirklich«, antwortete er.

Ruby schenkte ihm einen verwunderten Blick, während sie den Torbogen hinter sich ließen. »Kein geheimer Wunschtraum?«

»Prinz Charming eher weniger.«

»Bei Videospielen wählst du auch als erstes deinen Charakter«, warf Ruby ein und schob ihre Brille zurecht. Die Nacht war längst über das Gelände hereingebrochen, nur ein paar Laternen beleuchteten die Hauptwege zwischen den Zelten. Am klaren Himmel blinkten und funkelten tausendfach Sterne. Das nächste Dorf war meilenweit entfernt, niemand störte sich an lauter Musik oder rauschenden Partys. Nur einer musste noch arbeiten und den würden sie jetzt aufsuchen.

»Das ist etwas anderes.« Ben zuckte mit den Schultern. »Da weiß ich, worum es geht und welche Vor- und Nachteile je nach Spieltyp entstehen. Oder ich nehme meinen Lieblingscharakter, weil ich ihn erst mal auf Level 50 hochpushe.«

»Genau, du levelst ihn, das ist beim LARP nicht anders.« Ruby überlegte einen Moment, wie sie es ihm am besten erklären sollte. »Deswegen nimmst du immer den Porsche 911er bei Autorennen, während ich mit meinem gepanzerten Wagen alles platt fahre.« Sie hatte einige Autos getestet, bevor sie ihren Favoriten fand, den sie am besten lenken konnte. Aber so viel Zeit blieb Ben hier nicht.

»Grobmotorikerin«, grinste er.

»Ich bin besser geworden.«

Mit den Fingern deutete er ein kleines bisschen an.

»Na vielen Dank.« Ruby stieß Ben spielerisch gegen den Arm und wuschelte ihm durch die Haare, bis ihm die blonden Strähnen in die Augen fielen.

»Du kannst alles sein, was in die Welt der Bücher passt«, erzählte sie begeistert. »Du kannst dich frei erfinden, wobei du dir Stärken und Schwächen geben musst. Niemand darf direkt als megamächtiger Zauberer starten, das verdienst du dir über die Jahre hinweg.«

»Kann ich mir eine neue Rolle aussuchen, falls die erste nicht passt?«

Ruby zögerte. »Beim nächsten LARP.«

»Dachte ich mir.« Ben runzelte die Stirn, wie immer, wenn er angestrengt nachdachte. »Unendliche Möglichkeiten sind furchtbar, da weiß ich nie, womit ich anfange.«

Eine Verbindung mit der Figur war der Schlüssel. Viele LARPler lebten so eine geheime Leidenschaft aus, konnten auf einmal stark und mächtig sein: ein magischer Zentaur oder eine Drachenprinzessin, während sie den Rest des Jahres ein normaler Standarderwachsener waren. Bürojob, Familie, Haus mit Garten.

Oder in Rubys Fall: das unauffällige Mädchen mit der Nerdbrille, das lieber in der Schule den Mund hielt und jede Konfrontation scheute.

Gerade deswegen scherzte Isabel gern, dass Ruby dem Supergirl aus der Serie ähnelte. Kaum hörte sie auf, sich hinter ihrer Brille zu verstecken, zeigten sich all ihre verborgenen Talente.

»Was glaubst du denn, was zu mir passt?«, hakte Ben nach und wollte sich auf ihre Erfahrung verlassen.

Ruby ging im Geiste die Möglichkeiten durch. Zauberer? Nein. Dieb? Auch nicht. Berserker – auf keinen Fall. »Hm, keine Ahnung.«

Zumindest lachte Ben darüber, dass sie sich genauso wenig entscheiden konnte.

»Ich sehe mein Schicksal als Prinz schon näher rücken«, scherzte er. »Hey, dann erbe ich eines Tages ein Königreich, oder?«

»Wär schon toll, also … ähm … du wärst toll, nein, ich mein, wär toll, wenn du ein Prinz wärst, aber«, sie verhielt sich sonst nie so nervös in seiner Nähe, »du musst nicht, also …«

»Du stehst also auf Prinzen?«, fragte Ben verblüfft.

»Ich liebe die Buchreihe«, gestand Ruby hastig und blickte in die Dunkelheit. »Natürlich stehe ich auf Tristan!«

Erbarmen. Sie hatte gerade zugegeben, dass sie ein bisschen in einen fiktionalen Charakter und vor allem in den Protagonisten der Insignien-Reihe verschossen war.

Doch Ben lachte sie dafür nicht aus, sondern erwiderte: »Bei mir war's Sinon aus GGO.«

Ruby hielt daraufhin lieber den Mund und deutete auf einen hastig erbauten Pavillon, in dem noch Licht brannte. Jedes Jahr gab es einen Helfer, der am ersten Abend die Anmeldungen ins System einspeiste, die Statuswerte neu einstellte und neu gebildete Gruppen eintrug. Ruby vermutete ja, dass die Organisation den Helfer ausloste. Warum sollte jemand freiwillig von der Feier fernbleiben?

Beim Pavillon angekommen, schob sie die Plane am Eingang beiseite und offenbarte so ein Schlachtfeld aus Ordnern, Papierstapeln und einem einzigen Mann, der in dessen Mitte thronte. Ein Laptop ruhte auf seinen Knien, der Klapptisch bog sich bereits unter den Unterlagen.

»Was kann ich für euch tun?«, fragte er sogleich, als freute er sich über jede Unterbrechung. »Oder«, seine Miene verfinsterte sich kurz, »habt ihr etwa einen Fehler bei der Anmeldung gemacht?«

»Ben ist zum ersten Mal hier.« Ruby wies auf ihren Freund, der sich neugierig umsah. »Er muss noch seine Figur erfinden.«

»Das fällt euch aber früh ein«, spottete der Helfer. »Hast du schon eine Idee?«

»Gibt es so was wie eine Übersicht? Einen Katalog?«

»Ah, ein Gamer.« Der Mann zog aus einem Stapel einen dicken Ordner und brachte damit den Rest zum Wanken. Bevor die Unterlagen stürzten, stemmte sich Ruby jedoch dagegen. »Das sind alle Figuren, die es in der Buchreihe gibt, sowie ein Bauplan mit den wichtigsten Eckpunkten.«

Er zog einen weiteren Ordner hervor, dieses Mal rauschten die Papiere herunter. Ruby bückte sich sofort und sammelte die vielen Unterlagen ein. Wenn sie verspätet Bens Anmeldung einreichte, musste sie nicht noch unnötig Chaos stiften.

»Und hier sind alle Figuren verzeichnet, die nicht

mehr gespielt werden, falls du eine übernehmen möchtest. Frei zur Adoption sozusagen.«

Ben wirkte ein wenig verloren mit den beiden Ordnern und setzte sich aufgrund des Platzmangels einfach auf den sandigen Boden. Mit einem Seufzer hackte der Helfer wieder auf der Laptoptastatur herum. »Lasst euch ruhig Zeit, ich bin sicher bis Mitternacht hier.«

Ruby hockte sich zu Ben und las vor lauter Neugier kopfüber mit. Sie hatte noch niemanden beim Entwickeln des zweiten Ichs beobachtet. Wofür würde Ben sich entscheiden?

»Vermutlich wäre es am besten, wenn ich eine Figur aufbaue, die das Team stärkt.« Er schien bisher keinen Favoriten zu haben und breitete die Ordner zwischen ihnen aus. »Dann erzähl mal. Was sind denn die Statuswerte und die Gildenrollen von dir, Kaliandra und meinem ach so tollen Meister?«

»Als Zauberer ist Merlin eher für Distanz-Angriffe zuständig, für den direkten Kampf ist er wenig zu gebrauchen. Rüstungswerte gleich null, jedoch ist er gegen magische Angriffe gewappnet.« Ben nickte bestätigend, woraufhin Ruby grinste. Die meisten aus ihrer Klasse hätten kaum ein Wort davon kapiert. »Dafür darfst du seinen Grips nicht unterschätzen, bei den Rätseln und Fallen bewahrt er uns meist vor Schlimmerem.«

»Warum wählt man so was Unausgewogenes?«

»Magie«, lachte Ruby. »Merlin macht es Spaß, seine eigenen Zaubersprüche zu erfinden.«

Ben schnaubte belustigt und studierte weiter seine Möglichkeiten. »Damit fallen magische Figuren wohl flach.«

Im Gegensatz zu manch anderem hegte Ben kaum Konkurrenzdenken. Unzählige Male hatte Ruby erlebt, wie er stets für das Team spielte und nicht für seinen eigenen Vorteil.

»Kaliandra ist eine Mischung aus Diebin und Spionin«, fuhr sie fort. »Sie ist schnell und wendig, aber ihre Kampfkraft ist nicht die stärkste. Sie hat sich darauf spezialisiert, Infos zu erhalten oder aus dem Schatten heraus, hinterrücks jemanden zu erstechen.« Ruby winkte ab, bevor Ben ein falsches Bild von ihrer Freundin erhielt. »Das kommt eher selten vor.«

»Was ist mit dir?«, hakte Ben nach. »Die anderen nennen dich ›Lady‹, weil du adelig bist?«

Ruby strich sich eine verirrte Strähne aus dem Gesicht, die sich am Rahmen ihrer Brille verfangen hatte. Eigentlich sollte es ihr peinlich sein, so offen mit Ben darüber zu sprechen, doch sie hatten schon oft über Charaktere in Videospielen philosophiert.

»Lady Ruby ist eine zukünftige Herzogin. Als Kriegerin beschützt sie die Menschen ihres Landstrichs. Meine Waffe ist ein Anderthalbhänder, die Angriffspunkte sind ausreichend, ich kann auf jeden Fall Merlins und Isabels Defizite damit auffangen. Ich bin eher offensiv aufgestellt, meine Defensivskills sind okay, dafür komme ich schlecht mit Magie klar.«

Rubys Wissen um ihre Figur ging noch viel weiter, aber sie wollte Ben nicht langweilen. Sie hatte einen Lebenslauf, Stärken, Schwächen … alles aufgeschrieben. Ihr Alter Ego war wie eine Freundin oder ein Spiegelbild – sie kannte es auswendig.

»Also etwas mit Wumms«, schlussfolgerte Ben und blickte kurz auf.

Ruby dachte an den letztjährigen LARP, den sie mit Henrik gespielt hatte. Sie hasste es, zuzugeben, wie gut sie sich ergänzt hatten.

»Es wäre schön, noch jemanden zu haben, der austeilt oder einen Verteidigungswall bilden kann.« Vielleicht sollte sie Ben zu einem Schild raten? Dann hielt sie jedoch inne und griff nach Bens Hand. »Ich will dich zu nichts zwingen.«

Bevor er etwas erwiderte, erhob Ruby sich, zeigte beide Daumen hoch und grinste übertrieben. »Du schaffst das. Ich glaub an dich.«

Sie ging zum Helfer zurück, der weiterhin seinen Laptop malträtierte. Ein System konnte Ruby in den meterhohen Stapeln nicht erkennen.

»Ja?«, fragte er, ohne aufzublicken. »Habt ihr noch was vergessen?«

Unsicher verschränkte Ruby die Arme hinter dem Rücken. »Du bist Otome-King, oder? Ich bin … ähm … WhiteRaven. Wir haben ein paar E-Mails ausgetauscht. Letzte Woche. Eigentlich wollten wir uns morgen früh treffen.«

Plötzlich hatte sie seine volle Aufmerksamkeit. Ben hingegen brütete weiter über den möglichen Spielfiguren. »Entschuldige, die Berge an unleserlichen Zetteln machen mich grantig. Was ist so schwer an Druckschrift und Großbuchstaben?« Er reichte ihr ein Blatt. »Kannst du das entziffern?«

»*Wor Lort*... Vielleicht Warlord? Derjenige hat's nur falsch geschrieben.«

Er hielt sich das Papier dicht vor die Nase. »Oh... ja! Danke! Aber nenn mich besser Frank. Otome-King kann man so schnell falsch verstehen.«

Ruby ging um den Schreibtisch herum, beugte sich zu ihm herunter und flüsterte ihre Frage in sein Ohr. Davon sollte Ben auf keinen Fall erfahren.

Sogleich erhob sich Frank und sie folgte ihm ins Freie, damit sie in Ruhe miteinander reden konnten. Zumindest halbwegs, da die Musik aus der Burg weiter an Lautstärke zugenommen hatte.

»Und?«, hakte Ruby nach.

»Es ist toll!« Frank schloss sie in eine spontane Umarmung und freute sich wie ein kleines Kind. »Das war genau die richtige Entscheidung. Danke noch mal für den Schubs.«

»Shhh«, sie wies auf den Pavillon, »nicht so laut.« Frank war einer ihrer Leser auf der Plattform *fanwrite*, auf der Ruby ihre Fan-Fiction veröffentlichte. Zuerst hatte er ihre Geschichte verfolgt, bis er sich per Nachricht bei ihr mit Nachfragen gemeldet hatte. Umso überraschter war Frank gewesen, in Rubys Autorenanmerkungen des letzten Kapitels von ihren LARP-Plänen zu erfahren. Sie hatte es geschrieben, ohne groß zu überlegen, und niemals damit gerechnet, ein Mitglied der Orga unter ihren Followern zu haben.

Frank und Ruby bewegten sich im gleichen Fandom, obwohl ihre Ideen völlig unterschiedlich ausfielen. Während Ruby ihre Figuren auf eine abenteuerliche Quest schickte, schrieb Frank zuckersüße Liebesgeschichten. Er gehörte zu den Shippern und widmete sich damit nicht nur der Beziehung zwischen den beiden Protagonisten, Tristan und Celia, sondern beschäftigte sich auch mit allen anderen Pärchen der Buchreihe.

»Ich habe unglaublich viele Kommentare und Nachrichten zu meinem ersten Versuch bekommen.« Er lachte aufgeregt, senkte jedoch die Stimme. »Alle meinen, ich soll eine Fortsetzung schreiben.«

»Das Feedback ist klasse, oder?«, stimmte Ruby mit ein. »Einerseits rege ich mich auf, wenn keins kommt, gleichzeitig bin ich total nervös, wenn eine neue Benachrichtigung erscheint.«

»Und es ist furchtbar, wenn *fanwrite* mal wieder einen Glitch hat und ich die Nachrichten nicht beantworten kann.«

Lächelnd nickte Ruby.

Dennoch war es ungewohnt, so offen über ihre Leidenschaft zu reden. Sie hatte lange gezögert, ihr Werk hochzuladen, aus Angst, ihre Idee sei zu abgedreht oder schlimmer: nicht originell genug. Bis sie eines Nachts mit zusammengekniffenen Augen und Herzrasen auf Upload geklickt hatte. Anschließend hatte sie kaum geschlafen und während des Schultags ständig mit dem Smartphone ihr erstes Kapitel gecheckt, vor lauter Panik Merlin eingeweiht und sich von ihm beruhigen lassen. Bis am nächsten Abend tatsächlich zwei Leser Ruby für ihren interessanten Anfang gelobt hatten. Kaum zu glauben, dass sie inzwischen fast die hunderttausend geschriebenen Worte knackte.

Frank klopfte Ruby freundschaftlich auf die Schulter. »Ich hab dich schon ewig abonniert, natürlich hinterlass ich einen Kommentar, wenn ich weiterlesen konnte. Ich bin so süchtig nach dem, was du schreibst.«

Verlegen strich sich Ruby eine wilde Strähne aus dem Gesicht. Ihre Geschichte gehörte zu den Werken mit der größten Reichweite, zumindest, was das Fandom der deutschen Insignien-Reihe anging. Mittlerweile erfüllte ihr Erfolg sie mit Stolz.

»Wenn du die Zeit findest, müssen wir ein Selfie machen«, schlug Frank vor. »Darf ich bei tumblr hochladen, dass ich die werte WhiteRaven getroffen habe?«

Ruby erbleichte bei seiner Frage und schüttelte panisch den Kopf. »Bitte nicht, niemand weiß, wie ich aussehe, und das soll auch so bleiben.«

»Natürlich«, lenkte Frank ein. »Dann einfach nur als Erinnerung.«

Da öffnete sich die Plane des Pavillons und Ben trat

heraus. Er reichte dem Helfer einen ausgefüllten Charakterbogen, ohne dass Ruby einen Blick auf die Zeilen erhaschen konnte.

»Juchu, noch mehr Arbeit.« Mit einem Winken schlenderte Frank zurück ins Zelt.

Doch Ruby fehlten die Worte. Wie viel hatte Ben mitbekommen? Und vor allem was? Vor Anspannung schnürte sich ihr Hals zu. »U… und stellst du mir dein zweites Ich vor?«, versuchte sie abzulenken.

Ben sah zwischen ihr und dem davonschreitenden Helfer hin und her, bevor er schief grinste. »Das bleibt wohl mein kleines Geheimnis«, erwiderte er. »So lange, bis du deins lüftest.«

»Mein Geheimnis«, quietschte Ruby erschrocken. »Was sollte ich vor dir verheimlichen?«

Ben begegnete ihr mit einem so wissenden Lächeln, dass sie rätselte, ob er das komplette Gespräch mit Frank gehört und vor allem verstanden hatte.

3. KAPITEL

»Du wolltest die Suche aussitzen?«, fragte sie und legte so viel Verachtung in ihre Stimme, wie sie nur konnte. »Bist du ein Feigling?«

»Insignienjäger haben meine Leibgarde getötet. Vielleicht bin ich ein Feigling, aber ich möchte lebend zurückkehren. Tot nutze ich meinem Volk nicht.«

»Du bist also ein Prinz?«, fragte Lady Ruby und betrachtete die Gestalt vor ihr. Die Haare standen in alle Richtungen und seine Kleidung war von einer Schicht Dreck überzogen.

Doch die aufwendig verzierten Knöpfe wiesen eindeutig auf seine gehobene Abstammung hin.

»Wie ist dein Name?«

»Xenio. Ich habe vier Brüder und eine ältere Schwester, die mehr als fähig sind zu regieren, daher haben sie denjenigen auf die Suche geschickt, der entbehrlich ist: mich.«

»Du wirst mich begleiten.« Dem jungen Mann klappte bei ihren Worten der Mund auf. »Du hast so viel Argwohn in dir, dass wir dadurch beide überleben werden.«

Die Abenteuer von Lady Ruby und Prinz Xenio, Kapitel 3

Jedes Jahr verdrängte Ruby aufs Neue, wie verdammt unbequem im Freien schlafen sein konnte. Die Isomatte half nicht gegen die Unebenheiten und stets erwischte sie einen Stein oder Wurzeln, die sich in ihren Rücken bohrten. Mattes Sonnenlicht drang durch den Zeltstoff, sodass Ruby gerade so erkennen konnte, dass Isabel ihren Platz komplett ordentlich hinterlassen hatte. Ihre Seite hingegen sah aus, als hätte sie ihre Tasche kopfüber entleert. Lediglich ihr Kostüm lag fein säuberlich parat.

Rücklings krabbelte Ruby aus dem Zelt und genoss die klare Morgenluft, den Duft von feuchtem Moos gemischt mit dem Rauch des Lagerfeuers, ehe sie sich ihren Teammitgliedern zuwandte. Merlin und Ben saßen auf einer Picknickdecke und hatten das Frühstück über allerlei Teller verteilt.

Ruby grüßte mit einem Gähnen und ließ sich ins Gras fallen. »Oh, Roggenbrötchen!«, freute sie sich und schob sich ihre Brille auf die Nase. »Die mag ich total gerne.«

»Ich hab einfach mal was besorgt.« Unsicher verschränkte Ben die Hände hinter dem Rücken.

Merlin grunzte abfällig, als würde er an diesen Zufall nicht glauben.

Während eines LARP fuhr morgens extra ein Bäcker in einer Kutsche aufs Gelände und brachte den Teilnehmern die Stärkung für den Tag. Ruby begutachtete die kunterbunte Frühstücksmischung, die jeder aus der Gruppe dazu beigesteuert hatte. Sie hatte die freie Wahl zwischen Honig, Schokocreme, Salami, Müsliriegeln und einem

Korb voller Äpfel sowie Orangen – genau die verrückte Ausbeute, die Ruby beim Campen liebte. Zu Hause würden ihre Eltern darüber nur die Nase rümpfen.

Konzentriert streute Merlin Marshmallows auf ein Brötchen, Ben beobachtete ihn dabei ziemlich fassungslos. »Schmeckt das überhaupt?«

»Das muss nicht schmecken, so will es die Tradition.« Merlin rümpfe die Nase. »Lady Ruby, der Namenlose macht sich über unsere Teamtraditionen lustig.«

»Hauptsache, es ist magisch«, erklärte sie mit einem Grinsen.

»Magisch?«, hakte Ben nach.

»Ja. Cornflakes mit Orangensaft und glitzernden Zuckerstreuseln zum Beispiel.«

Ben blickte Ruby an, als wäre sie noch verrückter als Merlin.

»Ruby isst alles«, kommentierte Merlin. »In ein paar Tagen müssen wir vor ihr auf der Hut sein, nicht dass sie uns im Schlaf anknabbert.«

»Mit welchem Bein bist du denn heute Morgen aufgestanden?«, warf Ruby ihm vor und biss genüsslich in ihr Brötchen. »Dem Grantig-hoch-zehn-Fuß?«

Merlin deutete vorwurfsvoll auf Ben. Heute hatte er sich für ein schwarzes T-Shirt mit dem Zitat ›Ein Mann braucht einen Namen‹ aus einer seiner Lieblingsserien entschieden. »Mein namenloser Lehrling will mir nichts über sich verraten.«

»Mir auch nicht.« Ruby zuckte mit den Schultern

und wich Bens Blick aus. Gestern Nacht hatte sie so getan, als wäre das Gespräch über Fan-Fictions nie passiert. Woraufhin Ben ihren Fragen zu seiner Figur ausgewichen war, zumindest, bis sie aufgegeben hatte.

Da Isabel an keinen Zufall glaubte, warum Ben zum LARP mitgekommen war, hatte Ruby ihre Freundin auch nicht auf Bens Versteckspiel angesprochen.

»Es ist ein Rätsel, oh großer Meister«, meinte Ben geheimnisvoll. Nach einer Nacht zelten standen seine blonden Wuschelhaare in alle Richtungen ab.

Ruby seufzte, als sie sich mit den Fingern durch ihre kastanienbraunen Locken fuhr. Es war ungewohnt, sie offen zu tragen, in der Schule wollte sie ihre Haare immer nur aus dem Weg wissen. Ben hatte auf die Veränderung nicht reagiert.

Merlin war bereits in seine erdbraune Magierkutte geschlüpft, ein Gürtel raffte den Stoff an seinem Bauch zusammen. Sein Stab, der fast einen Kopf größer als er selbst war, ruhte neben ihm. Dafür, dass er nur eine Attrappe war, glänzte er im Morgenlicht trotzdem wie eine echte Waffe. Sicherlich war der faustgroße, aufwendig geschliffene Edelstein nur aus Glas, aber die Täuschung wirkte fast perfekt.

»Bin ich etwa die Letzte?«, wollte Ruby wissen und schob sich unbewusst die Brille den Nasenrücken hoch. Isabel schien noch unterwegs zu sein.

»Besser als *das* Letzte«, konterte Merlin, woraufhin Ruby ihm einen Stoß gegen die Rippen versetzte.

Feiner Dunst schwebte noch über den Wiesen und die Sonnenstrahlen streiften erst die Baumwipfel. Verschlafen hatte sie also nicht.

»Warum hast du eigentlich diesen Klischeenamen gewählt?«, warf Ben ein.

»Klischee? Wenn du wüsstest.« Merlin stopfte den Rest seines Brötchens in den Mund, kaute und langte nach dem nächsten. »Ich heiße wirklich so! Meine Eltern stehen auf keltische Mythologie. Die hätten mich Artemia genannt, wenn ich ein Mädchen geworden wäre.«

»Oder Morgana«, spottete Ben. »Die böse Hexe.«

Für einen Moment konnte Ruby den Blick nicht abwenden. Ben grinste schelmisch, bereit für einen sarkastischen Schlagabtausch mit Merlin. Bisher war ihr nie aufgefallen, dass das Grün seiner Augen den satten Farben des Blätterdachs glich.

Rasch konzentrierte sie sich auf ihr Frühstück. Sie sollte nicht starren. Außerdem hatte Ruby Jungs doch abgeschworen, daher sollte sie nicht von Bens Augenfarbe schwärmen. Selbst wenn sie es genoss, durch ihre Einladung zum LARP neue Seiten an ihm zu entdecken.

»Weißt du, wie ätzend das ist?«, beschwerte sich Merlin. »Für jeden Blödsinn lassen meine Mitschüler sich einen Spruch einfallen. ›Oh, Merlin, du hast dein Buch nicht dabei, dann zauber dir einfach ein Neues.‹ ›Klar, Merlin, wir wählen dich ins Team, sobald du dich unsichtbar machen kannst.‹ ›Also Merlin kommt sicher alleine zurecht, der ist doch ein Zauberer.‹ …«

Plötzlich tauchte hinter ihm Isabel auf und flötete: »Lass dich nicht unterkriegen, kleiner Zauberer.«

»Und da kommen die Größenwitze! Ich bin nicht mehr klein«, brummelte er. »Ich bin ein ganzes Stück gewachsen.«

Isabel ging nicht weiter darauf ein. Geschmeidig wie eine Katze setzte sie sich zu ihnen und verschüttete dabei keinen Tropfen aus der Emaille-Kanne in ihrer Hand. »Es hat zwar eine Weile gebraucht, aber hier kommt das heiße Wasser. Wer möchte Kaffee?«

Sofort hielten Ben und Merlin ihre Becher hin, die bereits mit Instantpulver gefüllt waren. Ruby nahm dankend einen Thermobecher mit Kräutertee entgegen. Wenn sie mit Koffein in den Tag startete, würde sie gen Mittag wie ein Gummiball durch die Gegend hüpfen.

»Ein Held kann seinen Namen erst durch das Erlangen von Ruhm bekannt machen«, scherzte Ben, als Merlin ihn erneut in die Mangel nahm.

»Es kommt nicht darauf an, was andere aus deinem Namen machen, sondern man selbst.« Merlin ließ sich keineswegs so leicht ablenken.

Ruby lehnte sich zurück und lauschte ihren Freunden, die tatsächlich mit Schere-Stein-Papier entscheiden wollten, wer zuerst den Abwasch machte. Aus der Richtung des zentralen Lagerfeuers drangen die ersten Lieder und in der Nähe fluchte ein Mann, dass jemand in der Nacht die Spannzeile seines Zelts zerrissen hatte.

Plötzlich ertönte Glockengeläut von der Burg, das

im Lager sogleich einen Jubel auslöste. Ruby schloss die Augen und zählte die Schläge. »Zehn.« Fast hätte sie den Tee über die anderen gespritzt, als sie aufsprang. »Zehn Schläge bedeuten, es geht los, drei Schläge rufen zum Abendessen, und wenn es wie wild läutet, müssen wir alle zurück zur Burg!«, sprudelte es aus ihr heraus.

»Warum das?«, hakte Ben verwundert nach.

»Wenn zum Beispiel ein schweres Gewitter über das Gelände hinwegzieht«, warf Isabel ein und verstaute ihre Frühstückssachen. Auch in den benachbarten Zelten herrschte auf einmal Hektik.

»Und was geht los?« Ben wirkte erneut verloren, während die anderen der Gruppe routiniert einpackten, zusammenräumten und sich für den Aufbruch fertig machten.

»Jetzt kannst du dich auf die dummen Sprüche vorbereiten, weil du kein Kostüm trägst«, grummelte Merlin und legte seinen nachtblauen Überwurf an, dessen Säume Runen aus Silberfäden zierten. Obwohl Isabel die Outfits für die Mädchen erstellte und dies auch für Merlin machen würde, hatte er jeden einzelnen Stich selbst gesetzt.

»Lady Ruby«, meinte Isabel auf einmal tadelnd. »Du willst nicht im Schlafanzug los, oder?« Sie war nicht nur in Kaliandras Gewand geschlüpft, sondern verlor sich bereits in ihrer Rolle.

»Was?« Ruby sah an sich herunter und errötete sofort.

Shorts und Tanktop waren weder ladylike noch eine gute Rüstung. »Oh. Oops. Ich beeil mich.«

Ruby stürzte mehr ins Zelt, als dass sie hereinkletterte, und zog hinter sich hastig den Reißverschluss zu. In Windeseile schlüpfte sie in die feuerrote Bluse mit den kurzen Ärmeln und die schwarzen Shorts, die sie unter einem Leder-Minirock der gleichen Farbe trug. Statt einer vollen Rüstung wählte sie nur einen Schulterpanzer und zog ihre fingerlosen Handschuhe über. In der kleinen Tasche, die sie mit einem Gürtel am Oberschenkel befestigte, hatte sie gestern schon das Nötigste verstaut. Jetzt stopfte sie noch den kleinen Ringblock und Stifte dazu.

»Wir gehen dann mal vor«, rief Merlin, und Ruby hörte, wie sich seine Schritte entfernten.

Sie band ihre kastanienbraunen Haare hoch, damit sie ihr nicht weiter ins Gesicht fielen, und kramte nach ihren wadenhohen Lederstiefeln. Zum Schluss legte sie sich den Waffengürtel mit ihrem Anderthalbhänder um – es hatte ewig gedauert, sich den zusammenzusparen. Merlins Schild ließ sie zurück, am ersten Tag würde sie keine zusätzliche Deckung brauchen.

Als sie aus dem Zelt trat, sollte sie komplett in ihrer Figur *Lady Ruby* aufgehen, aber heute blockierte etwas in ihr. Ihre Gedanken schwirrten um Ben, verweilten eine Millisekunde bei Henrik, und auf einmal fühlte sich ihr Outfit zu groß an, als würde alles rutschen oder an den falschen Stellen ausbeulen.

Ruby machte ihre Aufregung dafür verantwortlich und prüfte zum fünften Mal, ob sie ihr ledernes Notizbuch sicher in ihrem Schlafsack versteckt hatte. Bisher hatte Isabel es zumindest noch nicht entdeckt.

Ruby würde mit ihrer Freundin darüber sprechen, warum Henrik sie immer noch so aufwühlte. Sie würde Bens Geheimnis lüften. Und vor allem würde sie einen tollen, unvergesslichen ersten Tag haben.

»Los geht's«, sprach sie sich selbst Mut zu, zog ihren Waffengürtel fest und marschierte Richtung Burg.

Mit ein wenig Verspätung schob sich Ruby durch die Wartenden im Innenhof. Sie versuchte, ihre Gruppe im Gedränge ausfindig zu machen, wollte aber gleichzeitig Henrik aus dem Weg gehen. Im selben Augenblick wollte sie am liebsten die vielen Kostüme bestaunen, die sich hier versammelten. Zauberer, Dämonen mit bogenförmigen Hörnern, Waffen so groß wie sie selbst, eine Frau war sogar als Waldnymphe inklusive Baum angereist. Auch im dritten Jahr konnte Ruby sich an der Detailliebe kaum sattsehen. Zeichnen lag ihr überhaupt nicht, dennoch wollte sie die Kostüme auf Papier bannen. Vielleicht sollte sie Merlin um ein paar Skizzen bitten.

Obwohl es früh am Morgen war, drängte sich jeder Teilnehmer auf die enge Freifläche. Stimmengewirr, Wärme und abstehende Lanzen ließen ihr kaum Möglichkeit zum Atmen, geschweige denn zum Durchkommen.

Fast wäre sie in die Team-Besprechung von Sparta geplatzt, die Henrik mit dröhnender Stimme abhielt, aber Ruby drehte rechtzeitig um. Daraufhin hielt sie den Kopf gesenkt, um ausnahmsweise nicht jeden Bekannten zu grüßen.

Sie fühlte sich furchtbar. Wie ein Fake. Normalerweise legte sie beim LARP ihre Zweifel und Unsicherheiten ab – Lady Ruby kannte diese Worte nicht einmal. Lady Ruby wusste immer, was sie wollte und wie sie ihr Ziel erreichte. Hinter der Fassade konnte Ruby jedoch eine Frage nicht verscheuchen: Wie würde Ben reagieren, wenn er sie zum ersten Mal sah? So … verkleidet?

»Natürlich kommt Lady Ruby zu spät«, hörte sie Merlins Stimme, ehe sie seinen Magierstab in der Menge ausmachte. Sie drängelte sich an einer Gruppe Elfen vorbei und schon erspähte sie die Weißen Raben – mitten im Getümmel. Isabel und Merlin zeigten kein Erbarmen mit Ben und warfen ihn direkt in den Mahlstrom.

»Die Kleidung einer Frau ist deutlich schwieriger anzulegen«, gurrte Isabel und kontrollierte dabei die Position ihrer Wurfmesser. »Du musst nur deinen Umhang überwerfen.«

»Lehrling.« Merlin schnippte auffordernd durch die Luft. »Warum sagst du nichts?«

»Kein Wunder, dass niemand auf dich hört.« Ben schnippte ebenfalls vor seiner Nase, um zu zeigen, wie lächerlich es wirkte.

»Gut so.« Isabel stieß Ben mit ihrer Hüfte an. »Außerdem haben wir bestimmt nicht in unseren Kleidern geschlafen. Ich habe heute Morgen sogar ein Bad im Fluss genommen.«

»Wa... warum hast du nichts gesagt?«, erwiderte Merlin. »Ich hätte mitkommen und aufpassen können, dass keiner spannt.«

»Damit du dann in der ersten Reihe sitzt?«

Ihr kleiner Zauberer blickte beschämt zu Boden und murmelte etwas Unverständliches.

Ruby war in diesem Moment abgelenkt, denn Ben hatte sie nun ebenfalls entdeckt. Sein Blick glitt über ihre Kleidung, blieb am Schulterpanzer und dem verzierten Schwertknauf hängen. Ruby konzentrierte sich darauf, Haltung zu bewahren, auch wenn sie sich lieber hinter dem nächsten Berserker verstecken wollte. Viel zu schnell sah Ben ihr wieder in die Augen und winkte sie herbei. Bei Isabel klebte die männliche Aufmerksamkeit immer für gefühlte Minuten an ihren Beinen.

»Lady Ruby!« Ihre Freundin eilte an ihre Seite.

Ruby hatte vollkommen vergessen, dass sie nun ihre Mitstreiter begrüßen sollte. Unsicher verbarg sie die Hände hinter dem Rücken.

»Du hast da was vergessen«, neckte Isabel flüsternd und nahm ihr vorsichtig die Brille ab.

Sofort packte Ruby sie in das Etui in ihre Tasche. Ohne Isabels Gespür für Details hätte Ruby bereits viele Fettnäpfchen mitgenommen. Sie blieb ein zerstreuter Schussel, ständig in Gedanken.

Isabel drückte bestätigend ihren Arm und Ruby lächelte über die Geste. »Wenn du willst, sag ich dir später, ob Ben dich heimlich beobachtet. Vielleicht ist er schüchtern?«

»Er ist nicht mein ...« Verlegen zwirbelte Ruby die Spitzen ihrer braunen Locken. »O... okay ... bitte.«

Isabel kniff sie spielerisch in die Wangen, bis diese sich rot verfärbten. »Na los, Lady Ruby«, flüsterte sie. »Es gibt keinen Grund, nervös zu sein.«

»Was ist das denn?«, fragte ein Krieger aus der Drachengilde und deutete auf Ben. »Seit wann gab es Geeks im Mittelalter?«

Ben straffte die Schultern, doch es war Merlin, der erwiderte: »Das ist eine ultracoole Zauberrüstung, die erst ab Level 70 sichtbar wird. Und jetzt zisch ab!«

Verwundert las der Spieler ein weiteres Mal den Spruch auf Bens T-Shirt und verschwand in der Menge.

»Das wollte ich immer schon mal sagen. ›Zisch ab‹«, betonte Merlin übermäßig und strahlte, als hätte er die Gruppe vor einem gefährlichen Monster beschützt. »Zisch ab, ey«, wiederholte er noch einmal in einem besonders bissigen Tonfall.

In Momenten wie diesen erinnerte sich Ruby, dass Merlin zwar wie ein Erwachsener sprach, aber eigentlich erst dreizehn Jahre alt war. Letzten Sommer hatten die meisten Älteren ihn kaum ernst genommen.

Ben klopfte ihm zum Dank auf die Schulter und kurzzeitig schien das Meister-Lehrling-Gefüge vertauscht zu sein. Besonders, als Merlins Strahlen dadurch noch breiter wurde.

Ruby atmete ein weiteres Mal tief ein, bevor sie ihre gewohnte Aufgabe übernahm. »Weiße Raben, hört gut zu, wir teilen uns zunächst auf. Kaliandra holt erste Informationen über die Aufträge ein, Merlin fragt bei der Magier-Gilde an und Ben …« Sie wartete kurz, damit er sie berichtigen und seinen Figurennamen verraten konnte. Leider reagierte er nicht auf ihren Vorstoß. Wäre auch zu einfach gewesen!

Ruby rollte mit den Augen, ehe sie ihm einen Wimpel aushändigte. »Ben ist zunächst unser Bannerträger und kommt mit mir.«

Ohne Vorwarnung zählte die Menge von zehn herunter, bis am Ende des Countdowns eine Rakete über der Burg aufstieg. Goldenes Feuerwerk erblühte und verteilte sich in alle Himmelsrichtungen.

»Es geht los, die Insignien sind über die Sommerlande verstreut«, erklärte Ruby, doch Merlin und Isabel waren längst unterwegs.

Da alle Mitspieler gleichzeitig aufbrachen, verstopfte sofort das Tor des Burgwehrs. Und obwohl Ruby seitlich dem Gedränge auswich, geriet sie in den Strom aus Leibern und ausladenden Waffen. Niemand schenkte ihnen große Beachtung, die Vorfreude der anderen übertraf alles andere.

Ob Ritter früher genauso vor Tatendrang gesprüht hatten?, fragte sich Ruby. Statt sich in der Vorstellung zu verlieren, spürte sie, wie Ben sie vor der Menschenmasse abschirmte. Vermutlich wollte er nicht von ihr getrennt werden, dennoch jagte die Berührung Ruby eine Gänsehaut ein. Eine ganz andere, als die Aufregung sonst auslöste.

Direkt hinter dem Tor zog Ruby Ben nach links und der Strom an Mitspielern gab sie frei. Konzentriert beobachtete sie, in welche Richtungen sich die Spielergruppen verteilten, und verscheuchte die Gedanken an Bens Nähe. Wie bereits vermutet, schritten die meisten in Richtung der Wälder. Doch zu Beginn eines LARP lohnte es sich nicht, als Allererstes voranzustürmen – jeder wollte der Erste sein.

Ruby gab sich alle Mühe, nicht regelmäßig zu Ben zu schielen, der weiterhin nichts zu ihrem Outfit sagte. Langsam könnte er den Mund öffnen, immerhin hatte sie in seiner Gegenwart bisher nie ein Kleid getragen, geschweige denn ein Schwert.

»Warum folgen wir nicht den anderen?«, wollte Ben stattdessen wissen und lehnte sich entspannt gegen die Burgmauer.

»Das ist nicht wie bei einem Freizeitpark, bei dem man stundenlang in der Schlange steht, um die coolste Achterbahn mitzunehmen. Wir können uns frei auf dem Gelände bewegen.« Außerdem würden Henrik und sein Team sicherlich an erster Stelle voranpreschen. Das passte zu seinem aufgeblasenen Ego. »Wir müssen geschickt vorgehen, um …«

Erst da fiel Ruby auf, dass sie Ben letzte Woche nur einen Crash-Kurs gegeben hatte. Also stellte sie sich zu ihm an die Burgmauer und frischte mit ihm die Grundregeln auf. Die nächsten Tage würde es darum gehen, die Spielstationen aufzusuchen und die versteckten Aufgaben aufzuspüren, um Siegpunkte und Goldmünzen zu erhalten. Manchmal würde ein magisches Item dabei herausspringen oder ein Rätsel, was wiederum beim Auffinden der Königsinsignien weiterhalf. Schließlich wollte jedes Team die meisten Insignien für sich beanspruchen.

»Also eine Art Belohnungssystem?«, hakte Ben nach. »Je aktiver ich bin und je mehr ich löse, desto besser schneide ich ab?«

»Ja, halbwegs. Nur, dass niemand gezwungen ist, mitzumachen.« Sie wies auf das Lagerfeuer im Zentrum der Zeltstadt. Von Weitem konnten sie die Gestalten erkennen, die sich dort niedergelassen hatten. »Es gibt genauso Leute, die eine Woche lang Gewandungsgrillen veranstalten und einfach entspannen.«

»Eine Woche Grillfest in Kostümen?«, lachte Ben, worauf Ruby nickte.

Für einen Moment ruhte sein Blick auf ihrer Bluse, doch dann wandte er sich schnell ab. Fast hätte sie ihn gefragt, ob sie so furchtbar aussah. Stattdessen knetete sie unsicher ihre Finger.

»Es gibt wieder eine Ausgrabungsstätte«, verkündete Merlin auf einmal, als er wie aus dem Nichts neben

Ruby auftauchte. Isabel folgte ihm dicht darauf. »Ich bin dafür, dass die anderen erst mal für uns den Boden lockern und wir sie in der Mittagshitze brutzeln lassen.«

Ein Plan ganz nach Rubys Geschmack.

»Nach dem Debakel mit deinem Zelt willst du dich nur nicht wieder handwerklich betätigen.« Isabel knuffte ihm in den Arm. »Die in der Burg ausgehängten Aufgaben konzentrieren sich auf die Wälder, die würde ich heute jedoch meiden, da treten sich alle nur auf die Füße.«

Ben folgte dem Gespräch aufmerksam, konnte jedoch nichts dazu beitragen.

»Zum Start machen wir was Leichtes«, entschied Ruby.

»Genau. Wir wollen doch Ben näher kennenlernen«, warf Isabel im vollen Flirt-Modus ein.

»Was es auch wird, Lady Ruby.« Merlin stellte sich vor Isabel, als buhlte er um ihre Aufmerksamkeit. »Ich decke Euch den Rücken mit meiner Zauberkraft.« Theatralisch klopfte er mit seinem Magierstab auf den Boden.

»Du bist also kein Heiler, der am Rand steht und Sprüche in sich hinein murmelt, Meister?«, fragte Ben sarkastisch und mimte dabei den überraschten Lehrling.

»Noch so ein Spruch und du wirst niemals von mir geheilt.« Merlin hob demonstrativ das Kinn und marschierte los. Der Stein an seinem Stab blitzte im Sonnenlicht auf. »Jetzt kommt endlich. Ein Jahr Wartezeit war lange genug.«

Auch Isabel und Ben machten sich auf den Weg, nur Ruby kämpfte noch mit sich, ehe sie die Zweifel beiseiteschob. Sie war die Anführerin der Weißen Raben, sie würde die richtigen Entscheidungen treffen, sodass es für alle eine unvergessliche Woche werden würde.

Leider hatte sie sich das im letzten Jahr ebenfalls vorgenommen. Die Narben, die der letzte LARP auf ihrem Herzen hinterlassen hatte, schmerzten noch immer.

»Ruby?«, rief Ben ihr nach, da sie schon weit zurückgefallen war. »Was ist? Du willst doch ein Königreich erobern!«

»Natürlich!« Ruby stieß sich von der Wand ab und folgte mit einem Lächeln. Sie würde nicht mehr auf etwas warten, was vielleicht nie eintraf, sondern sich über das freuen, was sie bereits besaß.

Für ihren ersten Tag entschied Ruby sich für den Uferstreifen.

Auf der Rückseite der Burg schob der Fluss gemächlich graublaues Wasser durch die Landschaft. Er war eher schmal, die mit Schilf bewachsenen Ufer trennten vielleicht zehn Meter, sodass ein passabler Schwimmer die Strömung ohne großes Risiko durchqueren konnte. Farbenfrohe Libellen schwirrten zwischen den Halmen und das sanfte Rauschen der Wellen beruhigte Rubys Nerven.

Auf ihrer Uferseite begrenzte der Fluss die Ausläufer der umliegenden Wälder. Da es keinen Pfad gab, sank

Ruby in knöcheltiefes Laub und musste ständig ineinander verkeilten Ästen und wild wuchernden Büschen ausweichen. Sie war ein fürchterlicher Tollpatsch, um zu stolpern, reichte es schon, dass sie sich bewegte. Vorankommen erforderte also höchste Konzentration.

»Muss ich auf irgendwas achten?« Ben schloss zu ihr auf. »In Spielen passt sich ja die Musik an, falls Gefahr droht. Aber so großartig unser Zauberer sein mag, wird er keine Hintergrundmusik beisteuern, oder?«

Merlin und Isabel fielen ein Stück zurück, während die beiden ebenfalls nach Hinweisen Ausschau hielten. Oder ihre Freundin ihr einfach einen Moment allein mit Ben verschaffte.

»Du würdest schreien wie ein Mädchen«, scherzte Ruby, die einen Weg zwischen den Bäumen suchte, »wenn auf einmal düstere Musik erklingt.«

Zwar lachte Ben ausgelassen, trotzdem lief ihr beim Gedanken ein Schauer über die Arme. Sie verloren sich in einem Rollenspiel, auf eine Horrorfilmatmosphäre konnte sie dabei verzichten. Mit Laternen durch die Finsternis zu wandern, war meist gruselig genug.

»Wir wären zumindest vorgewarnt.«

»Du bist so ein Vorausdenker.« Ruby winkte ab. »Lass dich einfach mal überraschen, in was wir als Nächstes stolpern.« Glücklicherweise nahm sie ihren Spruch selbst nicht zu wörtlich. Ben blickte sie dennoch wachsam an, die Hand ausgestreckt.

»Bin ich wirklich so unfallgefährdet?«

Darauf schenkte er ihr ein halb zerknirschtes, halb belustigtes Lächeln. »Hast du vergessen, wie oft du in der Schule über Taschen und Rucksäcke stolperst?«

»So schlimm ist das wirklich nicht …«

»Kris hat die ›Keine Getränke im gleichen Zimmer wie die Konsole‹-Regel wegen dir aufgestellt.«

»Oh.« Verdammt, sie konnte ein Schussel ohnegleichen sein.

Die Gruppe ließ die Burg weit hinter sich und durch den dicht bewachsenen Wald vergaß Ruby rasch, dass zweihundert weitere Spieler auf dem Gelände unterwegs waren.

Was würde Lady Ruby wohl nun in ihren Geschichten erleben?, fragte sie sich stattdessen. Sicherlich würden ihr die Insignienjäger in die Quere kommen, wenn sie gerade ein magisches Objekt studierte. Das war schließlich das Besondere an ihrer Fan-Fiction. Während die meisten Shipper waren oder Schlachten neu ausfochten, suchte Lady Ruby die Insignien, um sie zu erforschen und den Landstrichen auszuhelfen, die von den Jägern terrorisiert wurden. Die Idee war ihr nach einem Superhelden-Film gekommen – was passierte eigentlich nach der Endschlacht? Baute irgendjemand die zerstörten Gebäude und Straßen wieder auf?

Und plötzlich reiste Lady Ruby in ihrer Vorstellung durch die Sommerlande, um eine Lösung für all die Dörfer zu finden, die keine Insignie mehr besaßen und damit keine Magie mehr, die sie beschützte. Das Spannende daran war die Suche. Lady Ruby musste sich stets beweisen, ihre Grenzen austesten, schlauer sein als die anderen – etwas, das sich Ruby selbst nur bedingt zutraute.

»Achtung!«

Sie blieb abrupt stehen, denn auf Kniehöhe versperrte ein umgeknickter Baumstamm das Weiterkommen. Bei einem Sturz wäre sie mit der Nase voraus im Wasser gelandet.

»Wo warst du wieder mit deinen Gedanken?«, fragte Ben ehrlich besorgt.

»Woanders. Aber nicht so wichtig.« Gekonnt schwang sich Ruby über den Stamm und folgte weiter dem Flusslauf. Tollpatsch hin oder her – sie würde vorausgehen.

»Finde ich schon, wenn du dir dadurch ständig fast wehtust.« Er setzte ebenso mühelos über das Hindernis hinweg. »Solltest du vielleicht deine Brille ...«

Plötzlich waberte ein Krächzen den Uferstreifen entlang. Ohne einen einzigen Ton zu treffen, stimmte es eine schiefe Melodie an. Ruby stellten sich die Nackenhaare auf – genauso klang es, wenn man in einem Videospiel in ein gefährliches Gebiet vorstieß! Sofort drehten sie und Ben sich zu Merlin um und prusteten los.

»Soll ich einen Spähzauber ...«, merkte Merlin an, unsicher, warum über ihn gelacht wurde.

»Ich mach das.« Isabel zog ihre Klingen aus den Halterungen und drückte sich tiefer ins Dickicht. »Nachher ist das eine Falle.« Leise und geschmeidig verschwand sie zwischen den Bäumen, die Grüntöne ihres Kostüms wirkten wie Tarnfarben.

Ruby legte einen Finger auf die Lippen, was Merlin, zum Zeichen, dass er verstanden hatte, sofort erwiderte. Mit einem weiteren Handzeichen teilte sie ihm stumm mit, dass sie Isabel folgen würde und er in Deckung gehen sollte. Da sie Ben noch nicht in die Kommandos eingewiesen hatten, zog Ruby kurz an seinem Unterarm, um ihm die Richtung zu weisen.

Merlins Robe raschelte furchtbar laut durch das Laub, doch er gehorchte. Ruby suchte sich eine bessere Position und umrundete eine Zeder, während Ben in ihrem Schatten hinterherschlich. Vögel zwitscherten ausgelassen und der Fluss gluckerte an ihnen vorbei, doch die friedliche Szenerie könnte genauso gut ein getarnter Hinterhalt sein.

Ruby tastete sich vor und zog ihr Schwert. Vor Anspannung hielt sie den Atem an – was würde sie erwarten?

Erst als sie an Isabels Seite gelangte, wagten sie gemeinsam einen Vorstoß auf den Uferstreifen. Dort verharrte an einem schmalen Ruderboot eine alte, vornübergebeugte Dame in einem verblassten Rüschenkleid.

»Liebe Kinder«, krächzte die Frau mit deutlich verstellter Stimme und klang dabei wie der eigentümliche Gesang.

Isabel seufzte, bevor sie ihre Wurfmesser einsteckte. Scheinbar hatte sie auf einen gefährlicheren Gegner gehofft. Auch Ruby verstaute ihr Schwert in der Ummantelung, die an ihrem Gürtel hing.

Die Dame hob den Kopf und zumindest Ben prustete los. Vor ihnen stand Frank, der Helfer, der gestern Abend noch Bens Figur eingetragen hatte. Nur, dass er jetzt eine schwere, graue Perücke trug und sogar geschminkt worden war. Die Wangen rosig, die Lippen rot – ob er eine weitere Wette verloren hatte?

»Welch Glück, dass ihr vorbeigekommen seid.« Mit zitternden Fingern wies er zum Fluss. »Bitte helft der armen gebrechlichen Gertrud. Mein Boot ist zu klein, um meinen Wolfshund, mein Kaninchen und die Möhren gleichzeitig zu transportieren.« Neben dem Boot waren die Möhren und zwei Stofftiere aufgereiht. »Ach, was soll ich nur tun! Wenn ich sie alleine lasse, fressen sie sich gegenseitig auf! Arme, alte Gertrud.«

»Ein Rätsel.« Merlin trat als Letzter aus dem Wäldchen und rieb sich die Hände.

»Mir wäre ein Kampf lieber gewesen«, seufzte Isabel.

»Du wieder. Du kannst auch ohne Gewalt etwas erreichen.«

Bevor ihre Gruppe sich beraten konnte, erschienen weitere Spieler auf der Lichtung. Doch Frank verscheuchte sie sofort wieder. Die Teams mussten einzeln antreten, damit andere nicht die Lösung erschummelten.

»Ich hätte eine Idee«, stellte Ben fest, während Ruby noch gar nicht dazu gekommen war, zu überlegen. Franks Anblick riss sie ständig aus ihrer Konzentration.

»Und warum sagst du das nicht gleich?« Merlin stampfte mit seinem Stab auf, um seinen gespielten Zorn zu untermalen.

Lediglich Isabel behielt die anderen Spieler im Auge, die sich auffällig langsam zurückzogen.

»Soll ein Lehrling seinem Meister nicht den Vortritt lassen?« Ben verschränkte die Hände im Nacken und grinste schelmisch. »Und was, wenn ich falsch liege?«

Da krempelte Merlin die Ärmel seiner Robe hoch und marschierte auf Gertrud zu. »Werte Dame«, rief er und baute sich zu seiner vollen Größe auf. »Ich kann dein Problem lösen.«

»Nun, das ist nett, mein Kleiner.« Der Helfer beugte sich zu Merlin herunter und tätschelte ihm den Kopf. Ruby hätte zu gern seinen Gesichtsausdruck gesehen. Oder ein Foto davon gemacht. »Nur den richtigen Weg zu wissen, hilft mir nicht, ihr müsst ihn auch für mich gehen.«

Merlin fixierte angestrengt das Ruderboot, so, als berechne er seine Chancen. »Da bin ich definitiv raus!« Sofort machte er auf dem Absatz kehrt.

»War ja klar, dass sich unser Zauberer bei körperlichen Arbeiten nicht angesprochen fühlt«, stichelte Isabel. »Der Namenlose scheint die Sache im Griff zu haben, daher sehe ich mich weiter um, Lady Ruby.«

»Ich komme mit, nachher tappst du noch in einen Hinterhalt«, bot Merlin an.

»Sicherlich.« Isabel schwang demonstrativ mit den

Hüften, selbst für Kaliandra benahm sie sich seltsam passiv-aggressiv.

»In Ordnung«, entschied Ruby und wandte sich an Ben. »Schaffen wir das?«

Ben zeigte nur den Daumen nach oben und ging auf das Boot zu. So sollte ihr Team funktionieren, freute Ruby sich, die Stärken der einen glichen die Schwächen der anderen aus.

»Viel Spaß bei eurem romantischen Bootsausflug, meine Lady«, rief Isabel ihnen nach, bevor sie im Dickicht verschwand.

Erst jetzt warf Ruby einen genaueren Blick auf das Ruderboot, welches kaum Platz für zwei hatte. Isabels letzte Worte noch im Gedächtnis, suchte Ruby auf einmal Halt und griff instinktiv nach ihrem Schwert. Doch beim Laufen verhedderte sie es so zwischen ihren Beinen, dass sie auf den sandigen Uferstreifen stürzte.

So etwas Peinliches war Ruby schon ewig nicht mehr passiert! Wortlos half Ben ihr auf, nur seine grünen Augen strahlten amüsiert. Er tat zumindest so, als wäre nichts Außergewöhnliches vorgefallen, und brachte den Helfer flink auf die andere Flussseite. Solange Ruby die Tiere und die Möhren beaufsichtigte, würde nichts passieren.

»Seid bloß vorsichtiiiig«, jammerte Frank/Gertrud, während Ben zurückruderte, und ging dabei voll in seiner Rolle auf. »Allein kann man meine Tiere kaum halten!«

Ruby schnappte sich derweil den unglaublich schwer

zu bändigenden Stoffhasen – so weit hatte sie das Rätsel gelöst. Außerdem würde sie nicht einfach danebenstehen und warten. Zwar trug sie den Titel einer Lady, doch sie war weder schwach noch zerbrechlich.

»Wir können uns mit Rudern abwechseln«, schlug sie vor, als das Boot wieder auf ihrer Seite anlegte. Aus der Nähe betrachtet wirkte es regelrecht winzig.

Ohne auszurutschen, stieg Ruby ins Innere und jubelte stumm, auch wenn sie mit Sicherheit nicht so elegant wie Isabel war. Sie strich ihren Rock glatt und setzte sich mit dem Hasen auf dem Schoß hin.

Dann griffen Ruby und Ben jedoch zeitgleich nach den Rudern und zuckten bei der plötzlichen Berührung zurück. Bevor Ruby etwas erwidern konnte, stieß Ben das Boot vom Ufer ab und es glitt durch die minimale Strömung.

»Ich kann helfen«, beharrte Ruby und wies auf ihre Ausrüstung. »Ich bin eine Kriegerin, Ben.«

Kurz schweifte sein Blick über ihre Kleidung, bis er ihn in die Ferne heftete. Warum benahm er sich auf einmal so verkrampft? »Dann pass auf, dass der Hase dir nicht entwischt«, scherzte er dennoch.

Wie geheißen hielt sie das Kuscheltier fest, schmollte aber trotzdem. Sie wollte gerne paddeln. Ob es schwer war, das Boot gerade zu halten?

Die beiden stellten den Hasen bei Gertrud ab und schon ging es zurück. Die sanfte Strömung platschte gegen das Boot, doch für den Moment achtete Ruby nicht darauf. An Bord war es so eng, dass Bens Knie bei jeder Ruderbewegung ihre eigenen berührten.

»Jetzt sag's einfach«, grummelte sie, verärgert darüber, ein komplettes Nervenbündel zu sein, sobald sich ihr keine Ablenkung mehr bot. »Sehe ich so furchtbar aus?« Ruby lehnte sich ein Stück vor.

Ben unterbrach das Rudern und wich nach hinten zurück, wie, um den Abstand zu wahren. »Es sieht gut aus«, meinte er langsam, so, als verschwiege er die Hälfte.

Was war das denn für eine Reaktion?

Leider erreichten sie nun das Ufer und Ben gab Ruby den Wolfshund. Still machte er sich an das Rudern, sodass sie sich zwingen musste, nicht die Stimme zu heben. »Das heißt, sonst sehe ich nicht gut aus?«

»Das habe ich nicht gesagt, ich ...«

»Doch, irgendwie schon.«

Das Manöver war fies, aber er hätte auch einfach mit der Sprache herausrücken können.

Ben runzelte die Stirn, korrigierte den Kurs und seine Worte. »Du hast mich überrascht, okay? Ich hätte nie gedacht, dich mal in so Sachen ...«

Also zog sie sich in der Schule immer total langweilig an, oder was? Ruby fasste den Wolfshund fester. Jungs! Hätte er nicht sagen können, dass ... keine Ahnung was. Irgendetwas, das Isabel immer zu hören bekam. Ruby zog jedoch nie die Aufmerksamkeit auf sich. Nicht wie die anderen Mädchen ihrer Klasse, die oft in Röcken oder Kleidern erschienen.

Genervt zog Ruby das Muster ihres Schwertknaufs nach. Mit Teamkameraden fing sie keinen Streit an. Aber Bens Verhalten war der beste Beweis, dass sie einfach nicht hübsch war. Und dass Jungs immer nur Stress bedeuteten. Hätte sie diese Aufgabe mit Isabel erledigt, wäre es nie zu so einer Situation gekommen.

Im flachen Wasser sprang Ruby aus dem Ruderboot und schleuderte Frank den Wolf zu, bevor sie den Hasen packte. Niedergeschlagen ließ sie Ben die Arbeit machen, die Strömung zerrte am Boot und seine Ruderschläge fielen inzwischen deutlich langsamer aus.

»Ist ja klar, dass Kaliandra die größere Überraschung ist. Niemand würde so etwas von Isabel Kuschinsky erwarten«, meinte Ruby, nachdem Ben die Karotten bei Frank und dem Wolf abgeladen hatte.

»Moment, Kaliandra ist *die* Isabel?«, hakte er nach. »Die Schülersprecherin der Oberstufe mit dem Einser-Notenschnitt, wie jeder unserer Lehrer betont …«

Vor Verblüffung rutschte Ben das Paddel fast in den Fluss, Ruby erwischte es gerade noch rechtzeitig.

»Sie ist ein glänzendes Beispiel für uns alle«, führte sie das Zitat zu Ende und ergriff das zweite Paddel.

Nachdenklich schaute er Richtung Wald. »Das hätte ich echt nicht gedacht«, murmelte er, bevor er Rubys Triumph bemerkte. »Sie sieht komplett anders aus.«

Ihr erster, leicht zorniger Paddelversuch traf beinahe Ben, der sich aus Reflex duckte. Ruby seufzte. Sie hatte sich heute wirklich nicht im Griff.

Abseits des LARP spiegelte Isabel alles wider, was Ruby fehlte. Mal abgesehen von der Kenntnis vierer Sprachen, die brauchte sie nicht. Isabel benahm sich immer total erwachsen, sie war beliebt bei den Jungs und verstand sich super mit ihren Freundinnen. Während Ruby scheinbar nur von Isabel richtig verstanden wurde. Bei der letzten Grillparty zum Schuljahresende hatte Ruby den halben Abend mit Ben über die neusten Videos der E3 gequatscht und kaum ein Wort mit den Mädchen ihrer Klasse gewechselt, wenn es nicht gerade um die Pläne für die Sommerferien ging.

Doch so wie Ruby verheimlichte, wie sehr sie sich auf eine Woche LARP, Schlamm, Übermüdung und Duelle freute, gab es auch Seiten an Isabel, von denen kaum einer etwas ahnte. Zum Beispiel, wie sie mit Ruby beim Holifestival in der ersten Reihe getanzt hatte. Viel zu oft wünschte sich Ruby, nur einen Bruchteil von Isabels Selbstsicherheit zu besitzen. Ihrer Freundin schien einfach alles zu gelingen.

Als ihre Ruderversuche eher unbeholfen ausfielen, wurde dieser Wunsch nur noch stärker. Ben sagte nichts dazu, dass sie das Boot in der Strömung beinahe um hundertachtzig Grad drehte. Schweigsam holte er den Hasen und sie fuhren ein letztes Mal über den Fluss.

Mit einem Ruck zog er das Boot auf den Uferstreifen und hielt ihr tatsächlich die Hand hin, damit sie ohne Zwischenfälle hinausklettern konnte. Ruby rechnete allerdings bald mit einem blöden Spruch. Scheinbar war ein Kompliment von einem Jungen zu erhalten, den sie mochte, ein zu hoch gestecktes Ziel.

Dann besann sie sich ihrer Rolle und reichte Frank das verbliebene Stofftier. »Bitte schön, Gertrud, niemand wurde gefressen.«

»Vielen Dank!« Die alte Frau machte einen wackeligen Knicks und die Haare der grauen Perücke rutschten Frank ins Gesicht. »Nun kann ich beruhigt weiterziehen. Aber schau«, er deutete auf den kleinen Wolf, »mein Cavall hat Euch ins Herz geschlossen.«

Natürlich bewegte sich das Kuscheltier kein Stück, dennoch nahm Ruby es auf den Arm.

»Loot«, meinte sie knapp zu Ben, nachdem sie sich verabschiedet hatten. Sie hatten ihre erste Belohnung für eine bestandene Aufgabe erhalten.

Hinter dem Wäldchen beschrieb der Fluss eine Kurve und dort versteckte sich eine schmale Holzbrücke, die zurück zum Spielgelände führte. Ben betrachtete das neu gewonnene Item skeptisch.

»Pass auf, dass er dich nicht beißt«, scherzte er.

Endlich. Sie hatte schon befürchtet, dass sie sich den Rest des Tages anschweigen würden. Obwohl ihre Treffen sonst immer sehr lebhaft verliefen, voller Lachen und Scherze.

»Das ist Cavall, einer von König Artus' Hunden. Einer Lady würde er nie Schaden zufügen.«

»Woher weißt du so was?«

»I… ich lese…«, redete Ruby sich heraus. »Na ja, das

Spiel Albion Online und die Insignien-Bücher beruhen auf der Artussage, von daher …«

Obwohl sie es sich fest vorgenommen hatte, konnte sie Ben nie lange böse sein. Sogar als er die Schuld daran getragen hatte, dass beim Zocken ein Endboss ihre Gilde zerlegt hatte, hatte sie kurz darauf mit ihm über seinen Fehler gelacht.

»Wir sollten die anderen suchen«, warf Ruby ein. »Sonst glaubt Isabel wirklich, dass wir einen romantischen Bootsausflug gemacht haben.«

»Und das wäre schlimm?«, hakte Ben nach. Vorsichtig zog er einen abgeknickten Zweig aus Rubys Locken und lächelte versöhnlich.

Doch Ruby tat dies nur als einen weiteren Scherz ab.

4. KAPITEL

Nach einem kurzen Abstecher ins Lager, wo sie Cavall mit einer Leine an einer Zeltstange festbanden, machten Ruby und Ben sich auf die Suche nach dem Rest der Weißen Raben. Da Smartphones während der Spielzeit verboten waren, konnten sie ihre Mitspieler nicht einfach anrufen.

Ruby fächelte sich mit der Hand Luft zu, als sie mit Ben in die grobe Richtung ging, in die ihre Freunde verschwunden waren.

»Es ist gerade Mittag und ich schmelze. Wie hältst du das nur aus? Nächstes Jahr brauch ich einen Hut als Upgrade.«

Weder die mittlerweile beißende Sonne noch der schwüle Julitag schienen Ben etwas auszumachen. Trotz dunklem T-Shirt und Jeans schwitzte er kein bisschen.

»Einen mit einer großen, buschigen Feder«, scherzte er.

»Garantiert nicht!«, protestierte Ruby sofort.

»Lieber mit Obst? So wie diese exotischen Tänzerinnen?« Dabei hob er die Hände in die Höhe, als müsse er einen Hut stützen.

Solange sie scherzten, war alles in Ordnung. Dann fühlte Ruby sich leicht und sorglos, etwas, das Ben stets bei ihr hervorrufen konnte.

»Pass du eher auf, sonst besorge ich dir ein rotblaues Narrenkostüm mit dieser Glöckchenhaube.«

Ben zuckte mit den Schultern. »In dieses Nichts verirrt sich kein Postwagen, damit du es liefern lassen kannst.«

»Die Burg hat eine Postadresse«, triumphierte Ruby.

»Jetzt bekomme ich Angst.« Er schlug sich gespielt die Hand vor den Mund. »Die edle Lady Ruby hat also einen Hang zur Folter.«

»Solltest du auch. Narren werden in dieser Welt ziemlich schnell geköpft, wenn sie ihre Lady nicht zum Lachen bringen.« Obwohl sie versuchte, ernst zu bleiben, grinste Ruby flüchtig.

»Das habe ich gesehen.«

Sie gab sich ahnungslos.

»Aber verratet mir doch, Mylady, welch Zauberpost so schnell zustellt?«, fragte Ben in einem Tonfall, der vor Sarkasmus triefte.

Nun besiegte er sie schon mit ihren eigenen Waffen. Postkutschen in Fantasy-Welten brauchten Tage, wenn nicht sogar Wochen, um ihr Ziel zu erreichen.

In der Ferne trennte eine hüfthohe Mauer die Wiese ab. Vor einem schmalen Durchlass saß ein Mann auf einem Holzschemel. Aufgrund der Hitze hatte er die Ärmel seines hellen Hemds hochgekrempelt und seinen schweren ledernen Mantel, wie der eines Landstreichers, auf das Gestein gelegt. Am auffälligsten jedoch war das Barett auf seinem Kopf, welches von einer langen blauen Feder geziert wurde, sowie das strahlende Lächeln auf seinem Gesicht. Ruby schätzte ihn auf Mitte vierzig, vielleicht sogar ein wenig älter.

»Der Mann an der Mauer«, freute Ben sich auf einmal und wies auf den Helfer, zu dessen Füßen dreckverkrustete, verstaubte Schaufeln und Spaten ruhten.

»Nicht ganz«, lachte der Mann. »Falsches Buch, allerdings bist du der Erste, der darauf gekommen ist.«

Ruby hob überrascht die Brauen, sie hätte Ben nie als Leser eingeschätzt. Wahrscheinlich kannte er den Film oder schwärmte für die hübsche, blonde Schauspielerin. Schließlich las er die Insignien-Reihe nur als Vorbereitung für den LARP.

»Guter Mann«, sagte sie mit fester Stimme. »Verrate uns bitte, was sich hinter der Mauer verbirgt.«

Der Helfer erhob sich, strich sein Kostüm glatt und rollte die Schriftrolle aus, die in seinem Mantel steckte. »Dies ist der sagenumwobene Friedhof der drei Nebelhexen«, erzählte er. »Bei Sonnenschein droht euch keine Gefahr, nur des Nachts, wenn der Dunst kraucht und kräuselt, zeigt sich, dass die Leichname der Hexen zum Leben erwachen. Dass sie ihre kalten Glieder aus dem Boden strecken und jeden ergreifen, der es wagt, über ihren Friedhof zu schreiten.« Er holte tief Luft, so, als würde er gleich den zweiten Teil seiner Rede starten.

»Um?«, hakte Ruby nach und wippte vor Aufregung

auf den Fußballen. Sie spürte beinahe die kalten Finger der Untoten auf ihrer Haut.

»Um ihn mit sich in das Reich der Toten zu ziehen.«

Ben verzog das Gesicht bei der Erzählung.

»Klasse!«, freute sich Ruby. »Du bist also der Wächter des Friedhofs?«

Der Mann nickte stolz.

Ruby erinnerte sich, dass die Hexen der Romanreihe, auf dem der LARP basierte, immer im Besitz einer Insignie waren. So eitel, wie sie meist dargestellt wurden, würden die Weißen Raben vielleicht hier den Spiegel der Wahrheit oder den Kamm der Täuschung vorfinden.

»Haben Sie heute Morgen ein goldenes Leuchten am Himmel gesehen?«, fragte Ben, der anscheinend auf die gleiche Idee gekommen war.

»Gewiss, mein … ähm … Freund.« Er stutzte einen Moment, weil er nicht wusste, wie er Ben bezeichnen sollte, und wies über die Mauer. »Es schlug mitten auf dem Friedhof ein und seitdem kommen mehr und mehr Wagemutige. Doch um die Totenruhe nicht zu stören, dürfen maximal zehn tapfere Helden gleichzeitig auf dem Friedhof ihr Glück versuchen.«

Ruby spähte an dem Wächter vorbei auf das Feld. Zurzeit stritten sich zwei Teams um die Vorherrschaft. Während ein paar kräftige Männer gruben, stritt der Rest darüber, wer sich den besten Platz geschnappt hatte. Waffen glänzten im Sonnenlicht, gleich würde Ben seinen ersten Zweikampf miterleben.

Der Helfer holte tief Luft und baute sich zu seiner vollen Größe auf. »Als Wächter trage ich die Verantwortung, dass die Nebelhexen nicht die guten Menschen des Landstrichs angreifen.«

Er reichte Ruby ein Pergament, auf dem sich die Gruppen für Zeitslots eintrugen. In Merlins fein säuberlicher Handschrift entdeckte sie den Namen der Weißen Raben. Sie würde Ben nicht verraten, welche Uhrzeit Merlin und Isabel gewählt hatten. Noch nicht.

»Ihr scheint aus einem fernen Land zu kommen«, wandte sich der Wächter nun verwundert an Ben. »Solch Kleidung habe ich nie in den Sommerlanden gesehen.«

»Ein goldenes Leuchten hat mich durch ein Portal in diese Welt geführt, daher muss mein Aussehen auf viele fremd wirken.« Ben sprach diese Erklärung so mühelos aus, als würde er tatsächlich daran glauben. Mit einem beinahe entschuldigenden Schulterzucken steckte er die Hände in die Taschen und lehnte sich gegen die Mauer.

Fast hätte Ruby das Pergament fallen lassen, als ihr Fangirl-Herz vor Begeisterung einen Sprung machte. Bisher hatte sie keine Ahnung, was für eine Figur sich Ben ausgesucht hatte, aber mit dieser Erklärung hatte er sich perfekt in die Sommerlande eingefügt. Tristan, die Hauptfigur, war auch so erschienen. Warum sollten andere Charaktere nicht den gleichen Weg beschreiten?

»Wie immer bist du zu langsam.«

Rubys Nackenhaare stellten sich auf, als sie Henriks dunkle Stimme hörte. Warum? Warum traf sie ständig auf ihn, wenn das Gelände doch so weitläufig war? Warum stapfte er nicht tiefer ins Herz der Wälder – wie alle anderen Übereifrigen?

Egal … es war ein Jahr vergangen, sie konnte ihm ins Gesicht sehen und ein paar Worte mit ihm wechseln, ohne dass gleich Streit ausbrach.

Henrik, der während des LARP die Figur Tiberius spielte, baute sich vor ihnen auf, als gehörten ihm bereits die Sommerlande. Sein Kostüm hatte sich komplett verändert, er musste in den letzten Monaten viel Geld in seinen neuen Brustpanzer und die edlen Schnallen seines Mantels gesteckt haben. Seine Skills waren jedoch noch beindruckender. Henriks Rüstungswerte boten ihm eine gute Verteidigung und seine Angriffspunkte waren zum Fürchten. An Tiberius' Hüfte hing ein Säbel, den er selbst ›Albtraum‹ nannte. Wenn er ihn schwang, verfolgte der Schlag einen tatsächlich bis in die Albträume. Früher hatte Ruby noch über diesen Spruch lachen können. Heute verstand sie die traurige Aussage dahinter.

»Bei all den Leuten, die in unterschiedlichen Richtungen unterwegs sind, trifft ›zu langsam‹ wohl auf niemanden zu«, erwiderte Ben kühl, als würde er eine instinktive Abneigung verspüren.

Henrik schritt durch die Lücke in der Mauer. Anstatt darauf zu warten, dass der Wächter Platz machte, schob er ihn schlicht zur Seite. Vom Scheitel bis zur Sohle schrie seine Haltung nach Überheblichkeit.

»Aber zu spät kommen ist ja nicht die einzige Schwäche an deinem Team«, ergänzte Henrik. »Vermutlich nur die, über die ihr am besten hinwegtäuschen könnt.«

Wo blieb ihre Schlagfertigkeit? So sehr Ruby sich das Hirn zermarterte, ihr fiel keine Erwiderung ein. Nicht mal ein dummer Spruch, ihr fiel gar nichts ein. Am liebsten würde sie sich umdrehen und davonlaufen – nur dann hätte Henrik endgültig gewonnen. Nach einem Jahr war vielleicht der Zorn verraucht, aber ihre Unsicherheit war geblieben.

»Was weißt du schon?«, ging Ben dazwischen, der Ruby einen besorgten Blick schenkte, bevor er sich schützend vor sie stellte.

Bens Kampfgeist war jedenfalls geweckt, denn Ruby kannte diesen herausfordernden Tonfall, den er jetzt an den Tag legte, genau. Zuletzt hatte sie ihn gehört, als sie auf der GamesCon von ein paar Idioten heruntergemacht worden war. Weil Mädchen keine Ahnung vom Zocken hätten, Mädchen nur Hindernisse wären, Ruby erinnerte sich noch genau an die Worte. Mädchen würden nur dazu dienen, in anzüglichen Cosplays aufzutauchen. Doch Ben und der Rest ihrer Gamergruppe hatten die Kerle verscheucht.

Henrik umfasste den Griff seines Säbels, eine Drohung, die unmissverständlich war. Zumindest wenn Ben sie als Neuling richtig einschätzte.

»Ach, hat dir deine tolle Chefin *das* etwa nicht erzählt?«, höhnte er.

Rubys Finger zuckten – sollte sie Ben die Ohren oder Henrik das Schandmaul zuhalten? Beides war keine Lösung.

Der Wächter, der Teil der Spielleitung war, beobachtete sie konzentriert. Eingreifen würde er noch nicht, Rivalitäten waren unter Spielern nichts Ungewöhnliches.

»Aber was soll ich von Amateuren und Ersatzleuten erwarten?«, sprach Henrik von oben herab und fixierte Ruby erneut. Ehe er sie von ihrer ungeschützten Seite angriff, versperrte Ben ihm die Sicht.

Ruby wich zurück und besann sich sogleich eines Besseren. Standhaft bleiben. Sie war längst über die Sache hinweg. Zum größten Teil. Sie durfte sich nur nicht einschüchtern lassen.

»Wo sind eigentlich deine Leute? Oder hast du schon alle vertrieben?«, warf Ben ein.

»Tiberius lässt gerne für sich arbeiten.« Endlich fand Ruby ihre Stimme wieder. »Er kennt das Wort ›Team‹ nicht.«

»Ich nenne das eher Organisationstalent und alles unter Kontrolle behalten.« Blitzschnell packte Henrik sie grob am Handgelenk, bevor Ben es verhindern konnte. »Wir könnten wieder zusammen spielen.« Sein Piratenmantel füllte ihr Sichtfeld aus, wie bei einem schwarzen Loch wurde sie zu ihm hingezogen. »Wenn du ehrlich bist, vermisst du es«, meinte er leise genug, dass Ben ihn nicht hörte.

Sie hatte tausend gute Gründe, ihn zu verabscheuen,

trotzdem erinnerte sie sich wehmütig an die Tage mit ihm. Nicht an Henrik selbst, geschweige denn seinen miesen Charakter, aber seine Figur und Lady Ruby hatten eine ganz eigene Dynamik innegehabt.

Sie waren unaufhaltsam gewesen.

Dennoch würde sie nicht vergessen, dass jeder von ihnen letztes Jahr schwerwiegende Fehler begangen hatte. Henrik behielt als Anführer nicht nur gern die Kontrolle, er hatte sie Ruby regelrecht aus den Händen gerissen. Er hatte über die Weißen Raben herrschen wollen, bis Ruby einen Riegel vor seine Absichten gesetzt hatte.

»Du brauchst diese Statisten nicht«, fuhr Henrik fort und versuchte, sie wieder in seinen Bann zu ziehen. Seine freie Hand legte sich plötzlich auf ihren Rücken. »Du brauchst diesen Noob nicht, der nicht mal ein eigenes Kostüm besitzt. Geschweige denn diesen unfähigen Zwerg oder deine Spionin, die eigentlich nur als Hingucker dient und sonst nichts kann.«

Dieses Mal rechnete Ruby zwar mit seiner Taktik, dennoch konnte sie seine Stimme nicht ausblenden. Ob sie wollte oder nicht, sie musste seine Worte ertragen.

»Wir könnten wieder zusammenspielen«, lockte Henrik sie, »und die Krone der Sommerlande erlangen.«

Er könnte sie erlangen, er allein, erinnerte sich Ruby. Schließlich kannte sie seine Worte, dass ihre Lady Ruby unglaublich leicht zu beeinflussen war, noch zu gut. Dass er sie ausgewählt hatte, weil sie das schwächste Mitglied war.

Bens Konter riss Ruby endlich aus ihren Gedanken. Sie hörte seine Worte nicht, dafür spürte sie genau seinen Griff um ihren Unterarm. Mit einem Ruck zog er Ruby von Henrik fort und stellte sich wieder zwischen sie.

Der Schraubstock aus Henriks Fingern wich Bens warmer, fast vorsichtiger Berührung.

»Ich will nichts mehr mit dir zu tun haben«, sagte Ruby nur mit halb so viel Zorn, wie sie aufbringen sollte. »Wir sind fertig, Tiberius.«

»Noch lange nicht. Du wirst dir noch wünschen, ein Teil meiner Untergebenen zu sein!« Henrik bedachte sie mit einem siegessicheren Grinsen, bevor er durch die Öffnung in der Mauer zurück auf den Friedhof schritt.

Ruby, von der Begegnung emotional ausgepowert, lehnte sich sachte mit der Stirn gegen Bens Schulter. Sie gehörte eigentlich nicht zu den Mädchen, die gerettet werden mussten, doch die Gewissheit, dass Ben sie beschützt hatte, fühlte sich gut an.

In letzter Sekunde unterdrückte Ruby ein Seufzen. Die Sonne brannte regelrecht, die Luft stand in der Mittagshitze, und dennoch wollte sie nur die Augen schließen und weiter bei Ben Halt suchen. Dieser Wunsch war fast absurder als Henriks Feldzug gegen sie.

»Wer war der Kerl?«, wollte Ben wissen.

»Niemand.«

»Für niemanden hatte er eine ganz schöne Wirkung auf dich.«

Ruby atmete mehrfach durch, um ihre Nerven zu beruhigen. Lang und tief. »Niemand Wichtiges. Nur jemand von früher. Er ist … wie eine schlechte Erinnerung, die einen manchmal heimsucht.«

»Wieder ein Geheimnis, von dem ich nicht erfahren darf?«, fragte Ben auf einmal und machte einen Schritt nach vorne.

Ruby blinzelte gegen das helle Sonnenlicht. Wieso hatte er nicht kühl und abweisend geklungen? Sondern verständnisvoll?

»Nach dem letzten Jahr«, begann sie zögerlich, »haben wir Tiberius verbannt, aber er hält sich selten an Regeln.«

Anstatt Ben eine ausführliche Erklärung zu geben, trat Ruby feige die Flucht an. Isabel und Merlin, die von der anderen Seite der Ausgrabungsstätte auf sie zuschlenderten, winkten ihnen bereits. Beide schienen Henrik nicht entdeckt zu haben.

Erneut entschied sich Ruby zu schweigen, denn dieses Geheimnis würde sie am liebsten für immer bewahren.

5. KAPITEL

»Du hast uns gar nichts von der romantischen Bootsfahrt erzählt, Lady Ruby«, flötete Isabel zufrieden.

Mit einem gezielten Angriff mit ihren Messern überwältigte sie den Helfer im Bärenkostüm, der die verborgene Lichtung bewachte.

»Die war nicht romantisch!«, meinte Ruby heftiger, als sie beabsichtigt hatte.

Isabel würde ihren Ausbruch somit als Leugnen deuten. Genervt steckte sie ihr Schwert wieder ein, Kaliandra hielt den Bären problemlos in Schach.

Nach dem Zusammentreffen mit Henrik hatte Ruby die Weißen Raben ohne Pause über das Gelände geschickt. Sie wollte weder über das furchtbare Angebot nachdenken noch zulassen, dass Ben sie darüber ausfragte. Oder schlimmer: Isabel ansprach, was letzten Sommer passiert war.

Den ersten Tag des LARP durfte Lady Ruby jedoch auf keinen Fall verpassen, egal wie viele störende Gedanken ihr durch den Kopf schwirrten. Sie würde sich für den Rest der Spielzeit gut genug ablenken, bevor sie sich in Ruhe erneut mit Henrik auseinandersetzte.

Dennoch hatte Isabel schon in der ersten Minute nach ihrem Zusammentreffen erkannt, dass etwas nicht stimmte. Sie hatte Ruby zur Seite genommen und »Sag, wenn du nachher reden willst« geflüstert.

Nachdem sie bei der Portalstadt eine Goldmünze verdient und den Waldabschnitt direkt am Lager durchkämmt hatten, stieß Ruby mehr durch Zufall auf eine steile Senke, durch die ein Bach plätscherte. Nicht nur ein Bär hatte sie dort erwartet, sondern auch ein zwei Meter breites, auf einem Berg aus Kies thronendes Holzfass, auf dessen Grund etwas Glitzerndes schwamm.

Bevor eine andere Gruppe diese seltsame Schatztruhe fand, rutschte Ruby bereits den Hang herunter. Die im Unterholz versteckten Holzeimer waren schnell gefunden, um damit das Fass mit Wasser zu befüllen. An einem so gut getarnten Ort würden sie bestimmt eine Insignie finden.

Ruby wollte unbedingt diesen Siegpunkt, alleine um es Henrik unter die Nase zu reiben. Die Weißen Raben würden dadurch in der Gesamtwertung vor Sparta liegen. Sie brauchte weder Henrik geschweige denn seine zwielichtigen Mitstreiter noch seine fiesen Anschuldigungen. Sie kamen ohne ihn super zurecht. Wer würde schon mit so einem Idioten freiwillig zusammenspielen wollen?

»Warum ist es überhaupt romantisch, in einem Boot zu sitzen?«, fragte Ben und holte Ruby aus ihren Gedanken.

Zu dritt hievten sie je einen vollen Eimer Richtung Fass.

»Muss so ein Mädchen-Ding sein«, schnaufte Merlin, vom Tragen bereits patschnass. »Wenn ich mit einem Kerl in einem Boot wäre, würde ich nur Panik haben, dass der mich gleich über Bord schmeißt.«

Mit einem Seufzen stellte Ruby fest, dass Ben sie bloß als eine Freundin sah. Andererseits war er für sie auch nicht mehr, oder?

Die ersten Liter Wasser stürzten plätschernd in die Tiefe, doch der schwimmende Gegenstand hob sich kaum. Erst nach der vierten Runde, als Ruby langsam die Arme schwer wurden, merkte sie eine deutliche Veränderung.

»Nur, weil ihr nichts darüber erzählt«, Isabel genoss ihr Triezen sichtlich, »werdet ihr euer Geheimnis nicht vor mir verheimlichen können.«

»Kaliandra, wir müssen uns konzentrieren«, mahnte Ruby.

»Ach, mir ist langweilig, das Monster hier ist so zahm«, scherzte Isabel, während der Helfer im Bärenkostüm ausgestreckt auf dem Boden lag.

Sie hatte sich auf seinen Rücken gesetzt, sodass er einen guten Ausblick auf ihre langen Beine hatte. In dieser Sache war Kaliandra einfach gnadenlos. Selbst wenn ihre Wurfmesser stumpf waren, ihr ganzes Wesen war eine Waffe.

Mit glühend roten Wangen spielte der Helfer also verlegenes, besiegtes Monster. »Argggh«, stöhnte er gequält.

»Da kommt wer«, warnte plötzlich Isabel, woraufhin

Merlin in seiner Bewegung innehielt und nach seinem auf dem Boden abgelegten Stab griff. Kaum hatte Ben den letzten Eimer geleert, brach ein türkisfarbenes Banner aus dem Grün hervor.

»Merlin, du weißt, was du zu tun hast?«, fragte Ruby rasch, worauf der Junge hektisch die Taschen seiner Magierkutte absuchte.

Eine Gruppe Erwachsener betrat die Lichtung.

Nach einem blitzschnellen Durchzählen wusste Ruby, dass sie sich elf Gegnern und einem Bannerträger gegenübersahen. In Unterzahl zu kämpfen, musste nicht immer einen Nachteil bedeuten, doch die Gipsschädel, die Ruby überall an den Gürteln des anderen Teams entdeckte, lehrten sie eines Besseren. Die Gilde der Splitternden Schädel gehörte seit vielen Jahren zur Gemeinschaft des LARP. Je länger eine Figur am LARP teilnahm, desto mehr Punkte konnte sie auf ihre Eigenschaften verteilen. In ihrem dritten Jahr stellte Ruby eher die untere Mittelklasse dar als die Elite der Spieler. Dennoch würde sie sich nicht einschüchtern lassen.

»Räumt das Gelände oder wir müssen euch zur Seite räumen!«, drohte die Chefin. Die Gipsschädel klapperten, als sie die Hände in die Hüften stemmte und damit ihre Kampfansage untermalte.

»Wir waren zuerst hier«, beharrte Ruby und baute sich vor ihr auf. »Und wir werden euch die Belohnung nicht kampflos überlassen.«

Unbeholfen entsann sich Ben seiner Aufgabe und entrollte das Banner der Weißen Raben. Ruby schenkte ihm ein flüchtiges Lächeln, bevor sie sich wieder auf die Clan-Chefin konzentrierte.

»Ihr Kinder wollt einen Kampf?«, höhnte jemand von den Neuankömmlingen.

Aus dem Augenwinkel sah Ruby, wie Merlin blauen Kreidestaub über die Lichtung verteilte. Er rannte, so schnell seine Magierkutte es erlaubte, strauchelte einmal, aber ließ sich davon nicht abbringen. Ruby zog ihr Schwert und wies mit der Spitze auf die gegnerische Anführerin. Jetzt würde der Spaß erst richtig anfangen.

»Bist du sicher, dass du mich provozieren willst?« Mit fester Stimme erklärte sie: »Mich, Lady Ruby, die Trägerin des Schwerts der tausend Flammen, dessen Klinge vom Blut seiner Opfer rot leuchtet?«

Neben ihr schnaufte Ben belustigt und für einen Augenblick zitterte Rubys Waffe. Sie hatte sich mitreißen lassen und aus Reflex ihren Spruch aufgesagt – wie viele Male zuvor. Nur brachte Bens Anwesenheit sie völlig aus dem Takt. Sie war Lady Ruby und Lady Ruby schämte sich nicht für ihr Schwert, mit dem sie unzählige Kämpfe überstanden hatte.

Oder hatte ihr Spruch zu sehr nach den Animes geklungen, die Ben so gerne schaute? Sie machte es schon wieder. Und wenn Ben es amüsant fand oder peinlich – na und? Sie brauchte keine Bestätigung von einem Jungen, um sich besser zu fühlen. Lady Ruby brauchte nur Vertrauen in ihre eigenen Fähigkeiten und Mitstreiter.

Die Clan-Chefin der Splitternden Schädel zückte mit einem finsteren Grinsen eine Keule. Kratzer und Dellen zierten die Oberfläche, als hätte sie damit jede Menge der Souvenirs an ihrem Gürtel ergattert.

Aus dem Augenwinkel sah Ruby noch, wie Isabel den Helfer wieder freigab und sich in der Mitte ihrer Mitstreiter positionierte.

»'tschuldigung.« Merlin drängelte sich zwischen Ruby und der Anführerin durch, die automatisch Platz machten. In Windeseile rammte er seinen Stab in die blaue Kreidelinie, die nun einen Kreis um das Fass bildete, und rief: »Eggo vocca bo iin magic Aae obii cee.«

Welche Sprache Merlin sich da ausgedacht hatte, würde Ruby wohl nie enträtseln, aber sie klang über alle Maßen mystisch. Mit einem Lächeln stellte sie sich vor, wie sich eine blau schimmernde Energiekugel über dem Kreis spannte, den Merlin im Gras gezogen hatte.

Einige zornige Blicke aufseiten der Gegner blieben nicht aus und der Helfer im Bärenkostüm stürzte sich auf die Spieler. Seine Versuche, die Senke zu verteidigen, würden Ruby zusätzlich Zeit verschaffen.

»Das müsst ihr erst mal überwinden«, meinte Merlin stolz. Sogleich nahm Isabel hinter ihm eine Verteidigungsposition ein.

»Angriff!«, brüllte die Clan-Chefin.

Ihre Mitstreiter hoben ihre Schwerter und Äxte, bevor sie grölend auf Merlins Magie zurasten. Und kurz davor, wie von Zauberhand, wieder abbremsten, um nicht mit der Luft zu kollidieren. Derweil stopfte Ben das Banner weg und eilte Ruby zu Hilfe.

»Was gibt es Besseres für ein Single-Mädchen als eine romantische Bootsfahrt?«, schwärmte Isabel ohne Vorwarnung und drehte ihre Messer um die Finger. »Mitten auf dem Fluss, wunderschönes Wetter, man sitzt ganz eng beieinander und man kann genüsslich betrachten, wie der Mann seine Muskeln beim Rudern zeigt.«

Die Clan-Chefin ließ sich von der Ablenkung nicht beeinflussen, doch die Blicke der beiden Männer neben ihr verklärten sich augenblicklich, als sähen sie die Bootsfahrt deutlich vor sich. Ruby schnaubte und wäre vor Überraschung fast gestolpert.

»Das Thema schon wieder«, maulte Merlin, ehe er seine Beschwörung fortsetzte.

Auf Kaliandras Worte hin stellte ein Teil der Männer aus den Reihen der Splitternden Schädel ausgiebig ihre Muskeln zur Schau, wofür Kaliandra ihnen einen Handkuss zuwarf. Erst danach griffen sie erneut die Barriere an.

»Wenn du so sehr darauf stehst, geht Ben noch mal mit dir paddeln«, beschwerte sich Ruby.

Die Situation war so irrsinnig, dass ihr das Ganze wieder Spaß machte. Sie zog sich am Fass hoch, bis sie mit dem Bauch auf dem Rand lag, und langte ins Innere. Aber ihre Fingerspitzen streiften nicht einmal das Wasser.

»Gibt es nicht irgendwen, der sich für eine Bootsfahrt

mit Kaliandra freiwillig meldet? Ich bin total fertig.« Ben winkte in Richtung des feindlichen Clans. »Einer von euch vielleicht?«

»Da wird sich schon wer finden«, stimmte Merlin belustigt mit ein.

Mit dem Angebot hatten ihre Angreifer auf keinen Fall gerechnet. Zwei Männer vergaßen ihre Anstrengungen sogar komplett. Stattdessen verfielen sie in eine Diskussion, bis der vermeintliche Bär sie hinterrücks niederstreckte.

Ruby grinste breit, als die Flüche und Verwünschungen der Clan-Chefin durch die Senke hallten. Mit so vielen Ablenkungen würde die Barriere ewig halten.

Kaliandras Charme war kein Skill, der sich in Zahlen messen ließ, dafür war er hundert Mal effektiver als eine Waffe. Sie konnte männlichen Spielern Infos, Essen, Gold und ihren Erstgeborenen aus den Rippen leiern, wenn sie nur zwinkerte. Manchmal funktionierte dies sogar bei Frauen.

»Was machen wir jetzt?«, murmelte Ruby an Ben gewandt. Durch Merlins Blockade waren die Eimer nutzlos geworden, der Bach lag nun außerhalb davon. Also konnten sie den Pegel nicht weiter anheben.

»Ein weiterer Schadenspunkt«, zählte die Anführerin. Ihr Tonfall klang, als rieb sie sich bereits vor Vorfreude die Hände.

Die aktuelle Lage spiegelte jedoch ein anderes Ergebnis wider. Die Splitternden Schädel fielen mehr und mehr auseinander. Immer weniger bekämpften Merlins Zauber oder den Bären, sondern nutzten jede freie Sekunde, um Kaliandra zu bezirzen. Sie sparten weder mit Komplimenten noch Versprechungen, die gefundenen Insignien mit ihr zu teilen. Isabel rührte sich nicht von ihrer Position direkt hinter Merlin und spielte weiter Lockvogel.

»Die Steine«, meinte Ben auf einmal und deutete auf die Kiesel in allen Größen, die rund um das Fass aufgeschichtet waren. Die Spieler mussten sie, um an das Fass zu kommen, erst erklimmen und sich dabei Mühe geben, damit sie nicht unter dem eigenen Gewicht nachgaben.

Ruby und Ben ließen die Kiesel in die Tiefe gleiten, immer darauf bedacht, nicht die schwimmende Phiole zu erwischen.

»Ich komm trotzdem nicht ran!« Wie sehr Ruby sich auch auf die Zehenspitzen stellte, sich ins Fass beugte und streckte, der nasse Gegenstand war nicht einmal in der Nähe ihrer Finger. Lediglich ihre längsten Haarsträhnen sogen sich bereits mit Wasser voll.

Plötzlich packte Ben sie an den Oberschenkeln und hob sie an. Überrascht von seiner Taktik wäre sie beinahe gestürzt, aber Ben glich ihr Schwanken aus und schob sie noch ein Stück höher. Der Behälter trudelte, sodass Ruby beim ersten Mal ins Leere griff. Kaum spürte sie das Glas, richtete sie sich mit einem Ruck auf und verlor dabei ihr Gleichgewicht. Zwar versuchte Ben entgegenzusteuern, doch im nächsten Moment krachten sie rücklings auf die Kiesel. Irgendwie hatte Ben im Fallen seinen Griff verändert, sodass Ruby sicher auf seinem Schoß gelandet war.

»Ich hab's!« Triumphierend präsentierte Ruby die Phiole. »Die Weißen Raben haben die Aufgabe gemeistert.«

Die andere Gruppe stellte ihre Angriffe ein und zog sich fluchend zurück in den Wald, sobald der Helfer den Standort für geschlossen erklärte. Nur die beiden Spieler, die um Isabels Aufmerksamkeit gebuhlt hatten, blickten mehrmals zurück und fragten sogar, ob sie dennoch auf ein Date mit ihnen gehen würde.

»Bis zum nächsten Mal, Jungs!«, rief Isabel ihnen jedoch lediglich nach und winkte dem Helfer zu, der schleunigst die Schultern einzog und ebenfalls das Weite suchte.

Merlin hatte derweil Mühe, seinen Stab aus dem Boden zu ziehen, selbst wenn seine Magie auf der Vorstellungskraft beruhte, nahm er seine Performance immer sehr ernst.

»Wollt ihr euch gar nicht mehr loslassen?«, kicherte Isabel. Erst jetzt merkte Ruby, dass Ben sie weiterhin festhielt und sie halb auf ihm saß. Sie wollte es sich nicht eingestehen, aber es fühlte sich gut an, Ben so nahe zu sein. Warm. Behaglich.

»Also … ähm …« Ruby und Ben tauschten einen gleichermaßen verwirrten Blick.

Mit einem Satz war Ruby auf den Beinen, während Ben zunächst fragte, was sie aus dem Wasser gefischt hatte. Ruby hielt den Glasbehälter in ihren Händen und sofort sammelte sich die Gruppe um sie. Mit einem Knacken löste sich der mit Wachs umschlossene Korken, der den Inhalt luftdicht versiegelte.

»Na, hoffentlich hat sich der ganze Stress gelohnt«, schnaufte Merlin.

Nach einem sanften Ruck fiel ein zusammengefalteter Zettel heraus, worauf die Freude zunächst verflog. Sie hatten ihr Bestes gegeben und trotzdem keine Insignie bekommen.

»Haltet die Augen stets offen«, las Ruby laut vor. »Selbst wenn ihr glaubt, nichts zu sehen, ist es dennoch da.«

Die Gruppe verfiel in nachdenkliches Schweigen.

»Das kann alles Mögliche bedeuten«, seufzte Merlin. »Entweder, dass die Insignien an untypischen Orten versteckt sind, oder sie sind so getarnt, dass man sie nicht direkt erkennt.«

Merlin grummelte etwas über sein verschwendetes Mana, steckte den Zettel in eine seiner vielen Taschen und ließ sich einfach ins Gras fallen. Schwertkämpfer wie Ruby besaßen Lebenspunkte. Wenn ein gegnerischer Angriff den Wert ihrer Verteidigung überstieg, verlor sie diese. Zauberer hingegen hatten zusätzlich Manapunkte, die die Menge an Magie bestimmten, die sie verwenden konnten, da jeder Zauber die Punkte verringerte. Wenn sein Mana auf null fiel, starb Merlin allerdings nicht, sondern musste nur warten, bis es sich wieder auffüllte.

Auch Ben stemmte die Hände auf die Knie.

Der Tag neigte sich langsam dem Ende zu – Ruby hatte wohl unterschätzt, wie sehr sie die beiden forderte. Die ersten Anzeichen von Erschöpfung plagten sie ebenfalls, allerdings schob sie es in ihrem Fall auf die Julihitze.

»Wo bleibt denn euer Kampfgeist? Ihr seid doch Männer«, warf Isabel ein und zauberte ein Haarband hervor, um Rubys feuchte Haare zu einem Zopf zu flechten.

Für die meisten mochte es einfach aussehen, als würde Isabel sich um ihre Freundin kümmern, so wie sie die Kostüme der Mädchen in Schuss hielt. Ruby genoss diese Aufmerksamkeit jedoch und jeden Moment, den sie zusammen verbrachten. Jeder Tag ohne Isabel in der Schule fühlte sich komisch an, wenn sie sonst gemeinsam trainierten, den LARP vorbereiteten oder stundenlang über ihre Lieblingsfiguren aus Büchern stritten. Mal abgesehen davon, dass Isabel einen Fischgrätenzopf binden konnte, der einfach nur perfekt aussah. Etwas, das Ruby gar nicht erst versuchte.

»Tasten drücken ist jedenfalls leichter«, scherzte Ben.

»Zauberer haben Stamina, keine Muskeln«, entgegnete Merlin. »Außerdem stürze ich mich oft in Abenteuer. Ich hab dir gerade das Leben gerettet, Kaliandra, sei wenigstens zwei Sekunden dankbar.«

»Einundzwanzig, zweiundzwanzig«, zählte Isabel langsam herunter. »Die Pen-&-Paper-Abende zählen übrigens nicht. Würfel sind keine zulässige Waffe.«

»Wenn ich meinen Controller schleudere, ist das so gefährlich wie ein Wurfstern«, protestierte Ben.

»Darf ich mal was einwerfen?«, fragte Ruby verlegen. Sogleich verstummten die drei und drehten sich zu ihrer Lady um. »Habt ihr gar keinen Hunger?«

Prompt knurrte Rubys Magen so laut, dass es einen Bären verscheucht hätte.

»Bitte, Kaliandra, du machst noch …«, hörte Ruby Merlins gequälte Stimme aus der Richtung ihres Zeltlagers. »Nicht!« Trotz der Warnung folgte ein Krachen.

Im Sprint legte sie die letzten Meter zurück und blieb dann wie erstarrt vor ihren Freunden stehen. Isabel kniete im Gras, die Hand, welche ein Messer umfasste, sauste herab und die Klinge spaltete eine Wassermelone. Nach dem ersten Riss teilte sie die Frucht mühelos.

»Möchte jemand?« Ihre Freundin strahlte über den Erfolg. »Ein Helfer hat uns die freundlicherweise überlassen, nachdem ich ihm beim Tragen geholfen habe.«

Ruby und Ben wechselten einen Blick, sogar Ben wusste mittlerweile, dass Isabel ihre ganz eigenen Methoden hatte.

»Sie nutzt mein Geschenk als Küchenmesser!«, beschwerte sich Merlin, griff jedoch nach einem Stück Wassermelone. »Lady Ruby, mach was!«

»Ich dachte, die sind stumpf«, fragte Ruby und fuhr mit dem Finger über die Schneide.

In den Büchern über die magischen Insignien wurde ein erfolgreicher Tag oft mit einem Fest oder dem Einzug in die Taverne gefeiert. Da sie bis auf Isabel jedoch zu jung waren, bestand ihre Belohnung weiterhin aus einem gemeinsamen Nachtisch, mit dem sie den Tag ausklingen ließen.

Als die Aufregung sich legte, tauschten die vier aus, was sie nach dem Abendessen in Erfahrung gebracht hatten. Während die Magier sich bedeckt hielten, beziehungsweise in Merlins Nähe immer vorsichtig blieben, hatte Kaliandra mehr Glück gehabt. Durch den Bannerführer der Gemeinschaft der Schwerter hatte sie herausgefunden, dass bereits Insignien gefunden worden waren.

»Das habe ich auch gehört.« Ruby hatte sich mit Johann getroffen und ausgetauscht, nur Ben war in der Burg zurückgeblieben.

»Ich habe Tiberius mit einem Füllhorn angeben sehen.« Isabel rollte mit den Augen und Merlins Gesichtsausdruck verfinsterte sich ebenfalls. »Er spielt sich wie ein König auf.«

Ruby gab sich alle Mühe, ihre schlechte Laune zu verbergen. Henrik hatte zwar seine erste Insignie erbeutet, dafür besaßen sie aber nun einen magischen Wolfshund und drei Goldmünzen, die am Ende genauso angerechnet wurden.

Schweigsam biss Ruby von der Melone ab. Das süßliche, erfrischende Fruchtfleisch schmeckte auf einmal bitter. Sie musste dringend aufhören, sich ständig mit Henrik zu vergleichen und sich dadurch ihre eigenen Erfolge zu vermiesen.

»Mein Plan hat jedenfalls funktioniert«, seufzte sie. Bens Aufgabe war es gewesen, sich als Neuling unter die anderen zu mischen und mit ein paar naiven Fragen die Hilfsbereitschaft herauszukitzeln.

»Wer hätte gedacht, dass du so hinterhältig sein kannst?«, meinte Ben, der neben ihr im Schneidersitz Platz genommen hatte.

In einem unaufmerksamen Moment überraschte Ruby ihn, indem sie ihm durch die Haare wuschelte, bis ihm die blonden Strähnen in die Augen fielen. Ben wehrte ihre Attacke weder ab, noch beschwerte er sich wie Merlin.

Isabel verbarg ihr verschmitztes Lächeln hinter ihrem Stück Wassermelone, als wollte sie Ruby damit herausfordern.

»Lady Ruby lernt von meiner Gerissenheit«, murmelte Merlin mit vollem Mund.

»Die meisten sagten, ich soll mir schnell ein paar Goldmünzen verdienen.« Ben hielt eine Münze hoch, bevor er sie verlegen zwischen die beiden legte. »Eine Fee hat sie mir einfach so geschenkt. Die trug sogar richtige Flügel ...«

Ansonsten hatten die anderen Spieler ihm jede Menge

Anfängertipps gegeben. Welche Spielstationen waren dieses Jahr leichter, welche Flecken auf der Karte sollte er eher meiden und welche Gerüchte hielten sich hartnäckig – Ben hatte jede Menge Informationen gesammelt.

Obwohl es bereits dämmerte, stand die schwüle Sommerluft im Zeltlager, sodass einige Teams auf die kühlere Nacht warteten, um weiterzusuchen. Ruby streckte ihre müden Beine im Gras aus und beobachtete das pinkorangefarbene Spektakel des Sonnenuntergangs. Grillen zirpten, irgendwo spielte jemand Gitarre. Es fehlte nur ein eiskaltes Getränk, um diesen Moment perfekt zu machen. Leider gab es in den Sommerlanden keine Kühlschränke.

»Wie viele Insignien existieren überhaupt?«, wollte Ben wissen, der mit einem Fingerschnipsen seine erbeutete Münze in die Luft katapultierte. »In der Übersicht der Figuren habe ich keine Liste gefunden.«

»Daran arbeitet Isabel, in den Büchern gibt es keine genaue Anzahl, sodass jedes Jahr unterschiedlich viele ausgewählt werden«, erklärte Ruby.

Ihre Freundin hatte die Beine angewinkelt und saß im Gegensatz zum Rest der Gruppe elegant auf der Picknickdecke.

Ben bedachte Isabel mit einem Lachen. »Du bist wie ein lebender Cheat. Universal einsetzbar.«

»Ich bin besser als das.« Sie erhob sich, strich ihr Kostüm glatt und sah zufrieden über die anliegenden Zelte.

»Wie mächtig meine Magie auch ist«, seufzte Merlin

und wischte sich Saft von den Lippen ab. »Ich habe einfach nicht die Waffen einer Frau.«

Die Freunde brachen in schallendes Gelächter aus, als sie sich vorstellten, wie Merlin Informationen mit Flirten gewann.

Plötzlich stellte sich Isabel hinter Ben auf. »Mit dir habe ich allerdings noch was vor.«

»Sekunde, lass mich nur …« Die Goldmünze, die noch durch die Luft rotiert war, fiel mit einem dumpfen Aufprall zu Boden.

»Nein, jetzt.« Isabel zupfte an seinem Shirt, sodass Ben wie von selbst aufstand, um nicht ausgezogen zu werden. »Ich brauche einen Partner für heute Abend.«

»Aber«, Ben blickte rasch zu Ruby, bevor sich seine Wangen vor Verlegenheit rot färbten, »bist du sicher, dass du mich meinst?«

Isabel lächelte geheimnisvoll und legte ihren Kopf auf seiner Schulter ab. »Sehr.«

Ging das schon wieder los?, fragte Ruby sich in Gedanken und ignorierte den Stich, den dieser Anblick bei ihr auslöste.

»Sie meint den Spieleabend«, erklärte sie, ehe die Aktion völlig aus dem Ruder lief. »Isabel hat uns angemeldet.«

Das Brettspielturnier war jedes Jahr eines der Highlights. Gestiftet von einem Sponsor traten die besten Würfler, Glückpilze und Strategen gegeneinander an.

Nach dieser Auflösung wirkte Ben erleichtert, zumindest, bis Isabel die Finger um seinen Arm schlang, als wären sie ein Paar.

»Ihr kommt nicht mit?«, hakte er nach.

»Tut mir leid, Lehrling. Für heute werden wir dich opfern«, stellte Merlin fest, worauf Ruby mit den Schultern zuckte.

»Na los, mein Prinz, wir haben den ganzen Abend zusammen.« Isabel zog Ben mit sich. »Ich habe noch so viele Fragen an dich und will alles von dir wissen.«

Bei einem fast wolkenlosen, lauen Sommerabend würde das Turnier die halbe Nacht dauern, weil niemand freiwillig schlafen gehen würde.

Ruby konzentrierte sich auf die Reste der Wassermelone. Warum verhielt Ben sich in Isabels Gegenwart so nervös? Es gab eigentlich nur eine Erklärung und diese gefiel ihr überhaupt nicht.

»Geh einfach mit, Lehrling, sonst holt sie ihre Kette raus«, meinte Merlin ernst. »Du willst nicht an die Leine genommen werden, oder?«

»Was für eine Leine?!«, rief Ben hinterher, doch er konnte sich nicht losreißen.

Mit einem seltsam mulmigen Gefühl sah Ruby den beiden nach. Seitdem sie Isabel von Ben erzählt hatte, versuchte ihre Freundin, sie einerseits eifersüchtig zu machen und andererseits Ben und sie als Paar dazustellen. Nur warum? Zwischen ihnen lief nichts und ihre Freundin hatte definitiv keinen Grund, sich so an ihn zu klammern.

»Meinst du, das war zu viel?«, wandte Merlin sich an Ruby.

»Nein, nein, Ben hält das aus.«

Aus einem Spaß heraus füllte sie einen Teller mit ein wenig Wasser und stellte ihn vor ihrem Wolfshund ab.

Merlin zog wieder seinen Überwurf an, der ihn als Magier auszeichnete, und brachte Ruby mit einer simplen Frage völlig durcheinander: »Magst du ihn?«

»Wir kennen uns vom Zocken«, würgte sie ihn ab und räumte Melonenschalen in eine Tüte. Nichts biss schlimmer als Ameisen, die einen, durch Essensreste angezogen, nachts heimsuchten. »Isabel nervt schon ständig, ob wir zusammen sind. Fang du nicht auch noch an.«

»Selbst ich sehe, dass ihr nicht zusammen seid«, konterte Merlin und wickelte den Rest der Wassermelone ein, bevor er sie in die magische Aufbewahrungsbox – sprich seine Kühlbox – einlagerte. Er war stets auf alles vorbereitet. »Ich hab gefragt, ob du ihn magst.«

»Glaubst du, ich lade nur Jungs ein, die ich mag?«, erwiderte Ruby heftiger als beabsichtigt.

»Ich bin bloß vorsichtig«, gestand Merlin dann. »Aber mein Idiotenradar springt bei Ben nicht an.«

Ruby schenkte ihm einen gespielt bösen Blick. »Welch ein Glück.«

»Du sagst aber, wenn Henrik dir dumm kommt? Denn ich …« Merlin stoppte, bevor er den Satz beendete. Zwar sorgte er sich um Ruby, aber die ›Mädchengespräche‹, wie er sie nannte, überließ er Isabel.

»Ja.« Hoffentlich fand sie selbst eine Lösung gegen Henrik. »Natürlich, Merlin.«

Für einen Abend hatte Ruby genug Geständnisse gemacht. Viel lieber wollte sie die Antwort auf eine Frage finden, die sie brennend interessierte …

»Warum nimmt der König der Brettspiele nicht am Turnier teil?«, fragte Ruby neugierig. »Ich hab gehört, das Spiel ist ganz neu.«

»Wär nicht fair.« Merlin zuckte mit den Schultern und blieb seltsam einsilbig.

Ruby machte eine auffordernde Handbewegung. »Seit wann kümmert dich Fairness?«

»Ich kenn's schon, okay?«, wich er aus. Bei seinem Glück hatte Merlin es bereits auf einer dieser Spielwarenmessen getestet, die er häufig mit seinem Onkel besuchte.

»Daher wäre es keine Herausforderung, die anderen elendig abzuziehen, bis keiner mehr gegen dich antreten mag?« Ruby zog die Brauen hoch.

»Nein, das wär langweilig.« Merlin zupfte noch einmal seine Kutte zurecht. »Ich weiß, dass ich der Beste wäre.«

Sie hatten alle ihre Geheimnisse, also bohrte Ruby nicht weiter nach, sondern räumte auf und machte sich dann mit Merlin auf den Weg Richtung Burg.

Obwohl es beim LARP nur einen gemäßigten Alkoholausschank gab, hinderte es einige Teilnehmer nicht daran, den eigenen Metkeller mitzubringen. Nach einem erfolgreichen ersten Tag saß rund um das stetig brennende Lagerfeuer nun eine bunt gemischte Gruppe. Herausragende Kämpfe wurden, begleitet von schallendem Gelächter, nacherzählt oder nachgespielt. Die Nacht würde noch sehr lange andauern.

»Was haben wir jetzt vor, Lady Ruby?«, fragte Merlin, der ihr wie ein Schatten gefolgt war.

»Oh, ich muss mit der Organisation reden, weil … hmm …« Ruby zögerte, doch Merlin ließ sich davon nicht abschütteln. Sie vermutete, dass er und Isabel sich abgesprochen hatten, sie bei einem Aufeinandertreffen mit Henrik zu beschützen. Oder ihr zumindest beizustehen.

Merlin brauchte keine zwei Sekunden, um sie zu durchschauen, und deutete auf die Hüfttasche, in der sie ihren Block versteckte. »Ach so. Da komm ich mit.«

Als Ruby ihn vor drei Jahren beim Pen-&-Paper-Treffen kennengelernt hatte, hätte sie nie damit gerechnet, Merlin bald wie einen kleinen Bruder zu schätzen. Damals waren sie die jüngsten gewesen, anstatt sich jedoch in eine Kindergruppe abschieben zu lassen, hatten sie sich zusammengeschlossen und gegen die Erwachsenen verschworen. Sie waren vom ersten Moment auf der gleichen Wellenlänge und hatten sogleich beschlossen, die Welten des LARP zu erobern. Selbst wenn Ruby sich nicht mehr genau an jene Pläne von damals erinnerte, hatte es doch einen Riesenspaß gemacht, diese auszuhecken.

Zusammen mit Merlin war es so leicht, sich vorzustellen, dass sie die Krone erobern würden. Er glaubte fest daran und Ruby glaubte an ihn.

Mit seiner Großspurigkeit überspielte Merlin seine Unsicherheit, während Ruby hinter ihrer Unsicherheit all die persönlichen Seiten versteckte, die ihr niemand kaputt machen sollte. Um nicht mehr verletzt oder schlecht behandelt zu werden, ging Merlin stets in den Angriff über. Ruby hingegen ging fast immer in die Defensive. Wenn sie zurückschlug, dann nur, weil jemand sie komplett in die Enge getrieben hatte. So wie Henrik letztes Jahr.

Merlin und Ruby schoben sich an den Tischen im Innenhof vorbei, wo das Turnier bereits im vollen Gange war. Die umstehenden Zuschauer verdeckten Ben und Isabel, aber Ruby lauschte zufrieden dem Geräusch der Würfel und Figuren, die über die Spielbretter wanderten. In der Nähe applaudierte sogar jemand bei einem besonders raffinierten Zug.

In der Anlaufstelle der Spielleitung trafen sie auf Frank, der erneut zum Dienst eingeteilt war. Den leisen Stimmen aus den Funkgeräten nach zu urteilen, bereitete eine Handvoll Helfer den morgigen Tag vor.

»Gertrud«, grüßte Merlin, nicht ohne eine Spur von Sarkasmus.

Kurz stutzte der Helfer, bevor er sich an Ruby erinnerte. »Habt ihr noch einen Spieler vergessen anzumelden?«, erwiderte Frank und überging seinen Spitznamen einfach.

»Nein, nein«, winkte Ruby ab und rieb sich unsicher die Hände. »Ich habe eine Frage, also… Wie sieht es mit diesem Gerücht aus, das sich so hartnäckig hält?« Sie traute sich kaum, Hoffnungen zu hegen. Gleichzeitig schwoll ihre Neugier weiter an, sodass sie sich in Wunschvorstellungen verlor.

Frank zuckte nur mit den Schultern und tat so, als müsse er Papiere sortieren.

Ruby versuchte es ein zweites Mal. »Dieses eine große Gerücht, das immer wieder im Forum diskutiert wird.«

»Da kann ich dir keine Info geben, tut mir leid.«

Frank betrachtete sie einen Moment lang schweigend und konzentrierte sich dann auf Merlin, der die Anzeigen am Schwarzen Brett las. Definitiv verheimlichte Frank ihr etwas!

»War er denn letztes Jahr da?«, hakte Ruby nach. »Das kannst du mir wenigstens verraten, oder? Das hat ja keine Auswirkungen.«

»Nein, das kann ich dir auch nicht sagen.«

Trotz ihrer Verkleidung fühlte Ruby sich überhaupt nicht wie eine Lady. Ansonsten hätte sie einen Weg gefunden, ihren Willen durchzusetzen. Vielleicht sollte sie ihn lieber mit einem exklusiven Spoiler zu ihrer Fan-Fiction ködern?

Doch Ruby ließ die Schultern hängen und drehte sich bereits zur Tür. Sie konnte durchaus hinterhältige Pläne schmieden, aber sie nutzte andere nicht aus.

»Kann, möchte oder darf nicht?«, warf Merlin ein

und riss einen Adresszettel ab, bevor er sich ebenfalls an den Tisch der Organisation gesellte.

Frank zögerte kurz, schüttelte den Kopf und eilte sogleich zur Tür, um sie zu schließen. War das Geheimnis, das er hütete, so groß?

»Darf«, meinte Frank schnell. Beinahe panisch klappte er das Fenster zu, durch das ihre Stimmen in den Innenhof wehen könnten. »Anweisung des Verlags, an die wir uns halten müssen.«

Verdammt! Ruby könnte jeden Abend hier auftauchen und würde nichts erreichen. Das Gelände abzusuchen, würde sie nicht weiterbringen, und sicherlich würde *er* nicht im Lager übernachten. Vermutlich trug er ein geniales Kostüm, sodass es reiner Zufall wäre …

»Lady Ruby«, mahnte Merlin, und schlagartig hörte sie auf, auf ihrer Unterlippe zu kauen.

»Sponsoren haben Sonderrechte«, versuchte der Helfer sich herauszuwinden. »Wir wollen auf keinen Fall, dass sie uns im nächsten Jahr den Geldhahn zudrehen.«

»Ja, das verstehe ich.« Ruby würde den LARP nicht in unnötige Schwierigkeiten bringen.

»Dann kannst du mir ja die Info geben«, entschied Merlin mit einer Selbstverständlichkeit, die sowohl Ruby als auch Frank stutzen ließ. »Ich bin Merlin Weber-Roth. Bei Weber sollte es klingeln. Wäre doch schade, wenn wir nächstes Jahr den Geldhahn zudrehen.«

Von was sprach ihr Freund auf einmal? Bisher hatte er mit keinem Wort erwähnt, dass er oder seine Eltern als

Sponsoren auftraten. War das nur eine leere Drohung? In der Hoffnung, dass der Helfer nicht alle Gönner persönlich kannte?

Tatsächlich brachte Merlin einen erwachsenen Mann, der ihn weit überragte, gerade zum Schwitzen. »Der Autor der Insignien-Reihe …« Ruby rammte sich die Fingernägel in die Handinnenfläche, um nicht vor Anspannung zu hüpfen. »Er ist dieses Jahr nicht hier.« Frank warf erneut einen hektischen Blick zur Tür. »Selbst wenn wir das öffentlich machen würden, könnten wir das Gerücht nicht eindämmen. Hardcore-Fans glauben hartnäckig an Verschwörungstheorien.«

Ruby nickte verständnisvoll. Sollte der Autor Selfies von einem Urlaub am anderen Ende der Welt machen, die Hardcore-Fans würden ihn trotzdem in diesen Wäldern suchen. Ruby ebenfalls. Doch sie glaubte Frank, dass er die Wahrheit gesagt hatte. Warum sollte er sie auch belügen?

»Dieses Jahr nicht?« Die Formulierung ließ Merlin weiter nachhaken.

»Letztes Mal war er anonym und verkleidet dabei.«

Merlin legte Ruby tröstend die Hand auf den Arm. Sie hatte ihr Idol verpasst! Der Schöpfer ihrer Lieblingsreihe war zum Greifen nah gewesen, doch sie hatte ihn nicht erkannt. War sie zu beschäftigt gewesen? Zu sehr eingenommen von Henrik?

Würde sie irgendwann eine zweite Chance erhalten? Lesungen oder andere öffentliche Termine waren bisher meist zu weit von ihrem Zuhause entfernt gewesen. Jedoch war sie ein unverbesserlicher Hardcore-Fan, eines Tages würde sie den Schöpfer der Sommerlande schon treffen. Er war ein deutscher Autor, der zwar oft auf Conventions unterwegs war, sich aber stets bedeckt hielt. Chancen gab es also.

»Ich sage das nur euch, okay?« Der Helfer wandte sich an Ruby und lächelte nervös. »Er ist zwar nicht dabei, hat aber einige Überraschungen für seine Fans geschickt. Strengt euch also an.«

Quietschend fiel Ruby Frank um den Hals. Das wäre ja fantastisch!

»Und ab ins Fangirl-Wunderland«, murmelte Merlin, wovon sich Ruby allerdings nicht stören ließ.

Sie grinste breit, als sie mit Merlin das kleine Büro verließ. Anstatt sich unter die Zuschauer zu mischen, setzten sie sich auf die Holztreppe, die in den oberen Stock führte. Im Licht der Fackeln und Laternen konnte Ruby nicht alle Details ausmachen, dafür die Anspannung und Freude spüren. Egal, wer gewann oder verlor, das diesjährige Turnier bereite den Teilnehmern großen Spaß.

Doch Ruby hing in Gedanken den neusten Entdeckungen nach. Vielleicht hatte ihr Lieblingsautor Skizzen oder signierte Bücher gesponsert? Oder sogar beides? Eine Skizze würde sie auf jeden Fall rahmen und über ihren Schreibtisch hängen. Ein signiertes Buch wäre ihr größter Schatz.

Eine Weile blieben sie schweigend sitzen, während Merlin seltsam nervös mit den Fußspitzen auftippte und seinen Stab drehte, bis Ruby fast schwindelig wurde.

Nach dem Schock, dass ihr Lieblingsautor nicht auftauchte, klärten sich ihre Gedanken langsam. Der LARP war nicht so groß, dass die Orga bei den Spielern den Überblick verlor. Selbst wenn Merlin noch so überzeugend drohte, es war nicht möglich, sich fälschlicherweise als Sponsor auszugeben.

»Du bist also ein Sponsor«, hakte Ruby nach.

»Jaaaaaa«, erklang es vorsichtig.

Anstatt Merlin nicht zu glauben, überlegte Ruby eher, was seine Eltern zum LARP beitragen könnten. Sie arbeiteten nicht beim Verlag der Buchreihe, das würde sie auf jeden Fall wissen, aber was sollte es sonst sein?

Ruby riss die Augen auf. »Das neue Brettspiel.«

Merlin sank in sich zusammen, während er darauf wartete, dass sie die richtigen Schlüsse zog.

Merlins Onkel hieß mit Nachnamen Weber.

»Ihr habt es also endlich geschafft?« Sie griff nach seinen Händen und schlackerte mit ihnen auf und ab. »Das ist toll!«

In letzter Zeit hatte Merlin Ruby immer wieder halb fertige Entwürfe und Durchläufe von Brettspielen präsentiert. Sie hatte es jedoch eher als Hobby abgetan und nicht damit gerechnet, dass er mit seinem Onkel tatsächlich ein Spiel entwickelt und auf den Markt gebracht hatte.

»Wann wolltest du mir sagen, dass es geklappt hat?«, meinte Ruby gespielt vorwurfsvoll.

»Überraschung!«, stieß Merlin gequält aus. Wie bei einer Abwehrhaltung riss er sich los und versteckte sich hinter seinem Stab. »Sorry, ich wollte deine Reaktion sehen, wenn du es erfährst.«

Sie würde ihn dafür nicht verurteilen. Immerhin hatte sie mehrere Monate im Geheimen an ihren Ideen gearbeitet, bevor sie sich traute, das erste Kapitel online zu stellen. Außerdem hatte sie Merlin erst eingeweiht, nachdem der Upload nicht mehr rückgängig zu machen und sie in den folgenden Stunden vor Aufregung fast ausgerastet war … ›Ich glaub, ich hab einen Riesenfehler gemacht‹ – solche Nachrichten schrieb sie Merlin eher selten. Keine fünfzehn Minuten später hatte er sich auf dem Schulklo verbarrikadiert und sie mitten in Mathe angerufen.

Merlin, der von seinen Mitschülern ständig Spott für seine Kreativität erntete, hätte sie niemals für ihre ersten Schreib-Versuche ausgelacht.

»Du hast also ein Brettspiel erfunden?«, wollte Ruby ehrlich interessiert wissen.

Ihr Freund entspannte sichtlich und lehnte sich mit dem Rücken gegen die Stufen.

»So leicht war das nicht«, gestand Merlin zufrieden. »Es ist mein Konzept und ich habe alle Regeln und Rätsel sowie Aufgaben erarbeitet. Die Illustrationen sind jedoch von meinem Onkel. Ich kann einfach nicht gut genug digital zeichnen.«

Ruby erinnerte sich sehr gut an Merlins Onkel, der sie zusammen mit Johann zu ihrem ersten LARP begleitet hatte. Er hatte immer ein Skizzenbuch dabeigehabt und den Dreien später eine kolorierte Zeichnung von ihnen als Andenken geschenkt.

»Weiß Isabel davon?«

»Sie wird es merken, wenn sie die Namen im Kleingedruckten liest, sie ist ja die Einzige, die so was macht.« Merlin schaute beschämt zu Boden. »Oder ich dem Turniersieger seinen Preis überreiche.«

Ruby konnte sich genau vorstellen, wie er dies zitternd vor Nervosität bewältigen würde. Sein großes Mundwerk würde ihm dabei nicht helfen.

»Deswegen wolltest du nicht mitspielen!«, kam es ihr in den Sinn.

Merlin schenkte ihr einen Seitenblick, der so viel aussagte wie: Ach, jetzt erst gemerkt?

»Die wirkliche Herausforderung besteht eher darin, Isabels Bitten auszuschlagen«, seufzte er und drehte wieder seinen Stab. »Sie wird die beste Strategie für einen Sieg wissen wollen. Sie wird mich morgen den ganzen Tag quälen, bis ich es ihr verrate.«

»Wirst du?«

Merlin lachte kurz und gehässig auf. »Auf keinen Fall. Die darf sie sich schon selbst erarbeiten.«

Isabel und er waren sich ähnlicher, als den beiden bewusst war.

Dennoch lächelte Ruby. Merlin hatte sie bestärkt,

weitere Kapitel zu veröffentlichen, nun würde sie es nicht anders halten und ihn ebenso unterstützen.

»Bist du nicht neugierig, wie die anderen spielen?«, fragte Ruby. »Sollen wir uns unter die Zuschauer mischen?«

Merlin rümpfte bei der Vorstellung die Nase. »Würdest du live miterleben wollen, wie deine Leser das neuste Kapitel verschlingen und jede Reaktion beobachten?«

Ruby verzog das Gesicht zu einer Grimasse und verbarg es sogleich in den Händen. Bestimmt würde sie mit Herzrasen total aufgekratzt zwischen ihnen hin und her rennen, keinen geraden Satz stammeln und dann vor Aufregung in Ohnmacht fallen. Ob es ihren Lesern gefiel? Oder ob sie Ruby kritisieren würden? Allein die Vorstellung machte sie bereits nervös.

»Dacht ich mir.«

Manchmal war es so einfach zwischen ihnen.

»Ich habe eine neue Lampe besorgt«, wechselte Merlin das Thema. »Die ist hell genug, dass du Notizen machen kannst.«

»Du willst doch nur wissen, ob Xenio einen Ausweg findet«, meinte Ruby.

»Du tötest deinen Liebling nicht.« Merlin stand auf und schnallte seinen Stab auf den Rücken.

Zwar gehörte er nicht zu ihrem aktiven Leserkreis, jedoch merkte Merlin immer an, wenn sie ein Detail aus den Büchern verhauen hatte. Ruby kannte gefühlt jeden

Satz der Insignien-Reihe auswendig, aber er erinnerte sich an Kleinigkeiten wie die Wappenfarben des winzigsten Fürstentums.

»Ich wette, mir fällt eine abgefahrenere Lösung ein als dir«, forderte er Ruby heraus.

»Wetten nicht?«

Den Rückweg über scherzten sie, wie die Figur in Rubys Fan-Fiction letztendlich den Hals aus der Schlinge ziehen konnte. Und zum ersten Mal an diesem Tag war es Ruby egal, ob Henrik sich in der Nähe aufhielt.

6. KAPITEL

»Pass auf!« Xenio stieß Lady Ruby gerade rechtzeitig über die Kante der Schlucht, ehe die Insignienjäger ihre Pfeile abschossen. Sie schaffte es nicht, an der Felswand neben dem Wasserfall Halt zu finden, riss und schnitt sich die Haut bei ihrem Sturz auf. Das Seil, das um ihre Mitte geschlungen war, federte sie im letzten Moment ab, schließlich schwebte Lady Ruby frei in der Luft. »Xenio!«, rief sie verzweifelt, doch antwortete er nicht. Was hatte sie getan?

Die Abenteuer von Lady Ruby und Prinz Xenio, Kapitel 25

Mit einem Seufzen schaltete Ruby ihr Smartphone aus, auf dem sie ihr letztes Kapitel noch einmal gelesen hatte. Vielleicht hatte sie damit übertrieben. Vor ihrer Abreise hatte sie die Kommentare und Nachrichten mit glühenden Wangen gelesen, jetzt plagte sie das schlechte Gewissen. Es war ziemlich fies, sich mit diesem Cliffhanger in den Urlaub zu verabschieden. Andererseits hatte sie noch nie so viele Reaktionen erhalten. Einige ihrer Follower flehten, Xenio am Leben zu lassen, andere argumentierten, dass es unlogisch wäre, ihn draufgehen zu lassen. Dazu gab es die weniger angenehmen Zeitgenossen, die Hassnachrichten verschickten und drohten, sich zu rächen, falls sie die falsche Entscheidung traf.

Es schmeichelte ihr, dass so viele Leser Xenio mochten.

Leider hatte Ruby sich mit dem Kapitel in die Ecke getrieben. Mittlerweile verbot allerdings ihr Stolz, es offline zu stellen und neu zu schreiben. Und wenn sie die ganze Nacht brauchte, sie würde einen Ausweg finden. Irgendwie.

Das Problem war jedoch nicht die Geschichte, sondern sie selbst. Die Erinnerungen an Henrik lauerten wie die Insignienjäger immer in den Schatten. Die Angst, zu versagen, falsche Entscheidungen zu treffen und erneut etwas Wichtiges zu verlieren, hatte Ruby fest im Griff gehalten.

»Hier.« Ruby zuckte zusammen, als Ben ihr eine Decke über die Schultern legte. »Ist ganz schön kalt geworden.«

Im Verlauf der Nacht waren die Gespräche in den umliegenden Zelten nach und nach verstummt und die Lichter gelöscht worden. Nur am Rande hatte Ruby gehört, wie Isabel und Ben zurückkehrten, so tief war sie in ihren Gedanken versunken gewesen.

Dabei hatte sie eigentlich mit Isabel über Henriks verbale Attacke sprechen wollen.

»Wie spät ist es?«, fragte sie und schrieb eine letzte Zeile zu Ende, bevor sie ihr Notizbuch zuklappte.

»Zwei Uhr morgens«, antwortete Ben und setzte sich zu ihr ins Gras.

Ruby hatte sich eine Stelle zwischen den Bäumen gesucht, die vom Zeltlager aus niemand einsehen konnte. Woher wusste er, dass sie hier saß?

»Merlin scheint im Schlaf einen Drachen zu erlegen, denn er hat mir plötzlich gegens Schienbein getreten.«

»Er teilt selten ein Zelt.«

»Warum wohl?«

Ruby zog die Decke enger. Erst jetzt bemerkte sie die Gänsehaut auf ihren Armen.

»Aber sein Spiel ist ziemlich cool«, meinte Ben gelassen. Wie er so in Shorts und T-Shirt neben ihr saß, konnte Ruby kaum glauben, dass sie später wieder in eine Fantasy-Welt stürzen würden.

»Sag ihm das ein paar Mal und er wird dich nie mehr ärgern.« Unsicher legte sie die Finger über die Kanten ihres Notizbuches, als fürchtete sie, dass es von alleine aufklappen könnte.

Unter den Sternen schrieb sie besonders gern, wenn alles ruhig und friedlich war und sie nichts ablenkte.

Xenio war dem Pfeilhagel noch nicht entkommen, dafür hatte Ruby entschieden, welches Abenteuer es danach zu bestreiten galt.

»Willst du wissen, warum ich nichts zu deinem Kostüm gesagt habe?« Bens Frage traf sie völlig unvermittelt.

Sie zuckte mit den Schultern. Wollte sie das wirklich noch?

Ja!

Nein …

Vielleicht hätte sie doch mit Isabel reden sollen, um das Chaos in ihrem Kopf zu enträtseln.

»Weil ich nicht wusste, wohin ich zuerst schauen sollte«, gestand Ben verlegen. »Du bist plötzlich ganz anders. Nicht so wie das Mädchen, das ich zu kennen glaubte.«

»Das ist schlecht?«, fragte Ruby und unterdrückte das Zittern in ihrer Stimme.

Ben runzelte die Stirn und überlegte einen Moment. »Ich dachte immer, du ziehst dich zurück, weil du ein bisschen introvertiert bist. In der Schule hältst du dich meist aus allem raus, so, als würdest du dich nicht trauen, deine Meinung zu sagen. Wenn wir uns zum Zocken treffen, bist du viel lockerer.«

»Wenn ich zu hundert Prozent ich selbst wäre«, meinte Ruby, »würde ich überall anecken, also überlege ich mir genau, wem ich was von mir preisgebe.«

Anders zu sein, hatte für Ruby schon Freundschaften beendet. Früher hatten Mädchen sich mit ihr gestritten, weil für sie ein toller Tag aus gegenseitigen Besuchen bei *Animal Crossing* bestand. Einem Spiel, bei dem man seine Kleidung, seine Häuser und seine kleine perfekte Welt in Pixelform erschuf. Storyfaden? Nicht vorhanden. Spannung? Im Vergleich zu Games, bei denen Ruby mit einem Rennwagen vor der Polizei flüchtete oder die Menschheit vor Bösewichten rettete: gleich null.

Seitdem blieb sie in der Schule unter dem Radar – nahm Meinungen an, die ihr eigentlich egal waren, wich Entscheidungen aus. Dafür ließen die meisten in ihrer Klasse sie in Frieden. Zumindest in Isabels Gegenwart oder bei den Treffen mit ihren Gamerkumpeln konnte Ruby entspannen. Es war leichter, sich zu verstecken, solange sie noch die Nachmittage mit ihren Freunden hatte. Bei solchen Gelegenheiten vergaß sie oft das Schneckenhaus, in das sie sich sonst zurückzog.

Da dämmerte Ruby, dass sie möglicherweise einen Fehler gemacht hatte, und sie drehte sich zu Ben. »Du darfst niemanden hiervon erzählen«, bat sie flehentlich. »Also nicht vom LARP, den Kostümen und dem allen hier.«

Ben zog fragend die Brauen hoch.

»Niemand in unserer Schule darf davon wissen, verstehst du? Das ist ein Geheimnis!«

Hätte sie Ben früher ein Versprechen abringen sollen, dass er über den LARP schweigen musste? Es ging niemanden etwas an, welch kleine Welt und wunderbaren Rückzugsort sie sich hier erschaffen hatte. Ruby wollte das Gelächter und die Häme auf jeden Fall vermeiden.

Zwischen den Bäumen leuchteten plötzlich grüne Punkte auf: Zwei Glühwürmchen saßen unter den Blättern eines Buschs.

»Warum verbirgst du diese Seite von dir?«, fragte Ben. Er lehnte sich zu ihr, bis sie ihm in die Augen sehen musste. Ruby hielt den Atem an, als Ben eine ihrer wilden Haarsträhnen durch die Finger gleiten ließ. »Du siehst toll aus als Lady Ruby.«

Vor Verlegenheit glühten ihre Wangen. So nahe waren sie sich bewusst noch nie gewesen und Ben hatte sie noch nie so lange und durchdringend angesehen. So, als wäre sie nicht nur ein Gamer, sondern … ein Mädchen.

In der Dunkelheit wirkten seine Augen fast schwarz, dennoch spiegelte sich das Licht der Lampe in ihnen. Wenn er sie so betrachtete, schien sein Blick beinahe zu leuchten.

»Es ist schwer, anders zu sein«, gestand Ruby langsam, sie konnte sich nicht von ihm losreißen, »und so kompliziert, einfach man selbst zu sein.«

»Ist nicht jeder auf seine Art anders und somit etwas Besonderes?« Ben rückte nicht von ihr ab, beinahe berührten sie sich an den Schultern – warum fühlte sie sich so durcheinander? Warum raste ihr Herz auf einmal?

Warum hatte Ben gewartet, bis nur noch sie beide wach waren?

Isabel bezeichnete ihn als einen Prinzen, selbst Merlins Prüfstein schien er gewachsen, doch nach dem letzten Sommer nagte an Ruby weiterhin die Skepsis.

Ihr Blick huschte zu Bens Lippen, doch sie hielt sich im letzten Augenblick zurück.

»Ich bin eher wie eine Anomalie.« Ruby legte den Kopf in den Nacken und schaute hoch zu den vorbeiziehenden Wolken.

Sie konnte praktisch spüren, wie Ben lächelte.

»Mir gefällt Unikat besser.«

»Ich und einzigartig? Nie im Leben.«

»Aber dein Alter Ego hier ist ziemlich …«

»Lady Ruby ist alles, was ich nicht bin«, seufzte Ruby und zählte an den Fingern ab, »stark, mutig, eine gute Anführerin. Besonders Letzteres. Ich bin echt schlecht darin, Entscheidungen zu treffen.«

Denn dann wäre sie nicht zurückgewichen, sondern vorangeprescht.

»Ich wette, Isabel und Merlin würden etwas anderes sagen«, behauptete Ben eisern.

»Die zwei kennen mich zwar am besten«, winkte sie ab, »aber sie wissen auch nicht alles. Ich glaube, das ist gar nicht möglich.«

Zu den beiden Glühwürmchen gesellten sich eine Handvoll andere, sodass Ruby ihre Lampe ausschaltete. Im schwachen Mondlicht, welches in unregelmäßigen Abständen von Wolken verschluckt wurde, leuchtete es überall im Wald auf. Ein Schwarm Leuchtkäfer sprenkelte die Nacht und Ruby ließ sich von diesem magischen Moment gefangen nehmen. Glühende Tupfen glitten durch die Luft, schirmten sie vom Rest des Lagers ab.

Für den Augenblick gab es nur sie und Ben.

»Du verheimlichst ständig was vor mir?« Er musste natürlich weiterbohren.

Ruby zuckte mit den Schultern. »Sag nicht, das machst du nie«, flüsterte sie.

»Meinst du nicht, es ärgert deine Freunde viel mehr, wenn du bei ihnen nicht du selbst sein kannst?«

»Es gibt mehrere Arten von Freunden«, erklärte Ruby. Einmal die wenigen, bei denen sie sich großteils offen verhielt. Wie Isabel oder Merlin. Dann noch ihre Gamerrunde. So sehr sie sich fürs gemeinsame Spielen begeisterten, blieb die Freundschaft doch oberflächlich. Sie war sich nicht mal sicher, ob die Jungs wussten, was sie am liebsten aß. Gruppe Nummer drei fasste ihre Mitschüler zusammen. Bei ihnen bestimmte Vorsicht stets Rubys Handlungen, denn falls sie nicht aufpasste, würden Gerüchte entstehen. Halbwahrheiten durch die Schule fliegen oder sich Leute über sie lustig machen. Feigheit sprach aus dieser Überzeugung, aber sie wollte nicht mehr verletzt werden, nur weil sie anders war und Leute darüber ins Vertrauen zog. Sie gerne Geschichten schrieb oder sich einst gewünscht hatte, dass ein Prinz auf sie wartete. Irgendwo.

Ruby erlebte, wie Merlin jeden Tag erbittert gegen das Mobbing ankämpfte. Allerdings war sie nicht so stark wie ihr Zauberer.

Ihre Online-Freunde bildeten eine Ausnahme. Getrennt durch zwei Bildschirme, verhielt Ruby sich offener. Niemand ärgerte sich, sollte sie nicht gleich antworten, sondern ihre Nachricht ein zweites Mal umschreiben. Und wenn jemand sie verurteilte – was machte das schon? Sie würden sich nur durch Chats oder per Forenbeiträge austauschen. Online konnte sie Nervensägen viel leichter ignorieren oder sie blockieren, sobald ihre Gespräche nur in Streit ausarteten. Sie würde zu gerne wissen, wie sie jemanden aus ihrer Klasse verweisen sollte.

Einzig für die LARPler ignorierte sie diese eisernen Regeln. Vielleicht, weil die meisten Ähnliches durchmachten wie Ruby.

»Oh«, meinte Ben am Ende ihrer Erklärung. »Okay, verstehe.«

Er wandte sich von ihr ab, zog die Knie an und legte den Kopf darauf ab. Was hatte sie gesagt, dass auf einmal das Leuchten seiner Augen erloschen war?

Da erkannte Ruby ihren zweiten Fehler. Ben gehörte irgendwie in alle ihre Kategorien. Sie kannten sich aus der Schule. Sie zockten. Sie chatteten manchmal stundenlang. Und jetzt hatte sie ihn auf den LARP eingeladen.

Welche Art von Freund war er nun?, wunderte Ruby sich und wusste keine Antwort darauf. Oder waren die Label, die sie nutzte, die falschen?

»Was muss ich tun, damit du mir vertraust, Ruby?«, fragte Ben leise.

»Ich vertraue dir«, entgegnete sie.

»Wirklich?«

»Ja.« Sie machte eine unbeholfene Handbewegung. »Sonst wärst du nicht hier, oder?«

»Aber auch nur als Ersatzmann.«

Ruby biss sich auf die Lippen. Ben saß vielleicht zwei

Handbreit von ihr entfernt. Sie müsste nur die Finger ausstrecken, sie wollte es so sehr. Stattdessen starrte Ruby in die Dunkelheit, die das Lager vor ihr verbarg. Noch nie hatte sie so viele Glühwürmchen gesehen.

»Das heißt, jeder darf ein anderes Stückchen von dir kennenlernen, damit du dich auf der sicheren Seite fühlst?«, schlussfolgerte Ben. »Aber niemand kennt ›Ruby‹?«

»Ich weiß nicht mal selbst, wer ich sein soll«, murmelte sie und kämpfte die Erinnerungen nieder. Zumindest wusste sie, wer sie nicht sein wollte.

Wie ein Fluss, der einen Felsen umspült, glitten die leuchtenden Punkte an ihnen vorbei. Ruby wünschte, sie könnte ihre Ängste auf den Rücken der Käfer festschnallen und somit fortschicken. Leider funktionierte es nicht so einfach.

»Nenn mir deinen Figurennamen«, forderte sie, als wäre dies ein ultimativer Vertrauensbeweis.

»Nur, wenn du mir verrätst, was du da schreibst.«

Überrascht begegnete sie Bens ernstem Blick und nach einigen Sekunden entwickelte sich der stumme Austausch zu einem Anstarr-Wettbewerb.

Ruby runzelte die Stirn über Bens Sturheit, doch keiner von ihnen würde nachgeben. Während Ruby alle Mühe hatte, nicht jedes Detail von Bens Augenfarbe zu analysieren, zog er nur die Brauen hoch und wartete geduldig.

Surrend rauschte ein Glühwürmchen über sie hinweg und Ben blickte ihm fasziniert nach.

Ruby klammerte sich fester an ihr Notizbuch. Vertrauen fiel ihr so schwer, Zweifel wucherten in ihr. Das Einzige, was sie nie enttäuscht hatte, waren ihre Geschichten.

Obwohl er ihr Freund war, Ben sie in den letzten Wochen und Monaten mehr und mehr kennengelernt hatte, vertraute Ruby ihm nicht weit genug. Diese Erkenntnis traf sie gleich doppelt: Einerseits erschreckte sie ihre Vorsicht, andererseits verletzte sie Ben damit unnötigerweise.

»Lass dich nicht von mir stören.« Ben ließ sich rücklings ins Gras fallen und machte keine Anstalten, auch nur einen Zentimeter abzurücken. Ihre Beine berührten sich kaum, gerade so leicht, dass der Stoff seiner Shorts sie streifte.

»Ich werd hier noch eine Weile sitzen«, warf sie ein. Bestimmt würde es ihn langweilen.

»Ist okay«, er gähnte lauthals. »Ich bin so müde und fertig, ich beweg mich nicht mehr.« Doch sein Tonfall klang überraschend weich. »Allerdings freu ich mich auf unser nächstes Abenteuer.«

Ruby knipste die Campinglampe an und verscheuchte damit den Glanz der Glühwürmchen sowie das komische Gefühl, welches sie einlullte wie die warme Decke auf ihren Schultern. Sie wartete ein paar Minuten, aber Ben rührte sich nicht. Lauschte seinen gleichmäßigen Atemzügen, betrachtete, wie er friedlich neben ihr lag – und auf einmal rannten ihre Gedanken los. Anstatt sich bedrängt oder beobachtet zu fühlen, die Hand stets am Rand des Notizbuchs, um es notfalls zuzuschlagen, beruhigte sich Rubys Herzschlag. Die verworrenen Gedankenzüge klärten sich, plötzlich fühlte sie sich seltsam zufrieden.

Ihr Stift kratzte über die Seiten, während ihre Augen vor Müdigkeit brannten, Ruby würde nicht einschlafen können, ehe sie die Szene niederschrieb, die Ben heraufbeschworen hatte.

Die richtigen Worte finden – diese Herausforderung würde Ruby in einem Gespräch nie meistern. Wenn es wirklich wichtig war, hatte sie das Einfühlungsvermögen eines Steins. Das hatte sie oft genug bewiesen.

Viel zu oft deutete sie die Stimmung falsch und stieß ihre Freunde vor den Kopf – sogar Ben.

Doch mit Stift und Papier bewaffnet, fiel es ihr so viel leichter. Sie schrieb Worte, die nie ausgesprochen werden würden, dafür umso ehrlicher und mächtiger waren. Eine Idee verwandelte sich in einen Wunsch, der nur darauf wartete, dass sie ihre Ängste in die Schranken wies.

»Hast du schon mal was von Fan-Fictions gehört?«, fragte Ruby nach einer Weile, ihre Stimme kaum ein Flüstern, doch Ben schien eingeschlafen zu sein.

Vorsichtig breitete Ruby die Decke über sie beide aus und strich die blonden Haare, die Ben in die Stirn gefallen waren, aus seinem Gesicht. Er zeigte keine Reaktion, nicht einmal, als sie ihn sachte anstupste.

Dabei wollte sie ihn ins Vertrauen ziehen.

Ruby fasste ihren Stift neu und machte sich daran, einen Ausweg für ihre Figuren zu finden. Vielleicht würde es ihr mit Ben an ihrer Seite gelingen.

7. KAPITEL

»Lady Ruby?« Merlin stupste sie vorsichtig in die Seite, als Ruby nicht reagierte. »Was sagst du dazu?«

Blinzelnd schüttelte sie die Gedanken an ihre Fan-Fiction ab und kam wieder in der Realität an. Mitten auf dem Weg in die Portalstadt hatte sie eine Idee übermannt, davor ging es um …

»Ja, klar, kein Rätsel ist sicher vor dir.«

Merlin bedachte Ruby mit einem finsteren Blick. Ihre Antwort entsprach anscheinend nicht seiner Frage.

Trotz der Neuigkeit, dass Merlin mit seinem eigenen Brettspiel den LARP sponserte, verlief der zweite Tag reibungslos. Fast so, als hätten alle eh schon damit gerechnet, dass er einen Koffer voll verborgener Talente mit sich schleppte. Ob die Reaktionen auch so gelassen sein würden, wenn sie das Geheimnis um ihre Fan-Fiction offenbarte?

»Oh, ich glaube, unsere Lady ist in Gedanken ganz woanders«, scherzte Isabel und zeigte mit dem Kopf in Bens Richtung.

Der folgte wie ein braver Lehrling dem großen Zauberer und grinste über Isabels endloses Triezen.

»Das stimmt gar nicht«, erwiderte Ruby verlegen.

Wie sollte sie ihrer Freundin die Wahrheit erklären?

Letzte Nacht war sie über ihren Zeilen weggenickt und hatte neben Ben im Wald geschlafen. Obwohl sie lediglich ihr Notizbuch in den Armen gehalten hatte und nicht Ben, zog Isabel absichtlich die falschen Schlüsse, nachdem sie sie heute Morgen gefunden hatte.

»Dein Schweigen beweist es, Lady Ruby«, flötete ihre Freundin. »Du musst unseren Namenlosen Raben gestern Abend schrecklich vermisst haben, wenn du nicht ohne ihn einschlafen konntest.«

Schließlich gab Ruby auf und marschierte weiter. Isabel war manchmal nicht zu stoppen, schon gar nicht, wenn Ruby der Vorfall peinlich war. Was Ben wohl davon hielt, dass sie ein Buch wie ein Kuscheltier knuddelte? Hatte er es überhaupt mitbekommen?

»Du hättest dich auch an mir festhalten können, Mylady«, scherzte Ben.

Ruby rollte nur mit den Augen und ignorierte die beiden. Einzig Merlin zeigte Erbarmen und wiederholte beim Laufen die unterbrochene Taktikbesprechung.

So wie in den Romanen gab es auch in den Sommerlanden des LARP eine Portalstadt, die alle möglichen Orte miteinander verband. Teams verdienten sich dort nicht nur mit dem Lösen von Rätseln Goldmünzen, sondern holten ebenso Infos ein, die aus allen Welten eintrudelten. Eine umgebaute Wanderhütte war der zentrale Anlaufpunkt, für die kommenden Tage diente sie noch dazu als Wirtshaus. Die Spieler wurden rund um die Uhr mit Wasser versorgt, während Teams Vermutungen, Gerüchte und Aufträge an die großen Pinnwände steckten.

Als Isabel ihre Trinkbeutel auffüllte, überflogen die Weißen Raben die vielen Zettel. Die Kunst war es, zwischen den irreführenden Nachrichten die wirklichen Hinweise zu finden. Der wahre Meister entschlüsselte sogar die krakeligste Handschrift.

»Seid ihr sicher, dass dies was für euch ist?«, fragte die Wirtin, während sie sich mit den Ellbogen auf dem Tresen abstützte und einen Krug polierte.

»Natürlich«, meinte Isabel vollkommen überzeugt. »Die Weißen Raben stellen sich jeder Aufgabe. Was auch passiert, wir werden unserer Lady Ruby zum Sieg verhelfen.«

»Wir werden ihr den Sieg ermöglichen«, brummte Merlin und starrte konzentriert auf den Zettel in seiner Hand.

Ruby rätselte, was die Kringel auf ihrer Pappkarte bedeuteten, bevor sie die Nachricht daneben in Augenschein nahm.

Zwei weitere Gruppenführer betraten das Wirtshaus und begannen, das Schwarze Brett zu studieren. Diese beiden gaben sich allerdings große Mühe, zu verstecken, welche Informationen ihr Interesse weckten. So, als fürchteten sie einen Hinterhalt.

»Ich finde das hier nicht schlecht.« Ben hatte über Merlins Schulter hinweg gelesen. »Scheint völlig bootsfrei zu sein«, scherzte er.

»Wollen wir heute etwas Größeres probieren?«, schlug Ruby vor.

Wie bei Videospielen brachten die kleinen Nebenquests nur minimale Belohnungen ein, während die schwierigsten Herausforderungen für den meisten Loot sorgten. Für Letztere benötigte eine Gruppe jedoch deutlich mehr Kampfkraft. Ruby würde den Mittelweg wählen und sich überraschen lassen. Außerdem brauchten sie dringend eine Insignie, sonst fielen sie viel zu weit hinter den anderen Spielern zurück.

Ruby zeigte auf eine andere Stelle an der Wand. Genau in dem Moment, als die beiden Gruppenführer ihr den Rücken zukehrten. »Das klingt interessant.«

Merlin und Ben brüteten gleichermaßen über den Hinweis: *Wer der Schlange den Kopf abschlägt, stirbt. Wer der Schlange folgt, den führt sie auf den steinernen Pfad. Nur wer zu spielen weiß, findet den Preis.*

»Ist das nicht zu offensichtlich?«, entgegnete Merlin.

»Wer weiß«, meinte Ruby geheimnisvoll und reichte den Zettel Isabel. »Was verbindest du damit?« Das Wort ›Schlange‹ würde sie auf keinen Fall laut aussprechen.

»Hinterhältig, gemein und giftig.« Isabel gab das Stück Papier weiter, bevor sie die Wasserbeutel ans Team verteilte. »Hexen«, flüsterte sie im Vorübergehen.

Ben, der nur den ersten Band der Reihe beendet hatte, konnte mit dem Ausspruch nicht viel anfangen. Merlin hingegen schlug die Faust in die flache Hand. Bei Aufgaben, die Magie erforderten, glänzte er stets.

»Wir können uns wirklich irgendwas aussuchen?«, hakte Ben nach.

Ruby nickte. »Um es in Gamersprache zu sagen«, sie wies auf die Notizzettel, »das sind alle möglichen Storyfäden. Du kannst sie ablaufen und du kannst genauso deine Skills leveln.«

»Dann nehme ich den hier.« Ben warf einen Blick auf die Wirtin, die mittlerweile in ein Gespräch mit den anderen Teamführern verwickelt war. Blitzschnell zog er sein Smartphone aus seiner Schultertasche, schoss ein Foto und ließ es wieder verschwinden.

»Was für ein faszinierender magischer Kasten«, stellte Merlin gespielt fest und zog Ben ins Freie, bevor sie aufflogen. »Erzähl mir alles darüber.«

Der Hinweis, dass ihr heutiger Gegner möglicherweise eine Hexe war, bestimmte die Richtung. Aus den Büchern wusste Ruby, dass eine Hexe nie allein auftauchte, sondern ihr gesamter Clan bald folgen würde, daher brachen sie in Richtung des Friedhofs auf. Der Wald, der sich dahinter erstreckte, bot sicherlich gute Verstecke für ihre Gegner.

Trotz der steigenden Temperaturen und der Sommersonne, die vom wolkenlosen Himmel herabbrannte, schaufelten und gruben eine Handvoll Spieler das Friedhofsfeld um. Keiner der Weißen Raben hatte Gerüchte gehört, ob die Insignie der Nebelhexen bereits gefunden worden war, doch niemand würde umsonst einen Acker per Hand umgraben.

Zwar entdeckte Ruby Henriks Handlanger in der Ferne, schaute allerdings stur an ihnen vorbei. Die Chancen standen gut, dass Henrik sie hier abgestellt hatte und mit dem Rest seiner Gruppe weitergezogen war. Auch Merlin zog am Friedhof deutlich das Tempo an, er wollte ebenso verhindern, dass sie in einen erneuten Streit mit Henrik gerieten.

Obwohl es noch früh am Vormittag war, schwitzte Ruby bereits unangenehm in ihrem Outfit. Neben Monstern und Aufträgen würden sie heute ebenfalls gegen den heißesten Tag des Jahres kämpfen. Die schwüle Luft roch nach Gewitter, um vorwärtszukommen, musste sie fast dagegendrücken. Kaum hatten sie das Waldstück hinter dem Friedhof erreicht, legte Ruby freiwillig eine Pause ein. Sie würde nicht aufgeben, auf gar keinen Fall, doch vor Erschöpfung zusammenklappen war keine Option.

»Nach dem letzten total verregneten LARP müssen wir zumindest nicht frieren«, warf Merlin ein, als hätte er ihre Gedanken gelesen.

»Letztes Jahr hätten unsere Lady und der Namenlose Rabe nicht unter den Sternen kuscheln können«, nahm Isabel den Faden sogleich auf.

Erbarmen, dachte Ruby.

»Nö«, spottete Merlin, »dann eben in einem durchweichten Zelt. Hast du echt nichts Besseres zu tun, Kaliandra?«

Verlegen ignorierte Ben den Wortwechsel und konzentrierte sich auf die Vegetation. Seine feuerroten Ohren verrieten ihn jedoch.

»Wunderbar«, moserte Merlin. »Jetzt denkt mein Lehrling nur unangebrachtes Zeug. Hormonzombies!« Er warf die Hände in die Luft und stapfte zornig weiter. »Ihr seid alle Hormonzombies!«

Ruby schmunzelte über ihre Freunde und atmete unter dem immergrünen Blätterdach durch. Endlich im Schatten kehrte ihr Kampfgeist zurück. Ebenso die feste Überzeugung, sich nicht nach Ben umzusehen, nicht in diesem Moment, selbst wenn Isabel noch so einen Spruch riss.

»Kaliandra, du gehst links vor, und Merlin, du übernimmst die rechte Seite. Versuch, dich nicht weiter als zehn Meter zu entfernen.« Wie gewohnt erteilte Ruby die Kommandos. »Das geheime Zeichen wisst ihr?«

Zur Antwort nickten beide und machten sich auf den Weg.

»Sollte ich nicht auch das geheime Zeichen wissen?«, fragte Ben.

»Du bleibst erst mal dicht bei mir«, beschloss Ruby.

Während sie die nähere Umgebung in Augenschein nahm, überraschte Ben sie völlig mit seiner Antwort.

»Dicht genug?«, flüsterte er plötzlich in Rubys Ohr und stand so nah hinter ihr, dass sie sich ungewollt gegen ihn lehnte. Sein warmer Atem streifte sanft ihren Hals.

Ruby schüttelte den Kopf und marschierte los. Was sollte das? Zum Glück war ihr Schild auf den Rücken geschnallt, sonst hätte Ben ihr vor Aufregung wild schlagendes Herz gespürt.

Merlins ›Hormonzombies‹ echote durch ihre Gedanken.

»Wenn du willst, dass ich dir mein Schwert beim Kampf in die Seite ramme, kannst du das machen«, maulte sie. »Wenigstens hat Kaliandra nichts gesehen. Sonst wird sie mich nie in Ruhe lassen.«

»Ich sehe alles«, tönte es aus dem Dickicht.

Verdammt noch mal, wo versteckte sich Isabel bloß? Abseits des Weges erwartete sie ein Labyrinth aus Bäumen, Büschen und Sträuchern.

»Sie ist nicht nur eine Amazone, sondern auch ein Ninja«, scherzte Ben und ging nicht weiter auf sein Manöver ein. Doch Ruby war sich nun mehr als bewusst, dass er sich direkt in ihrer Nähe aufhielt. Sie musste nur den Arm ausstrecken, um seine Hand zu streifen.

Nach einer Stunde Querfeldeinmarsch bereute Ruby ihre Entscheidung. Es war mühselig, durch das tiefe Laub zu wandern, Senken hinabzurutschen und an Hängen wieder hinaufzuklettern. Sie hatten weder einen Hinweis entdeckt noch Schlangen gefunden. Waren sie am Ende der falschen Spur gefolgt?

»Warum laufen wir eigentlich nicht auf einem Wanderweg?«, fragte Ben leise. Er war dazu übergegangen, sich den LARP bis ins kleinste Detail erklären zu lassen, vielleicht wollte er so sein Interesse beweisen.

»Wir erschließen unbekanntes Gebiet und ergattern dadurch die Items, die kein anderer sucht«, meinte Ruby, ohne zu zögern. Fragen zu stellen und die Antworten zu verstehen, waren zwei verschiedene Dinge. Die nächsten Tage würden zeigen, wie viel Ben wirklich behielt.

»Und wecken die Monster, die noch niemand geweckt hat?«, konterte Ben.

»Angst?«

Er legte ihr die Hand auf die Schulter. »Nein, Lady Ruby wird die Weißen Raben nicht ins Verderben führen.«

Sichtlich verwirrt setzte Ruby ihren Weg fort. Warum ging ihr das so zu Herzen? Wenn Merlin oder Isabel so einen Spruch fallen ließen, störte sie das kaum. Bestimmt, weil Ben weiterhin wie ein Dreieck unter Kreisen herausstach. Sie konnte ihn nicht als Teil der Sommerlande sehen, er blieb für sie Ben. Sein schwarzes ›Still in Beta‹-T-Shirt verschlimmerte ihr Gedankenkarussell zusätzlich. Sobald sie einen Blick darauf warf, musste sie lächeln. Er steckte wirklich in der Testphase.

Irgendetwas hatte sich seit letzter Nacht zwischen ihnen verändert. Ruby konnte leider nicht benennen, was. Dennoch irritierte sie es, dass sie Ben fast in ihr größtes Geheimnis eingeweiht hatte. Wie machte er das nur?

Sie ließ kaum jemanden einen Blick hinter ihre Schutzmauern werfen.

Geschweige denn lud sie jemanden freiwillig dazu ein.

»Verda… argh!«, rief Merlin plötzlich, gefolgt von

einem lauten Rascheln und Rumpeln. Augenblicklich eilte Ruby dem Schrei entgegen, denn es klang, als wäre er gestürzt. Hoffentlich hat er sich nicht wehgetan, dachte sie besorgt und achtete trotz ihrer Hast doppelt auf ihre Schritte. Eigentlich war doch sie der Tollpatsch der Gruppe.

Sie entdeckten Merlin, wie er sich am Fuße einer Senke aus einem Blätterhaufen freikämpfte.

»Stolperdraht«, meinte er knapp und untersuchte, ob sein Stab eine Schramme abbekommen hatte. Solange er sich zuerst um seine Ausrüstung kümmerte, hatte er zumindest keine schlimmen Verletzungen.

Ben wollte ihm gerade zu Hilfe eilen, da trat ein weiterer Spieler hinter einem Strauch hervor. Sofort stellte Ruby sich schützend vor Ben, immerhin war sie die Anführerin der Weißen Raben.

Der junge Mann trug einen grauen Jumpsuit, wie Ruby ihn von Piloten kannte. Nur hatte er den Anzug bis zum Bauch hinuntergeklappt und die Ärmel um die Hüften geknotet. Ein kompliziertes Muster aus aufgesprühten Rottönen und angenähten Federn zeichnete sich auf seiner Kleidung ab, als stamme der Mann aus einem Vogelnest. Sogar in seinem nach hinten gekämmten Haar steckten Federn. Einen Moment verweilte Rubys Aufmerksamkeit an dem Mechanismus aus Metallstreben, das sich um seine Waden schlängelte. Anscheinend ließ es sich einhaken, sie rätselte allerdings, woran genau. Etwa um von der Decke zu baumeln?

»Wo ist sie hin?« Der Mann sah sich verwundert um. Erst jetzt bemerkte Ruby die Fliegerbrille um seinen Hals. »Habt ihr zufällig eine hinterhältige Waldelfe davonlaufen sehen?«

Ben und Ruby wechselten einen Blick, während Merlin genervt seufzte.

»Sie hat euch auch hierhergelockt!«

Ein Kichern erklang aus dem Blätterdach und einen Augenblick später landete Isabel auf dem Waldboden, eine Hand aufgestützt, der Blick lodernd. Ruby fragte sich erst gar nicht, wie sie das bewerkstelligte. Ihre Figur weckte Seiten in ihr, mit denen niemand rechnete.

»Kaliandra«, moserte Merlin sofort. »Warum stellst du mir eine Falle?!«

»Deine Augen sind so dicht am Boden, warum hast du das nicht erkannt?«

Draufgängerisch schlenderte sie dicht an dem Vogelmann vorbei – Ruby wollte ihren Augen kaum trauen. Merlin dagegen grollte eine Reihe unverständlicher Flüche.

Zwar war das Gelände abgesteckt, dennoch war es so weitläufig, dass sich die Wege der Spieler kaum zufällig kreuzten. Ruby schloss daraus: Entweder hatte der Typ sich total verirrt, oder sie näherten sich einer Spielstation.

»Ich fordere euch heraus!«, rief der fremde Spieler und zückte einen Streithammer mit einem verlängerten Griff. »Der Gewinner erhält die Insignien des anderen!«

»Moment!«, warf Merlin ein.

Irritiert, woher die Stimme erklang, lugte der Fremde über die Kante der Senke und grinste Merlin entgegen. »Deine Schwebetechnik lässt zu wünschen übrig, Magier.«

Oh oh, dachte Ruby, schritt trotzdem noch nicht ein.

»Nur die Insignien, die sich gegenwärtig im Besitz von Lady Ruby befinden«, handelte Merlin in einem eisigen Tonfall aus. »Für Gegenstände, die wir in den kommenden Tagen finden, zählt diese Abmachung nicht.«

»Einverstanden!«, lautete die heißblütige Antwort. »Niemand sagt Firebird nach, dass er unehrlich spielt, und dabei wird es bleiben.«

Rasch band Ruby ihre kastanienbraunen Locken zu einem Zopf und brachte sich in Position. »Die Weißen Raben nehmen die Herausforderung an.«

Ihr Schwert war zwar nur eine Attrappe, bestand aber aus einem festen Kern, der bei einem Treffer durchaus für blaue Flecken sorgte. Daher hatte sie lange geübt, damit sie ihre Bewegungen rechtzeitig abbremste. Zu Beginn hatten Rubys Schläge vollkommen bescheuert ausgesehen, wie in der Slow-Motion-Szene eines Films, mittlerweile schätzte sie sich als erfahrene Kämpferin ein. Firebird tauschte mit ihr Statuswerte aus und sie einigten sich auf keine Handgreiflichkeiten während des Duells. Isabel würde die Punkte zählen, um einen Sieger zu bestimmen, da sich kein Spielleiter in der Nähe aufhielt. Ben hingegen bot Merlin an, ihm hochzuhelfen, doch mit einem stolzen »Ich komm schon klar« schlug der das Angebot aus. Erst dann suchte Ben sich einen Platz in der ersten Reihe, immerhin würde er zum ersten Mal ein Duell verfolgen.

Ruby zog ihr Schwert, holte aus und machte einen Satz nach vorne, aber Firebird riss flink seinen Hammer hoch. Der Aufprall war nicht hart, sie stoppte den Schwung und sprang zurück. Die Reaktionen ihres Teams blendete Ruby vollkommen aus, denn genau diese Kämpfe liebte sie bei einem LARP. Sie wusste nicht, wer der Kerl vor ihr war, doch dank simpler Regeln lieferten sie sich ein gut choreografiertes Duell. Und nach seinem Grinsen zu urteilen, freute er sich genauso über ihren Vorstoß.

Sie duckte sich unter Firebirds Schlag hinweg und ließ Lady Ruby übernehmen. Obwohl es nur Schau war, in diesen Momenten fühlte sie sich unbesiegbar. Er setzte mit dem Streithammer nach und sie fiel zu Boden, rollte ab, kam jedoch gleich wieder auf die Füße. Ruby holte erneut aus und stürmte auf Firebird zu.

»Freeze!«, rief plötzlich eine Stimme durch den Wald.

»Freeze!«, wiederholte ein paar Meter entfernt eine zweite.

»Stehen bleiben, Lehrling«, meinte Merlin schnell.

Mit erhobenem Schwert und einem Fuß in der Luft hielt Ruby mitten in der Bewegung inne. Ihren Gegner hatte es nicht besser getroffen. Um seinen Hammer neu zu greifen, hatte er ihn kurz auf den Boden abgestellt und war mitten beim Anheben eingefroren. Nun sah es so aus, als würde er hoch konzentriert auf eine Glocke zwischen seinen Beinen schlagen.

Ruby unterdrückte ein Prusten und Firebird kniff beschämt die Augen zusammen. Merlin musste beim Klettern innehalten, sodass seine Arme, auf den Rand der Senke gestemmt, bedrohlich zitterten. Dennoch kämpfte ihr Zauberer tapfer.

Aufgeregte Stimmen näherten sich ihnen und auf einmal marschierte eine Gruppe Erwachsener mit Wanderrucksäcken vorbei. Scheinbar hatten sie sich ganz in der Nähe eines Weges duelliert, denn die Männer und Frauen liefen schnurstracks weiter. Einige gratulierten zu den tollen Kostümen, und bevor einer von ihnen ein Foto mit seinem Smartphone schoss, scheuchte ein Helfer sie fort.

»Clear!«

»Clear!«, erklang sogleich das Echo.

Ruby stieß vor Erleichterung die Luft aus. Ihre Wade schmerzte von der Einbeineinlage, aber sie wäre lieber im Boden versunken, als umzufallen. Das Duell war weiterhin im vollen Gange, daher hob sie schnell ihr Schwert.

»Jedes Jahr aufs Neue«, seufzte Merlin und ließ sich auf den Waldboden fallen.

»Was war das?« Ben sah den Spaziergängern fassungslos hinterher.

»Wanderer. Hin und wieder stoßen wir auf Unbeteiligte, die einfach nur einen Waldspaziergang machen«, erklärte Isabel ungerührt. »Dann pausiert das Szenario. Damit niemand unbeabsichtigt verletzt wird.«

»Wobei ich ehrlich gesagt glaube, dass ein paar Wanderer das mit Absicht machen, um zuzuschauen.« Ruby wandte sich lächelnd an den Spieler vor ihr: »Entschuldige.«

Firebird deutete auf Ben. »Neuling?«

Wie ein Profi spulte Ben seinen Text ab, dass ein Portal ihn aus einer fremden Welt in die Sommerlande und mitten in diese Insignienjagd geschleudert hatte.

»Abgefahrene Idee«, lobte Firebird. Trotz seiner hitzigen Herausforderung nahm er die Unterbrechung gelassen. »Selbst wenn du so nicht weit kommst.«

Ben zuckte mit den Schultern und stopfte die Hände in die Taschen seiner Jeans. »Es geht nicht nur ums Gewinnen.«

Wenn er nicht gewinnen wollte, fragte Ruby sich sogleich, worum ging es Ben dann?

»Was ist nun mit dem Duell?«, warf sie ein, das Schwert weiterhin hoch erhoben. Plötzlich wünschte sie, Ben würde nur sie ansehen. Was albern war und bestimmt bloß durch Isabels Sticheleien hervorgerufen wurde. Aber sie stellte mehr als nur das schüchterne Mädchen in ihrer Klasse dar. Sie war auch das hier, Lady Ruby – und Ben sollte diese Seite an ihr gut finden. Ihm sollte es wie ihr ergehen … Wenn Ruby Ben beim Zocken beobachtete, zusah, wie er hochkonzentriert die

Stirn runzelte, während seine Finger über Tasten und Joypads flogen, dann vergaß sie sogar manchmal ihren eigenen Einsatz im Spiel.

Firebird schenkte Ruby ein breites Grinsen und raste mit seinem Hammer auf sie zu. Diese Kämpfe waren ein Tanz, vor und zurück jagten sie durchs Laub, steckten klare Treffer ein oder schafften es gerade so, sich zu verteidigen. Ruby fühlte sich selten so lebendig und fröhlich wie in diesem Moment – sie war völlig frei.

Als sie eine Finte antäuschte, wich Firebird zurück und stürzte über eine Wurzel. Siegessicher baute sie sich über ihm auf, obwohl er genügend Lebenspunkte übrig hatte.

»Gestehst du deine Niederlage ein?«

Firebird ließ seinen Hammer fallen und gab sich geschlagen.

»Lady Ruby«, maulte Merlin. »Der hat gar keine Insignie, genau wie wir, ist dir das immer noch nicht klar?«

Sie zog fragend die Brauen hoch.

»Wenn, dann hätte ich sie ihm längst abgenommen«, ergänzte Isabel süffisant.

Firebird hob den Kopf und ließ den Blick zwischen den Mitgliedern der Weißen Raben schweifen. »Ihr habt mich reingelegt«, stellte er fest und brach dann in Gelächter aus. Schließlich hatte er es ebenso versucht.

»Du hast es mir zu leicht gemacht.« Merlin verschränkte trotzig die Arme vor der Brust. »Und du hast mich beleidigt. Niemand beleidigt mich ungestraft.«

Ruby musste bei dem Gedanken, dass sie die Verkörperung von Merlins sogenannter Strafe war, schmunzeln. Firebird hingegen kam mit einem Satz auf die Füße und klatschte Merlin für seinen Bluff ab.

»Seid wachsam«, warnte er, nachdem er sich bei Ruby für den aufregenden Kampf bedankt hatte. »Ich habe heute genug Mitstreiter verloren, ihr möchtet ihnen bestimmt nicht ins Zelt des Obersten Heilers folgen.«

Zum Abschied schenkte Firebird Kaliandra, der mysteriösen Waldelfe, eine galante Verbeugung. »Ich kann ein erneutes Zusammentreffen kaum erwarten«, meinte er mit einem Lachen in der Stimme, bevor er zwischen den Bäumen verschwand.

Im Gegensatz zu den anderen Spielern blickte Isabel ihm nach.

Doch Ruby nahm es nur am Rande wahr. Was wohl Firebirds Team zugestoßen war?, wunderte sie sich.

Duelle waren nichts Unübliches, oft gelangten die Spieler nur dadurch in den Besitz von königlicher Macht. Aber komplette Gruppen wurden deswegen selten außer Gefecht gesetzt. Schon gar nicht so früh am Vormittag.

Es war verrückt, manchmal flogen ihr in den seltsamsten Situationen die Worte gerade so zu, wohingegen sie bei der Lösung für Xenios missliche Lage kein bisschen weiterkam. Ruby beendete ihre hektisch gekritzelten Notizen zum Kampf gegen Firebird und steckte ihren Block zurück in die Tasche, die sie an der Hüfte trug. Die Erinnerung an das Duell kribbelte noch in ihren Fingerspitzen, sie stand weiterhin wie unter Strom.

Dann beschleunigte sie ihre Schritte, um die anderen einzuholen, schob meterhohe Farne zur Seite, ehe sie Isabel weiter vorne ausmachte. War sie so lange in ihre Zeilen versunken gewesen?

Als Ruby die Weißen Raben erreichte, sah sie gerade noch, wie sie sich vor einer jungen Frau aufbauten. Graue Fetzen bildeten ein weites Kleid, das an eine Schiffbrüchige erinnerte, doch das war nicht das Auffälligste an ihr. Eine Perücke aus dicken Strähnen glitt ihr über die Schulter. Sie hatte ölige Zöpfe, von denen jeder in einem Schlangenkopf endete.

Beinahe hätte Ruby gejubelt, denn nun wusste sie, dass sie sehr wohl die richtige Entscheidung getroffen hatte. Sie hatte den Hinweis auf die Schlangen genau richtig gedeutet.

Mit geschlossenen Augen verharrte die Frau völlig still, so, als wäre sie eine Statue.

»Du solltest Magisches niemals mit bloßen Händen …«, begann Merlin.

Vorsichtig stupste Ben die Hexe mit einem dünnen Ast an, die darauf sogleich die roten Augen aufriss.

»Der Fluch der Medusa hat dich ereilt«, zischte sie mit Grabesstimme und hob ganz langsam den Arm, um auf Ben zu zeigen. »Wer die Medusa angreift, erstarrt zu Stein!«

Ruby wischte sich mit den Fingern durchs Gesicht und unterdrückte ein Seufzen. Sie sollte deutlich besser auf Ben achtgeben.

Siegessicher krempelte Merlin die Ärmel seiner Kutte hoch. »Bestimmt kann ich einen Gegenfluch …«

»Es gibt keinen!«, kreischte die Medusa so laut, dass die Weißen Raben zusammenzuckten, bevor sie ihre Stimme zu einem Flüstern senkte. »Wenn ihr diese Statue«, sie deutete zu Ben, »als ein Pfand zurücklasst, öffnet sich für euren Magier das steinerne Labyrinth.«

Einen Moment dachte Ruby an den Hinweis aus der Taverne zurück, der besagte, dass eine Schlange sie auf einen steinernen Pfad führen würde.

Merlin schnallte seinen Stab wieder am Rücken fest. »Deine Wahl, Lady Ruby.«

Während Ruby mit sich rang, erklärte die Hexe Ben, dass er sich zu den anderen Statuen gesellen sollte. Von seiner Situation kaum beeindruckt, wanderte er auf eine Lichtung hinter der nächsten Baumreihe. Ruby folgte ihm sofort und entdeckte ungefähr ein Dutzend Gefangene, die dort bereits Platz genommen hatten. Ein Helfer bewachte sie, sodass die Versteinerten nicht davonlaufen konnten.

Anstatt eines Kerkers erwartete sie allerdings ein Picknick. Speisen und Getränke lagen zwischen Spielern im Laub, wurden herumgereicht und probiert.

»Was für eine Waffe hast du benutzt?«, fragte einer der Versteinerten an Ben gewandt. Sie trugen alle ähnliche

Outfits wie Firebird, dies war wohl sein verloren gegangenes Team.

Bens Antwort löste großes Gelächter aus. Firebirds Männer hatten mit Schwert, Pfeil und Stab versucht, die Medusa auszutricksen, und waren allesamt gescheitert. Einen Zweig hatte niemand in Betracht gezogen.

»Wir dachten, wir finden eine Lösung, und sind dann nacheinander verflucht worden. Es gibt doch immer ein Schlupfloch«, flüsterte einer der Gefangenen.

»Eigentlich wollten wir nur unseren Boss beschäftigen, damit er nicht durch die Gegend rennt und jeden herausfordert, der seinen Weg kreuzt«, meinte sein Nebenmann.

»Das macht Firebird trotzdem«, warf Ruby ein, worauf die Männer genervt seufzten.

»Still!«, schimpfte die Medusen-Hexe, als sie ebenfalls auf die Lichtung trat, und fuchtelte mit den Stoffbahnen ihres Kostüms. »Ihr seid verflucht und zu Stein erstarrt!«

Firebirds Männer zogen sogleich die Köpfe ein, nur der Helfer unterdrückte mühselig ein Lachen.

»Was ist so lustig?«, fragte Ben den Helfer der Spielstation und setzte sich ins Laub. Im Gegensatz zu den anderen wirkte er kaum älter als Ruby.

»Ich hätte nie gedacht, dass meine Freundin mal Medusa spielt«, lachte der Helfer, »und sie hat einen so mörderisch niedlichen Text …«

»Marvin!« Die Medusa spießte ihn mit einem wütenden Blick auf, worauf dieser gespielt ernst dreinschaute.

»Ja, Jess? Keine Sorge, ich weiß, dass du kein Herz aus Stein hast.«

»Du …!« Die Hexe ignorierte ihren Freund und zeigte stattdessen auf Ben. »Verfluchte reden nicht so laut. Psssst!«

Damit sie andere Spieler nicht warnen konnten, schlussfolgerte Ruby und verharrte verloren vor den vermeintlichen Statuen. Ihr schlechtes Gewissen meldete sich lautstark, während sie nach einem Ausweg suchte.

Ihr Vorsatz war, auf ihre Mitstreiter aufzupassen, aber bei der ersten Gefahr hatte sie Ben im Stich gelassen. Wegen ihr war er von der Steinhexe verflucht worden! Zwar nur im metaphorischen Sinne, trotzdem war er direkt in die Gefahr gelaufen. Durfte sie das als gute Anführerin überhaupt zulassen? Hätte sie sich mehr für ihn einsetzen müssen? Ihn besser beschützen?

»Lady Ruby«, rief Ben, sodass sie vor ihm in die Knie ging. Er wirkte weder traurig noch bedrückt darüber, dass er für den Tag aus dem LARP genommen war.

»Tut mir leid«, murmelte sie und ließ den Kopf hängen, doch Ben umfasste ihre Wange mit einer Hand.

»Geh schon«, meinte er mit einem sanften Lächeln, was Rubys Schuldgefühle nur verstärkte. »Hol mich einfach nachher ab, okay? Und dann im Besitz einer Insignie.«

Sie nickte schwach, konnte sich dennoch nicht aufraffen. Auf einmal wollte sie Ben unter keinen Umständen zurücklassen.

»Los, Lady Ruby, du musst ein Labyrinth bezwingen.« Ben zog seine Finger zurück und rückte von ihr ab. »Die Kerle hier teilen das gleiche Schicksal wie ich und werden mir bestimmt erklären, was ich jetzt machen kann. Nicht wahr?«

Die anderen Spieler hoben ihre Trinkbeutel und Snacks, um Ben lauthals in ihrer Mitte zu begrüßen, bevor die Medusa sie wieder zur Stille ermahnte.

Ruby warf einen letzten Blick zurück und machte sich widerwillig auf den Weg. Ben würde alleine klarkommen, sie musste sich nicht wie eine überfürsorgliche Glucke benehmen, die ihren Schützling vor allem abschirmte. Er würde ein paar neue Leute kennenlernen. Geschichten austauschen und stundenlang bei den Magiern versauern, bis diese seinen Bann aufhoben.

Aber was, wenn er Firebirds Männer aufregender fand als die Weißen Raben? Sie waren weder stark, noch hatten sie reelle Siegchancen, wer würde es Ben verdenken, sollte er sich für eine andere Gruppe entscheiden?

Ruby schüttelte vehement den Kopf. Nein, Ben war nicht wie Henrik, der nur an seinen eigenen Vorteil dachte.

Merlin und Isabel warteten auf der anderen Seite des Gefangenenlagers, und ohne große Worte eilten sie tiefer in den Wald. Einen dummen Spruch von Isabel hätte Ruby gerade auch nicht ertragen. Selbst Merlin blieb ungewöhnlich still.

Bisher hatte keiner von ihnen je einen Mitspieler so

schnell zurücklassen müssen. Dazu beschlich sie das äußerst seltsame Gefühl, erneut nur zu dritt zu spielen.

Gute hundert Meter weiter trafen sie auf ein altbekanntes Gesicht. Frank, in Zivil gekleidet, winkte, als sie die letzten Farnbüschel beiseiteschoben. Heute musste wohl jemand anderes die alte, hilflose Frau spielen.

»Ohne einen Magier könnt ihr das Labyrinth nicht betreten, außer ihr wünscht den sicheren Tod«, grüßte Frank mit der düstersten Stimme, die Ruby je bei ihm gehört hatte. »Der Magier kann nur eine Person mitnehmen.«

Isabel zuckte mit den Schultern. »Geht schon, ich warte auf euch.« Ruby verdrehte die Augen, als ihre Freundin voller Absicht den Rock ihres Gewandes zurechtzog. »Ich habe ja Frank an meiner Seite, der mich bestimmt unterhalten wird.«

»Solange er nicht singt«, spottete Merlin.

Auf einer Lichtung vor ihnen erstreckte sich das steinerne Labyrinth, dessen Wände Ruby auf gute drei Meter Höhe schätzte. Von außen wirkte der Komplex fremdartig, wie ein wuchtiges Raumschiff zwischen all den Bäumen. Dennoch marschierte sie ohne zu zögern darauf zu. Merlin folgte ihr sofort.

»Sollen wir einfach fünf Minuten trödeln, bis Kaliandra Frank das Geheimnis aus der Nase gezogen hat?«, spottete er.

Ruby verschwand durch den Eingang des Labyrinths.

»Ich kenne Frank schon eine Weile, er steht nicht auf Frauen.«

»Das will ich sehen!« Merlin machte auf dem Absatz kehrt, aber Ruby riss ihn am Kragen zurück.

»Wer einmal das Labyrinth betreten hat, kann es nur durch den Ausgang verlassen«, rief Frank. »Gebt euch Mühe, ihr Helden, sonst erwartet euch der grausige Tod … wa… was? Kaliandra!« Die letzten Worte quiekte er erschrocken und nun packte Ruby doch die Neugier, wie Isabel versuchte, ihn um den Finger zu wickeln.

Merlin seufzte resigniert, ihnen entging eine großartige Show.

»Wehe, hier ist keine Insignie versteckt«, maulte er.

Das Labyrinth war in unregelmäßigen Abständen überdacht, sodass die Lichtverhältnisse Ruby einen Streich spielten. Durch den Wechsel von Licht und Schatten in den Gängen konnte sie immer nur ihre direkte Umgebung ausmachen. Dunkel gähnte ein Weg vor ihr, und ein kühler Luftzug säuselte um die Ecken. Ruby wagte einen Schritt ins Zwielicht und erschrak fast, da ihre Stiefel laut und scharf über die Steinplatten klackerten. Nach dem ganzen Rascheln und Knacken der letzten Stunden malträtierte das Geräusch ihre Nerven.

»Lux.« Merlin ließ seinen Stab aufschlagen und der Stein an dessen Spitze leuchtete auf einmal hell. »Schick, was?«, grinste er zufrieden.

Irgendwo hatte er einen kleinen Schalter dafür versteckt, doch wie oft Ruby ihn auch fragen würde, seine Tricks legte Merlin nicht offen.

»Na dann leuchte mal.« Sie wies den finstereren Gang entlang. Es war nur ein Spiel, dennoch kroch ihr eine Gänsehaut über die Arme.

So ebenmäßig wie der Boden wirkten auch die Wände, wie aus kompaktem Stein gefräst. Ruby strich mit dem Finger über die glatte Oberfläche, über die in unregelmäßigen Abständen Efeu rankte. Eine leise Melodie rauschte, getragen von einem Windhauch, durch die Abzweigungen des Labyrinths. Erst nach der zweiten Kreuzung entdeckte Ruby ein Windspiel an der Wand. Hinter der nächsten Abzweigung verbarg sich ein weiteres und noch eins … überall klimperten die Klangstäbe.

»Was war das?«, fragte Merlin und blieb abrupt stehen.

Ruby lauschte, konnte allerdings nichts Ungewöhnliches ausmachen.

»Hör hin.« Er stellte sich vor dem letzten Windspiel auf und wischte mit der Hand hindurch, aber die Töne hallten seltsam dumpf.

»Ein Hinweis«, freute sich Ruby.

»Genau.«

Der Zettel! Sie erinnerte sich nur grob an die Worte: *wer zu spielen weiß …*

Ruby hatte eher an ein Spiel gedacht, nicht an Musik, aber so ergab der Hinweis natürlich auch Sinn.

Merlin tastete das Windspiel ab, die Wand dahinter, sogar die Bodenplatten, bis er Ruby die obere Hälfte der Mauer überließ. Sie musste sich auf die Zehenspitzen stellen, bevor sie eine hineingekratzte Rune entdeckte. Schnell beschrieb sie Merlin deren Form.

»Das ist das Zeichen für Erde.«

Gepackt von dem Rätsel marschierte Merlin zurück zum Anfang des Labyrinths. Sein Überwurf wirbelte Blätter und Staub auf, während der Edelstein in seinem Stab selbst im schummrigen Licht glänzte. So zielgerichtet, wie er voranschritt, verwechselte Ruby ihn beinahe mit einem echten Magier. Für den Moment steckten sie so tief im Szenario, dass sie die Außenwelt ganz vergaßen. Sie untersuchten die anderen Windspiele, arbeiteten sich zusammen bis ins Zentrum vor, fanden jedoch kein weiteres, das dumpf klang, geschweige denn weitere Runen. Im Zentrum des Labyrinths ging Merlin ungeduldig auf und ab, runzelte die Stirn und drehte seinen Stab, da die Lösung ihm verborgen blieb.

»Haben die Riesen im Buch was mit Erde angestellt?«, fragte er nach einer Weile. »Irgendwas übersehen wir!«

»Nicht, dass ich wüsste«, antwortete sie. Ob sie auf Riesen treffen würden? »Das Labyrinth dient als Wall, um die Sommerlande vor den Riesen zu schützen. Magier haben es aus einer Gebirgskette erschaffen, die Tunnel sowie Hallen bestehen fast vollständig aus Stein«, erinnerte sich Ruby, ohne groß darüber nachzudenken. Vor ein paar Monaten hatte sie die Reihe zum letzten

Mal gelesen, aber die Details waren so fest in ihrem Kopf verankert, als wäre es erst gestern gewesen.

Plötzlich jagte Merlin los. »Ich hab's! Wir brauchen Dreck!«

»Dreck?« Völlig verwundert folgte Ruby ihm.

»Die Hallen aus Stein – so heißen sie doch, oder? – haben einen weiteren Zweck«, murmelte Merlin mehr zu sich selbst. »Dort drinnen wächst nichts, lebt nichts, und falls ein Mensch versucht, sie zu durchqueren, verhungert er. Was man dort nicht findet, aber hier in Mengen, ist Dreck!«

Erneut liefen die beiden die Gänge des Labyrinths ab. Merlin durchforstete jeden Winkel gezielt und durchwühlte die Erde. In den Ecken hatte sich bereits eine Menge Laub angesammelt, sodass ihm seine Angst vor Käfern, Spinnen und jeglichem Krabbelgetier zusetzte. Konzentriert, wie auf der Suche nach einem Diamanten, schüttelte Merlin alle paar Sekunden das imaginäre Ungeziefer ab.

»Uwaaah!«, wimmerte er auf einmal und wich zurück.

Ruby konnte gerade noch einem kleinen Laubfrosch nachblicken, der in die Dunkelheit hüpfte.

»Sind Frösche nicht die magischen Begleiter von Zauberern?«, scherzte Ruby und fing ebenfalls an zu wühlen.

»Ein Wort zu Kaliandra und ich belege dich mit einem Fluch.«

Mit zusammengekniffenen Augen grub Merlin schließlich einen schwarzen Beutel aus. »Lady Ruby«, meinte er feierlich. »Wir haben unsere erste Insignie!« Er achtete darauf, die Stimme zu senken, damit ihn niemand außerhalb des Labyrinths hörte, dennoch konnte er die Freude nicht unterdrücken.

Mit einem breiten Grinsen ballten sie jeder eine Hand zur Faust und stießen sie gegeneinander.

»Geschafft!«, flüsterten beide synchron.

Vorsichtig zog Ruby die Verschnürung auf und holte eine Blockflöte heraus, die aus dunklem Metall bestand. Sie fasste sich kühl und leicht an, dazu hatte sich jemand die Mühe gemacht, sie mit Glitzer einzusprühen. Ein wahrlich magischer Gegenstand.

»Wir haben die legendäre Flöte gefunden!«, quietschte Ruby. In ihrem Lieblingsbuch diente sie dazu, die Riesen zu besänftigen. So übergroß und gewalttätig sie auch dargestellt waren, wer die Flöte zu spielen vermochte, besänftigte deren Aggressionen.

Ruby gab dem Fangirl in ihr nach und blies in das Mundstück, sodass ein schwacher Ton erklang.

»Da musst du aber noch ein bisschen üben!«

»Lern du erst mal, ein Zelt aufzubauen.«

»Deal. Nächsten Sommer erwarte ich ein Konzert!« Merlin schnaubte dennoch. »Bis dahin gib am besten mir die Flöte. Ich verstecke sie.«

Widerstrebend händigte Ruby die Insignie aus und fragte nach dem Grund.

Merlin vergrub den Beutel wieder im Laub, während er die Insignie an die Innenseite seiner Wade mit einem

Stück Schnur aus seinen Wundertaschen festband. Zur Sicherheit stopfte er seine Hose in die Stiefel.

»Nennen wir es ein ungutes Gefühl. Tiberius hat dich zwar seit gestern Mittag in Ruhe gelassen, aber ich traue ihm nicht.« Sein Blick verdüsterte sich. »Was er auch plant, in seinen Augen bin ich nur eine Nervensäge.«

Leider stellte sich Merlins Vorahnung viel zu schnell als Wahrheit heraus.

8. KAPITEL

»Wir haben wirklich keine«, erwiderte Lady Ruby trotzig.
Die Räuberbande vor ihr lachte schallend.
Xenio, mit dem sie Rücken an Rücken gefesselt war, seufzte. »Ich hab dir gesagt, das wird dir niemand glauben.« Doch Lady Ruby verpasste ihm eine Kopfnuss. »Sie sucht die Insignien nur, um sie zu studieren«, erklärte Xenio.
»Und warum sollte jemand das machen?« Die Räuber amüsierten sich weiterhin auf ihre Kosten.
Sie spannte die Schultern an und blickte auf.
»Wenn der neue König gekrönt wird, kann ich allen Männern, die mich verhöhnten, unter die Nase reiben, dass ich mehr gefunden habe als sie. Dass ein *Mädchen* sie besiegt hat.«

Die Abenteuer von Lady Ruby und Prinz Xenio, Kapitel 8

Wie von der Spielleitung angewiesen, läutete Ruby das Glöckchen am hinteren Ausgang. Es diente als Signal, dass das Labyrinth freigegeben war, selbst wenn die Suche für die nächsten aussichtslos sein würde.

Kaum hatten sie den Wald betreten, riss Ruby etwas

von den Füßen und sie stürzte zu Boden. Bevor sie überhaupt realisierte, was geschah, explodierte ein stechender Schmerz an ihrem rechten Oberarm – ihrem Schwertarm.

»So sehen wir uns wieder«, meinte Henrik hinter ihr. Sein Tonfall klang höchst belustigt und gleichzeitig eiskalt.

Langsam drehte Ruby sich auf den Rücken und hielt schützend einen Arm vors Gesicht, jedoch schlug Henrik kein zweites Mal zu. Drohend überragte er sie, vergnügte sich daran, wie sie davonkroch. Sobald sie Abstand gewann, setzte er einen langen Schritt hinterher.

»Lass den Scheiß«, maulte Ruby und rutschte weiter fort. Zorn und Furcht rangen gleichermaßen um die Vorherrschaft. »Handgreiflichkeiten werden mit sofortigem Ausschluss bestraft.« Reflexartig zitierte sie das Regelbuch, konnte sie doch nicht glauben, was hier gerade passiert war. Henrik hatte sie geschlagen!

Letzten Sommer war ihr Streit übel ausgegangen, sie hatte Worte verwendet, die sie bereute, aber jetzt trieb es Henrik zu weit. Ja, sie war aus der Haut gefahren, weil er Isabel und Merlin auf Übelste beleidigt hatte, wer wäre das nicht?

Rubys Arm pulsierte, als sie sich auf die Füße kämpfte, doch Henrik holte erneut mit seinem Säbel aus und traf ihre Seite. Nicht eine Sekunde verlangsamte er die Bewegung, sodass Ruby verkrampfte und zu Boden ging.

Im Hintergrund grölten Tiberius' Anhänger über das Spektakel. Keiner stoppte ihn bei dieser Racheaktion, sondern sie bestärkten ihn zusätzlich. Grobschlächtige und vor allem erwachsene Männer hatte Tiberius in sein Team eingeladen, die beim LARP mit Sicherheit nicht für ihre Fairness bekannt waren. Mehr denn je spielte Henrik die Rolle eines Bösewichts. Den hämischen Gesichtsausdruck, die Schadenfreude und das hinterhältige Lachen beherrschte er hervorragend.

»Spielleitung!«, rief Merlin und versuchte, irgendwie abzuhauen, um Hilfe zu holen. Seine Taktik verschlechterte sich jedoch, sobald er in Panik geriet.

»Haltet ihn fest«, kommandierte Henrik schnell.

Einer von den Gorillas stürzte sich auf Merlin. Mit einem Tritt riss er ihn von den Füßen und Merlin landete mit dem Gesicht voraus im Laub. Bevor er sich wehren oder in Sicherheit krabbeln konnte, näherte sich ein zweiter Gorilla. Zusammen packten sie ihn an den Schienbeinen und hoben ihn kopfüber hoch.

»Lasst mich runter!«

»Zauber dich doch frei.« Die beiden grölten und ließen Merlin wie einen Sack baumeln. Sein Überwurf gab der Schwerkraft nach und fiel über sein Gesicht. »Selbst für einen Zwerg bist du erstaunlich schwer.«

»Hört auf damit!«, forderte Ruby, allerdings zeigten ihre Worte keine Wirkung. Idioten gab es überall, nur wenn Erwachsene sich wie Schulschläger benahmen, ärgerte sie dies maßlos.

»Gib mir deine Insignie«, forderte Henrik und baute sich vor Ruby auf. »Dann lassen wir ihn herunter.«

»Als würden wir dir irgendetwas geben!«, zischte Merlin augenblicklich. Die in die Stiefel gestopfte Hose rutschte keinen Millimeter und verbarg die Flöte weiterhin.

»Wir könnten ihn an den Füßen fesseln und an einen Ast hängen«, überlegten die Gorillas schadenfroh.

Mühselig kämpfte Ruby sich hoch. Zwei gegen zu viele – die Chancen standen mies für sie. Sie musste rasch eine Lösung finden, auch, weil sie Merlin beschützen wollte.

Henrik ließ sie nicht aus den Augen. Wie eine Raubkatze, die mit ihrer Beute spielte, verfolgte er sie.

»Wenn du mit heiler Haut davonkommen willst«, er grinste gehässig, »händigst du dem zukünftigen König deine Insignie aus.«

Das war ein sehr schlechter Handel, am liebsten hätte Ruby Henrik etwas Schweres gegen seinen aufgeblasenen Kopf geschleudert. Aber er war stärker als sie, er würde viel weniger Treffer brauchen, um zu gewinnen. Außerdem kannte er ihre Kampftaktiken aus dem letzten Sommer. Und würde Henrik sich wirklich um das Punktesystem scheren? Vermutlich nicht.

»Wolltest du nicht gestern noch mit mir zusammenspielen?«, fragte Ruby frei heraus.

»Das war gestern«, erwiderte Henrik kühl. »Heute ist heute und wer nicht für mich ist, ist gegen mich.«

Ruby streckte den Rücken durch, atmete tief ein und umfasste Halt suchend ihren Schwertgriff. In Notsituationen griff sie auf einstudierte Verhaltensweisen zurück. Sie war keineswegs so spontan wie Isabel oder Ben. Panik bekämpfte sie am besten mit Routine und Kontrolle.

»So herrlich simpel«, spottete sie, auch wenn sie kaum das Zittern ihrer Hände unterdrücken konnte. »Aber wenn du dich wie ein Arsch aufführst, warum sollte ich dann zurückkommen?«

Das ließ Henrik einen Moment stutzen, scheinbar wog er ab, ob ihre Worte ehrlich gemeint waren oder nur als Ablenkung dienten.

»Deine Insignie«, wiederholte er eisern.

»Lasst zuerst Merlin herunter«, forderte Ruby. Wie lange konnte Merlin wohl kopfüber hängen? Würde er sich verletzen, falls die Gorillas ihre Scherze umsetzten?

Henrik gab mit einem Winken einen stummen Befehl.

»Autsch!«, ächzte Merlin und versuchte, wieder zu entkommen. Die Gorillas kreisten ihn sogleich ein.

Ruby konnte Henriks nächsten Schlag gerade noch mit ihrem Rundschild blocken, doch ihre Knie knickten unter der Wucht des Zusammenpralls weg. Henrik machte einen Ausfallschritt und schlug ihr erneut gegen den Rücken. »Es gefällt mir durchaus, wie du vor deinem König kniest.«

»Warst du zu lange in der Sonne?!« Irgendwie schaffte Ruby es, auf die Beine zu kommen. Wenn Henrik ernsthaft kämpfte, war ihr Schwert nutzlos. Er würde es in

Stücke schlagen, aber diesen Sieg würde sie ihm nicht gönnen.

Verletzte Gefühle und der Wunsch nach Rache hatten Henrik zu etwas gemacht, das Ruby nie erwartet hätte. Letztes Jahr hatte er ein paar unschöne Charaktereigenschaften gezeigt, jetzt mauserte er sich zu einem Ekel.

»Entschuldige dich.«

Die Worte überraschten Ruby völlig, auch Merlin stieß einen erstickten Laut aus.

»Ich mich entschuldigen?«, erwiderte Ruby, obwohl sie wusste, dass es kindisch war. »Fang du doch damit an. Du hast mehr Mist gebaut!«

Warum tauchte niemand von der Spielleitung auf? Hektisch sah Ruby sich um, entdeckte allerdings nur die Gorillas von Sparta. Kalter Schweiß lief ihr über den Nacken, sie waren mitten im Wald und allein.

»Entschuldige dich und dann komm zurück.«

»Nein!«

Dennoch entging Ruby die subtile Veränderung in seinem Verhalten nicht. Von einem Moment zum nächsten stand sie nicht mehr Henrik gegenüber, sondern Tiberius. Und gerade Tiberius war brandgefährlich sowie skrupellos.

»Was für ein König prügelt sich in sein Amt?«, warf Ruby ihm also vor.

»In den Sommerlanden ist dies eine Tradition«, erklärte er. »Ein König braucht Macht«, die besaß Tiberius bereits, »und muss fähig sein, für die Krone Opfer zubringen. Für einen König zählt nicht der Einzelne, sondern nur die Macht. Gib mir deine Insignie und erfülle die Pflicht an deinem König!«

»Wer würde dir freiwillig gehorchen?«

»Du hast es letztes Jahr.«

»Nur bis mir klar wurde, was du bezweckst.«

Henrik verfolgte sie, täuschte einen neuen Angriff jedoch nur an. Ruby verabscheute sich augenblicklich dafür, dass sie automatisch eine Verteidigungsstellung eingenommen hatte.

»Um sicherzustellen, dass sich mir jeder beugt, brauche ich noch mehr Macht.« Henrik glaubte dies scheinbar wirklich. »Bis sich eines Tages niemand mehr traut, sich mir zu wiedersetzen.«

So stark Ruby in ihren Geschichten auch war, wie anerkannt bei den Spielern des LARP, in diesem Moment fühlte sie sich wie ein schwaches, verängstigtes Mädchen mit einer Schwertattrappe. Unterlegen und umzingelt. Gab es überhaupt eine Möglichkeit, zu entkommen?

Henriks ultimatives Ziel blieb es, der Stärkste und der Beste zu sein, um mehr Beachtung zu erlangen. Sie verstand, dass er auf stur schaltete und beleidigt war, aber sie wusste nicht, wie sie mit ihm umgehen sollte. Henrik verhielt sich kompliziert und immer ein wenig undurchsichtig. Wenn er diesem Pfad folgte, würde er Ruby und alle anderen weiter von sich stoßen. Selbst wenn es für sie außer Frage stand, Henrik eine zweite Chance zu geben, so würde er niemanden zurückgewinnen.

»Und du wirst die Erste sein, Ruby, die sich mir unterordnet.«

Zu spät wehrte sie einen erneuten Schlag gegen ihren rechten Arm ab.

»Die Insignien der Macht stehen dem wahren König zu«, meinte Henrik so eisig, dass Ruby sich seine weiteren Pläne nicht ausmalen wollte.

Nicht auf ihre Füße achtend stolperte sie, was Henrik sogleich mit einem Hieb quittierte. Die Muskeln ihres Arms brannten höllisch und Ruby fürchtete, dass der Schild ihr beim nächsten Angriff durch die Finger glitt. Den Blick auf Henriks Säbel ›Albtraum‹ fixiert, merkte sie erst jetzt, dass er seine Angriffe noch immer abbremste. Er vollführte einen Drahtseilakt zwischen verboten und erlaubt, behielt stets die Kontrolle über seine Kraft. Zwar tat er ihr absichtlich weh, aber wenn Ruby besser wäre, nur eine Sekunde schneller reagierte, könnte sie ihm ausweichen.

Elender Mistkerl, fluchte sie in Gedanken. Sie würde nie aufhören, sich zu wehren. Ganz gleich, wie er sie demütigte und ihre Lücken in der Verteidigung ausnutzte.

»Wir haben keine Insignie!«, rief Merlin plötzlich. Die Arme wie ein Boxer erhoben, falls einer der Gorillas ausholte, beobachtete er Ruby mit vor Angst bleichem Gesicht.

»Und das soll ich dir glauben?«, höhnte Henrik.

»Wirklich«, log Ruby und verschaffte sich so eine Verschnaufpause. »Du wirfst uns doch ständig vor, unfähig zu sein. Solltest du es nicht besser wissen?«

»Echt mal«, nahm Merlin den Faden auf. »Warum sollten *wir* bereits eine Insignie haben?«

»Du«, Henrik deutete mit einer unwirschen Bewegung seines Säbels auf Ruby, »bist ein Fangirl. Du würdest alles dafür machen.«

War das sein Plan? Ihr Fangirl-Herz mit der Krone ködern? Und danach? Würde er sie wieder fallen lassen, wenn er die Krone erlangt hatte? Wie verdreht war seine Überzeugung bitte?

»Aber wir haben keine!«, wiederholte Merlin. Eine andere Möglichkeit, Ruby zu helfen, blieb ihm nicht.

Henrik rollte über die erneute Unterbrechung mit den Augen, während Ruby sich auf einmal in ihre Fan-Fiction versetzt fühlte. Doch es war ein kluger Schachzug von Merlin! Sie wusste sofort, für welche Taktik er sich entschieden hatte. In Rubys Fan-Fiction, wenn die Räuber Xenio bedrohten, tauchte im nächsten Moment eine Ablenkung auf, die ihnen zur Flucht verhalf.

Ruby schlang das Schild rasch über ihren Rücken und machte sich bereit, loszustürmen.

Ohne Vorwarnung zischte ein Messer zwischen ihnen hindurch. Henrik sah dem Geschoss verwundert nach. Die Gorillas stapften ihm hinterher, ohne Verständnis dafür, dass es aus der anderen Richtung geflogen war.

»Lauft!« Isabel riss Merlin am Arm mit sich und er stolperte ihr so schnell nach, wie er konnte.

Ruby rannte ebenfalls los, Kaliandras Messer würden sie später einsammeln.

»Schnappt Ruby!« Ein gebellter Befehl und die Gorillas setzten sich in Bewegung.

Die geballte Wut in diesen Silben ließ Ruby zusammenzucken, während Isabel Merlin gnadenlos antrieb. Ihre Freundin schubste Ruby einen Abhang herunter, drückte sie ins Laub und lauschte angestrengt.

»Sie müssen hier irgendwo sein!«, schrie Henrik aufgebracht. »Sucht gründlicher!«

Ruby vergrub den Kopf in den Händen, sodass niemand ihr schmerzverzerrtes Gesicht sah. Was hatte sie Henrik getan, damit er sie so behandelte? Sie war mehr als nur ein Gegenstand, den er herumschubsen und wegwerfen konnte, wie er wollte!

Erst, als die letzten Geräusche verstummt waren, erlaubte Isabel, dass sie sich aufsetzten.

»Entschuldigt, das war meine Schuld. Frank ist zu Medusa und ihrem Freund geflüchtet, als ich zu aufdringlich wurde. Deswegen konnte Henrik überhaupt angreifen. Alles in Ordnung?«, fragte Isabel besorgt und fischte sogleich die Blätter aus Merlins Haaren. So sehr sich die beiden zankten und stritten, sie achtete auf ihn wie auf einen kleinen Bruder. Vielleicht triezte sie ihn deshalb pausenlos.

»Mit Frank in der Nähe hätte Henrik einen anderen Zeitpunkt für einen Hinterhalt gefunden«, beschwichtigte Ruby und packte ihren Taschenkompass aus, um den Weg zurückzufinden. Auf keinen Fall würde sie mitten im Wald in Tränen ausbrechen, auch wenn sie sich miserabel fühlte und am liebsten in den Arm genommen werden wollte.

»Ich hasse das«, murrte Merlin und schaute zur Seite. »Noch ein Jahr oder zwei und dann bin ich zwei Meter groß und jeder, der mich jemals geärgert hat, wird meine Rache zu spüren bekommen.«

»Wenn du dir einen längeren Magierstab zulegst, kannst du einen Kampfsport lernen«, munterte Isabel ihn auf.

Plötzlich verlegen trat Merlin von einem Bein aufs andere. »Damit meinte ich nicht dich, Kaliandra. Du bist zwar manchmal gemein, aber meinst es nie böse.«

»Dein Überwurf hat übrigens einen Riss.« Isabel lächelte sanft auf den Zauberer herab. »Den sollten wir ausbessern. Und unsere Lady braucht etwas zum Kühlen.«

»Ruby …?«, fragte Merlin, ohne zu wissen, was er in dieser Situation weiter sagen sollte.

»Dein Schild hat mich beschützt. Danke.« Ruby schenkte ihm das tapferste Lächeln, das sie zustande bringen konnte. »Und wegen deiner Idee ist die Flöte noch in unserem Besitz.«

»Flöte?«, hakte Isabel nach.

Rasch berichtete Ruby, wie sie das Rätsel um die Insignie gelöst hatten. Die Flöte würden sie ihr jedoch erst im Büro der Spielleitung zeigen, wenn die Weißen Raben sich als offizielle Besitzer meldeten. Dem Funkeln in Isabels Augen nach zu urteilen, konnte sie es kaum erwarten.

»Was wirst du jetzt wegen Henrik unternehmen?«, kehrte Merlin zum dringenderen Thema zurück. »Er ist nicht einfach nur sauer.«

Allerdings war es Isabel, die für Ruby antwortete. »Da fällt uns schon was ein.«

Die Himmelsrichtung, die zur Burg führte, war schnell bestimmt, und Merlin hielt Ruby die Hand hin, um ihr aufzuhelfen. Mit ein wenig Glück waren sie knapp entkommen und hatten die Insignie behalten – dieser kleine Sieg spendete wenigstens einen Funken Zuversicht.

Rubys geschwollener Oberarm schmerzte höllisch, als sie mit einem Spaten Erde zur Seite schaufelte. Sie war so wütend! Auf Henrik, darauf, wie er sie in die Enge getrieben hatte, und vor allem auf sich selbst! Obwohl sie nun im Besitz einer Insignie waren, hatte sich der zweite Tag als totaler Reinfall entpuppt. Nachdem Isabel die Schwellung versorgt und Ruby eine Schmerztablette aufgezwungen hatte, war sie völlig durch den Wind gewesen. Voller Zorn und zugleich traurig und verwirrt von Henriks seltsamen Signalen, hatte sie sich nicht mehr konzentrieren können. Nur dank Merlin hatten sie mit den Rätseln der Portalstadt ein paar Goldmünzen verdient.

»Wir finden diese Insignie«, munterte Isabel sie auf, die neben Ruby grub. Auf Merlins Rat hin hatten die Weißen Raben das letzte Zeitfenster des Friedhofs reserviert und das Feld in gleichgroße Quadrate aufgeteilt, um diese systematisch zu durchsuchen. Zu dritt wären sie sicherlich schneller gewesen. Nur dass Merlin sich um ihren Versteinerten kümmerte und ihm für den Abend Gesellschaft leistete.

Ruby konnte sich nicht erklären, warum sie ihre Verletzung vor Ben verheimlichte. Was sollte schon groß passieren, wenn er es erfuhr?

»Warum habe ich Henrik nicht bei der Spielleitung gemeldet?«, fragte sie ihre Freundin schließlich.

»Weil er sich wieder herauswinden würde wie letztes Jahr«, meinte Isabel prompt. »Das oder dein verletzter Stolz war der Grund.«

»Du bist fies.«

»Fies, aber ehrlich. In dem Punkt seid ihr euch ähnlich, ihr hasst es, zu verlieren.« Isabel hielt inne, um ihren Standpunkt zu verdeutlichen. »Wobei du nicht halb so verbissen bist wie er.«

»Na immerhin.« Ruby wischte sich den Schweiß von der Stirn, froh, dass sie ihr Kostüm gegen ein leichtes T-Shirt und Shorts getauscht hatte. Das schickte sich vielleicht nicht für eine Lady, dafür verdeckte es den blauen Fleck, der sich auf ihrem Oberarm dunkler färbte. Wütend stach Ruby den Spaten in die Erde. Sie musste diese Insignie finden! Sie war weder schwach noch einfältig oder was Henrik sonst über sie verbreitete.

»Die Erde kann nichts für deine Laune«, warf Isabel ein, doch das stachelte Ruby nur weiter an. Warum gab sie eigentlich noch so viel auf Henriks Worte?

Weil die erste Liebe am schlimmsten schmerzt, dachte Ruby und hielt in ihrer wütenden Bewegung inne. Sobald sie fertig war, sollte sie sich den Gedankengang aufschreiben, der klang gar nicht so schlecht.

»Warum hat der Idiot das nur gemacht?«, seufzte sie.

Bei ihrer Freundin fand die Frage ein offenes Ohr. »Er kann sich nicht entscheiden.« Sie lächelte sanft, dennoch traurig. »Du hast ihn beim LARP besiegt und brauchst ihn offensichtlich nicht, nur gegen was soll er zuerst anstürmen, um die Niederlage auszugleichen?«

Ruby zog die Nase kraus und schaufelte weiter. »Am besten nichts davon.«

Isabel winkte ab. »Vielleicht will er sich bessern?«

Darauf stieß Ruby sie gespielt erbost in die Seite. »Warum verteidigst du gerade Henrik?«, fragte sie zurück. »Müsstest du dich nicht als meine Freundin fürchterlich mit mir aufregen?«

Für den Moment legte Isabel eine Pause beim Graben ein. Oder sie nutzte das Gespräch, um endlich zu verschnaufen. So fit sie sich auch für den LARP hielten, Erde zu schaufeln, war furchtbar anstrengend. »Ich versuche, die Situation zu verstehen«, erklärte Isabel. »Warum kommt Henrik immer wieder zurück zu dir?«

»Weil er es mir heimzahlen will!« Mit mehr Gewalt als nötig stieß Ruby ihren Spaten ins Erdreich. »Es ist ihm wichtig, der Stärkste zu sein. ›Ich, ich, ich. Ich will das, ich will dies, ich sage, wir machen das so.‹ *Das* ist Henrik!«

»Letztes Jahr hast du dich nicht beschwert.«

Genervt warf Ruby die Hände in die Luft. »Soll ich etwa wieder was mit ihm anfangen? Oder warum drängst du so?«

Isabel schüttelte den Kopf und wandte sich ab, damit Ruby nicht ihren Gesichtsausdruck sah. »Henrik ist nur der erste von vielen Idioten, die wir noch treffen werden. Der größte Unterschied ist, dass er dich mit einem Säbel schlägt.«

Sollte Henrik wirklich noch etwas für sie empfinden? Aber hätte er sich dann nicht gemeldet? Sie besaßen die Foren-Namen, Mailadressen und Telefonnummern des anderen, dennoch hatten sie gleichermaßen Funkstille gehalten. Oder hegte er einen geheimen Ruby-Eroberungsplan parallel zur Insigniensuche? Nein. Das wäre albern. Außerdem hatte er sie geschlagen. Er konnte nicht ernsthaft erwarten, dass sie ihm jetzt noch eine zweite Chance gab?

Selbst wenn Henrik ihr die Krone als Entschuldigung für letztes Jahr anbieten würde, nach dem heutigen Aufeinandertreffen würde sie diese niemals annehmen. Gewalt, egal in welcher Form, war ein No-Go!

Ruby stieg aus ihrem ausgehobenen Loch im Acker und

ging ein paar Schritte zum nächsten Punkt, den sie umgraben sollte. »So geht man doch nicht miteinander um«, grummelte sie. »Wenn, dann soll mein Freund sich mit dir und Merlin verstehen und aufmerksam sein und …«

Isabel schüttete einen Haufen Erde zur Seite. »So wie Ben?«

»Kaliandra!«

Toll, jetzt ging ihre Freundin nahtlos von einem Jungen zum nächsten über. Glücklicherweise wurde sie vom Wächter an der Mauer unterbrochen.

»Stimmt es, dass Ben ein Gamer ist?«, fragte er interessiert, sodass die Mädchen innehielten.

Es hatte sich mittlerweile herumgesprochen, dass die Weißen Raben ein neues Mitglied hatten, das ein totaler Neuling war. Da Ben sich weigerte, seinen Namen zu verraten und die Spielleitung diese Entscheidung billigte, hatte er sich über Nacht zum Mythos entwickelt. Namenloser Unbekannter. Namenloser Rabe. Ein Fremder aus einer fernen Welt mitten in den Sommerlanden. Das war ein gefundenes Fressen für die Fans der Buchreihe, immerhin startete die genauso: Nach dem Tod des Königs öffnete sich ein Portal und Tristan, der Held der Reihe, fand einen Weg in das magische Reich.

»Und wenn?«, schnappte Ruby ungehalten. Ihre Stimmung würde sich heute nicht mehr bessern. Dazu ließ die Wirkung ihrer Schmerztablette langsam nach. »Hier gibt es jede Menge Leute, die zocken.«

»Wie hast du es geschafft, einen Stubenhocker eine

Woche lang zum Zelten zu schleppen?«, fragte der Wächter weiter.

Ruby wuchtete einen Haufen Erde in die Höhe, während er feixend auf seinem Schemel an der Mauer saß.

Isabel hielt jedoch beim Schaufeln inne. »Unser Namenloser steht auf Lady Ruby.« Sie formte mit den Fingern ein Herz. »Komplett und vollständig verknallt.«

»Kaliandra!«, zischte Ruby nun wirklich erbost. »Schhh! Sag das nicht einfach so. Das verstehen noch alle falsch.«

»Die ersten Tage hat er zumindest überlebt, ohne zu Staub zu zerfallen … Bei all dem Sonnenlicht«, scherzte der Wächter.

Ruby konzentrierte sich lieber aufs Graben. Der Tonfall beim LARP war manchmal ruppig. Jeder schöpfte seinen Sarkasmus voll aus, warf mit Wortspielen um sich und triezte pausenlos. LARPler zogen über Gamer her, Gamer über Pen-&-Paper-Spieler und diese sowieso über alles und jeden. Spätestens, wenn jemand den falschen Musikgeschmack vertrat, ging das Gezanke los. Niemand meinte es verletzend, auch Ruby war in dieser einen Sommerwoche um keine Erwiderung verlegen … Außer es handelte sich um Henrik.

»Jungs versetzen Berge für das Mädchen, das sie mögen«, warf der Wächter ein.

»Ihr unwiderstehliches Aussehen ist der Grund«, lachte Isabel sogleich. »Kombiniert mit Ahnungslosigkeit und Rehaugen.«

»Was redest du da?«, erwiderte Ruby. Nach dem heutigen Tag war sie komplett verschwitzt, verdreckt, blau geschlagen und vermutlich benötigte sie eine lange, ausgiebige Dusche. Was an ihr sollte unwiderstehlich sein? »Wenn er auf mich stehen würde, dann wäre doch letzte Nacht etwas passiert, oder? Aber wir haben nur nebeneinander gesessen und geredet.«

Vor Überraschung fiel Isabel der Spaten aus den Händen, bevor sie in schallendes Gelächter ausbrach. Ruby wollte einwerfen, ob alles in Ordnung sei, aber ihre Freundin hob bloß die Hand, während das glockenhelle Lachen sie durchschüttelte.

»Ihr habt nur nebeneinander gesessen und geredet?«, wiederholte Isabel.

»Ja …«

»Sonst nichts?«

Ruby schüttelte den Kopf. Nun vollständig verwirrt. »Er ist eingeschlafen.«

»Verdammt, ich dachte, du bist schüchtern, aber Ben schlägt dich dabei um Längen.«

Ruby spießte sie mit einem bösen Blick auf. Ihre Freundin sollte ihr helfen, immerhin verliefen solche Situationen bei Isabel ganz anders, stattdessen schien sie sich darüber lustig zu machen.

Warum sprach sie überhaupt immer wieder Henrik und Ben an, um die beiden miteinander zu vergleichen?

»Nur so als Tipp.« Isabel klopfte Ruby auf die Schulter, ehe sie ihren Spaten einsammelte. »Ich weiß, du liebst Bücher, aber vielleicht solltest du eher mit dem Jungen neben dir kuscheln.«

»Ach und woher weiß ich bitte, wann es richtig und wann falsch ist?«

»Entweder fühlt es sich richtig an oder du kannst deinen Ben einfach fragen, ob er möchte«, sagte Isabel verschwörerisch und wies in die Dunkelheit.

Am Rand des Feldes tauchte zwischen den Fackeln auf einmal Ben auf.

»Euer persönlicher Geisterservice«, grüßte er. Zwei Wasserflaschen trug er mit sich, deren Glas in der Wärme perlte.

Wie viel hatte er von ihrer Unterhaltung mitbekommen?, sorgte sich Ruby schlagartig und unterdrückte einen Seufzer. Der Tag konnte tatsächlich noch schlimmer werden. Ihr Plan war es gewesen, mitten in der Nacht zum Lager zurückzukehren, wenn Ben tief und fest schlief. Was machte er hier? Und wo war Merlin?

»Ich bin ein bisschen früh für die Geisterstunde, aber ich habe so viel Zeit totzuschlagen«, scherzte Ben.

Dankbar nahm Isabel eine Flasche entgegen und verabschiedete sich sogleich. Ruby wollte ihrer Freundin nachrufen, zu bleiben. Jetzt alleine mit Ben zu sein – das würde sie nur vollends ins Gefühlschaos stürzen.

Bis morgen Nachmittag sorgte der Fluch der Medusa dafür, dass Ben als Geist unterwegs war. So lange dauerte es, bis der Oberste Heiler ihn in seinen Ursprungszustand zurückversetzte. Die drei Goldmünzen dafür hatte

Ruby sofort bezahlt, obwohl es ihren Geldbeutel fast leer räumte. Sie fühlte sich so furchtbar schuldig, dass Ben in diese Falle getappt war.

»Geister dürfen nicht ins aktive Spielgeschehen eingreifen«, ermahnte der Wächter.

»Ich weiß, ich weiß.« Ben winkte ab und ging auf Ruby zu. »Schau mal, Lady Ruby, da schwebt eine Wasserflasche auf dich zu! Ah, nein, tu so, als hättest du mich nicht gehört, Geister können ja nicht mit Lebenden sprechen.« Er stellte sich so auf, dass der Helfer sie gut erkennen konnte, und balancierte die Glasflasche auf der Handinnenfläche. Angespornt, die Regeln ein wenig zu dehnen, machte Ben einen Schlenker, damit die Flasche beinahe abstürzte.

»Oh, nein, da schwebt eine Flasche durch die Luft! Da steckt bestimmt mein verfluchter Mitstreiter hinter«, erwiderte Ruby gespielt überrascht. »Die werde ich wohl an mich nehmen müssen.«

In einem Zug trank sie die Hälfte des Wassers aus, sie hatte gar nicht bemerkt, wie durstig sie war.

»Ihr seid mir zwei«, merkte der Wächter an und lehnte sich gegen die Mauer, die den Friedhof abtrennte.

»Ich dachte, ich leiste dir Gesellschaft«, meinte Ben leise, »selbst wenn ich nicht helfen darf.«

»Die Suche hier ist total langweilig«, wimmelte Ruby ihn ab und kämpfte mit dem Schraubverschluss, plötzlich furchtbar nervös. Sie traute sich nicht, Bens Blick zu begegnen.

»Vielleicht steht er darauf, Frauen bei harter Arbeit zuzusehen«, warf der Wächter ein.

»Ich möchte hier in Frieden graben!«, fauchte Ruby mürrisch. Fast hätte sie einen Haufen Dreck in seine Richtung katapultiert, damit er endlich die Klappe hielt, stattdessen rammte sie die Wasserflasche in den Boden. Ihre Nerven waren eh zum Zerreißen angespannt, da brauchte sie keine dummen Gerüchte. Nicht noch mehr.

Als Ruby jedoch zum äußersten Ende des Feldes wanderte, folgte Ben ihr einfach. So, als wäre der kleine Ausbruch eben nie passiert.

»Hab ich was falsch gemacht?«, fragte er. Sein Blick glitt zu den Fackeln, doch zu denen wahrte Ruby genügend Abstand.

»Nein.« Sie umfasste mit der Hand ihren Oberarm, denn Ben durfte auf keinen Fall ihre blauen Flecken sehen. Zu spät bemerkte sie ihre defensive Haltung. »Tut mir leid, dass ich dich zurückgelassen habe. Ich bin eine echt schlechte Anführerin …«

Ihr Hals schnürte sich zu, als Ruby über ihre Entscheidungen des heutigen Tages nachdachte. Eigentlich benahm sie sich genauso furchtbar wie Henrik. Was für eine Idiotin sie war! Wollte sie wirklich auf Bens Kosten gewinnen? Sie hätte sich nie als rücksichtslos bezeichnet, aber sie hatte ihn weder verteidigt noch, wie versprochen, abgeholt – sondern wie eine Last behandelt. Was würde sie als Nächstes anordnen? Kaliandras Fähigkeiten nutzen, um sich einen unfairen Vorteil zu verschaffen?

Und dann? Würde sie Ben aus dem Team werfen, weil er als Neuling keine große Hilfe war?

»Was auch immer du gerade denkst«, warf Ben ein und stoppte sogleich Rubys Gedankenstrom, »es stimmt nicht. Ich bin nicht sauer, Ruby, weil Merlin mich abgeholt und sofort zu den Magiern als Testobjekt geschleppt hat.« Er lachte verhalten, bevor er fortfuhr. »Die waren echt skurril, haben mich in Kreidekreise gestellt und mit bunten Kügelchen beworfen, um den Fluch der Medusa zu untersuchen.«

Mit den Nerven am Ende stützte Ruby sich auf ihren Spaten.

»Da braut sich was zusammen, Leute!« Der Wächter deutete zu den Wolkentürmen am Horizont. »Macht nicht mehr so lange.« Rasch verstaute er seine Liste und begann, die Ausrüstung zusammenzupacken, ehe er in Richtung Burg aufbrach.

»Wegen mir wurdest du versteinert«, klagte Ruby und klang dabei weinerlicher als beabsichtigt.

Zwar spendete Ben ihr Trost, in dem er seine Hand auf ihren Arm legte, jedoch fühlte Ruby sich dadurch nur noch miserabler. Sie benahm sich total daneben und er zeigte Verständnis. Eine schöne Königin der Sommerlande wäre sie, wenn sie ihre Krone dadurch erlangte, dass andere ihre Aufgaben erledigten und sie alle im Stich ließ.

»Erst mal bin ich daran genauso schuldig.« Ben zuckte mit den Schultern. »Und was Magie betrifft, sollte ich besser auf meinen kleinen Meister hören. Die Typen, die mit mir verflucht worden sind, sind allerdings echt komische Vögel.«

»Aus welchem Team stammen sie?«

»Sie nennen sich die Greifenreiter des Wolkenvolks.« Ben sprach ganz gelassen, Rubys inneres Fangirl hingegen machte einen Satz und tanzte.

»Sag das noch mal.«

»Die Greifenreiter des Wolkenvolks?«, wiederholte Ben ungläubig. »Sind die gefürchtet? Wirkten ziemlich harmlos, wenn du mich fragst.«

Ruby würde niemals gestehen, dass diese Worte bei ihm so toll klangen, dass sie sich wünschte, Ben würde ihr aus den Büchern vorlesen. Worte wie Sonnenschein – das war wohl zu abgedreht.

»Die Greifenreiter sind eines der größeren Teams«, erklärte sie ruhig, das Fangirl an mentale Ketten legend. »Sie gehören zu den mittelstarken Spielern, dennoch handeln sie stets fair und bilden eine super Gemeinschaft.«

Der Wächter rief noch etwas aus der Ferne, aber Ruby achtete nicht darauf. Plötzlich zuckte ein Leuchten über den Nachthimmel, im Westen brodelte ein Gewitter.

»Eigentlich sind sie ein Haufen spätpubertierender Informatikstudenten mit einem Hang zu dreckigen Witzen. Und ihr Boss, Firebird, ist verdammt hitzköpfig.« Ben steckte die Hände in die Taschen, wie immer, wenn er leicht verlegen war. »Die Verfluchten haben mich morgen zur Geister-Grillparty eingeladen.«

Ruby lächelte. Trotz ihrer Elendsspirale, in die sie kopfüber hinabgerauscht war, schaffte Ben es, sie aufzuheitern. Einfach, indem er sie in ein Gespräch verwickelte.

»Schau.« Er holte einen Aufnäher heraus. »Ich habe ihnen zwar tausendmal gesagt, dass ich die Weißen Raben nicht verlasse, trotzdem haben sie mich zum Greifenreiter ehrenhalber ernannt. Muss eine Vogelsache sein, sie meinten, einen Raben haben sie noch nicht.«

Ruby fehlten die Worte. Wie hatte er das nur wieder geschafft? »Das ist großartig!«

Plötzlich läutete die Glocke der Burg mehrfach hintereinander und viel zu schnell, um die Schläge zu zählen. Ruby suchte nach dem Wächter, doch dieser war längst in der Dunkelheit verschwunden. Sie hatte völlig die Zeit vergessen.

Wie aus dem Nichts öffneten sich die Schleusen der tintenblauen Wolken. Eiskalter Regen prasselte auf sie herab, stach wie Nadeln auf ihrer Haut. Die Fackeln, die über den Friedhof verteilt waren, zischten erst und drohten schließlich zu erlöschen. Erneut zerriss ein Blitz die Wolken und diesmal explodierte sofort ein unglaublicher Krach. Das Gewitter war viel schneller näher gekommen, als sie damit gerechnet hätte.

Ohne Vorwarnung zog Ben Ruby von hinten in eine Umarmung, schlang ganz fest seine Arme um ihre Mitte.

»Geisterumarmung«, murmelte er in ihre Locken. »Du spürst sie nicht, aber sie ist dennoch da.«

Und wie sie ihn spürte, wenn er sich praktisch an sie klammerte. Was sollte das? Hatte er Angst? Oder hatte Isabel etwa recht und Ben war wirklich in sie verschossen und …

»Alles okay?«, fragte sie lieber, anstatt sich Gedanken darüber zu machen, ob Ben mit ihr flirtete.

Es donnerte in der Ferne, jedoch deutlich leiser als zuvor.

»Wir sollten raus aus dem Regen«, entschied Ruby. »Hier in der Nähe gibt es irgendwo einen Unterstand, meine ich. Oder sollen wir zurück zur Burg?«

Da Ben sich nicht rührte, bestimmte sie die Richtung. Der Regen schien auf einmal seitwärts zu fallen, binnen Sekunden war sie komplett durchnässt. Sofort weichte der Boden des Friedhofs auf und dank der vielen LARPler, die ihn durchpflügt hatten, schlitterten sie mehr durch Matsch und Schlamm, als dass sie wirklich rannten. Das Gewitter näherte sich ihnen immer mehr, Blitze zerteilten den Himmel, verbanden sich zu einem gruseligen Wetterleuchten.

Ruby versuchte, die Abstände zwischen Blitz und Donner zu zählen, doch da packte Ben sie an der Hand und lief voraus. Gleichzeitig zog er den Kopf ein, als fürchtete er sich vor dem Wasser.

Früher hatte der Unterstand Wanderern Schutz geboten. Während die Pfosten tief im Erdreich versunken waren, prangten dafür heute Löcher im Holzdach, welches an einer Stelle sogar eingebrochen war. Für den

Moment hatte Ruby jedoch keine große Wahl. Keine hundert Meter Sprint und sie sahen aus, als wären sie kopfüber in einen See gesprungen. Bis zur Burg mussten sie vermutlich schwimmen.

Ben löste sich von ihr und zog sich unter dem größten Stück Dach zurück.

»Du hast Angst vor Gewittern?«, fragte sie ihn frei heraus.

Er traute sich nicht, ihr in die Augen zu sehen. Mit durchnässter Kleidung und Haaren, die ihm auf der Stirn klebten, erinnerte er Ruby auf einmal an eine verängstigte Katze, die im Regen ausgesetzt worden war. Am liebsten hätte sie ihn in den Arm genommen.

»Der LARP dauert eine Woche«, meinte Ben leise. »Eine Woche ohne Gewitter hätte ich schaffen können.«

»Ist es der Donner oder der Blitz?«

»Der Blitz.« Beim nächsten Wetterleuchten wirkte er kalkweiß. »Wenn es donnert, ist es schon zu spät.«

Die Formulierung ließ Ruby stutzen. »Zu spät? Für was?« Bis sie selbst auf die Lösung kam: Donner entstand dadurch, dass die unglaublich hohe elektrische Ladung eines Blitzes die Luft rasend schnell ausdehnte. »Hast du mal erlebt, wie ein Blitz in der Nähe einschlug?«

Ben nickte verhalten. Er schämte sich.

Der Wind frischte erneut auf und jagte durch das Blätterdach. Über ihnen tobte das Sommergewitter, sodass Ruby sich rasch eine Ablenkung ausdenken musste.

»Willst du mir vielleicht davon erzählen?«, fragte sie

und unterdrückte ein Zittern. Eiskalt klebte die nasse Kleidung an ihr, doch der Wolkenbruch schwächte nicht ab.

Ben schwieg beharrlich, aber sie würde nicht lockerlassen. Egal, wie viel Stärke man innehatte, manchmal konnte man sich nicht gegen die lähmende Angst wehren, sondern brauchte einen Freund, der einem dabei half. Schon einer reichte, um die eigenen Dämonen zu vertreiben.

Ein Blitz tauchte den Wald in gespenstisch weißes Licht, kurz darauf krachte ein Donnerschlag und Ben zuckte sichtlich zusammen. Ruby überwand den Abstand zwischen ihnen und berührte mit den Fingern sein Gesicht, damit er sich nur auf sie konzentrierte. Sanft wischte sie die feuchten Haarsträhnen fort. In ihrer Gegenwart trat er stets so sorglos und fröhlich auf, diese Seite an ihm überraschte sie.

»Du wurdest nicht vom Blitz getroffen, oder?«, scherzte Ruby. »Hast du dadurch etwa Superkräfte erlangt?«

»Nein«, flüsterte Ben. Das nächste Donnern übertönte ihn fast. »Das wäre doch cool. ›Gamer überlebt Blitzeinschlag‹, dann wäre ich *The Flash*.«

»Du würdest fix sprinten, alle Insignien einsammeln und – wuuusch – wir könnten die restliche Zeit am Gewandungsgrillen teilnehmen.« Ruby umfasste seine Wangen, ihre Finger spielten mit seinem feuchten Haar. Sanft zog sie Ben ein Stück zu sich herunter.

Obwohl sie sich fragen sollte, was sie da gerade machte, fühlte es sich erschreckend richtig an.

»Außerdem … wie oft wird man schon vom Blitz erwischt?«, sprach sie weiter, um nicht über das Gefühl nachzudenken, das von ihren Fingern bis zu ihrem Herzen wanderte. »Einmal ist statistisch schon ein Wunder, zwei Mal …«

»Ruby.«

Sogleich stoppte sie ihren Wortschwall. Manchmal hatte sie den innerlichen Nerd kein bisschen unter Kontrolle.

»Es ist ziemlich peinlich«, wich Ben aus.

Unter ihren kalten Fingern glühten seine Wangen auf einmal. Die Wärme ging auf sie über, ließ ihr Herz vor Aufregung schlagen. Nass und kalt, warm und weich, zwei gänzlich unterschiedliche Eindrücke verschmolzen zu etwas Einzigartigem.

»Ich bin gut darin, Geheimnisse zu wahren.« Vor allem ihre eigenen, musste Ruby sich eingestehen.

»Als ich klein war, sind meine Eltern mit mir wandern gegangen«, meinte er langsam, während er den Blick über die halb zerfallene Holzkonstruktion schweifen ließ. »Plötzlich ist ein Gewitter aufgezogen und wir haben in einer kleinen Hütte Schutz gefunden. Es war schrecklich laut, wie der Donner zwischen den Bergen reflektiert wurde.« Ben holte tief Luft, bevor er weitersprach. Seine Finger fanden Rubys Hand und er löste sie langsam von seinem Gesicht, damit sie ihre Hände ineinander verschränken konnten. »Das ging gefühlte Stunden so, irgendwann ist ein Blitz in den staubtrocknen Baum neben der Hütte eingeschlagen und hat einen Waldbrand entfacht. Meine Eltern sind mit mir schnellstmöglich abgehauen, mitten durch die hochschlagenden Flammen.«

Vor Schreck riss Ruby die Augen auf. Sie konnte sich nur vorstellen, wie der dichte Rauch alles verschluckte, wie Ben verzweifelt einen Weg durch die Hitze suchte. Umgeben von rot glühenden Bäumen, die brennend unter ihrem Gewicht zusammenbrachen und seine Angst zusätzlich schürten. Ihre Fantasie zeichnete eine Szene aus der Hölle – wie musste es sich erst anfühlen, diese zu erleben?

Jetzt verstand sie auch seine komische Frage, ob es offenes Feuer während des LARP gab. Sie hatte sich damals gewundert, warum sie ihm das Grillen und die Lagerfeuer-Rituale so detailliert erklären sollte. Dabei versuchte er nur, seine Ängste zu besiegen. Ruby schluckte. Für sie.

»Eigentlich wollte ich dich ablenken«, gestand sie, »ich mache es gerade nur schlimmer, oder?«

»Nein.«

»Okay, gut…« Rubys Blick huschte zu ihren verschränkten Fingern, glitt entlang der seltsamen Umarmung, in der sie sich befanden. »Hier passiert dir wirklich nichts, wir müssen ja nur den Regen abwarten und…«, plapperte sie, während sie mit seinem nassen Haar spielte.

Der Drang sich zurückzuziehen, weil sie Ben plötzlich viel zu nah war, kämpfte mit dem Wunsch, die letzten Zentimeter zwischen ihnen zu überwinden.

»Außerdem hatten wir Glück und sind heil entkommen.« Ben neigte den Kopf ein Stück vor und fasste mit der freien Hand an Rubys Schulter. Ein scharfer Schmerz brannte ihren Arm entlang und sie zuckte zusammen. Sogleich lockerte Ben seinen Griff.

Für einen Augenblick sah er sie mit einem Blick an, den Ruby nicht deuten konnte. Auf einmal registrierte Ruby alles, den Duft des nassen Waldbodens, das Plätschern des Sommerregens, und konnte sich gleichzeitig nur auf das warme Grün von Bens Augen konzentrieren. Ein kleines Lächeln umspielte seine Mundwinkel, als er darauf wartete, ob sie sich von ihm löste oder in seiner Nähe blieb.

Doch sie dachte nicht darüber nach, wog nicht Für und Wider ab, sondern stellte sich auf die Zehenspitzen, um Ben einen winzigen Kuss aufzuhauchen. Wieso fühlte sich das so anders an? So überhaupt nicht wie bei ihrem Ex, sondern weich, warm und prickelnd.

Und im Gegensatz zu Rubys früheren Erfahrungen, klappte Ben bloß vor Überraschung der Mund auf, als hätte er selbst nicht damit gerechnet.

Ruby verschränkte die Arme in seinem Nacken und Ben zog sie wieder in eine Umarmung, bis sie sich eng aneinanderschmiegten. Sobald sich ihre Lippen berührten, dieses Mal forscher und fordernder, vergaß Ruby den Regen, diesen leicht unheimlichen Ort, auf einmal waren da nur noch sie und Ben. Und der Gedanke, dass er bloß nicht aufhören sollte.

Ohne Vorwarnung drang ein Schwall eiskaltes Wasser durch das löchrige Dach, klatschte auf Rubys Schulter und zerstörte die Blase aus Selbstvergessenheit, die sich um sie gespannt hatte. Schockiert löste sie sich von Ben, ging auf Abstand und verbarg die Arme hinter dem Rücken. Das Heulen des Windes war verstummt und vom sturmgepeitschten Regen war nur ein leises Tröpfeln geblieben, das im Waldboden versickerte. In der Ferne hörte sie ein schwaches Donnergrollen.

»Wie lange haben wir uns ge…?« Ruby sprach die Frage nicht aus. Auch Ben hob den Kopf, um dem fortziehenden Gewitter zu lauschen. Doch im Gegensatz zu ihr lächelte er breit. Mit so einer Ablenkung hatten beide definitiv nicht gerechnet.

»Sorry.« Sie marschierte rückwärts, bis sie den Unterstand verließ. »Ich hatte nicht vor, dich zu küssen, ehrlich. Eigentlich wollte ich nur …?« Sie redete Blödsinn, das stand zumindest fest. Ruby hielt sich die Hand vor den Mund.

Hatte sie es wirklich nie vorgehabt? Nie insgeheim gerätselt, wie es sich anfühlen würde? Dieses Gefühl … wie sollte sie es beschreiben? Es hatte sich so unglaublich gut angefühlt. Süß wie Zuckerwatte. Warm wie Sonnenstrahlen, die durch schwere Regenwolken brachen. Wie willkommen zu sein. Als hätte sie eine bisher verschlossene Tür geöffnet, hinter der Ben nur auf sie gewartet hatte. Warm und strahlend und …

»So viel zu eindeutigen Signalen«, meinte Ben scheinbar ohne Zusammenhang. »Da hab ich wohl die rote Ampel übersehen.«

»Was für eine rote Ampel?«

Ben maß sie mit einem fragenden Blick. Das Lächeln war einem Stirnrunzeln gewichen.

»Was für eine rote Ampel?«, wiederholte sie. Sie versuchte verzweifelt zu begreifen, was gerade zwischen ihnen geschehen war, und Ben sprach von Ampeln. Sie waren mitten im Nichts, hier gab es keine Ampeln!

Er machte einen Schritt auf sie zu, aber Ruby hob abwehrend die Hände, woraufhin Ben sofort stehen blieb.

»Isabel meinte, ich soll nur die Signale deuten.« Verlegen rieb er sich den Nacken und ließ sie dabei nicht aus den Augen. »Ich bin in dich verliebt, Ruby, und als du … Ich dachte, dass du mich wenigstens magst.«

»Warum passiert so was ständig beim LARP?!«, brach es aus Ruby heraus, ehe sie es verhindern konnte. Sofort wollte sie es zurücknehmen, doch ein Niesen – so laut wie das Gewitter von eben – unterbrach sie.

»Vielleicht solltest du besser zurück zu den Zelten gehen, nachher erkältest du dich.« Ben riss sich von ihrem Anblick los und verließ den Unterstand Richtung Friedhof. »Ich geistere noch ein wenig rum.«

Was sollte sie darauf erwidern? Der letzte Typ hatte

sich als Albtraum entpuppt. Ruby versuchte, Ben etwas hinterherzurufen, jedoch fehlten ihr wie so oft die richtigen Worte.

9. KAPITEL

»Wenn alle Spieler versammelt sind, wird Henrik dich bestimmt nicht nerven«, versicherte Isabel Ruby. Fast jeder Spieler hatte sich in den Innenhof der Burg gequetscht, einige saßen sogar auf dem Boden, um die kommende Veranstaltung keinesfalls zu verpassen. »Aber das ist noch was, das dich beschäftigt, Lady Ruby, oder?«

»Ben und ich … wir haben uns geküsst«, gestand sie flüsternd, da ihre Freundin sonst nie Ruhe geben würde.

»Moment … wer wen genau?«

Ruby senkte den Blick auf die Tischplatte. »Ich ihn.«

»Na, endlich!«, grinste Isabel und räkelte sich neben Ruby auf einer Bank. »Langsam dachte ich, dass du nie wieder einem Typen eine Chance gibst.«

»Was soll das bitte bedeuten?« Ruby schob die Reste ihrer Grillkartoffel auf dem Teller hin und her.

Nach dem Kuss hatte sie alle ihre Vorhaben in den Wind geschossen und Ben erneut abgeschoben. ›Aufteilen und mehr erreichen‹ – sie erinnerte sich nur verschwommen an ihre verworrene Ausrede für getrennte Wege, dafür war sie in Bens Gegenwart viel zu nervös gewesen. Mit Merlin als Aufpasser an der Seite glaubte Ben bestimmt, dass er die Weißen Raben behinderte. Dabei hatte Ruby nur Zeit allein mit Isabel gebraucht.

Um ausführlich über Henrik zu jammern, ihn verbal zu zerfetzen und … so seltsam es in ihren Gedanken auch klang, Zeit für *Isabelgespräche*, um dann einfach nur zu LARPen. Die zweite Neuigkeit hatte sie bis jetzt verheimlicht, aber was den Kuss mit Ben anging, brauchte sie erst recht Hilfe. Außerdem hatte Isabel deutlich mehr Erfahrung auf diesem Gebiet als Ruby.

»Du machst es schon wieder«, tadelte Isabel sie.

Mit einem Ruck setzte Ruby sich aufrecht hin. Sie würde sich nicht ewig verstecken können.

»Ich hab die anderen Jungs in Kauf genommen, die sich für dich interessiert haben, die du aber unbewusst vergrault hast. Doch ein Jahr quälen ist lange genug, du bist fünfzehn, wir haben Sommer – genieß es.« Isabel schnippte gegen Rubys Stirn. »Und Ben mag dich. Sogar sehr. So einfach ist das.«

Das war keineswegs einfach, dennoch schwieg Ruby. Sie war ein furchtbarer Feigling, abseits ihrer erschaffenen Figuren kam sie sich manchmal wie ein Eichhörnchen vor. Vorsichtig, schreckhaft, und wenn man ihr den Rücken zukehrte, zack, im nächsten Baum verschwunden.

»Welche anderen Jungs?«, hakte sie dennoch nach.

»Der eine, den du vom Zocken kennst, ich glaube, Lars? Dann der vom Sportgymnasium, den wir auf dem Heimweg immer rein zufällig am Bahnhofsbuchladen treffen und der dich ständig auf einen Kaffee einladen will«, zählte Isabel auf. »Ich kann dir von mindestens fünf Fällen berichten, in denen Oberstufenschüler mich nach deiner Nummer gefragt haben.«

»Du spinnst.«

Isabel schenkte ihr den ›Ich habe recht‹-Blick.

»Namenloser!«, skandierten plötzlichen die Greifenreiter, als Ben und Merlin durch den Torbogen kamen. »Namenloser!« Sie hatten tatsächlich einen Narren an Ben gefressen.

Am anderen Ende des Innenhofs begrüßten die Greifenreiter die Jungs ausgelassen. Während Ben mit Firebird einschlug, setzte Merlin sich skeptisch ans Tischende, um notfalls flüchten zu können.

Isabel kicherte vergnügt, da Ruby ihren Blick nicht von Ben losreißen konnte.

»Ich hatte ihm geraten, dass er abwarten soll, ob du grünes Licht gibst.« Sie zuckte mit den Schultern, so, als wäre dies kein weltbewegender Ratschlag gewesen. »Er meint es ernst mit dir, Ruby, ich habe ihn den ganzen Spieleabend ausgequetscht und ihn für würdig befunden.«

»Würdig?«

»Ich muss schließlich auf meine Lady achten.« Isabel stieß sie spielerisch in die Seite, doch Ruby hakte lieber nach, ob Ben deswegen von roten Ampeln gesprochen hatte.

»Ach, das ist nur so ein Spruch. Wenn ein Mädchen grünes Licht gibt, heißt das nur, dass sie ihn ranlässt. Das ewige Zurückhalten muss mal ein Ende finden.

Wenn du wüsstest, wie Ben dich ansieht, wenn du es nicht merkst!«

Wäre es eine Szene in ihrer Fan-Fiction, hätte ihre Lady ebenfalls den Rückzug angetreten. Vielleicht sollte sie den Kuss in einem Kapitel verarbeiten. Ruby gefiel die Idee. Obwohl es bisher nie zu einem Kuss gekommen war, benahmen sich ihre Figuren wie ein Paar, stellte sie zu ihrem eigenen Erstaunen fest. Allerdings hatte sie nie viel Zeit darauf verschwendet, es gab Wichtigeres zu erledigen: Magie, Verfolgungsjagden, das Retten von Thronerben und so weiter.

Ruby behielt Ben weiterhin im Blick und konnte die optische Ähnlichkeit zu ihrem Xenio nicht mehr leugnen. Für einen Moment vergrub sie ihre glühend roten Wangen in den Händen. Das konnte nicht wahr sein!

»Ihr seid so süß, wie ihr beide abstreitet, dass nichts zwischen euch läuft«, lachte Isabel und stapelte die leeren Teller zusammen.

»Da läuft …«

»Ruby.« Isabel schüttelte den Kopf. »Ich habe ständig mit ihm geflirtet, aber Ben hat nur Augen für dich. Was muss ich sagen, damit du zumindest mir glaubst?«

Zum Glück musste Ruby darauf keine Antwort finden, da endlich die Abendveranstaltung begann.

»Ja, ist es denn die Möglichkeit?«, rief der Spielleiter – heute ohne Mikrofon – und erklomm die Stufen zur Bühne. »Mittlerweile sind drei Tage ins Land gezogen!«

Die Hälfte der Zeit, die sie für die Insigniensuche aufbringen konnten, war bereits verstrichen und der LARP würde sich nun langsam Richtung Ende neigen. Ruby schüttelte ungläubig den Kopf. Sie waren doch gerade erst angereist?

»Bevor es mit dem Mittsommerfest losgeht…«, der Spielleiter breitete die Arme aus und hob die Stimme: »Thomas aka Wild Zorasch haben wir durch die Portale zu einem fähigen Heiler geschickt. Solltet ihr dennoch auf euren Reisen ein Asthmaspray finden, gebt es bitte einem Helfer.«

Zwei Gruppen, die sich einen Tisch in der Nähe teilten, seufzten erleichtert.

»Svenja und Antonev, oder die Herrin der Mondlilien und der goldene Hammer von Nev, brauchen nur ein wenig Ruhe. Sie hat die Kraft der Sonne unter- und er die Stärke seines Knöchels beim Springen überschätzt.«

Hier und da ging ein Raunen durch die Spieler, die meisten bejubelten die beiden Verletzten. Beim LARP waren direkte Kämpfe zwar verboten, aber ein wahrer Krieger kehrte mit Narben nach Hause. Wobei auch fieser Sonnenbrand, Schnittwunden oder umgeknickte Knöchel als Narben zählten.

Ruby strich sich noch einmal ihre Haare zur Seite, damit die Locken bloß den blauen Fleck auf ihrem Oberarm verdeckten. Vielleicht drei Finger breit schauten unter ihrer Bluse hervor. Auf diese Verletzung würde sie nie stolz sein.

»Nun denn, erstatten wir Bericht«, verkündete der Spielleiter.

Die Ausführungen nutzten Ben und Merlin, um zum Tisch der Weißen Raben zu gelangen. Es versetzte Ruby einen unangenehmen Stich, dass Ben nicht den Platz neben ihr wählte und bewusst Augenkontakt mied. Andererseits konnte sie nicht erwarten, dass nach ihrem Kuss und ihrem anschließenden Verhalten alles beim Alten blieb.

»Wart ihr erfolgreich, Lady Ruby?«, flüsterte Merlin.

»Leider nicht«, antwortete Isabel. Sie hatte Ruby gezwungen, sich zu schonen, sodass die beiden lediglich mit ein paar Einzelspielern Richtung See aufgebrochen waren.

Da hielt Merlin triumphierend ein Halsband mit einem aufwendig gestalteten Orden hin. »Nummer zwei!«

Kaum hatte Isabel jubelnd die Verzierungen betrachtet, reichte er es unauffällig weiter. Sofort verstaute Ben die Insignie in der kleinen Schultertasche, die er stets bei sich trug. Ruby versuchte sich zu freuen, sie waren ihrem Ziel einen Schritt näher gekommen, doch ihr Blick glitt zu Ben, der sie hartnäckig ignorierte.

»Ihr schlaft mir ja fast ein!«, scherzte der Spielleiter. »Kommen wir also zu den wirklich wichtigen Punkten.«

Ruby unterdrückte gerade so, sich die Haare zu raufen. Warum passierte ihr das immer wieder? Warum verliebte sich ständig jemand in ihr Alter Ego ›Lady Ruby‹?

In dieser Woche mitten im Nichts, in einem fremden Land, zeigte sie all die Seiten, die sie sonst versteckte – zuhause gestand ihr niemand seine Liebe. Lars, der Gamerkumpel, zählte nicht, er fand jeden Monat seine Traumfrau, sodass es bei Ruby nur eine Frage der Zeit gewesen war.

Was sollte sie nur machen? Sollte sie einfach ausprobieren, ob das zwischen ihr und Ben klappte? Denn immerhin hatte sie Ben verdammt lange geküsst, ohne sich vom Gewitter stören zu lassen. Oder wäre es besser, das Ende des LARP abzuwarten? Allerdings konnte sie sich nicht vorstellen, dass Ben auf einmal seine Meinung änderte. Er war nicht der Typ, der seine Gefühle am nächsten Tag zurückzog.

Aber wenn er wirklich etwas für sie empfand, warum hatte er sie nicht schon früher geküsst? In den letzten Monaten hatten sie doch mehr und mehr Zeit zusammen verbracht.

Ruby spielte aus Reflex mit ihrem Besteck, drehte es zwischen den Fingern, bis ihr rechter Oberarm schmerzte, und wechselte schließlich zur linken Hand, mit der sie deutlich ungeschickter war. Klappernd fiel die Gabel auf den Tisch. Vielleicht sollte sie Ben ein zweites Mal küssen, um sicherzugehen? Wenn es sich genauso großartig anfühlte, hatte sie einen Beweis. Oder sie sandte Ben noch verwirrendere Signale. Oder es stellte sich einfach heraus, dass Ben gut küssen konnte.

Ganz schlechte Idee!

Wollte sie überhaupt eine Wiederholung?

Ja. Irgendwie schon.

Mit glühenden Wangen fixierte Ruby den Stapel leerer Teller, während der Spielleiter berichtete: »Die Hälfte der ausgesandten Insignien wurde bereits aufgespürt.« Begeistertes Klatschen explodierte und vermischte sich mit Jubelrufen. »Und auf dem führenden Platz liegt zurzeit ein Team mit vier magischen Gegenständen. Dicht dahinter folgt eines mit einer Insignie weniger.«

Obwohl die Spielleitung nie die Namen der Teams verriet, um Spieler von dummen Ideen abzuhalten, grölten die Gorillas von Sparta beim letzten Satz los. Ruby unterdrückte gerade so ein Würgen. Henrik hatte sich auf den zweiten Platz vorgekämpft. Hätte er ihre Flöte abgenommen, läge er sogar mit den Besten gleichauf.

»Um die Spannung weiter zu steigern«, der Spielleiter wartete, bis alle Versammelten ihn ansahen, »verrate ich euch jetzt ein Geheimnis: Ich habe mit den Chef-Magiern der Sommerlande gesprochen und sie erschaffen dem nächsten König ein Portal, damit er *den Schöpfer* kennenlernen kann!«

Beinahe wäre Ruby von der Bank gefallen, wäre sie nicht vor Schreck erstarrt. Der neue König würde den Autor ihrer Lieblingsreihe treffen? Wie genial war das denn?!

Isabel und Merlin wandten sich sofort in ihre Richtung, als sie den gleichen Schluss zogen.

»Er ist nicht vor Ort«, flüsterte Merlin Isabel zu, die ebenfalls wie ein verliebtes Fangirl schmachtete.

»Wie das?!«, rief irgendwo ein Spieler.

»Ein Vögelchen hat uns gezwitschert«, der Spielleiter wies gen Himmel, als flöge gerade eines über den Innenhof, »dass er im Herbst in die ferne Stadt Frankfurt reisen wird.«

Aufgeregtes Flüstern brach unter den Anwesenden aus. Praktisch jeder von ihnen liebte die Buchreihe, auf die der LARP basierte. Obwohl nur ein Team gewinnen konnte, würden die meisten anderen ebenfalls dort auftauchen – zu was auch immer. Sobald Ruby zuhause war, würde das Internet ihr sicherlich mehr Informationen geben. Vielleicht gab es eine Lesung oder eine Signierstunde? Vielleicht durfte das Siegerteam zu einem exklusiven Meet and Greet?

»Wir werden stundenlang in der Schlange stehen, damit ihr ein Autorgramm bekommt«, seufzte Merlin. Er hatte sich bereits damit abgefunden, dass die Mädchen ihn dorthin schleppen würden.

Ruby könnte – insofern sie sich traute – von ihrer Fan-Fiction erzählen. Was der Autor wohl davon hielt, dass sie seiner Nebenfigur Tausende Zeilen widmete?

Mit Mühe kämpfte sie ihre Überlegungen zurück. Das Problem mit Ben, falls es denn eines war, musste warten. Zunächst brauchte sie so viele Insignien wie möglich, um sich ihren Traum zu erfüllen. Doch sie durfte nicht über ihre Teammitglieder bestimmen. Ansonsten benahm sie sich so rücksichtslos wie Henrik.

Was sollte sie nur machen?

»Ich finde heraus, was genau mit *Treffen* gemeint ist.« Merlin erhob sich und knackte mit den Fingerknöcheln. »Danach schuldet mir die Magiergilde ein paar Antworten, welche Insignien im Umlauf sind.« Auch Isabel sprudelte vor Tatendrang und machte sich auf den Weg.

Während eine Band ihre Instrumente auf der Bühne aufbaute und spontan einen Tanzabend ausrief, schlenderten die meisten Spieler ins Freie. Heute Nacht würden unter den Sternen jede Menge Taktikbesprechungen stattfinden. Die wenigen Gruppen, die an den Tischen verweilten, steckten ebenfalls die Köpfe zusammen.

Nur Ruby hatte mal wieder ihren Job als Anführerin vernachlässigt, sodass ihre Freunde die Aufgaben selbst in die Hand genommen hatten.

»Sobald du aus deinem Fangirl-Moment auftauchst, soll ich dir ausrichten, dass die beiden jetzt den Turbogang für dich einlegen.« Ben saß Ruby weiterhin gegenüber, klang jedoch distanzierter als sonst. Oder bildete sie sich das nur ein? Warum sah er sie nicht an, sondern blickte stur an ihr vorbei?

»Dass du dich nach der Abreibung hierher traust«, sagte Henrik auf einmal dicht neben Rubys Ohr, woraufhin sie zusammenzuckte. Sie hatte ihn während der Ankündigungen aus den Augen verloren und seine Anwesenheit durch die Aufregung fast vergessen. Aber natürlich musste Henrik ihr die tollen Neuigkeiten sogleich vermiesen.

»Verschwinde«, presste Ruby hervor. Dieses Mal waren

sie umgeben von anderen Spielern, die Henrik in seine Schranken weisen konnten. Dennoch bebte ihre Stimme.

Wie ein dunkler Schatten beugte er sich herunter, damit sie sein Gesicht betrachten musste. Manchmal konnte sie das Gefühl nicht abschütteln, dass sie nur ihn ansehen sollte.

»Aber warum denn? Darf ich nicht nach einer früheren Mitspielerin sehen?«

Das Zittern ergriff nun ihre Finger und Ruby wich ein Stück zur Seite. Ihr Blick huschte zu Ben, der den Austausch von der gegenüberliegenden Tischseite beobachtete. Selten hatte sie ihn so angespannt erlebt.

»Sicherlich bist du mittlerweile so schlau, den wahren König anzuerkennen.« Henrik fuhr mit den Fingern über ihren rechten Oberarm. Die Berührung wirkte für andere sanft, wie ein Streicheln, doch Henrik übte genug Druck aus, dass Ruby scharf die Luft einzog.

»Wie oft soll ich dir noch sagen, dass du dir dein Angebot sparen kannst?«, brachte Ruby hervor und stieß seine Hand weg.

Henrik verengte die Augen zu Schlitzen und versuchte sogleich, sie am Handgelenk zu packen. Wollte er sie etwa wie eine Trophäe zu Spartas Stützpunkt schleifen?

Da sprang Ben auf, umrundete blitzschnell den Tisch und verpasste Henrik einen Kinnhaken. Der strauchelte jedoch nur einen Schritt nach hinten, bevor er Ben zornig anstarrte. »Bist du nicht nur zum Geist geworden, sondern schlägst auch wie einer?« Henrik rieb sich das Kinn. »Das tut nicht mal weh.«

Schockiert starrte Ruby die beiden an. Ben hatte wie aus dem Nichts angegriffen, sodass alle anwesenden Spieler verblüfft waren.

»Dient der Warnung«, meinte Ben kurz angebunden. »Sogar ein Idiot wie du sollte wissen, dass man keine Mädchen schlägt!«

Ehe Ruby ihn daran hindern konnte, zog Ben den Ärmel ihrer Bluse höher, damit die Umstehenden ihre blauen Flecken deutlich sahen. Rasch versteckte Ruby sie wieder, als ein paar die Köpfe schüttelten. Doch die Chefin der Splitternden Schädel beschwerte sich lautstark.

»Sie hat nicht schnell genug reagiert.« Henrik blickte abfällig auf Ruby herab. »War wie immer in Gedanken und ist nicht rechtzeitig ausgewichen.« So, wie er es erzählte, wusch er sich die Hände in Unschuld.

Ruby biss sich auf die Lippe, um nichts Falsches zu erwidern. Sein Wort stand gegen ihres. Schon wieder. Selbst wenn Merlin sie verteidigen würde, die Gorillas würden sich auf Henriks Seite schlagen.

Und dann?

Würde sie wieder explodieren, wenn sie sich ungerecht behandelt fühlte? Würde wieder diese hässliche Seite an ihr zum Vorschein kommen?

»Wenn du zu mir zurückgekommen wärst, wäre das nie passiert«, meinte Henrik zu Ruby und trat so nah wie möglich an sie heran.

»Eindeutig ein Idiot«, herrschte Ben ihn an. »Schon mal was von Rücksicht gehört?«

Henrik lachte lauthals. »Bist du ihr Neuer, oder warum interessiert dich das? Oder plagt dich etwa die Eifersucht, Schwächling?« Henrik nahm Ruby mit seinem eisigen Blick gefangen. »Du solltest ihn besser unter Kontrolle halten, bevor er Besitzansprüche an etwas äußert, das ihm nicht gehört.«

Ben holte erneut aus, doch Henrik lenkte den Schwung mühelos ab und hielt ihn fest. Vor Schreck sprang Ruby auf und stieß dabei einige Becher um.

»Das«, drohte Henrik und gab Ben langsam frei, »würde ich an deiner Stelle nicht versuchen.« Wie auf einen stummen Befehl hin versammelten sich die Gorillas, die Tiberius ergeben folgten.

»Wann kapierst du es endlich!?«, rief Ruby lauter als nötig. »Ich habe dich nicht fallen lassen, ich habe dich wegen deiner Taten aus dem Team verbannt.«

Henriks eisiger Blick wurde noch kälter.

»Du bist selbst daran schuld!«, stellte sie fest. »Und ich werde daran nichts ändern.«

Kurz bevor die Anspannung in eine ausgewachsene Schlägerei ausartete, griffen die verbliebenen Spieler ein. Die Erwachsenen kamen hinzu, um den Streit zu schlichten, allen voran die Chefin der Splitternden Schädel.

»Komm.« Ruby verschränkte ihre Finger mit Bens und zog ihn mit sich. Die Anwesenden machten ihnen

Platz, trotzdem spürte Ruby ihre neugierigen Blicke. Die meisten würden jetzt etwas Falsches denken, aber Ruby waren die meisten gerade herzlich egal. Zunächst brauchte sie Abstand zu Henrik.

Ohne groß darüber nachzudenken, verschwand sie mit Ben auf der Rückseite des Burggeländes. Henrik rechnete sicherlich damit, dass sie sich unter die anderen Spieler mischte. Am liebsten würde sie auch genau dies tun. Doch zwischen den Gruppen hätten Ben und sie keine Ruhe.

»Woher wusstest du …?«, meinte sie so leise, dass er sie fast überhörte.

»Du benutzt deine rechte Hand nicht, das habe ich gleich bemerkt«, gestand er. »Außerdem hat Merlin mich eingeweiht. Er ist total wütend auf sich, weil er dir nicht helfen konnte.«

Ruby seufzte. Selbst zu zehnt hätten sie ihre Schwierigkeiten gehabt. »Ich hab ihm gesagt, dass er sich nicht die Schuld geben muss.« Jedoch hätte sie nie gedacht, dass Merlin Ben nach drei Tagen ins Vertrauen zog.

Sie bereute ihre Entscheidung, Ben aus dem Weg zu gehen. Sie musste mit ihm reden. Dringend. Er war als Ersatzmann eingesprungen und schlug sich so gut wie möglich durch den LARP. Für sie. Das würde sie ihm nie vergessen.

Ein Grund mehr, dass Ben ihr Schweigen nicht verdient hatte.

Langsam verschlang die Nacht die letzten rosa Streifen des Sonnenuntergangs, sodass ein graublauer Schleier über dem Gelände lag. Direkt hinter der Burg waren die Schatten bereits dicht, beinahe stockfinster.

Ruby tastete sich über den Trampelpfad vor, der hinunter zum Fluss führte. Hier würde sie niemand finden, hier waren sie unsichtbar.

»Warum hast du Henrik geschlagen?«, flüsterte Ruby und ließ sich auf eine Bank fallen. Tagsüber konnten Besucher von diesem Platz kilometerweit über die Felder und Täler sehen.

»Weil er ein Idiot ist.« Ben zog sich ans andere Bankende zurück.

»Seine Gorillas hätten dich zu Brei verarbeitet und es wie einen Unfall aussehen lassen«, fuhr Ruby fort. Anstatt ihrer Sorge Ausdruck zu verleihen, ärgerte sie sich erneut über ihre eigene Schwäche. »Ich wär schon irgendwie klargekommen.«

»Ich wollte dich nicht in Schutz nehmen, weil du schwach bist.« Ben hob abwehrend die Hände, das schummrige Licht reichte gerade noch aus, um seine Bewegung zu erkennen. »Es ist nun mal Fakt, dass die meisten Jungs kräftiger sind als Mädchen. Das klingt jetzt voll Macho, oder?«

Ruby schüttelte den Kopf und rieb sich den verletzten Arm. Der Schmerz war eine gute Erinnerung daran, dass Henrik sie nicht in Ruhe lassen würde. »Nein«, fügte sie hinzu, falls die Dunkelheit ihre Geste verschluckt hatte.

»Warum das Ganze?«, fragte Ben. Obwohl es nur ein Satz war, fasste er all die Ungereimtheiten zwischen ihnen zusammen.

»Henrik ist mein Ex-Freund«, gestand Ruby. »Es ist ziemlich kompliziert.«

Die Schatten verbargen Bens Reaktion, aber sein Schweigen war Zeichen genug. Sie zog die Knie an und versuchte sich so klein wie möglich zu machen. Im gleichen Moment ärgerte sie sich darüber, dass Henrik dieses Gefühl in ihr auslöste.

»Ich habe ihn letztes Jahr im Forum des LARP kennengelernt«, begann sie langsam. »Wir verstanden uns gut, haben stundenlang geredet. Irgendwie hab ich mich ein bisschen in ihn verschossen. Als er mir erzählte, dass sein Team sich aufgelöst hatte, hab ich ihn zu den Weißen Raben eingeladen.«

Wehmütig erinnerte sich Ruby an ihr erstes Jahr beim LARP. Damals hatten Merlins Onkel und Johann sie unter ihre Fittiche genommen und die wichtigsten Kniffe gezeigt, damit sie danach selbstständig spielen konnten. Rubys Plan war es gewesen, die Weißen Raben stetig zu vergrößern, und so kam Henriks Frage im zweiten Jahr genau zum richtigen Zeitpunkt.

»Doch es ging schief?«, hakte Ben nach.

»Wenn du wüsstest.« Ruby zog die Knie noch ein wenig fester heran und starrte ins Zwielicht. »Merlin und Isabel sind nicht mit ihm aufgetaut, aber das habe ich einfach ignoriert. Ich war total naiv. Er war so nett zu mir, wusste immer, was in mir vorging, schien genauso begeistert wie ich. Wenn man das erste Mal verliebt ist, ist man wohl ein bisschen blind …«

Darauf wusste Ben zumindest keine schlaue Antwort. Stattdessen fragte er: »Ich bin also sein Ersatz?«

»Ja«, gab Ruby leise zu.

»Warum hast du mich erst so spät gefragt?«

»Merlins Schulfreund hat es sich anders überlegt. Tut mir leid.«

»Ich bin der Ersatz des Ersatzmannes?«

»Ja.« Ruby schloss für einen Moment die Augen und entschied sich für die volle Wahrheit. »In Isabels Kreisen interessiert sich keiner für die Bücher und nach Henrik wollte ich niemanden mehr auswählen, doch zu dritt hat man keine Chance.«

»Mit dreieinhalb Spielern schon?«, scherzte Ben bitter, hatte er doch weiterhin mit seinem Neulingsstatus zu kämpfen. »Was genau ist mit Henrik abgelaufen?«

Mit einem Seufzen erinnerte Ruby sich daran, wie sehr sie unter seinem Bann gestanden hatte. Er hatte sie mit sich gerissen. Trotz Regen und Kälte hatten die Rätsel und Aufgaben unglaublich Spaß gemacht – nichts hätte sie aufhalten können, nichts, außer Tiberius' Verrat.

Isabel war fest davon überzeugt gewesen, dass Henriks Gefühle für Ruby komplett vorgespielt waren, um keinen Argwohn heraufzubeschwören. Wenn sie fröhlich war, war er es auch. Wenn sie nachdenklich wirkte, versuchte er, sich in sie hineinzuversetzen. Im Nachhinein konnte Ruby nicht mehr sagen, ob er überhaupt etwas ehrlich gemeint hatte.

»Er hat mich reingelegt.« Bitterkeit färbte ihre Stimme heiser. »Ich weiß nicht, ob er wirklich was für mich empfunden hat oder es nur vorgab, um mich auf seine Seite zu ziehen. Merlin und Isabel haben mir schließlich die Augen geöffnet, dass Henrik längst die Kontrolle über die Weißen Raben erlangt und alles daran gesetzt hatte, die beiden zu vergraulen. Am vorletzten Tag des LARP haben wir uns gestritten und ich habe Schluss gemacht. Daraufhin hat er all unsere Siegpunkte und Insignien geklaut und ist zurück zu seinem Team, das nur auf ihn gewartet hat. Von da an wurde es richtig hässlich.«

»Und deswegen hast du ihn verbannt?«, hakte Ben nach.

»Ja, natürlich. Er hat keinen Hehl daraus gemacht, dass dies von Anfang seine Taktik gewesen war. Der Rauswurf hat ihn nicht gekümmert, schließlich war er schon gegangen, aber die Weißen Raben mussten ein Zeichen setzen.«

Sie hätte nicht gedacht, dass Verliebtheit so schnell in Schmerz und Zorn umschwenken konnte. Doch Henrik hatte dies bei ihr binnen sechs Tagen ausgelöst.

Ruby rechnete damit, dass Ben sie einfach zurücklassen würde, stattdessen legte er seine Hand neben ihre. Er hielt weiterhin Abstand und zögerte, nach ihrer Hand zu greifen, solange die Missverständnisse noch ungelöst waren. Aber diese simple Geste sandte so viel Wärme aus, tröstete Ruby auf eine Weise, die sie noch nie erfahren hatte. Was das auch immer zwischen ihnen war, Ben würde nicht verschwinden.

»Der Spielleitung hat Henrik gesagt, dass ich ihm die Punkte überlassen habe, und so stand sein Wort gegen meines«, fuhr Ruby fort. »Er hat nicht gewonnen, dazu reichte es nicht. Jedoch habe ich wohl sein Ego mit meiner Racheaktion verletzt.« Und so einen Idioten hatte sie geküsst, jammerte Ruby in Gedanken. »Isabel hätte ihm den Hals umgedreht, wenn Merlin sie nicht zurückgehalten hätte.«

Ruby war überrascht, wie seltsam tonlos sie die Geschehnisse des letzten Sommers wiedergab. Der Zorn war seit Langem verraucht, zurück blieb die Resignation. Und die Vorwürfe, die sie in einer Endlosschleife abspulte, weil sie weder Henrik durchschaut hatte noch ihren Streit verhindern konnte.

»Er ist sauer auf mich und will es mir heimzahlen«, schloss sie und blickte hinauf zu den ersten blinkenden Sternen.

»Er ist sauer auf dich?« Ben verbarg sein Entsetzen nur schlecht. »Wie kaputt muss man sein, um so zu denken?«

»Der Streit wurde ziemlich heftig. Ich bin richtig laut geworden und hab Dinge gesagt, auf die ich nicht stolz bin«, gestand Ruby wehmütig und begann aufzuzählen. »Dass ich ihn am liebsten vergessen würde, weil er mich nur geküsst hatte, um mich zu benutzen. Dass er seinen

Minderwertigkeitskomplex nicht mit einer Krone ausgleichen kann. Und dass ich das Spiel eher sabotieren würde, bevor Henrik König wird …« Ruby verstummte und ließ das Ende der Geschichte absichtlich offen. Wie hatte sie, die den LARP so sehr liebte, nur so etwas drohen können?

»Lass mich raten, Merlin und Isabel fanden die Idee ausgesprochen gut?«

Zaghaft nickte Ruby.

»Wir hatten einen knappen Tag, um einen weiteren Siegpunkt zu erkämpfen und danach das führende Team herauszufordern.« Ruby flüsterte fast, als dürfte niemand von ihrem Schachzug wissen. »Unglücklicherweise wurde ich in einem fairen Kampf besiegt und das andere Team hatte somit mehr Punkte als Henrik …«

»Unglücklicherweise«, echote Ben und klang dabei genauso sarkastisch wie Merlin.

Wie hatte sie damals ihre Rache genossen, diesem Idioten in letzter Minute die Krönung zu vermiesen. An sein Wutgeschrei, seine Flüche und Verwünschungen erinnerte Ruby sich, als wäre es erst gestern passiert. Wieder zu Hause hatte sie jedoch nach vorne geblickt. Im Gegensatz zu Henrik. Für sie war ihre Rache ein Ende, ein Schlussstrich gewesen, für ihn der Anfang von etwas viel Schlimmerem.

Trotz dieser Enthüllung zog Ben seine Hand nicht zurück.

Ruby kämpfte ihre Zweifel nieder und hob die Finger, bis sie auf Bens lagen. Sie wollte ihn nicht gehen lassen.

»Hast du deswegen Lars abgewürgt, als er dir sagen wollte, dass er dich mag?«, fragte Ben nach einer Weile.

Ruby dachte an den Tag zurück, als Lars plötzlich gestammelt hatte, dass sie hübsch und witzig sei. Aus Furcht vor einer Wiederholung gemischt mit panischer Angst, dass sie ihren Kreis aus Gamern verlieren könnte, hatte sie ihm sofort einen Korb gegeben. Für eine Woche oder zwei hatte Lars geschmollt, doch dann löste der Alltag die komische Stille, wenn sie im gleichen Raum waren, ab.

»Meine Schwärmerei hat mich blind gemacht. Ich hab nicht einmal bemerkt, wie Henrik Merlin und Isabel runtergemacht und angegriffen hat.« Ruby seufzte. »Seitdem hab ich mir geschworen, dass mir das nie wieder passiert. Ich lasse es mit den Beziehungen. Wer braucht die schon?«

Sie hatte ihre Freunde. Videospiele. Den LARP. Und natürlich *Die Abenteuer von Lady Ruby und Prinz Xenio*. Bei so einem großen Platz, die ihre Fan-Fiction in ihrem Leben einnahm, wann sollte sie überhaupt Zeit für Jungs finden? Sie hatte diese Ausreden oft genug wiederholt, um mittlerweile daran zu glauben.

Nur dass Ben ihren Entschluss ganz schön ins Wanken brachte.

Ruby hatte gedacht, dass Ben lachend mit einstimmte, weil er Beziehungen ebenso für völligen Quatsch hielt.

»Also denkst du, ich könnte dich ebenfalls verletzen?«, fragte er stattdessen.

»Nein. Nein!«, erwiderte Ruby mit Nachdruck. »Das würdest du nie. Es ist ziemlich unglaublich, dass du so für mich empfindest, ich mein, so toll bin ich echt nicht…«

»Doch, bist du.«

Ruby überging seine Worte. Seine Geduld musste grenzenlos sein, so oft, wie sie ihn ignorierte. »Jedes Mal, wenn ich auf Henrik treffe, kommen all die Wut und die Vorwürfe wieder hoch, ich häng da wie in einer Schleife fest. Bootloop, sozusagen. Ich würde nur darauf warten, dass du mich enttäuschst, was bescheuert ist, du würdest so was ja nie machen.«

»Ruby«, unterbrach er sie.

»Ich bin gerade die wohl unlogischste, komplizierteste Person und es ist unfair, dass ich dir ausweiche, aber was, wenn ich wieder so explodiere? Ich hab mich an dem Tag echt selbst nicht erkannt. Ich will dir auf keinen Fall wehtun.«

Ruby wusste, dass sie sich in eine Falle manövriert hatte: Sie wollte niemanden verletzen, geschweige denn verletzt werden. Weder das eine noch das andere zu riskieren, fesselte sie an Ort und Stelle, ohne eine Möglichkeit der Veränderung.

»Ist okay«, meinte Ben unvermittelt, und endlich beendete sie ihren Wortschwall. »Ich bin der Letzte, der dich drängt. Mein Dad hat Jahre gebraucht, bevor er wieder geheiratet hat.«

»Deine Eltern kannten sich jahrelang!« Verzweifelt biss sie sich auf die Lippe und wäre am liebsten aufgesprungen. Allerdings hätte sie dafür Ben loslassen müssen. »Ich kannte Henrik nur ein paar Wochen.«

»Du glaubst mir, dass ich kein Idiot wie Henrik bin?«

Ruby nickte energisch.

»Glaubst du mir, wenn ich sage, dass dein Ausbruch nur eine Ausnahme war? Ich mein, wie oft schlage ich mich mit jemanden?«, scherzte er halbherzig. »Manche Leute lösen in einem diese Ausraster aus.«

»Ja, da ist was dran.« Isabel und Merlin hatten ihr auch versichert, dass die Situation eskaliert war.

»Überleg doch mal«, fuhr Ben fort. »Isabel ist Schulsprecherin, die Lehrer lieben sie für ihr vorbildliches Handeln, und sie hat sich nie was zuschulden kommen lassen. Warum sollte sie einem hinterhältigen Plan ohne gute Gründe zustimmen?«

Auf einmal strich er ihr mit der freien Hand die wilden Strähnen aus dem Gesicht. Ruby hatte gar nicht bemerkt, wie nah er ihr gekommen war. Vielleicht nahm sie seine Anwesenheit mittlerweile als selbstverständlich.

Ben lächelte sanft. »Dann werde ich dir beweisen, dass du mir vertrauen kannst.«

Wenn er solche Sachen sagte, konnte Ruby sich auf nichts anderes konzentrieren. Selbst die Überlegungen zu ihrer Fan-Fiction, die praktisch nonstop im Hintergrund ihres Gehirns stattfanden, verschwanden. Sie wusste genau, was das bedeutete … Vermutlich würde Isabel wie immer recht behalten.

»O… okay«, stammelte Ruby.

Ben drehte seine Hand, damit sich ihre Finger ineinander verschränkten. Daraufhin legte sie ihren Kopf vorsichtig an seiner Schulter ab. Warum sollte sie sich einreden, dass sie dies nicht wollte?

Es war ein kleiner Schritt, dennoch ein Anfang.

10. KAPITEL

»Wieso sollten wir extra früh aufstehen?«, fragte Merlin gähnend vor dem Eingang zum Zelt der Mädchen. Schon kurz nach Sonnenaufgang hatte Ruby die Weißen Raben geweckt, wobei ihre Taktik nicht aufgegangen war. Schlaftrunken war Merlin ständig weggenickt, da halfen weder Zucker, Kaffee noch Isabels Sticheleien.

»Weil Lady Ruby vor allen anderen starten möchte«, bemerkte Ben trocken.

Gestern hatten sie stundenlang auf dieser Bank verbracht, was Ruby definitiv als Fortschritt deutete. Immerhin hatte sie dieses Mal den Jungen geknuddelt und kein Buch. Sie erinnerte sich dunkel, dass Ben sie irgendwann zurück zu den Zelten geführt hatte, aber sie war so todmüde gewesen, sie hatte fest wie ein Stein geschlafen. Und was hatte sie davon? Die Flöte war weg! Einfach weg! Das gab es doch nicht!

Ruby hatte das Zelt durchwühlt, Taschen, Kissen und Kleidung wild durcheinandergeworfen, aber wie gründlich sie suchte, die Flöte blieb verschwunden.

»Verdammt, verdammt, verdammt!«, fluchte sie und rutschte auf Knien zu dem Teil ihrer Ausrüstung, den sie noch anlegen musste. Und die Insignie war bei Weitem nicht das Schlimmste. *Es* war ebenfalls weg!

Ruby wollte sich am liebsten ohrfeigen, so unfähig wie sie war. Bis auf Merlin wusste niemand davon! Sie hütete es wie einen Schatz, hatte es tagsüber stets in ihrem Schlafsack versteckt, dennoch war es verschwunden.

»Du führst dich auf wie Merlin, wenn er etwas in den Untiefen seines Koffers vermisst«, warf Isabel genervt von draußen ein. Ruby hatte ihre Freundin kurzerhand aus dem gemeinsamen Zelt verbannt, um sich richtig auszubreiten.

Im Stillen kapitulierte Ruby und kletterte ins Freie. Mit halb geschlossenen Augen stützte Merlin sich noch immer auf seinen Magierstab, während Isabel ihre schlechte Laune nicht verbergen konnte. Sie hatte das Halbfinale des Brettspielturniers mit einer gehörigen Portion Glück erreicht, dennoch weigerte sich Merlin, ihr die ultimative Strategie zu verraten.

Ruby zog ihr Outfit zurecht, Schild und Schwert hatte sie vor Aufregung im Zelt liegen lassen. »Merlin, hast du die Flöte gestern noch woanders verstaut? Vielleicht zusammen mit dem Orden?«, fragte sie hoffnungsvoll, doch er schüttelte den Kopf. »Verdammter Mist!«

Sie trat gegen harmlose Luft, was ihre Freunde aufhorchen ließ.

Ben, der bisher auf seinem Tablet gelesen hatte, schaute von seinem Platz am Jungszelt auf. »Ich bewahre den Orden die ganze Zeit in meiner Tasche auf.«

»Die Flöte ist verschwunden«, gestand Ruby reuevoll.

Vor Schreck glitt Merlin der Stab aus den Händen,

woraufhin er mit einem Schrei in die Knie ging und prüfte, ob etwas kaputtgegangen war. Ben runzelte bloß verwirrt die Stirn, Isabel hingegen zeigte die stärkste Reaktion. Sie vergaß sogar Kaliandras typische Haltung, sondern erinnerte viel mehr an die Schülerin dahinter. Genauso einen entsetzten Gesichtsausdruck hatte sie nach ihrer letzten Drei in einer Arbeit gezeigt. Aufgerissene Augen, ein aufgeklappter Mund – es dauerte ein paar Sekunden, bevor sie Rubys Geständnis begriff.

»Das müssen wir melden«, erklärte Isabel mit fester Stimme. »Sofort.«

Ehe Ruby sich versah, stürmte ihre Freundin bereits los, als plagte sie eine schlimme Vorahnung. Hier und da blickten verwunderte Spieler Isabel hinterher.

Die restlichen Weißen Raben rafften rasch ihre Sachen zusammen, ehe sie ebenfalls das Lager verließen. Ruby konnte sich gerade so zurückhalten, ihr Zelt ein weiteres Mal durchzukämmen.

»Das ist nicht alles, oder?«, flüsterte Ben, doch sie nickte nur. Sie wollte es nicht laut aussprechen.

Zu ihrer eigenen Überraschung griff sie nach seiner Hand und klammerte sich daran fest.

Auch der Helfer im Büro der Orga blinzelte verschlafen, als die Gruppe bei ihm auftauchte. Ruby hatte fest damit gerechnet, die Tür verschlossen vorzufinden und auf der Holztreppe warten zu müssen, bis jemand erschien.

»Euch wurde eine Insignie gestohlen?«, hakte der Helfer nach und drehte sich dabei so schwungvoll um, dass Tee aus seiner Tasse schwappte.

»Ja!«, regte Isabel sich auf und schlug vor Wut auf den Tisch. Rasch zog der Helfer den Laptop außer Reichweite. »Während wir bei den Abendveranstaltungen waren, ist jemand in unser Zelt eingebrochen.«

Ruby schnappte erschrocken nach Luft. Wie war Isabel sich da so sicher? Zwar hatte Ruby ihren Freunden geschworen, dass sie die Flöte gut verstaut hatte, aber bei einem LARP gab es keine Diebstähle. Bis auf ein paar Ausnahmen benahmen sich die Spieler wie eine bunte und laute Großfamilie.

»Du hast alles x-mal durchsucht. Was soll es sonst sein?«, wollte Isabel wissen, stutzte allerdings, als sie sah, wie Ruby Bens Hand hielt.

»Hegst du einen Verdacht?«, fragte Ben. Völlig unbeeindruckt von Isabels Reaktion.

Ruby atmete einige Male ein und aus, um sich unter Kontrolle zu halten. So weit würde dieser Idiot nicht gehen, oder?

»Sekunde, Sekunde, wir führen geheime Listen, welche Insignien gefunden worden sind.« Sofort beschrieb Isabel die verloren gegangene Flöte und der Mann scrollte durch ein scheinbar endloses Dokument. »Ah, ihr hattet die Flöte der Riesen. Die wurde gestern Abend neu registriert und befindet sich nun im Besitz von Tiberius.«

»Der hat sie uns tatsächlich geklaut!« Merlin stellte

sich vor Isabel, bevor sie den Helfer noch anfiel. Jedoch wütete sie einfach über ihn hinweg.

Anstatt sich aufzuregen, krampfte sich in Ruby alles zusammen. Bisher war sie einfach von einem eigenen Missgeschick ausgegangen, allerdings konnte sie Henrik einen Diebstahl zutrauen. Er schreckte definitiv vor nichts zurück.

Der Helfer klappte seinen Laptop zu, ehe er zu einer Antwort ansetzte. »Ich erinnere mich, dass es in Tiberius' Team mehrere Spieler gibt, die Fähigkeiten von Dieben und Spionen innehaben. So ungerecht es euch erscheinen mag, es ist ein genehmigter Spielzug, solange er keine persönlichen Gegenstände entwendet. Wenn auch ein wirklich hinterlistiger.« Er versuchte es mit einem versöhnlichen Lächeln, was Isabels Zorn weiter anheizte. »Tut mir leid für euren Verlust. Wenn ihr euch anstrengt, findet ihr bestimmt andere Insignien, Leute.«

»Aber er ...«, flüsterte Ruby und fixierte einen Punkt vor ihren Stiefeln. »Mein Notizbuch ist auch weg. Es hat keinen großen materiellen Wert, ist lediglich ein ziemlich dickes Buch und fast vollgeschrieben.«

»Du meinst doch nicht ...« Ben brach ab, als er sich daran erinnerte, wie sie neben ihm geschrieben hatte. Ruby zwang sich aufzublicken und nickte knapp.

»*Das* Notizbuch?«, hakte Merlin ebenfalls nach und klang plötzlich genauso panisch, wie Ruby sich fühlte. Aus seinem Gesicht war alle Farbe gewichen. »Damit ist Henrik endgültig zu weit gegangen!«

Isabels Wut verrauchte und ließ Verwirrung zurück. Mit einem Stirnrunzeln sah sie zwischen den Jungs hin und her, verstand ihre Reaktionen allerdings nicht. Wie auch? Ruby hatte das Notizbuch immer vor ihr verborgen. Bei Merlin, der sie ständig mit Skizzen und halbfertigen Rätseln überhäufte, war es ihr leichter gefallen, ihm das Buch zu zeigen.

»Ist es mit der Insignie verschwunden?«, fragte der Helfer ruhig, trotzdem ruhte seine uneingeschränkte Aufmerksamkeit auf Ruby.

»Ja, ist es.« Sie gab sich alle Mühe, die Tränen zurückzuhalten. Jedes Kapitel, das sie in den letzten Monaten geschrieben hatte, stand in ihrem Notizbuch. Sowohl Überlegungen, was in ihrer Fan-Fiction als Nächstes passieren würde, als auch Kritzeleien aus ihrem Alltag. So viele Gedanken, die sie durchs Aufschreiben festgehalten hatte, waren plötzlich wie aus ihr herausgerissen.

Tröstend drückte Ben ihre Finger. Sie konnte sich nicht vorstellen, dass ihr irgendetwas aus dieser Misere helfen konnte, trotzdem hielt sie sich stärker an ihm fest.

»Henrik… also Tiberius greift Ruby seit Tagen an, so wie gestern Abend beim Mittsommerfest. Da ist Ben gerade noch rechtzeitig eingeschritten«, beschwerte sich Merlin.

»Die Chefin der Splitternden Schädel kann das bezeugen. Außerdem hat der Wächter am Hexenfriedhof mitbekommen, wie Henrik Ruby anging«, fügte Ben hinzu, während Isabel Ruby fixierte, als sähe sie ihre Freundin zum ersten Mal.

»Das ist natürlich nicht in Ordnung.« Der Helfer erhob sich sofort und suchte den Tisch nach einem Funkgerät ab. »Ich sage der Spielleitung Bescheid, dann gehen wir zum Lager von Sparta. Wartet bitte kurz hier, okay?«

Von früheren Streitereien wusste Ruby, dass die Spielleitung erst einmal die andere Seite anhörte. Obwohl es in ihrem Fall eindeutig erschien, so lauteten die Regeln. Ein Verdacht musste bestätigt werden und die Gegenseite eine Chance für eine Erklärung erhalten.

»Was ist das für ein Buch?«, fragte Isabel, nachdem der Helfer das Büro verlassen hatte. Sie sprach langsam und betont ruhig, so klang sie stets, wenn sie ihren Unmut verbergen wollte.

Merlin hingegen konnte nicht stillstehen, wäre er eben noch im Stehen eingeschlafen, so lief er nun hektisch murmelnd auf und ab. »Jetzt reicht es!«, moserte er. »Ich belege ihn mit einem Warzen-Fluch, nein, mit einer Schlaflosigkeit-Verwünschung oder doch mit einem …«

»Ach, da steht nichts Wichtiges drin«, spielte Ruby die Bedeutung des Buches herunter. Dies war ihre Standardantwort, falls jemand Interesse an ihrem Notizbuch zeigte. Bloß ablenken.

»Du willst es mir also nicht verraten?« Isabel verschränkte defensiv die Arme, anstatt wie sonst dagegenzuhalten.

Die Wärme von Bens Hand beruhigte Ruby, während sie ihren automatischen Abwehrmechanismus verfluchte. Sein fester Griff hielt sie dagegen aufrecht. Plötzlich schien alles, was ihr lieb war, zu verschwinden.

»Warum dürfen die beiden es wissen, ich jedoch nicht?« In ihrer Wut hob Isabel nie die Stimme, stattdessen flüsterte sie fast, so, als würde ihr sämtliche Kraft fehlen. »Warum hast du ein Geheimnis vor mir, Ruby?«

»Ich hab dich nicht absichtlich angelogen«, begann Ruby und stoppte sogleich. Was sollte sie sagen? Wie sollte sie es Isabel erklären? Sie konnte gar nicht schnell genug die Worte ordnen, um ansatzweise die richtigen zu finden.

»Es sind nur Geschichten.« Ruby hob abwehrend die Hände. »Ich hab ein bisschen herumgesponnen, was in den Sommerlanden abseits des Hauptfadens passieren könnte.«

»Sie schreibt eine Fan-Fiction.« Merlin wollte scheinbar vermitteln, aber Ben schüttelte den Kopf.

»Isabel, ich …« Ruby musste irgendwie Zeit schinden, doch ihre Freundin hob die Hand, damit sie verstummte.

»Nein, ich will's nicht hören.« Isabel wischte die ersten Tränen aus den Augen und verschmierte dabei ihr Make-up. »Ich dachte, du liebst die Bücher genauso wie ich. Warum durfte ich das nicht wissen? Was hab ich jetzt wieder falsch gemacht?«

»Kaliandra …«, warf Merlin ein, doch Isabel fiel ihm ins Wort.

»Nein!«, rief sie zornig und stürmte zur Tür. Das Poltern ihrer Schritte fühlte sich für Ruby wie eine Ohrfeige an. Viel zu spät riss sie sich von Ben los und eilte Isabel hinterher, blieb jedoch an der Brüstung zur Treppe stehen. Ihre Freundin hatte den Innenhof längst verlassen.

»Das lief nicht so gut.« Merlins Versuch, die Situation zu entschärfen, scheiterte kläglich.

»Das läuft bei mir nie gut, wenn es darauf ankommt«, seufzte Ruby.

Ben bedachte Ruby mit einem langen, beinahe traurigen Blick. Er hatte es vorausgesagt, sie sogar gewarnt. Ihre Freunde würden nicht verstehen, wenn sie Geheimnisse vor ihnen hatte. Nicht solche gewaltigen wie ihre Fan-Fiction.

Da entdeckte Ruby aus dem Augenwinkel mehrere Gestalten, die den Innenhof betraten.

»Ich gehe besser Isabel nach«, meinte Ben und schritt schnurstracks an den Neuankömmlingen vorbei. Henrik und er würdigten sich keines Blickes.

Es war erschreckend, wie sehr Ruby den einen schätzte und den anderen loswerden wollte. Zwei Sommer, zwei Jungs, eine schwerwiegende Entscheidung. Was wäre geschehen, wenn Henrik und sie sich nicht gestritten hätten? Wenn sie Ben nicht eingeladen hätte? Die beiden gingen so unterschiedlich mit ihr um, und genauso hatte Ruby sich dank ihnen verändert. Sie war nicht mehr das Mädchen vom letzten Jahr und war schon gar nicht mehr mit dem vor zwei Jahren zu vergleichen.

Henrik stolzierte durch den Innenhof, alles an ihm strahlte Arroganz und Siegessicherheit aus, Ruby wurde beim Anblick schon schlecht. Zwei Helfer eilten voraus, doch nichts an der Szenerie wirkte, als würden sie einen Schuldigen abführen.

»Kommt ihr bitte zu uns herunter?«, rief einer von ihnen Ruby und Merlin zu.

»Ich bin direkt hinter dir«, versicherte Merlin, als sie das Büro der Orga hinter sich ließen, das kaum Platz für vier Leute bot.

Die Holztreppe unter ihr knarzte bei jedem Schritt, während Ruby sich zwang, weiter vorwärtszugehen. Sie durfte keinesfalls zögern oder straucheln. Nicht jetzt. Henrik würde das kleinste bisschen Schwäche erkennen und für seinen Vorteil nutzen.

Zur Sicherheit klammerte Ruby sich an das Treppengeländer.

Wie aus dem Nichts schmerzte ihr rechter Oberarm.

Henrik überholte die Helfer und baute sich mitten im Innenhof auf. Die eine Hand in die Hüfte gestemmt, schob er seinen langen Mantel zurück. Die andere verbarg er hinter seinem Rücken, sodass Ruby nicht erkannte, ob er darin etwas hielt.

Erst jetzt bemerkte sie, dass Frank als zweiter Helfer dazugeeilt war. Die roten Flecken auf seinen Wangen zeugten wohl von einem Wutausbruch. Sicherlich konnte er sich denken, um was für ein Notizbuch es sich handelte.

»Es gibt ein kleines Problem«, erklärte der erste Helfer unsicher, als Frank ihn mit einem strengen Blick aufspießte.

»Wieso behauptest du, ich hätte dir etwas gestohlen?«, meinte Henrik im unschuldigsten Tonfall, den er vorspielen konnte.

Ruby glaubte kaum, was sie hörte, und lief sofort auf diesen niederträchtigen Idioten zu, stoppte jedoch, als Frank sich ihr in den Weg stellte. »Glaubst du ernsthaft, dass …«

»Du hast es mir gestern zum Lesen geben.« Henrik holte ihr Notizbuch hinter seinem Rücken hervor.

Lautstark polterte Merlin die Treppe herunter und im nächsten Moment spürte Ruby, wie seine Finger sich um ihr Handgelenk schlossen. Sie musste dies nicht allein durchstehen.

Mit allem hatte Ruby gerechnet, jedoch keineswegs mit dieser dreisten Lüge. Genau wegen solcher Idioten wie Henrik weihte sie die wenigsten in ihre Fan-Fiction ein. Ihre Leser aus dem Internet konnten weder in ihr Zelt einbrechen noch ihre Ideen an sich reißen.

»Du hast doch über mich geschrieben.«

Natürlich hatte sie regelmäßig Henrik büßen lassen. Mit dem Stift hatte sie ihn in den Kerker geworfen, von Drachen fressen lassen und auf eine Reise ohne Wiederkehr zu den Hexenclans geschickt. Von diesen Texten hatte sie natürlich keinen auf *fanwrite* hochgeladen. Aber manchmal war es besser, sich die Wut von der Seele zu schreiben, als an den eigenen Tränen zu ersticken.

Leider würde Ruby nie vergessen, was nun folgte. Wie Henrik Lady Ruby und Prinz Xenio niedermachte. Schlecht und einfallslos betitelte er deren Abenteuer, kitschig war noch das Harmloseste. Sie wollte es nicht hören, konnte es dennoch nicht verhindern. War es kitschig, von einem Prinzen zu träumen, wenn sie im wirklichen Leben von einem Mistkerl hereingelegt worden war? Es tat weh. Sie schrieb in dieses Buch ihre geheimen Träume und verwob sie zu einer Geschichte, doch Henrik zerfetzte sie mit Leichtigkeit.

»Das reicht«, ging Frank erbost dazwischen, als Henrik erneut ansetzen wollte. »Selbst wenn dir nicht gefällt, was Whi… äh Ruby schreibt, jemanden zu kritisieren, heißt nicht, ihn in Grund und Boden zu rammen.«

Während Ruby stockstarr Henriks Worten gelauscht hatte, hatte Frank wütend die Fäuste geballt. Als einer ihrer Leser musste ihm dies fast so nah gehen wie ihr.

»Hier, du kannst es wiederhaben.« Henrik schleuderte das Buch in ihre Richtung, aber die Flugbahn war viel zu kurz, und es landete mit den Seiten voraus auf dem Boden.

Mit einem Satz sprang Ruby vorwärts, fiel auf die Knie und hob ihr Notizbuch mit spitzen Fingern auf. Der leichte Regen der letzten Nacht hatte Pfützen auf dem Kopfsteinpflaster hinterlassen, sodass nun Dreck an den Seiten klebte. Den hätte Ruby einfach wegwischen können, doch Henrik hatte das Buch auch noch gebogen, geknickt, angestoßen … Ein paar Stunden nur war es in seinem Besitz gewesen, und schon sah es aus, als hätten tausend Hände es durchgeblättert und daran gezerrt.

»Oh nein«, höhnte er, nur wirkten seine Worte alles andere als unschuldig. »Das tut mir jetzt aber leid.«

Merlin schnappte sich derweil den zweiten Helfer, um außer Hörweite eine hitzige, wenn auch geflüsterte Diskussion zu beginnen. Ruby warf einen Seitenblick auf Frank, der vor Schreck die Hände vor den Mund geschlagen hatte.

»Warum machst du das?«, zischte sie. »Macht dir das Spaß?«

Henrik grinste selbstgefällig, als er sich vor ihr hinkniete. »Schau doch nicht so mürrisch, ich ärgere dich nur ein bisschen.«

Dass ich mich in so einen Idioten mal verlieben konnte, jammerte Ruby in Gedanken.

»Wobei es was hat, wenn du so zornig bist.« Henrik strich ihr eine Haarsträhne aus dem Gesicht.

Bittere Magensäure stieg in Ruby auf. Er sollte das endlich lassen, dachte sie angeekelt.

Mit einem Ruck erhob Ruby sich und stolperte ein paar Schritte rückwärts. »Glaubst du, wenn du mir wehtust, erreichst du schneller dein Ziel? Genau deswegen stehen wir jetzt auf anderen Seiten«, sagte sie mit einer Entschlossenheit, über die ihr Alter Ego stolz gewesen wäre. Henrik hatte die letzte Grenze überschritten, sie würde sich nicht mehr von ihm niedermachen lassen.

»Wir stehen nicht auf verschiedenen Seiten, du hast nur vergessen, wo dein Platz ist«, drohte Henrik. Sein schwarzer Piratenmantel flatterte im lauen Sommerwind und offenbarte seinen großen Säbel. »Außerdem hättest du letztes Jahr alles getan, um mit mir zusammen zu sein.«

Noch immer suchte Henrik Bestätigung. Eine Freundin war für ihn kein Partner, sie diente nur dazu, ihm das Gefühl zu geben, der Beste zu sein. Doch diese Rolle wollte Ruby niemals einnehmen.

Zwar klammerte sie sich an ihr Notizbuch, als wäre es ein Rettungsanker vor dem Ertrinken, dennoch versuchte sie, dies zu überspielen. Sie brauchte nur ein Fitzelchen von ihrer Figur hervorzukitzeln, einen Bruchteil der Stärke von Lady Ruby.

Sie straffte die Schultern, marschierte wieder auf Henrik zu, bis sie dicht vor ihm stand und ihn zornig anfunkelte.

»Le… letztes Jahr war letztes Jahr.« Ruby zwang sich zur Ruhe. »Ehrlich, was ist bei dir schiefgelaufen?«

Henrik schnaubte nur selbstgefällig.

»Ich hab oft darüber nachgedacht, warum du dich wie das größte Arschloch benimmst«, fuhr Ruby fort. Wie bei einem Kampf beugte sie sich vor. Nur nicht vor ihm einknicken. »Ob du in deinem Ego gekränkt bist oder noch irgendwas für mich empfindest. Eigentlich dachte ich, das ist so ein Grundschulding, wenn Jungs Mädchen ärgern, in die sie in Wahrheit verknallt sind.«

Ruby kicherte los, als wäre sein Verhalten amüsant. War da wirklich was dran?

Für eine Sekunde flackerte Unsicherheit in seinem Blick auf. Ruby schluckte die Tränen herunter, die sie eben noch zu übermannen drohten, und gab sich erneut teilnahmslos. Henrik bedeutete ihr nichts mehr. Sie hatte vor einem Jahr abgeschlossen.

»Du wolltest eine Entschuldigung, nicht wahr? Vielleicht spielst du dich deswegen so auf, weil du dich ungerecht behandelt fühlst«, mutmaßte Ruby und ignorierte die Bitterkeit dieser Worte. Henrik wollte etwas erwidern, doch sie fuhr einfach fort. »Es tut mir leid, es tut mir wirklich, wirklich leid, dass ich ausgerastet bin. Ich hätte dir anders beibringen können, dass ich die Teamführerin der Weißen Raben bin und wir als Gruppe entscheiden. Ich hätte früher erkennen können, dass unsere Spielweise ganz unterschiedlich ist und Streit vorprogrammiert war. Es tut mir leid, dass ich letztes Jahr deinen Sieg sabotiert habe, um dich damit zu verletzen, und wie wir letztes Jahr auseinandergegangen sind.«

Obwohl sich Ruby vor einigen Wochen lieber die Zunge abgeschnitten hätte, als diese Worte zu sagen, fühlte es sich jetzt gut an, sie auszusprechen. Sie hatte einen Fehler begangen und sich nun aufrichtig entschuldigt. Das machte das Auseinanderbrechen zwar nicht rückgängig, aber Rubys Reue, dafür dass sie gegenüber Henrik so ausgerastet war, verflüchtigte sich.

»Du bist ja doch lernfähig«, spie ihr Gegenüber jedoch aus und strafte sie mit einem entschlossenen, finsteren Blick. »Du wirst also noch einsehen, dass du mich brauchst.«

Ruby unterdrückte gerade so, mit den Augen zu rollen. Manche Leute änderten sich nie.

»Du solltest mich nicht unterschätzen, Tiberius«, kündigte plötzlich Merlin an, der sich alle Mühe gab, so groß wie möglich zu wirken.

Sogleich stellte er sich neben Ruby, als würden sie einen Verteidigungswall bilden.

»Wir haben den Vorfall ausgiebig diskutiert«, schaltete sich Frank ein, »und geben den Weißen Raben recht. Du hast Grenzen überschritten, die auf jeden Fall eingehalten werden müssen, Tiberius.«

Ruby drückte ihr Notizbuch fester, während Henrik ein zorniges »Was?!« ausstieß.

Die beiden Helfer des LARP bauten sich zwischen den Parteien auf, wie um zu schlichten.

»Ich glaube nicht, dass Ruby sich das ausdenkt. Außerdem weiß ich, was letztes Jahr passiert ist.« Frank redete sich nun richtig in Fahrt. »Offenbar bist du ohne Erlaubnis in Rubys Zelt eingedrungen und hast das Buch entwendet, das verstößt gegen die Regeln des LARP. Denn Spezialfähigkeiten von Figuren wie Dieben oder Spionen beschränken sich nur auf spielrelevante Gegenstände wie die Insignien, nicht Privateigentum.«

Henrik knirschte mit den Zähnen, schluckte allerdings seine Erwiderung herunter. Der Orga musste sogar er gehorchen.

»Wir sind eine Gemeinschaft«, belehrte Frank ihn. »Eine Gemeinschaft beruht auf Vertrauen. Wenn wir uns gegenseitig nicht vertrauen können, wird es auch keine Portale mehr in fremde Welten geben.«

Im Stillen schwor sich Ruby, sich lange und ausgiebig bei Frank zu bedanken. Er wies Henrik tatsächlich in die Schranken. Mit den simplen Grundregeln des LARP.

»Ruby hat jedes Recht, die Polizei zu verständigen und dich anzuzeigen«, endete Frank und schien äußert zufrieden bei dieser Drohung.

Henrik hatte es zumindest das selbstgefällige Grinsen aus dem Gesicht gewischt. Merlin wirkte dafür nun mit seinem siegessicheren Auftreten zwei Meter groß.

»Ich möchte ihn nicht anzeigen«, entschied Ruby.

Solange er so etwas Hinterhältiges nicht erneut probierte, hoffte sie, dass er sich ein Beispiel an ihr nahm. Sie hatte die Möglichkeit ausgeschlagen, sich an ihm zu rächen, ihm eins reinzudrücken. Obwohl er es verdient hätte.

»Abgesehen davon verwarne ich dich hiermit offiziell. Wenn dies ein weiteres Mal passiert, wirst du von unserer Veranstaltung verbannt, Henrik.« Bewusst wählte Frank nicht seinen Figurennamen, schließlich könnte er sich sonst mit einer neuen Figur anmelden.

Henrik verschwand ohne ein weiteres Wort, dafür umgab ihn eine Aura aus Wut. Für einen Moment taten Ruby die Gorillas von Sparta leid, die sicherlich seine Niederlage ausbaden durften.

Danach erlaubte sie sich ein kleines Lächeln. Sie hatte sich gegen Henrik behauptet. Außerdem hatte sie sich für etwas entschuldigt, was sie die letzten Monate belastet hatte. Etwas, zu dem Henrik augenscheinlich nicht fähig war.

»Zeig mal her«, meinte Merlin, nachdem die Helfer sich ins Büro zurückgezogen hatten. »Ich hab Erfahrung mit Idioten, die einem die Sachen klauen und mit schlammigen Schuhen deine Notizen zertreten, weil sie's lustig finden.«

Vorsichtig reichte Ruby ihm das Notizbuch, auch wenn es sich anfühlte, als würde sie einen Teil von sich selbst weggeben. Merlin begutachtete den ledernen Einband und drehte es zwischen den Fingern. »Es ist ein bisschen nass geworden, aber das lässt sich reparieren.«

»Danke.«

»Gewiss doch, Lady Ruby.« Merlin grinste schief, ehe er wieder ernst wurde. »Jetzt sollten wir langsam mal Kaliandra suchen.«

11. KAPITEL

Für die kurze Strecke von der Burg bis zum Lager der Weißen Raben brauchte Ruby drei Mal länger als normalerweise. Neuigkeiten machten schnell die Runde, sodass einige Spieler sie aufhielten, um sie über den Vorfall auszufragen. Hatte Tiberius sie tatsächlich bestohlen? Hatte sie ihr Eigentum zurückbekommen? Henriks Team, Sparta, war bisher nicht sonderlich beliebt gewesen, nun sanken sie in der Gunst der anderen LARPler wie ein Schiff mit einem Loch im Rumpf.

Lediglich Johann Bärenbeißer und seiner Frau erzählten Merlin und sie die volle Wahrheit, wobei Ruby mehrfach betonte, dass Johann keine Dummheiten anstellen sollte. Schlimm genug, dass Henrik die Regeln bog und drehte, wie er wollte.

Ben erwartete sie bereits am Lagerplatz, von Isabel fehlte jedoch jede Spur.

»Ich denke, ich weiß, wo Isabel steckt«, mutmaßte Merlin, als Ben in seinem Zelt verschwand. »Kann ich sie suchen, Ruby? Sie wird mich sicherlich nur böse anstarren und schweigen, aber ich habe schon Furcht einflößendere Drachen in die Knie gezwungen.« Unschlüssig tappte Merlin mit dem Fuß. In seiner Sorge um Isabel konnte er kaum stillstehen. »Auch wenn es uns bei der Jagd nach den Insignien weit zurück wirft, da wir bloß noch den Orden haben.«

»Ist okay«, seufzte Ruby. »Ich würde ja mitkommen, aber ihre Spezialfähigkeit ist nicht umsonst das spurlose Verschwinden. Sie würde nur vor mir wegrennen.«

Merlin würde Ruby nicht die gewaltige Entschuldigung abnehmen, die Isabel verdiente, allerdings schaffte er es vielleicht, dass sie sich ein wenig beruhigte. Damit erhöhte sich zumindest die Chance, dass sie Ruby zuhörte.

»Bis später.« Halb im Szenario gefangen, deutete Merlin eine rasche Verbeugung an, schulterte seinen Stab und rannte los.

Was für ein Durcheinander, dachte Ruby beschämt. Wieder hatte emotionales Chaos dafür gesorgt, dass sie keine Siegchancen besaßen.

Mit einem Seufzen füllte Ruby Cavalls Wasserschale auf und legte ihren Schulterpanzer und ihr Schwert an. Nach den frühen Morgenstunden, in denen der Himmel noch klar gewesen war, türmten sich nun dunkelgraue Wolken am Horizont auf, weswegen Ruby ihr Regencape ebenfalls hervorholte. Die Routine ihrer Verwandlung half ihr wie immer, sich zu fokussieren. Sie verstaute ihre Brille im kleinen Etui und rollte das Cape aus festem Baumwollstoff zu einem Paket. Zum Schluss packte sie ihr Notizbuch vorsichtig in einen Stoffbeutel.

Ruby würde es auf keinen Fall zurücklassen. Was, wenn Henrik eine Wiederholung plante? Nur wie sollte sie es mit sich tragen? Es passte nicht zu ihrem Kostüm, sie konnte es schlecht in die Rückseite ihres Schilds klemmen. Außerdem würde das Gewicht sie bei Kämpfen behindern.

»Eigentlich wollte ich dich damit überraschen«, meinte Ben auf einmal und trat in neuem Gewand vor Ruby. Beinahe schüchtern stellte er sich ihrer Musterung, während sie jedes Detail auf sich wirken ließ.

An den Anblick seiner schwarzen T-Shirts hatte sie sich bereits gewöhnt. Heute gab es den Spruch »This isn't my final form« zum Besten. Es stimmte sie neugierig, was genau diese finale Form war. Denn im Gegensatz zu den vorherigen Tagen hatte Ben einen dunklen Ledermantel übergeworfen. Verziert mit Schnallen und Nieten wirkte er nun mehr denn je wie eine Videospielfigur als die anderen LARPler. Dazu ruhte eine Fliegerbrille an seinem Hals, die ihm bestimmt Firebird geschenkt hatte.

Es fehlte nur ein Schwert oder eine andere Langwaffe und dann wäre der Mix einmalig gelungen. Der Namenlose nahm vor Rubys Augen Gestalt an, bald würde sie herausfinden, was Ben vor ihr und allen anderen verbarg.

Als wäre es sein Signature Move, ging Ben aus dem Stand ein wenig in die Knie, um rasch einen Ausfallschritt zu machen. Den rechten Arm ausgestreckt wallte so sein Mantel auf und flatterte im lauen Wind.

Das Fangirl in ihr schmachtete ausgiebig, sodass Ruby wegen der Performance breit grinste.

»Ich kenn ein paar Cosplayer...«, meinte Ben verlegen. »Die haben die Bewegungen allerdings flüssiger drauf.«

»Musst du etwa noch die hundert Ebenen von Aincrad nebenher clearen?«, scherzte Ruby.

»Mhmm...« Ben tat, als überlegte er. »Das hat letzten Sommer Spaß gemacht.«

»Dachte ich mir.« Auf einmal fühlte sie sich leicht.

»Geht's wieder besser?«, wollte Ben wissen.

Ruby horchte einen Moment in sich hinein. »Ja, ein bisschen.«

»Dann mime ich gern den Cosplayer.« Wie zum Beweis ließ er den Stoff seines Mantels schwingen.

Wolkenfinger streckten sich über den Wald und die ersten dicken Tropfen fielen dumpf auf Laub und Wiesen. Sogleich packten die Spieler in den umliegenden Zelten ihre Sachen zusammen. Ruby jedoch legte den Kopf in den Nacken und konzentrierte sich auf die Windrichtung – das Pech schlug heute mit voller Wucht zu. Ein richtiger Wolkenbruch konnte über Stunden andauern.

»Woher hast du das alles?«, fragte sie Ben, ehe sie ihr Cape umlegte.

»Vom Basar«, meinte er scherzhaft.

Viele Spieler boten rund um das Event Equipment an, welches sie nicht mehr benötigten. Obwohl Bens Mantel secondhand war und somit an ein paar Stellen abgerieben, ging bereits ein ganz eigener Zauber von ihm aus. Wie eine lang gehegte Vorstellung, die sich erfüllte, betrachtete Ruby diese neue Seite an Ben. Sein zweites Ich wirkte wilder, stärker, verwegener, die Haare wie windgepeitscht. Was er wohl erlebt hatte?, wunderte Ruby sich und ließ die Gedanken wandern.

»Darf ich es nehmen?«, fragte Ben ernst und streckte ihr eine Hand hin.

Als sie nickte, nahm Ben ihr den Beutel mit dem dicken Notizbuch vorsichtig ab und legte ihn um. Der Stoff seines Mantels fiel weit genug, dass niemand etwas bemerken sollte. Wenn sie es nicht wissen würde, wäre Ruby die Beule niemals aufgefallen.

»Den Trick hast du von Merlin«, stellte sie fest. »Er versteckt einfach alles in und unter seinem Überwurf.«

»Vermutlich hat er auch was eingenäht, aber so ist es schon gut verwahrt.«

Das war es allerdings. Mit Sicherheit würde Henrik niemals davon ausgehen, dass Ruby ihren größten Schatz jemandem anvertraute.

»Henrik, er …«

»Lass uns nicht über Henrik reden«, unterbrach Ruby ihn. »Er hat genug Chaos gestiftet.«

Zu ihrer Überraschung zupfte Ben plötzlich an einer Strähne, die sich an ihrer Knopfleiste verfangen hatte, und setzte ihr die Kapuze auf. Erste Regentropfen glitten durch Bens blondes Haar.

Unwillkürlich dachte Ruby an ihren Kuss im Regen zurück.

»Warte.« Verlegen richtete sie sich auf und klappte den Kragen seines Mantels hoch. Ein Hauch Verwegenheit würde dem Mythos des Namenlosen Raben keineswegs schaden.

»Kommt, Lady Ruby«, meinte Ben verschwörerisch und hielt ihr die Hand hin. »Unser Abenteuer hat gerade erst begonnen.«

Lächelnd nahm Ruby sein Angebot an.

Ben führte sie zielsicher in den Wald, der in der entgegengesetzten Richtung lag. Bisher hatten die Weißen Raben sich durch die Westseite der Sommerlande gekämpft, nun gelangten sie zum ersten Mal in den Nordosten.

Kaum waren sie unter den Bäumen, versickerten die Regentropfen im Blätterdach, doch Ruby behielt die Kapuze ihres Capes auf. Der Stoff bot ihr genug Schutz, um ihre Emotionen dahinter zu verbergen. Sie müsste vor Zorn lodern wegen Henriks Diebstahl, sie sorgte sich weiterhin wegen Isabels Ausbruchs, aber gleichzeitig machte Bens zweites Ich sie nervös. Sie war aufgeregt und überrascht – wohin brachte er sie bloß?

»Du schreibst also Fan-Fictions?«, stellte Ben nach einer Weile die Frage, mit der Ruby schon lange gerechnet hatte.

»Ja.« Sie hielt die Luft an, es gab zu viele mögliche Antworten. Gute wie schlechte.

»Cool«, meinte Ben knapp.

Mehr wollte er nicht wissen?, wunderte sich Ruby und setzte ihren Weg fort.

»Frank erwähnte deinen User-Namen, WhiteRaven, und die Plattform, auf der ihr veröffentlicht, ich wollte nicht lauschen, aber so eine Pavillonplane ist kein guter Schallschutz. Dazu schreibst du in jeder freien Minute in dieses Buch. Für den Rest muss man nicht Sherlock sein«, redete Ben sich kleinlaut heraus. »Ich hab die ersten beiden Kapitel geschafft.«

»Du hast es die ganze Zeit geahnt!? Und du liest es?«, rutschte es Ruby über die Lippen. Plötzlich panisch stolperte sie über ihre Füße, sodass sie wie ein gefällter Baum umkippte. Sie rechnete schon mit einem harten Aufprall, doch Ben packte sie rechtzeitig am Ellbogen und verhinderte einen Sturz. Ob er stets von solchen Missgeschicken ausging?

»Ruby?« Laub raschelte, als er sie umrundete. »Was ist los?«

Sie schlug die Hände vors Gesicht. »Das ist peinlich.«

»Wieso?« Wie sehr sie sich auch anstrengte, sie konnte den Klang seiner Stimme nicht deuten.

Manchmal benahm sie sich einfach seltsam. Sie wusste nicht, wohin sie schauen sollte, flüchten durfte sie jedoch ebenso wenig. »Findest du es nicht peinlich, was ich schreibe?«

»Eigentlich«, er zog ihre Hände fort, damit sie ihn ansah, »habe ich dich darin wiedergefunden.«

Die Gewissheit, dass er begonnen hatte, ihre Geschichte zu lesen, traf Ruby völlig unvorbereitet. Ben hatte es ihr verheimlicht, so, wie sie so vieles verschwieg. Aber wenn sie sich getraut hätte, sich auf ihn einzulassen, wie hätten sie die letzten Tage verbracht? Was war Ben bloß für sie?, zweifelte Ruby. Ein befreundeter Gamer? Ein LARPler? Oder vielleicht doch ein Prinz?

Beschämt senkte sie den Blick zu Boden.

Er sollte alles für sie sein.

»Dass du nicht darüber reden möchtest, kann ich verstehen«, ruderte Ben zurück, als Ruby ihn ignorierte. »Wir können auch über was anderes reden, also… ähm…«

»Nein, schon gut. Ist nur komisch.«

Sichtlich erleichtert setzte Ben den Weg tiefer in den Wald fort.

Im Gegensatz zu Ruby machte er keinen Hehl aus seinen Interessen, geschweige denn versteckte er diese. In ihrer Klasse ging er offen damit um, ein Gamer zu sein. Die anderen hatten Ben oft aufgezogen, während er eine »Na und?«-Haltung an den Tag legte. Er änderte noch lange nicht seine Vorlieben oder sein Verhalten, nur damit sie ihn in Ruhe ließen.

Ruby schwor sich im Stillen, ihr liebstes Hobby nie mehr als peinlich zu bezeichnen.

Sie schrieb Fan-Fiction. Es klang in Gedanken ganz gut, jetzt musste sie lediglich dazu stehen.

»Ich schreibe eine Fan-Fiction«, testete sie halbherzig.

Ben bedachte sie mit einem Stirnrunzeln.

»Ich schreibe eine Fan-Fiction!«, wiederholte Ruby mit mehr Nachdruck. »Seit fast zehn Monaten und ich habe fast fünfhundert Abonnenten, über tausend Kommentare und ein Ende an Kapiteln ist meilenweit entfernt.«

Das hörte sich ziemlich verrückt an, wenn sie es so laut rief, befreite jedoch unglaublich.

»Ich bin schon gespannt«, erwiderte Ben schließlich. »Wobei … muss ich erst die Bücher beenden, bevor ich weiterlese?«

»Ähm …« Ruby überlegte einen Moment. »Wäre jedenfalls spoilerfreier.«

Für den entschlossenen Gesichtsausdruck, den Ben daraufhin an den Tag legte, hätte sie ihn am liebsten geknuddelt.

In der Nähe erklangen durcheinandergerufene Kommandos und typische Kampfgeräusche, doch Ben hielt direkt darauf zu. »Augen zu, Lady Ruby.«

»Was? Das meinst du nicht ernst?«

»Schließ deine Augen.«

»Dann renne ich gegen den nächsten Baum.«

»Vertrau mir.«

Zögernd kam sie der Anweisung nach und ließ sich die letzten Meter von Ben an der Hand führen. Sie stieg eine Senke herab, ohne zu stolpern, und schließlich setzte er sie auf einem moosbewachsenen Felsen ab. Aufgeregt hob Ruby den Blick und blinzelte im Zwielicht.

Auf der Lichtung lieferten sich die Greifenreiter eine

Schlacht gegen drei Hexen. Ein Dutzend Spieler befand sich mitten im Angriff, in einer Halbkreisformation stellten sie sich ihren Feinden entgegen und Firebird gab im Zentrum die Befehle. Ruby hatte fest damit gerechnet, ihn an vorderster Front zu finden.

Bis auf den kurzen Moment, als sie auf Medusa und deren Versteinerte getroffen waren, hatte Ruby die Truppe jedoch nie vollständig gesehen. Sie stutzte, als sie die rechte Flanke betrachtete. Da breitete tatsächlich ein lebensgroßer Greif die Schwingen aus! Mit Federn und Schnabel und vier Beinen!

»Das ist Theodor«, stellte Ben vor. »Du solltest ihm nie den Rücken zukehren, das macht ihn wütend.«

»Das ist … wow.« Ruby konnte ihren Blick gar nicht abwenden. »Wie funktioniert das?«

Ben erklärte bereitwillig, dass Theodor in seiner dunklen Kleidung fast unter dem Gestell verschwand, während er Kopf, Schnabel und Schwingen über Hebel und Drahtkonstruktionen steuerte.

»Und ich dachte, ich wäre ein Hardcore-Fan«, murmelte Ruby fasziniert. Ein Greif – unfassbar! Ob sich die Federn genauso weich anfühlten wie in den Büchern beschrieben? Der Schnabel genauso messerscharf war?

»Sie lassen Theodor nur bei großen Aktionen von der Leine«, scherzte Ben und ließ sich auf dem Waldboden vor dem Felsen nieder. »Schön, dass dich das freut.«

»Freude ist gar kein Ausdruck!«

Einen Moment lang enttäuschte Ruby es, dass Ben

nicht die Chance nutzte, um ihr näherzukommen. Andererseits hatte sie ihn häufig genug in die Schranken gewiesen.

»Hey, Firebird!«, rief Ben auf einmal aus. »Ihr vernachlässigt wieder eure Verteidigung!«

Der Anführer der Greifenreiter hielt in der Bewegung inne und sortierte sogleich seine Spieler neu. Voller Bewunderung beobachtete Ruby, wie schnell alle auf die Kommandos reagierten. Die Weißen Raben waren ein vergleichsweise kleines Team, aber eines Tages würden sie solche Manöver ebenfalls ausführen.

»Sie konzentrieren sich nicht auf die rechte Flanke«, kommentierte Ruby.

Ben gab ihren Hinweis an Firebird weiter und warf noch hinterher, dass sie sich gegen einen magischen Angriff wappnen sollten.

»Merlin verwendet auch so ein Pulver«, erklärte Ben unbeeindruckt, nachdem Firebird zur Bestätigung seinen Streithammer in die Höhe gereckt hatte. Mit neu entfachtem Elan stürzten sie sich auf die verbliebenen Hexen.

»Warum bist du mitgekommen auf den LARP?«, wollte Ruby unvermittelt wissen. »Eigentlich war es viel zu kurzfristig, um sich vernünftig vorzubereiten.«

»Weil ich gern Zeit mit dir verbringe.« Ben schaute stur Richtung Kampfgeschehen, als er dies gestand. »Außerdem hörte es sich lustig an. Ich hatte oft das Gefühl, du erzählst nur ein Drittel von dem, was dir durch den Kopf schwirrt. Und plötzlich überschlägst du dich wegen einer Woche Zelten mit Kostümen und Bannern und Krönungszeremonien… Ich bin mitgekommen, weil ich bei dir sein möchte.«

Mit einem entschuldigenden Grinsen rief er drei Kämpfern zu, dass sie zu viele Schadenspunkte einsteckten.

»Es ist wie ein Spiel für dich, oder?«, hakte Ruby nach.

»Ja.« Ben ließ den Kopf in den Nacken fallen, damit ihre Blicke sich trafen. Fast hätte sie in seine verwuschelten Haare gegriffen. »Und deswegen macht es so Spaß. Ein LARP und die Idee von einem ARMMORPG liegen sehr dicht beieinander.«

Augmented Reality Massive Multiplayer Online Role Playing Game – Ruby erinnerte sich, wie sie lang und ausführlich solche Spiele mit Ben diskutiert hatte. Die Optionen waren praktisch endlos, sobald es möglich wurde, die reale und digitale Welt zu verschmelzen. Spieler könnten sich im Park treffen, um gegen einen digitalen Drachen zu kämpfen. Könnten eine Spielwelt überallhin projizieren. Niemand würde sie mehr Stubenhocker oder Couchpotato schimpfen.

Ben gab vor, eine unsichtbare Brille aufzusetzen. »Link start«, zitierte er die weltweit bekannte Losung seines Lieblingsspiels und Animes. »Nur, dass die LARPler es sich vorstellen. Das ist ziemlich… genial. Weil ihr daran glaubt, seht ihr es, so einfach ist das. Ich war am ersten Tag echt neidisch, ehe ich mich darauf einließ.«

Mit einem Nicken stimmte Ruby ihm zu. Obwohl die Spieler beim LARP eingeschränkter waren, da es keine hyperstarken, megaleuchtenden Overkill-Attacken gab, das Prinzip glich sich. Was die Vorstellungskraft betraf… daran hatte es ihr nie gemangelt.

Plötzlich kicherte Ruby drauflos. »Das kann wirklich nur von dir stammen«, freute sie sich. »Weil ein LARPler sich statt eines Gerüsts aus Stangen und Federn einen wirklichen Greif vorstellt oder fest davon überzeugt ist, seine Hohlkernwaffe wäre eine echte, sind wir der modernsten Technik voraus.«

Ruby rutschte zu Ben heran, sodass ihr Bein seinen Arm berührte, doch er konzentrierte sich auf Firebirds Taktik gegen die Hexen. Aus einem Impuls heraus ließ Ruby sich ins Laub gleiten, damit sie auf gleicher Höhe saßen.

»Die beste Technik bringt überhaupt nichts, ohne die Leute, die eine Geschichte erschaffen und sie dadurch zum Leben erwecken«, gestand Ben. »So wie du das machst, Ruby.«

Verlegenheit färbte ihre Wangen rot, als sie um eine passende Erwiderung rang. Sie vermisste Bens Nähe, wollte jedoch nichts überstürzen.

Schließlich besiegten die Greifenreiter ihre Gegner und kamen fröhlich feiernd auf sie zu. »Gewonnen!«, jubelte es hier und da.

»Namenloser!«, grüßte Firebird. »Was führt dich zu uns?«

Ben erhob sich und schlug mit dem Anführer ein. »Tiberius hat Lady Ruby erneut angegriffen«, erklärte Ben ruhig, während er ihr aufhalf. »Daher würde ich gerne deine Einladung annehmen, wenn sie noch steht.«

»Natürlich, natürlich!«, rief Firebird aus. »Keine Sorge, Sparta ist zu klein, um sich mit uns anzulegen.« Er drehte sich schwungvoll zu seiner Gruppe um. »Männer! Wir, die ehrenvollen Greifenreiter, haben heute eine besondere Aufgabe: Wir bieten Lady Ruby Geleitschutz.«

Die anderen Spieler aus seinem Team freuten sich lautstark bei der Ankündigung. Dieser Enthusiasmus gehörte scheinbar zu Firebirds Traditionen, so, wie Merlin und Kaliandra sich ständig stritten. Dennoch fühlte Ruby sich bei den Reaktionen der Greifenreiter geschmeichelt. Sie bürdete ihnen eine Last auf und sie behandelten sie wie einen Hauptgewinn.

»Wohin zieht es euch?«, fragte sie.

»Auf der anderen Seite des Hexenwaldes existiert ein See«, antwortete Ben zu ihrer Überraschung. »Laut der Magiergilde soll es da zu ungewöhnlichen Ereignissen kommen. Ich dachte, das klingt nach einer Insignie. Oder nach einer Aufgabe, die mehr Kampfkraft erfordert, wenn ich an die Hinweise denke, die ich mit meinem magischen Kasten festgehalten habe.«

Bei der Formulierung schnaubten ein paar Greifenreiter belustigt.

Ruby erinnerte sich sogleich an den Zettel am Schwarzen Brett, den Ben mit seinem Smartphone abfotografiert hatte.

»Einen Taktiker wie dich könnten wir wirklich gebrauchen«, scherzte Firebird und klopfte Ben auf die Schulter.

Doch Ben hielt Ruby auffordernd die Hand hin und wartete darauf, dass seine Lady ihm folgte.

Selten war ein LARP-Tag so schnell vergangen wie dieser mit den Greifenreitern.

»Kopf hoch, Männer!«, munterte Firebird seine Gruppe auf, während Ruby und Ben hintendrein folgten. »Bisher hat niemand die Insignie im See entdeckt, wir sind also so gut wie alle anderen.«

Eine Zustimmung murmelnd sammelten sich die Greifenreiter hinter ihrem Anführer. Ruby staunte weiterhin, wie ernst sie ihren Geleitschutz nahmen. Die Männer hatten sie tatsächlich bis zu ihrem Zelt zurückgebracht, um kein Aufeinandertreffen mit Henrik zu riskieren.

»Vielen Dank für eure Hilfe.« Firebird machte eine tiefe Verbeugung vor Ben und Ruby. »Ich freue mich auf eine erneute Zusammenarbeit.«

Mit einem kurzen Jubel stimmten seine Leute mit ein.

Ruby lächelte zufrieden, Ben tauschte einen weiteren Handschlag mit Firebird. Ihrer Meinung nach hatten sie nicht viel ausgerichtet, den größten Teil der Arbeit hatten die Greifenreiter übernommen. Allerdings musste sie zugeben, dass das Lösen der Rätsel mit Ben erstaunlich viel Spaß gemacht hatte, sogar wenn sie nur blödelten.

Heute Morgen noch wäre Ruby am liebsten nach Hause gereist, nachdem Henrik ihr Notizbuch gestohlen hatte. Ein paar Stunden später war sie zwar der Königskrone keinen Schritt näher, aber dafür um eine schöne Erfahrung reicher.

Die Greifenreiter riefen die unterschiedlichsten Worte des Abschieds, bevor die Gruppe sich auflöste. Auf einmal wollte jeder der Männer Zeit für sich. Um das Grillfest zu besuchen, anderen Spielern von der heutigen Schlacht zu berichten oder, nach dem Gähnen von Firebirds rechter Hand zu urteilen, einfach zu schlafen.

Blinzelnd drängte Ruby die Szenerie zurück, die sich in ihren Gedanken formte, doch je mehr sie sich dagegen sträubte, desto lauter schrien ihre Ideen.

»Hier.« Ben reichte ihr die Tasche mit dem Notizbuch, das er den Tag über für sie verwahrt hatte.

»Was hat mich verraten?«, fragte Ruby, als sie einen Stift aus ihrer Hüfttasche zog.

»Dein Gesichtsausdruck. Du schaust in diesen Momenten ganz ernst und konzentriert.«

Ruby ließ sich ins nasse Gras fallen, öffnete das Buch an der letzten beschriebenen Seite und legte los.

»Keine Sorge, nicht frustriert konzentriert wie bei einem Mathetest«, lachte Ben. »Eher, als würdest du in eine andere Welt blicken, während du Worte aneinanderreihst.«

Ruby fand keine Antwort darauf, da die Stimmen in ihrem Kopf alles übertönten.

»Als Dank möchten wir euch die Insignie übergeben«, verkündete die Rätin und hielt ein Kästchen mit einer schwarz-gelb gestreiften Brosche hoch.
»Nimm du sie.« Lady Ruby trat einen Schritt zurück, damit Xenio der Empfänger war.
Er hob jedoch die Hände. »Bloß nicht. Nimm du sie.«
»Irgendwelche Irren werden mich wieder töten wollen, wenn ich sie mitnehme«, warf Lady Ruby ein.
»Das stimmt.«
Sie betrachteten das Schmuckstück in Form einer Hummel und klappten dann gemeinsam das Kästchen zu.
»Der Nächste kann sie haben«, beschlossen sie synchron und ließen die verdutzte Rätin stehen.

»Lady Ruby?«, fragte auf einmal Merlin, der zurückgekommen sein musste, doch sie las ihre Sätze ein zweites Mal durch.

»Sie ist gleich so weit«, scherzte Ben.

»Was hast du denn da an?« Raschelnd umrundete er Ben. »Machst du jetzt auf schwarzen Schwertkrieger? Da fehlt aber *Elucidator.* Schade, dass es in den Sommerlanden nicht existiert.«

»Du kennst die Reihe?« Ben klang ehrlich erstaunt.

»Wer kennt die Reihe nicht? Oder die Serien, den Kinofilm, die Spiele«, erwiderte Merlin abschätzig.

»Lady Ruby und Kaliandra sind jedoch so auf die Sommerlande fixiert, dass ich es für mich behalten habe.«

»Ich dachte, du bist so ein Würfler …«

»Und? Deswegen darf ich VR-Games nicht gut finden?«

Ben lachte. »Wir sollten auf jeden Fall mal zocken.«

Ruby brauchte nicht aufzusehen, um zu wissen, wie Merlin gerade strahlte. Solche Einladungen erhielt er gewiss nicht oft, daher beeilte er sich, anzunehmen und gleich von seinen Virtual-Reality-Brillen zu schwärmen.

Rasch kritzelte sie noch ein, zwei Wörter, bevor sie merkte, dass ihr Unterbewusstsein *Isabel, Isabel, Isabel* geschrieben hatte. Wenn das keine eindeutige Nachricht war!

Mit fahrigen Fingern verstaute Ruby ihr Notizbuch in der Tasche und reichte sie Ben. Dieses Vertrauen fühlte sich neu an und doch seltsam willkommen. Sie könnte sich daran gewöhnen. Sehr sogar.

Merlin stand neben ihren tropfnassen Zelten, doch er war nicht allein. Ruby sprang sofort auf, um Isabel in eine Umarmung zu ziehen, und hielt mitten in der Bewegung inne. Anstatt ihrer Freundin begleitete Merlin ein Mädchen in einem Wikingerkostüm, das Ruby nur allzu bekannt war. Dieses Jahr waren Fellstiefel, die wie Tatzen geformt waren, und der mit Wolfsohren verzierte Haarreifen neu dazugekommen. Beinahe gelangweilt musterte das Mädchen den Plüschwolf, der wie ein Wachhund positioniert war.

»Lady Ruby.« Ein kurzes Nicken beendete die Begrüßung. »Ich habe gehört, was dir zugestoßen ist, und bin hier, um dir ein Angebot zu machen.«

»Vielen Dank, Tilda Wolfszahn.« Ruby deutete eine Verbeugung an. »Ich bin ganz Ohr.«

»Sekunde, Auszeit.« Ben formte mit den Händen das passende Zeichen. »Wie alt bist du, Kleine?«

Merlin riss vor Schreck die Augen auf und stammelte: »D… das meint er nicht so, es ist sein erstes Jahr!«

Tilda stemmte die Hände in die Hüften und strahlte plötzlich die Aura einer Königin aus. Eigentlich war sie ein fröhliches Energiebündel, beim LARP spielte sie ihre Machtposition jedoch voll aus. »Dann will ich mal großzügig sein«, erwiderte sie spöttisch. »Ich bin neun Jahre alt.«

Ben verbarg sein Erstaunen nur schlecht, allerdings konnte Ruby es ihm nicht verübeln. Seine Schwester war nicht viel älter als Tilda und trug bestimmt nie so ein Kostüm. Darauf würde Ruby wetten.

»Das ist Mathilda«, stellte Ruby das Mädchen vor. »Ihre Mutter hat ihre Figur bereits angemeldet, als sie mit ihr schwanger war. Sie gehört zu den stärksten Spielern.« An Tilda gewandt entschuldigte sie sich rasch, doch die sah über den Bruch im Szenario hinweg. Die Hälfte aller LARPler war unerfahrener als sie.

»Ich bin hier, um dir zu helfen, Lady Ruby.« Tilda löste eine Art Zauberstab aus durchsichtigem Material von ihrem Gürtel. Rosa Glitzer schwirrte im Innern wie bei der Waffe eines Magical Girls. »Ich sorge für Gerechtigkeit! Kommt!«

»Sehr wohl, Tilda Wolfszahn.« Merlin machte sich sofort auf den Weg, als das Mädchen sich an die Spitze setzte.

Sie führte die Weißen Raben schnurgerade in das Lager von Sparta. Rubys Schritte verlangsamten sich, je näher sie dem großen Banner kam, aber niemand durfte Tilda verärgern. Also biss Ruby die Zähne zusammen und konzentrierte sich auf ihre unverhoffte Verstärkung.

»Tiberius!«, flötete das Mädchen, als sie vor den Zelten ankamen. Ein Teil der Gorillas spielte unbekümmert an einem Tisch Karten, doch sogleich sammelte sich eine Handvoll Schaulustige. Tilda sorgte stets für Unterhaltung oder Furcht einflößende Spektakel.

In voller Montur stolzierte Henrik auf sie zu, stutzte jedoch, als er das Wolfsmädchen erblickte. »Jetzt brauchst du schon Hilfe von Kindern«, spottete er an Ruby gewandt und ignorierte Tilda.

Im Gegensatz zu ihm war Ruby weise genug, sich einen Schritt hinter dem Wolfsmädchen aufzustellen. Ein paar ältere Spieler scherzten oft, dass die Kleine die Prinzessin ihrer LARP-Gemeinde war: In einigen Jahren würde sie zu einer Tyrannin heranwachsen und erst dann begann die wahre Schlacht um den Thron.

Merlin hielt Ben vorsorglich auf Abstand, beide beobachteten neugierig das Kommende.

»Die Spielleitung hat angewiesen, dass du den Weißen Raben ihre Insignie zurückgibst«, stellte das Mädchen fest. »Was hat dich aufgehalten?«

Fragend wandte Ruby sich an Merlin, der zufriedener denn je einen Daumen in die Höhe reckte. Vermutlich hatte er sich ein weiteres Mal an die Spielleitung gewandt und diese Strafe zusätzlich zur Verwarnung verlangt.

Doch Henrik schnaubte nur. Natürlich war er sich keines Fehlers bewusst, um Regeln scherte er sich nur so lange, wie sie seinem Vorteil dienten.

Die anderen Spieler von Sparta gesellten sich nun zu ihm. Eine Wand aus Gorillas entstand, Ruby wich jedoch keinen Zentimeter zurück. Mitten im Lager konnten die Typen nur durch ihre Größe und Muskeln einschüchtern. So funktionierte halt Henriks Auftreten. Seine Stärke erhielt er durch sein Gefolge.

»Nun, Tiberius?«

»Das geht dich nichts an«, entgegnete Henrik. Wie jeder auf dem Gelände kannte er Tilda oder hatte zumindest von ihr gehört. So langsam dämmerte ihm, dass sie seine Ausreden durchschauen würde.

»Ihr mischt euch nicht ein, verstanden?« Das Wolfsmädchen schwang ihren Zauberstab und wies damit auf die anderen Teammitglieder von Sparta. »Tiberius, ich warte.«

Henrik knirschte mit den Zähnen, als er die Flöte aus seinem Mantel hervorholte. Es demütigte ihn, vor einem Kind nachzugeben, aber jeder Spieler fürchtete sich insgeheim, von Tilda ins Nirwana geschickt zu werden. Sie levelten ihre Figuren zu lange, um von vorn zu beginnen.

Mit Wucht warf Henrik die Flöte hinüber, sodass er sie Ruby nicht überreichen musste. Bevor er seinen gescheiterten Plan eingestand, schleuderte er seine Niederlage ihr lieber ins Gesicht. Ruby pickte die Flöte allerdings elegant aus der Luft. Niemand hörte ihren erleichterten Seufzer, während sie die kalten Finger um das Metall schloss. Sie konnte das. Alles kein Problem.

»Wenn ihr euch mir widersetzt, werdet ihr sterben.« Tildas zuckersüßer Tonfall untermalte ihre Drohung. Einer der Gorillas hielt sein Teammitglied an der Schulter fest, als dieses sich einmischen wollte. »Lady Ruby, ihr habt fünf Minuten.«

Sie hatte was?

Ben und Merlin sahen das Mädchen verwundert an, bis ihnen ebenfalls die Lösung kam. Tilda Wolfszahn stand in dem Ruf, Streitigkeiten zu schlichten und Spielern, die die Regeln zu ihrem Vorteil bogen, eins auszuwischen. Sie alle wurden von einer Neunjährigen erzogen. Die Kleine sprach Ruby einen Freifahrtschein aus. In diesem Moment durfte sie alles machen, was ihr einfiel. Henrik alles zurückzahlen, ihm unter die Nase reiben, ihn genauso demütigen, wie er es getan hatte. Eine wahrlich seltene Gelegenheit, die sich ihr kein zweites Mal bieten würde.

Zur Sicherheit nahm Merlin Ruby die magische Flöte ab, bevor sie etwas Dummes damit anstellte. Doch sie würde sich zurückhalten, der Drang nach Rache musste sie nicht so auffressen wie Henrik. Wenn Ruby ehrlich zu sich war, hatte sie es satt, immer mit dem Schlimmsten zu rechnen. So sollte ihr LARP, ihre Woche Ferien von der Realität, keinesfalls ablaufen. Sondern eher wie die heutigen Stunden mit den Greifenreitern.

Ruby streckte den Rücken durch, straffte die Schultern und marschierte auf Henrik zu.

»Lass es mich ein letztes Mal klarstellen«, begann Ruby und baute sich zu ihrer vollen Größe auf. Die Hand auf den Schwertknauf gelegt, gab sie sich alle Mühe, Selbstbewusstsein auszustrahlen. »Wie stark oder mächtig deine LARP-Figur auch wird, ich werde nicht dein Fangirl sein!«

Henrik machte einen Gesichtsausdruck, als hätte er in eine Zitrone gebissen. Nur seine Gefolgsleute hinter ihm blickten verwirrt drein.

Ein anderer Grund für Henriks seltsames Verhalten fiel Ruby nicht mehr ein. Sie liebte die Buchreihe um die Insignienjagd, sie war ein Fangirl der Geschichte und stolz drauf, sich so sehr davon begeistern zu lassen. Dennoch würde sie Henrik deswegen nie die Aufmerksamkeit schenken, die er sich wünschte.

»Ich werde nicht diejenige sein, die dir blind folgt und dich bejubelt.« Ruby machte eine unwirsche Handbewegung Richtung der Gorillas. »Außerdem musst du es dir verdienen, gemocht und bewundert zu werden. Zurzeit benimmst du dich eher wie ein Bösewicht.«

Der Vergleich brachte zumindest Merlin zum Lachen.

»Tsk.« Henrik schnalzte abfällig mit der Zunge. »Was Besseres fällt dir nicht ein?«

Kurz rollte Ruby mit den Augen, warum sollte er ihr auch auf Anhieb glauben? »Du bist fies und gemein zu allen, du verletzt deine Mitmenschen und du setzt dich für deine Ziele über Regeln hinweg, ganz gleich der Konsequenzen. Verdammt, du hast doch die Reihe genauso gelesen wie jeder andere hier. Du benimmst dich wie einer der hinterhältigen, rücksichtslosen Insignienjäger, dabei solltest du wissen, dass die Bösen am Ende nie gewinnen.«

Wie bei einem Showdown stellte sich Henrik ebenfalls zu voller Größe auf, dabei kam er Ruby so nah, dass sie ihm in die Augen sehen musste. Nur unterschwellig nahm sie wahr, dass er seine Hand ebenfalls auf den Schwertknauf gelegt hatte. Bereit zum Duell, blieb bloß die Frage, wer zuerst handgreiflich wurde.

»Und du bist die gute Heldin, oder was?«, spottete Henrik.

Ruby ließ die Frage einen Moment auf sich wirken. Sie sah sich nicht als Heldin, geschweige denn gute Seele. Sie hatte ebenso Fehler gemacht, falsche Entscheidungen getroffen und ihre Freunde mit ihrem Verhalten verletzt. Der Unterschied zu Henrik war, dass sie dies bereute und wiedergutmachen wollte.

»Jeder ist an sich gut *und* böse«, berichtigte sie ihn. »Wir sollten bloß darauf achten, welche Seite überhandnimmt.«

Doch Henrik knirschte erbost mit den Zähnen und verschränkte die Arme vor der Brust. Es gab einfach kein Durchdringen bei ihm. Also würde Ruby zu drastischeren Maßnahmen greifen müssen. Worte halfen bei ihm nicht weiter, scheinbar brauchte er einen verbildlichten Denkzettel.

»Gib mir deinen Säbel ›Albtraum‹«, verlangte sie.

»Spinnst du?«, erwiderte er. »Warum sollte ich so etwas tun?«

»Ti-be-ri-us«, mahnte Tilda mit verschränkten Armen und tippte mit dem Finger bei jeder Silbe gegen den Oberarm.

Sichtlich genervt kam Henrik der Forderung nach und Ruby schnappte sich die Waffe, ehe er ihr zu nahe kam.

»Wenn du mich oder die Mitglieder meines Teams ein weiteres Mal wider die Regeln angreifst, bestiehlst oder uns sonst wie schadest, sorge ich dafür, dass deine Figur ausgelöscht wird«, drohte sie. »Das passiert, wenn ich auf meine böse Seite höre, denn ich habe mittlerweile wirklich genug von diesem albernen Spiel zwischen uns.«

Ruby holte aus und knallte den Säbel übers Knie. Die Waffe brach dadurch nicht, erhielt jedoch eine unschöne Delle. Henrik konnte sie noch einsetzen, aber hoffentlich erinnerte ihn der Anblick jedes Mal an seine Niederlage.

Als Ruby den Säbel ins Gras gleiten ließ, ballte Henrik die Fäuste und brodelte vor Zorn. Sie hatte einen mittelschweren Frevel begangen, gleichzeitig hatte sie sich gewehrt. Sie würde ihm nie mehr alles durchgehen lassen.

»Ich beobachte euch«, verabschiedete sich Tilda und klang eher wie eine Figur aus einem Thriller als der kleine Wolf, den sie darstellte.

»Vielen Dank, Tilda«, rief Ruby ihr nach, während sie sich zu Ben und Merlin wandte, die über ihren Denkzettel breit grinsten.

»Immer wieder gern«, lachte sie, nahm eine Siegerpose ein und machte ein Victory-Zeichen, bevor sie zwischen den Zelten verschwand. »Zusammen sind wir Mädchen unbesiegbar!«

Tildas fröhlicher Ausspruch versetzte Ruby dennoch einen Stich. Sie hätte alles dafür gegeben, Isabel in diesem Moment an ihrer Seite zu haben.

»Glaubst du etwa, damit erreichst du etwas?«, höhnte plötzlich Henrik, der ihr mit raschen Schritten folgte.

Ruby rollte mit den Augen über seine ungebrochene Überheblichkeit. Sie wollte kein weiteres Wort an ihn verschwenden.

»Nur zu deiner Information«, spottete Henrik. »Letzte Nacht hatte ich unglaublich viel Zeit und ich bin ein so unruhiger Leser, wenn eine Geschichte mich nicht fesselt. Bestimmt bin ich den kompletten Wald abgewandert.«

Zwei seiner Gorillas packten ihn vorsorglich an der Schulter, Tilda hielt sich immer noch in Hörweite auf.

Tausend grausame Befürchtungen ratterten durch Rubys Gedanken, zusammen mit ihrer Wut, die sofort in die Höhe schnellte. Doch Ben und Merlin zogen sie aus Spartas Lager fort.

12. KAPITEL

Ruby ballte abwechselnd die Hände zu Fäusten und spreizte die Finger, während die Jungs sie in das anliegende Waldstück führten.

»Ruby«, meinte Ben vorsichtig, als wollte er erst ihre Stimmung testen.

»Mein Bösewicht-Monolog war episch«, regte sie sich auf, »und dann muss er wieder alles kaputt machen.«

Leider verlief das Leben nicht wie in Büchern, bei denen nach so einem Showdown das Happy End folgte.

Unzählige Laternen und Windlichter baumelten an langen Bändern. Teelichter glitzerten hinter buntem Glas, warfen tausend Lichtflecken auf den Waldboden und funkelten in der aufkommenden Düsternis unter dem Blätterdach.

»Das ist der Feenwald. Die kleinen Dinger haben so viel magische Power wie eine Wunderkerze«, erklärte Merlin Ben wie von selbst. »Hier gibt es nichts zu holen, das soll nur hübsch aussehen.«

Ruby seufzte, bevor sie ihre Finger entspannte. Henrik wirkte wie ein Sog auf sie, wie ein verfluchter Mahlstrom. Je weiter sie sich von ihm entfernte, desto besser, denn zuallererst musste sie Isabel suchen. Ihre Freundin sollte ihr jetzt am wichtigsten sein.

»Hast du mit Isabel gesprochen?«, fragte Ruby, um ihr schlechtes Gewissen zu beruhigen.

Merlin zuckte mit den Schultern. »Nein, sie wollte nicht gefunden werden, da hilft leider nichts.« Wenn Kaliandra untertauchte, war sie wirklich wie vom Erdboden verschluckt.

»Wollen wir herausfinden, was der Idiot meinte?« Ben hielt bereits Rubys Notizbuch in den Händen. Zögernd setzte sie zu einem Nicken an.

Die drei versammelten sich um das aufgeschlagene Buch, während Ruby mit rasendem Herzschlag durch die geschriebenen Zeilen blätterte.

»Es fehlen Seiten«, sagte sie mit erstickter Stimme und fuhr mit den Fingern über das Papier. Dort, wo eine Seite voller Wörter und Kritzeleien in der Bindung kleben sollte, spürte sie nur eine scharfe Kante. Henrik hatte rücksichstlos am Papier gezerrt.

Ruby blätterte vor und zurück, die Jungs warteten geduldig. Zunächst hoffte sie noch, dass irgendwo lose Seiten zwischen den anderen steckten. Dabei entdeckte sie jedoch mehr Kanten und Überreste von schlampig herausgetrenntem Papier. Ruby dämmerten Henriks Abschiedsworte über den langen Waldspaziergang. Hatte er die Seiten einfach in den Wald geworfen?

»Das ist verdammt mies«, urteilte Ben, »und toppt so ziemlich alles.«

»Meine geklauten Sachen muss ich nur im Mülleimer suchen«, stimmte Merlin mit ein. »Falls die Idioten an meiner Schule einen kreativen Tag haben, legen sie was aufs Vordach des Haupteingangs, damit ich sie mir herunterzaubere.«

Und wenn Ruby ihre Seiten nicht wiederfand? Selbst wenn es ihr gelang, die Texte zu rekonstruieren, würden sie niemals die alten sein. Sie würde andere Formulierungen nutzen oder die Szenen anders ablaufen lassen.

Zumindest verflogen damit ihre letzten Skrupel darüber, dass sie Henriks Säbel demoliert hatte. Hätte sie seiner Waffe bloß gleich mehrere Beulen verpasst. Verdient hätte er es!

Wie zur Beruhigung legte Ben Ruby seine Hand auf die Schulter.

»Was mach ich denn jetzt?« Ruby war verzweifelt. Auf Anhieb zählte sie zehn, nein, zwölf herausgerissene Stellen.

Sie blickte kurz zum friedlich glitzernden Feenwald. Das Gelände des LARP bemaß mehrere Hektar – das meiste davon Wald. Wo sollte sie bloß anfangen zu suchen?

»Das könnte ein Ablenkungsmanöver sein«, gab Ben zu bedenken und lehnte sich gegen einen Baumstamm. Die tiefhängenden Laternen klimperten, als er sie leicht streifte. »Er rechnet fest damit, dass du die Seiten suchst, statt weiter am LARP teilzunehmen. Vielleicht hat er sie einfach irgendwo aufbewahrt.«

Ungeduldig zog Ruby ihr Notizbuch zu sich heran und schritt im Kreis zwischen den Feenlichtern umher.

Am liebsten wäre sie losgerannt, aber darauf wartete Henrik nur. Die Strategie, sie sinnlos suchen zu lassen, klang so sehr nach ihrem Ex-Freund, Ruby wurde schon beim Gedanken daran schlecht.

»Reine Spekulation.« Merlin ließ sich zwischen die Wurzeln der Weide fallen, gegen die Ben lehnte. »Hoffentlich bist du nie so sauer auf mich!«, sagte er zu Ruby und strich liebevoll mit den Fingern über seinen Magierstab.

»Was habe ich Henrik diesen Sommer überhaupt getan?«, seufzte Ruby. »Wieso sieht er nicht ein, dass er manche Dinge nicht haben kann?«

»Ihm hat wohl niemand die Bedeutung von ›nein‹ erklärt«, scherzte Ben halbherzig.

So weit waren die drei sich einig: Die Aktionen der Weißen Raben waren nicht der Auslöser. Nur: Wie jemanden stoppen, der so auf Ruby fixiert war?

»Du könntest ihm so eins auswischen, dass er nicht zurückschlagen will«, grübelte Ben. »Ist die Frage, ob du auch die Konsequenzen …«

»Nein«, unterbrach Ruby ihn. Öl ins Feuer zu kippen, löste letzten Endes nur einen Waldbrand aus.

»Nicht mal die Demolierung seiner Waffe hat gereicht.« Merlin runzelte die Stirn. »Alles, was mir einfällt, grenzt an Sachbeschädigung.«

Ruby fasste den Knauf ihres Schwertes fester, sie brauchte den Halt. »Wir sind besser als Henrik und seine Gorillas, wir lassen uns nicht auf deren Stufe herab.«

Mehr denn je vermisste sie Isabel. Ihr wäre bestimmt ein verrückter Plan eingefallen. Die beiden Jungs benahmen sich im Gegensatz zu ihrer Freundin viel zu ernst.

»Setz ihm ein neues Opfer vor die Nase, das er quälen kann. Jemanden, den du noch weniger magst als Henrik.«

»Merlin!«, schimpfte Ruby.

Die Jungen tauschten einen Blick, erwiderten aber nichts.

Eine Weile schwiegen sie, während Ruby weiter im Kreis lief. Auf einmal fühlte sie sich wie unter Strom gesetzt. Sie wollte etwas gegen Henrik unternehmen. Gleichzeitig erfasste sie eine fast panische Unruhe, weil ihre Seiten irgendwo im Unterholz versteckt waren. Und dazu wartete Isabel darauf, gefunden zu werden.

Mit einem Klacken entzündete Merlin das Licht im Edelstein seines Stabs, damit es wie die Feenlichter funkelte. »Ich wünschte, ich könnte dir mit einem Aufspürzauber helfen. Bei Isabel und bei den Seiten«, seufzte er und drehte seinen Stab zwischen den Fingern.

Ben runzelte die Stirn. »Das müssen wir wohl selbst hinkriegen.«

Geknickt ließ Merlin den Kopf hängen, sodass Ruby sich zu ihm herabbeugte und durch seine Haare wuschelte.

Für einen Moment hielten sie mit ihren Überlegungen inne, als eine Gruppe anderer Spieler durch den Feenwald streifte. Nicht mehr lang und die Glocke würde zum Abendessen läuten.

»Dann bleibt nur die harte Tour«, fuhr Ben fort, als sie erneut unter sich waren.

»Die harte Tour ist furchtbar ätzend«, kommentierte Merlin.

»Und die wäre?«, hakte Ruby nach und richtete sich auf.

»Henrik ignorieren, obwohl es schwerfällt.« Merlin kreuzte die Arme vor der Brust. Ruby wusste ganz genau, wie anstrengend diese Art Kampf war, er beschwerte sich oft genug.

»Und weitermachen, ohne etwas auf ihn zu geben, bis er letztlich das Interesse an dir verliert«, erklärte Ben. »Solange du dich über ihn aufregst, wird er dich reizen. Er hat leider eine kleine sadistische Ader.«

»Klein?«, spottete Merlin. »Im Vergleich zu seiner großkotzigen Art bin ich wirklich klein, und das ist das einzige und letzte Mal, dass ich das zugebe.«

Zumindest Ben schmunzelte über das Wortspiel.

Spätestens nach dem Ende des LARP wäre das eine sinnvolle Strategie, aber jetzt? Konnte Ruby die kommenden Tage durchhalten?

Unsicher blickte sie in die aufwallenden Schatten, die dem Wald außerhalb der Laternen bereits die Farbe entzogen. Schal und grau lag das Spielgelände vor ihr. Irgendwo da draußen waren ihre Seiten versteckt – vielleicht. Doch dieses Vielleicht nagte an ihr. Der Gedanke quälte sie wie ein Juckreiz an einer Stelle, die sie nicht erreichen konnte.

Henrik hatte sie bis zum Kern durchschaut.

»Ruby«, mahnte Ben und schritt auf sie zu, bevor sie losrannte. »Es wird bald dunkel. Willst du dich etwa mit einer Taschenlampe durch den Wald schlagen?«

»Wieso denn nicht? Ich wünschte, ich könnte mich zweiteilen, Isabel und meine Seiten suchen.«

Ihre Freundin verdiente eine Entschuldigung, doch ihre Seiten konnte sie ebenso wenig im Stich lassen. Ruby stieß ein genervtes Stöhnen aus und raufte sich beinahe die Haare. Auch die Weißen Raben brauchten sie. Sie war die Anführerin, die mit der Spielleitung sprach. Jeder in der Gruppe hatte eine feste Rolle und ihr fiel eben die Aufgabe der Organisation zu.

In den letzten Stunden war so viel auf Ruby eingeprasselt, dass sie nicht mehr wusste, worauf sie sich als Erstes konzentrieren sollte.

»Hast du den Regen vergessen?«, erinnerte Ben sie und sah ihr dabei direkt in die Augen.

»Das heißt nicht, dass die Seiten deswegen …« Ruby stoppte mitten im Satz. Irgendwo auf dem Gelände lagen vermutlich matschige Haufen von eingeweichtem Papier verstreut.

»Was wir jetzt brauchen, ist unsere Anführerin.« Ben rückte noch näher, sodass ihre Nasen sich fast berührten. Instinktiv lehnte sich Ruby gegen die Wärme, die von seinen Fingern ausging.

»Ich bitte dich, die Seiten nicht zu suchen«, meinte er ernst. »So hart es ist, Henrik wartet nur darauf. Du musst ihm zeigen, dass er deinen Kampfgeist nicht gebrochen hat. Wenn du dich darauf einlässt, gestehst du die Niederlage ein.«

Zunächst kochte Rubys Wut auf, dann ließ sie die Schultern hängen und gab sich geschlagen. Sie könnte die Diskussion wiederholen, aber letzten Endes behielt Ben recht. Sicherlich könnte sie selbstsüchtig losrennen und ihre Seiten suchen. Oder sie brachte dieses Opfer, so sehr es auch schmerzte, und erhielt als Belohnung den Zusammenhalt ihrer Gruppe. Denn Henrik wollte nicht nur Ruby schaden, er wollte die Weißen Raben auseinanderreißen. Vielleicht empfand er wirklich etwas für sie; auf verquere Weise. Vielleicht war er auch auf ihre Freundschaften eifersüchtig – wenn sie ehrlich war, kümmerte sie der Grund nicht mehr.

Ruby erkannte, dass jeder ihrer Freunde sie auf dem LARP verteidigt hatte. Dabei hatte Henrik Isabel niedergemacht, Merlin angegriffen und Ben als unwichtiges Extra angesehen – und was hatte Ruby dagegen unternommen? Nichts, außer ihn halbherzig abzuwehren, während er sie wieder und wieder in sein Team holen wollte. Sie würde nicht zulassen, dass Henrik den Weißen Raben weiter schadete.

»Wolltest du nicht das Königreich erobern, Lady Ruby? So viele Insignien wie nur möglich finden, um deine Stärke zu beweisen?«, fragte Ben und holte sie zurück aus ihren Gedanken.

Geschickt gespielt, dachte Ruby und hätte sich fast

von Ben zurück in den Plot ziehen lassen. Vermutlich hatte er keine Ahnung, wie sehr der intensive Blick aus seinen grünen Augen sie ablenkte.

»Sucht euch ein Zelt … oder einen Busch«, maulte Merlin auf einmal. Ruby hatte völlig vergessen, dass er die ganze Zeit neben ihnen gesessen und zugesehen hatte. »Hormonzombies.«

»Was? Nein, also … nein, wir sind nicht zusammen«, sprudelte es aus ihr hervor, nun komplett durcheinander. Augenblicklich rückte Ben von ihr ab.

Wirkten sie wie ein Paar? Beabsichtigte Ben das? Und wieso hatte er sie losgelassen?

Verwirrt legte Ruby den Kopf in den Nacken und betrachtete erneut die Laternen. Der eigentliche Zweck des Feenwaldes war, dass er im Dunkeln romantisch wirkte. Auch wenn die Jagd nach den Insignien im Vordergrund stand, es spielten ebenso Paare in gleichen Teams oder Spieler verliebten sich beim LARP. Ruby schnippte gegen ein Windlicht, sodass es sich an seinem Seil im Kreis drehte. Sobald sie Isabel gefunden hatte, sollte sie mit Ben hierhin zurückkehren.

»Hast du Hunger, mein Meister?«, lenkte Ben Merlin ab und zog ihn auf die Füße. »Ich muss dir noch von den heutigen Schlachten berichten.«

»Bestimmt ist Isabel beim Essen«, rief Merlin hoffnungsvoll, »und erflirtet sich wieder Eiswürfel.«

Schmunzelnd sah Ruby den beiden nach. In den hektischen letzten Stunden, dem Chaos, das Henrik wie ein

Tornado angerichtet hatte, hatte sie keine Zeit gehabt, über ihre Gefühle für Ben nachzudenken. Geschweige denn herauszufinden, was sein Geständnis ihr bedeutete. Doch eins wusste sie nun mit Sicherheit: Sie vertraute ihm. Voll und ganz.

Ruby saß auf der Holztreppe, die in den ersten Stock zur Orga führte, und betrachtete den Innenhof. Unter ihr fand das Halbfinale des Brettspielturniers statt und zu gern hätte sie Isabel angefeuert, aber ihre Freundin ging ihr weiterhin aus dem Weg. Beim Abendessen hatte sie Ruby nur mit einem traurigen Blick bedacht, um dann sofort auf dem Absatz kehrtzumachen.

Überhaupt musste Ruby mit dem Geheimnis um ihre Fan-Fiction viel mehr angerichtet haben, als sie gedacht hätte. Obwohl Isabel es ins Halbfinale geschafft hatte, wirkte sie niedergeschlagen. Im Gegensatz zu den aufregenden Outfits, die sie sonst als Kaliandra trug, war ihr dunkelgrünes Etuikleid ungewohnt dezent und einfach. Zwar glänzten ihre blonden Haare wie immer glatt und seidig, doch heute trug Isabel sie viel erwachsener, beinahe wie in der Schule. Ohne genau zu wissen, warum, vermisste Ruby am meisten die Leichtigkeit ihrer Freundin. Oft genug hatte sie sich vorgestellt, wie Kaliandra mit Luftgeistern durch den Wald tanzte.

War Ruby der Grund für diese Veränderung? Sie zermarterte sich den Kopf, während sie beobachtete, wie ihre Freundin ein Missgeschick nach dem anderen widerfuhr und die Partie verlor. Der glückliche Sieger ließ sich von seinen Teamkameraden feiern und zog weiter, nur Isabel blieb alleine zurück. Das Finale würde erst morgen stattfinden, daher löste sich die Menge schnell auf.

Entschlossen erhob Ruby sich und marschierte auf ihre Freundin zu. Es schmerzte zu sehen, wie Isabel lustlos einen Spielstein umschubste und gedankenverloren ins Leere starrte.

»Isabel, wir müssen reden«, begann Ruby, kaum dass sie den Tisch erreicht hatte. »Ben meinte …«

»Kann nicht«, fiel Isabel ihr ins Wort. »Merlin hat gesagt, ich soll hier auf ihn warten.«

Einen Moment lang sahen sie sich verwundert an.

»Sie haben uns reingelegt«, erkannten beide Mädchen synchron und zumindest Ruby lachte darüber. Isabel zeigte nur den Ansatz eines Lächelns.

»Das wird der kleine Zauberer definitiv zurückbekommen«, stieß sie aus und ließ Ruby wortlos stehen.

Schweigend folgte Ruby. Sie erwartete nicht, dass Isabel ihr nach einem »Sorry« verzieh.

Weder Merlin noch Ben hielten sich bei den Zelten auf. Dafür entdeckten sie einen Feuerkorb, in dem leise knackend Flammen loderten, und daneben mehrere Metallspieße und eine große Tüte XXL-Marshmallows.

»In Merlins Welt kann man wohl alles mit der Kraft von Zucker lösen«, spottete Isabel. »Wie gern wär ich noch mal dreizehn.«

In ein paar Wochen würde Ruby endlich ihren sechzehnten Geburtstag feiern, daher konnte sie Isabels Wunsch nicht nachvollziehen. Außerdem fand sie Merlins Idee niedlich, und mit dem Wissen um Bens Angst vor offenem Feuer war sie umso beeindruckter.

Also setzte sie sich vor den Feuerkorb und spießte ein Marshmallow auf. Früher hatte so eine Taktik stets funktioniert. In der Grundschule wurden Streithähne so lange zusammengepfercht, bis sie sich aussprachen. Ruby erinnerte sich dunkel daran, wie ein Mädchen damals tagelang ihre Tasche tragen musste, bis sie sich endlich verziehen.

»Na schön«, seufzte Isabel und ließ sich auf der anderen Seite des Feuerkorbs nieder. Im Gegensatz zu Ruby, die im Schneidersitz Platz genommen hatte, winkelte Isabel die Beine an wie eine Prinzessin. »Was möchtest du?«

Ruby zuckte bei ihrem ruhigen Tonfall zusammen. Die Flammen leckten über den Zucker und färbten das Marshmallow braun.

»Von hinten nach vorne?« Sie holte tief Luft. »Tut mir leid, dass du dich wegen mir nicht konzentrieren konntest, du hättest ihn sonst abgezogen. Tut mir leid, dass wir wegen des Chaos' heute keine Insignie gefunden haben. Jetzt sieht es echt schwarz aus…« Ruby wartete einen Moment, doch es kam keine Erwiderung. »Bitte entschuldige, dass ich dir mein Notizbuch nie gezeigt habe. Ich hatte Angst, dass du mich für meine Fan-Fiction, keine Ahnung, auslachst. Oder Schlimmeres. Aber das war ziemlich dumm von mir. Daher tut es mir leid, dass ich so schlecht von dir gedacht habe. Im letzten Jahr hab ich generell nur das Schlechte erwartet. Entschuldige bitte, Isabel!«

Sie war furchtbar im Umgang mit Worten, dabei hatte es in ihrem Kopf so gut geklungen. Ruby schielte zu ihrer Freundin, bevor sie das Marshmallow drehte.

»Das hat nichts mit dir zu tun«, meinte Isabel emotionslos und zuckte mit den Schultern.

Den Beste-Freundinnen-Quatsch sprach Ruby lieber nicht an, der wirkte selbst in Geschichten hohl. Was brachte es, darauf hinzuweisen, dass sie beste Freundinnen waren, wenn sie ihr so wehgetan hatte?

Isabel zupfte an ihrem Marshmallow und ignorierte Ruby mit erschreckender Gleichgültigkeit.

»Falls du möchtest, erzähle ich dir, worum es geht«, versuchte sie weiter. »Die Fan-Fiction spielt in den Sommerlanden und …«

»Ach, auf einmal.«

Für einen Moment starrte Ruby Isabel fassungslos an. Mit einem schleimigen Pflatschen rutschte ihr Marshmallow in die Flammen und verbrannte zu einem schwarzen Klumpen.

Wie gut, dass sie einen Plan B vorbereitet hatte.

Sie zog Bens Tablet aus der Tasche, das sich dank LTE sogar mit dem Internet verbinden konnte. Mit schnellen Tippbewegungen rief sie die Browser-App und *fanwrite* auf, die Seite, auf der Ruby veröffentlichte.

»Hier.« Sie hielt Isabel das Tablet hin. Ihre Finger zitterten bei der Geste. »Es tut mir leid, dass ich dich erst so spät einweihe.«

Vielleicht war das der Grund, warum Isabel sich so komisch benahm? Immerhin hatte sie Merlin und mittlerweile auch Ben ins Vertrauen gezogen.

»Es dreht sich nicht immer nur alles um dich, klar?«, warf Isabel ihr vor. »Ich weiß schon, dass es an mir liegt.« Dazu setzte sie ein komplett erzwungenes Lächeln auf.

Letzten Endes gingen Ruby die Worte aus. Sie ließ das Tablet zu Boden gleiten, rutschte zu Isabel herüber und zog sie in eine feste Umarmung. Zuerst spannte ihre Freundin sich an, doch dann schlichen sich die ersten Schluchzer in ihre Atmung, bis sie hemmungslos heulte. Hilflos strich Ruby über Isabels Rücken und wartete, bis der Gefühlsausbruch abebbte. Warum brach ihre Freundin in Tränen aus? Sie war toll, viele würden sagen: perfekt. Selbstbewusst, klug, hübsch, ihr schien alles zu gelingen, was sie sich vornahm.

Schweigend tröstete Ruby Isabel, als sie plötzlich ihren größten Fehler erkannte. Und das war nicht das Verheimlichen ihrer Fan-Fiction.

In den letzten Wochen hatte sie ständig gejammert und sich gesorgt, was Henrik anstellen könnte. Wie sollten sie bloß einen Ersatzspieler finden? Hatten sie alles Wichtige für den LARP bedacht? Die Vorbereitungen hatten unglaublich viel Zeit in Anspruch genommen. Ebenso das Büffeln mit Isabel, damit Ruby Biologie bestand ... und beim LARP selbst waren ihre Gedanken ständig um Ben und Henrik geschwirrt.

Kein einziges Mal hatte sie nachgefragt, ob bei Isabel alles in Ordnung war. Sie war einfach davon ausgegangen, immerhin handelte es sich um Isabel. Ruby hatte sich nicht gefragt, warum Kaliandra dieses Jahr aggressiver flirtete, warum ihr Kostüm ganz anders ausgefallen war. Sie hatte es hingenommen, zu sehr beschäftigten sie ihre eigenen Probleme. Sie hatte sich von der Fassade ihrer Freundin täuschen lassen.

»Was ist passiert?«, flüsterte Ruby.

»Ma... Mark«, schniefte Isabel, »hat mit mir Schluss gemacht.«

»Oh.« Ruby drückte sie fester. »Das tut mir leid.«

Von Isabel kam ein gequältes Geräusch, als hätte sie diese Floskel zu oft gehört.

Ruby wusste, dass Isabels Freund, Mark, letzten Sommer seine Ausbildung in einer anderen Stadt begonnen hatte, während ihre Freundin zwei weitere Jahre Schule durchstehen musste. Sie erinnerte sich auch daran, dass Isabel die letzten Weihnachtsferien ziemlich glücklich mit Mark verbracht hatte. Danach waren die Erzählungen rarer geworden, doch Ruby hatte nie so genau nachgehakt.

»Im Frühjahr hat Marks Klausurenphase angefangen und wir hatten in unserer Stufe das Berufspraktikum. Ich hab mir nichts gedacht, als wir uns ein paar Wochen kaum sahen und wenig miteinander schrieben.

Mark meinte oft, er sei müde oder müsse noch lernen, ich wollte ihn nicht stören.« Isabel knetete die Finger, als sie in die Flammen des Feuerkorbs starrte. »Im April hat Mark mir erklärt, dass er ein Mädchen aus seinem Ausbildungsjahr kennengelernt und sich in sie verliebt hat. Deswegen hat er unsere Beziehung beendet. Ich wollte es dir ja erzählen, aber der LARP kam dazwischen.«

April. Mittlerweile war es Juli. Drei Monate schleppte sie diese Gefühle mit sich herum.

Isabel zuckte mit den Schultern, als sie Rubys entsetzten Gesichtsausdruck bemerkte. »Manchmal ist es leichter weiterzulächeln, als sei nichts gewesen.«

Diese Taktik kannte Ruby zu gut. Doch der auf den ersten Blick einfache Weg stellte sich meist als viel komplizierter heraus.

»Mark hat gesagt, es lag an mir. Dass ich zu wenig Interesse zeige, zu wenig Zeit habe. Dabei ist bei mir alles gleich geblieben. Meine Pflichten als Schulsprecherin, der LARP und meine Freundinnen – wie vorher. Ich hab Mark so vermisst und gehofft, dass unsere Beziehung stark genug ist. Wenn man jemandem viel bedeutet, dann spielen Entfernungen keine Rolle, oder?«

»Merlin trifft dich im Reallife vielleicht vier Mal im Jahr«, gab Ruby zu bedenken.

Isabel lachte freudlos. »Ja, ich seh's schon kommen. In fünf Jahren wird er der einzige Kerl sein, der gegen meinen Charme immun ist, weil er alle meine hässlichen Seiten kennt.«

Ruby schwieg lieber und strich Isabel beruhigend über den Rücken. Sie besaß gewiss nicht das Recht, ihre Vermutung auszusprechen, dass Merlin hochgradig in Isabel verschossen war. Dafür war sie selbst viel zu ahnungslos gewesen, so sicher wie sie gewesen war, dass Ben in ihr nur einen Kumpel sah, mit dem er regelmäßig zockte. Wie hatte sie sich geirrt!

»Klingt komisch, aber ich wollte beim LARP jemanden kennenlernen, damit ich auch eine neue Beziehung habe. Mark sollte seine Entscheidung bereuen, wenn er sieht, dass ich ohne ihn glücklich bin.« Isabel wischte sich die Tränen von den Wangen. »Weil ich jemanden habe, der mich so nimmt, wie ich bin. Isabel *und* Kaliandra.«

»Ben?«, hakte Ruby zögernd nach.

»Was? Nein, Ruby, nie!« Isabel stieß einen frustrierten Seufzer aus. »Trotzdem habe ich getestet, ob er in Wahrheit genauso ein Idiot ist.« Ihr entschlossener Blick ließ Ruby ahnen, dass Ben noch eine Weile unter Beobachtung stehen würde.

»Als ich endlich verstanden habe, dass ich als Letzte von deinen Geschichten erfahren habe …« Isabel stocherte mit ihrem Spieß in der Glut. »Ich musste wieder etwas falsch gemacht haben, bestimmt hatte ich für dich auch zu wenig Zeit.«

Ruby dachte an die Streitereien zurück, die Mark und Isabel wegen des LARP geführt hatten. In seinen Augen war Ruby nur ein kleines Mädchen gewesen, das seine

Freundin auf ein Kostümfest schleppte. Er hatte sich weder für die Bücher noch den LARP begeistern können. Gleichzeitig hatte ihn Kaliandras Art nie gestört. Ruby hatte sich oft gefragt, wieso Mark nicht eifersüchtig gewesen war. Als Isabel Mark während der Vorbereitungen nicht erwähnt hatte, hatte Ruby sich nicht einmal gewundert.

»Ich bin eine furchtbare Freundin«, gestand Ruby.

»Ja.« Isabel löste sich aus ihrer Umarmung. »Aber ich habe auch alles so gut wie möglich versteckt. Wir sind beide furchtbar.«

»Darf ich weiterhin deine furchtbare Freundin sein?«, fragte Ruby schließlich.

Isabel schenkte ihr zur Antwort ein Lächeln, eines der echten Sorte, und griff nach den Metallspießen. »Ich wollte dir nur helfen, das mit Henrik besser durchzustehen, aber so wirst du nie über ihn hinwegkommen. Daher muss ich Ben und Merlin zustimmen, du musst dich von ihm lösen. Sonst wird er weiterhin versuchen, dich über deine Emotionen zu kontrollieren.«

»Über die Entfernung gelingt ihm das nur, wenn ich mich über ihn aufrege«, ergänzte Ruby. So weit hatte sie das Rätsel auch gelöst. »Wenn er jedoch keine Macht über mich hat, kann er nicht gewinnen.«

Isabel kicherte plötzlich ausgelassen. »›Wenn er keine Macht über mich hat, kann er nicht gewinnen‹, das klingt wie aus einem Roman. Als ständest du unter dem Einfluss eines unverzeihlichen Fluches.«

Marshmallows halfen, obwohl sie nicht mehr dreizehn waren.

Wie zum Beweis der Versöhnung schnappte sich Isabel das Tablet und legte ihren Kopf auf Rubys Oberschenkel. Diese Geste bewies Ruby mehr als alles andere, dass ihre Freundin ihr verziehen hatte. Sie hatten schon unzählige Nachmittage so verbracht. Die Liebe zu Büchern war immer ihre stärkste Gemeinsamkeit gewesen. So wie der Drang, sich von ihrer Fantasie leiten zu lassen.

»Oh, Prinz Xenio«, meinte Isabel nach einer Weile, in der sie konzentriert gelesen hatte. »Aber warum denn er? Er sagt im ersten Band kaum zwei Sätze.«

»Eigentlich mosert er nur herum, weil er die Jagd blödsinnig findet«, lachte Ruby, auf einmal losgelöst, und zupfte an einem weiteren Marshmallow. »Irgendwann habe ich mich nach dem Grund gefragt und da begann meine Fan-Fiction.«

Isabel sah zu ihr auf. »Komme ich darin vor?«

»Äh … nein?«

Voller Absicht zog Isabel einen Schmollmund. »Nicht doch, Lady Ruby, besteht Ihr etwa ein Abenteuer ohne eure treue Kaliandra?«

Ruby hätte am liebsten die Augen geschlossen, dieser traurig-fordernde Gesichtsausdruck war wie Hypnose, dem würde sie früher oder später nachgeben. »Merlin bekommt auch keinen Auftritt«, gestand sie und hob abwehrend die Hände.

Ob die Ähnlichkeiten zwischen Ben und Xenio nun Zufall waren oder gewollt, musste Ruby allerdings noch herausfinden. Da sie ihr Glück jedoch nicht überstrapazieren wollte, überging sie dieses Detail.

»Vielleicht einen Gastauftritt?«, bohrte Isabel weiter. »Darf ich dich aus einer brenzligen Lage retten? Oder rettest du mein Leben und ich trete in deine Dienste? Hmmm …«

»Der Aufbau meiner Fan-Fiction ist praktisch unbegrenzt, solange mir neue Abenteuer einfallen und ich genug Drama liefere, geht fast alles.« Plötzlich sprudelten die Worte wie von selbst hervor. »Uns fällt bestimmt was ein. Du könntest die Anführerin deines eigenen Kriegerinnenstamms sein.«

Dieses Gespräch erinnerte Ruby an Unterhaltungen mit Ben, wenn sie über Videospiele schwärmten. Er wusste sofort, was sie mit einem Tank meinte, den sie für ein Dungeon anheuern wollte. Wieso nur hatte sie so lange gezögert, ihre Freundin einzuweihen?

»Kaliandra, die Amazone.« Isabel kicherte vergnügt. »Und was für eine Insignie beschütze ich? Musst du mir die abluchsen? Das wird nicht leicht, das kann ich dir versprechen.«

Ruby stimmte in das Lachen mit ein. »Am besten liest du erst mal weiter. Vielleicht gefällt es dir nicht.«

»Und warum sollte es das nicht?« Isabel zog fragend die Brauen hoch, doch Ruby fand darauf keine Erwiderung.

Die Zeit verstrich, während sie über mögliche Fan-Fictions in den Sommerlanden träumten, lachten und Marshmallows aßen, bis ihnen vom Zucker schlecht wurde.

»Alles geklärt?«, fragte Merlin besorgt, als er plötzlich wie aus dem Nichts auftauchte. Dunkle Ringe lagen unter seinen glasigen Augen. »Der Plan war zwar, im Horst der Greifenreiter am Lavasee zu übernachten, aber die haben kistenweise Energydrinks dabei. Hören einfach nicht auf, Blödsinn zu machen. Ahhh, meine Manareserven.« Damit schnappte er sich die verbliebenen Marshmallows und stopfte sich eins in den Mund.

Isabel kicherte etwas, das klang wie: »Der einzige Nüchterne unter Koffeinjunkies zu sein, macht keinen Spaß.«

»Wo ist Ben?«, hakte Ruby nach.

»Unterwegs«, murmelte Merlin und schwankte zu seinem Zelt. »Der hat irgendwas mit Firebird vor.«

Ruby hatte zwar geplant, Ben zu den Feenlichtern zu entführen, verwarf ihre Idee jedoch. Zunächst würde sie mit Isabel herumspinnen, bis die Müdigkeit die beiden übermannte. Für alles andere blieb ihnen genauso morgen Zeit.

13. KAPITEL

Lady Ruby legte ein Holzscheit nach, bevor sie fragte: »Wieso bist du nicht zurück in deine Heimat gegangen?«
Xenio lag neben ihr ausgestreckt im Gras. »Es ist witzig, wenn du wie ein Eichhörnchen auf Bäume kletterst, in Flüsse fällst und dich ausrauben lässt.«
Sie sagte nichts dazu.
»Das ist meine Chance. Ich muss auf dieser Reise mehr über dieses Land lernen, Dinge, die nur ich weiß, weil ich diese Erfahrung mache.« Vorsichtig griff er nach ihrer Hand und sah sie auf einmal so ernst an, dass ihr Herz schneller schlug. »Und weil ich bei dir sein möchte.«

Ruby wiederholte die Zeilen immer und immer wieder in Gedanken. Die Zeilen, die sie in der zweiten Nacht des LARP direkt neben Ben geschrieben hatte. Es gab keine Möglichkeit, dass er sie gelesen hatte, und doch hatte er diesen einen Satz beim Kampf der Greifenreiter gegen die Hexen genauso gesagt: *Weil ich bei dir sein möchte.* War das noch ein Zufall?

Verlegen stützte sie den Kopf auf die Knie und starrte auf die ruhige Oberfläche des Waldsees. Die Sonne war bereits als roter Feuerball untergegangen, der das Wasser in Flammen gesetzt hatte. Die Dämmerung wurde von einem tintenblauen Nachthimmel abgelöst und dann von funkelnden Sternen verziert, aber Ruby konnte keinen klaren Gedanken fassen.

Dieser Satz brachte sie total durcheinander, besonders, da Ben den gesamten Tag abgetaucht war.

Sie hatte den Plan durchgezogen und weitergemacht, als wäre nichts Schlimmes passiert. Wenn sie Henrik in der Ferne ausgemacht hatte, hatte sie sich abgewandt und ihn keines Blickes gewürdigt.

Zusammen mit Merlin und Kaliandra hatte sie ihren zweiten Timeslot am Friedhof abgearbeitet, nur um mitzuerleben, wie das andere Team eine Insignie aus einem fast zwei Meter tiefen Loch barg. Merlin hatte drei Goldmünzen erspielt, jedoch keinen magischen Gegenstand erhalten, und auch das Rätsel aus der Phiole ergab weiterhin null Sinn. Dennoch hatte Ruby sich ständig umgedreht und nach Ben Ausschau gehalten. Seit seinem Abstecher zu den Greifenreitern waren er und die Gruppe verschwunden, nur wohin? Warum? Und warum vermisste sie ihn auf einmal so sehr?

Ruby hatte sogar automatisch die Fähigkeiten der gefundenen Insignie erklärt, um dann die Leere neben ihr wahrzunehmen. Sehr zu Isabels Freude, die sie nonstop damit aufzog, bis Ruby am Abend ihr Kostüm abgelegt hatte und davongestapft war. Sie musste endlich herausfinden, ob sie Ben nur süß fand oder doch mehr von ihm wollte. Bisher hatte sie folgende Entschlüsse gefasst: Ben sollte alle Seiten an ihr kennenlernen, genauso wie sie alles über ihn wissen wollte. Und irgendwie musste sie es schaffen, ihn ein weiteres Mal zu küssen.

»Nicht erschrecken«, überraschte eine Stimme sie.

Natürlich zuckte Ruby bei so einem Satz zusammen.

Schnell knipste sie die mitgebrachte Laterne an und hielt sie in die Höhe.

Ben schob das hochgewachsene Schilf beiseite, das an dieser Stelle des Sees wucherte, und arbeitete sich zu Rubys Platz vor. So wie sie trug er ganz normale Shorts und bloß ein T-Shirt, jedoch wirkte er müde und wie gerädert. Die blonden Wuschellocken standen in alle Richtungen ab und Ruby entdeckte eine Vielzahl von Kratzern an seinen Unterarmen.

»Gegen welchen Ginsterstrauch hast du gekämpft?«, scherzte Ruby, ohne ihre Sorge durchscheinen zu lassen.

»Einen bösartigen. Hast du etwa gedacht, dass ich mich im Wald verlaufe?«

»Nein, das ist doch meine Aufgabe.« Ruby verschränkte die Arme bei seinen Worten. »Als Anführerin sollte ich trotzdem wissen, wohin meine Teammitglieder verschwinden.«

»Ich hatte einen Sonderauftrag«, redete Ben sich heraus.

»Und welchen?«, sagte sie knapp.

»Wenn es zum Äußersten kommen sollte, habe ich einen Handel mit Firebird ausgemacht, aber davon darf ich dir jetzt noch nichts verraten. Wobei Firebird das vermutlich auch so für dich gemacht hätte.«

»Für mich?« Was sollte der Anführer der Greifenreiter für sie …? Hoffentlich hatte er sich nicht mit Henrik angelegt. So hitzig, wie Firebird normalerweise reagierte, würde dieser Kampf gewiss mit blutigen Nasen enden.

»Eigentlich wollten wir gestern Abend beginnen. Aber bis sich alle auf einen Plan geeinigt hatten, war es drei Uhr morgens, sodass Firebird uns mit Energydrinks abgefüllt hat.« Ben rieb sich verlegen den Nacken. »Das Zeug schmeckt wie geschmolzene Gummibärchen und pusht total auf. Ich schwöre, ich hab nicht nur Sterne am Himmel gesehen. Als ich dann später wieder aufgewacht bin, meinte Merlin, du bist zum See abgehauen.« Ben fiel neben ihr ins Gras und reichte ihr plötzlich ein Bündel. »Hier.«

Im ersten Augenblick rätselte Ruby, was er von ihr wollte, bis sie teilweise zerrissenes, geknicktes und verfärbtes Papier entdeckte. Ben ließ rechtzeitig los, als sie nach dem Bündel schnappte.

»Wir haben nicht alle gefunden, fürchte ich«, gestand er. »Und durch den Regen sind ein paar Zeilen verwischt, die du mit Tinte geschrieben hast.«

Ruby drehte und wendete jede einzelne Seite. Dank Ben und Firebirds Leuten erhielt sie zumindest einen Großteil ihrer verlorenen Wörter zurück. Für sie bedeutete das so viel, als hätte Ben eine Kiste voller Gold und Edelsteine zurückgebracht. Oder gleich den Königsthron.

»Ihr habt euch durch den Wald gekämpft?«, brachte sie mit erstickter Stimme hervor.

»Wie ein Suchtrupp mit Hundestaffel«, scherzte Ben. »Henrik hat nichts davon mitbekommen.«

»Warum?« Die Frage klang vielleicht seltsam, aber damit hätte Ruby nicht gerechnet.

»Damit du wieder lächelst.«

Zunächst platzierte Ruby die Seiten auf eine Stelle weit genug vom Wasser entfernt und suchte einen Stein, ehe ein Windstoß sie davontragen konnte. Ben beobachtete sie dabei interessiert, sodass ihr vor Nervosität der erste Stein aus den Fingern glitt. Warum schaute er sie auf einmal so aufmerksam an? Wie sollte sie da nicht breit lächeln?

»Du versuchst, mich zu beeindrucken«, schlussfolgerte Ruby.

»Und?«

»Funktioniert.« Sie überwand den Abstand zwischen ihnen, bis sie sich gegen Ben lehnte. »Danke.«

Die Herausforderung, dass sie mehr in ihm sah als einen guten Freund, hatte er längst bestanden. Ruby war zu müde, sich weiterhin hinter Ausreden zu verstecken. Das Auf und Ab der letzten Tage, Stress, Trauer und Freude hatten sie ebenso geschlaucht wie die vielen Kilometer, die die Weißen Raben gewandert waren. Jetzt genoss sie Bens angenehme Wärme und das Gefühl, wie er den Arm um sie legte. Aus Angst, verletzt zu werden, hatte Ruby sich oft einsam gefühlt, daher lockte die Gewissheit, dass Ben immer für sie da wäre, umso mehr.

Er ist schon weitaus früher stets an meiner Seite gewesen, berichtigte Ruby sich in Gedanken. Sie hatte es nur nicht sehen wollen. Für sie hatte Ben ein Fantasy-Kostümfest mit Duellen auf sich genommen. So einen Jungen sollte sie nie wieder loslassen.

»Warum sagst du eigentlich immer, dass du deine Figur der Lady Ruby nur spielst?«, fragte Ben nach einer Weile. »Nachdem ich deine Texte gelesen habe, kommt ihr mir ziemlich ähnlich vor.«

Ruby setzte sich sofort auf und verneinte: »Überhaupt nicht!«

»Und wieso?«

»Ich kann das alles nicht.« Sie hob abwehrend die Hände. Innerhalb ihrer Fan-Fiction fiel ihr das leichter, sie selbst bestimmte den Ausgang oder die Personen, die zu Hilfe eilten.

»Aber du meisterst es beim LARP. Du meintest doch, dass deine Figur ein Teil von dir ist, etwas, das du nachempfinden kannst. Wieso endet das, sobald der LARP vorbei ist?«

Ruby ließ die Worte auf sich wirken.

»Warum gibst du vor, etwas zu spielen, was du bist?«, fragte Ben ernst. »Ihr seid wie die beiden Seiten eines Ganzen. Oder nicht?«

Anstatt einer Antwort nahm Ruby ihren Mut zusammen, um sich wieder bei ihm anzulehnen. Wie von selbst legte Ben den Arm um sie und zog sie dichter heran.

Lady Ruby verkörperte all das, wozu sie nicht fähig

war – das hatte sie sich stets eingeredet. Beim LARP sahen ihre Mitmenschen trotzdem diese Stärke, die sie sich nie zugetraut hatte. Könnte sie stark, mutig und selbstbewusst abseits des LARP sein?

Vielleicht.

Wenn sie mit Ben zusammen war, zeigte er ihr auf, was möglich wäre. Dass sie mehr war als nur die manchmal peinliche, oft zu leise und ängstliche Ruby, die sie in der Schule präsentierte.

Ruby scheuchte ihre letzten Bedenken fort. Was würde ihre Figur in so einer Situation machen? Was wollte sie selbst? Und auf einmal war die Lösung ganz leicht, als sie verwegen die Arme um Ben schlang. Das darauffolgende Kribbeln startete in ihrem Bauch und breitete sich bis in ihre Fingerspitzen aus.

»Wenn ich es nicht besser wüsste, würde ich sagen, du stalkst diesen Xenio«, wechselte Ben das Thema, nachdem er ihren inneren Kampf stumm verfolgt hatte. »Ist er deine Lieblingsfigur?«

Ruby stützte sich bei Ben auf, um ihm direkt in die Augen zu sehen. »Nein, er ist die Figur, von der ich gerne mehr gewusst hätte. Mein Lieblingscharakter ist Tristan«, gestand sie.

Sie hätte sich nie getraut, Fan-Fictions über ihn zu schreiben. Die Angst, sein Wesen falsch wiederzugeben, hatte sie stets davon abgehalten.

»Was«, flüsterte Ben, als wäre es ein Geheimnis, »wenn ich beim LARP Tristan wäre?«

»Geht das überhaupt?«, fragte Ruby zurück und hielt es für einen Scherz.

»Wer weiß?« Er spielte ihre Nachfrage einfach herunter und wollte trotzdem nicht mit der Wahrheit herausrücken.

Ruby beugte sich so weit wie möglich zu Ben vor, bis sie sich fast berührten. »Bist du Tristan?«

Verlegen wich er ihrem Blick aus und Ruby wunderte sich, ob sein Herz gerade genauso schnell klopfte wie das ihre. Sollte sie die Chance nutzen? Sie müsste sich nur ein wenig …

»Er hätte zumindest mehr Wumms als die Baby-Statuswerte eines Noobs«, erwiderte Ben, ohne ihre Frage eindeutig zu beantworten.

Ruby kam nicht dazu, ihren Plan in die Tat umzusetzen. Auf einmal erstrahlte ein Lichtfleck in der Dunkelheit.

»Hast du das gesehen?« Kaum drehte sie sich Richtung See, lag dieser schwarz und ruhig da.

»Nein, da war …« Ben brach ab, als das Licht erneut aufflackerte und sogleich erlosch.

Ruby stemmte sich hoch, um einen besseren Überblick zu haben. Die Lichtzeichen veränderten sich zu einem steten Flackern.

»Was ist das?«

Wie ein goldenes Blinken breitete sich das Licht aus, pulsierte geradezu unter der Wasseroberfläche.

»Vielleicht ein Hinweis?«, mutmaßte Ben.

Ruby schnappte nach Luft. »Oder eine Markierung.«

Wie bei einem Zauber fühlte sie sich von dem Signal angezogen, beinahe hypnotisiert. Es rief sie zu sich, eindeutig sollte Ruby es finden und bergen. Sie musste nur die winzig kleine Strecke zurücklegen und die Hand danach ausstrecken.

»Da muss eine Insignie sein!«, stieß sie begeistert aus und kickte ihre Turnschuhe von den Füßen.

»Wie kommst du darauf?«

Sie schnellte zu ihm herum, aber Ben hielt sie nicht auf, sondern blickte sie nur fragend an.

»Wir haben die Phiole mit dem Hinweis im Fass gefunden.« Beim Reden zog sie bereits ihr T-Shirt über den Kopf, unter dem sie noch ein Sport-Top trug. Ben starrte unverhohlen, doch ihre Gedanken ratterten weiter. »Sie hätte überall platziert sein können, aber sie schwamm im Wasser, also dachte ich, muss es sich auf den See hier beziehen. Immerhin gibt es nur diesen auf dem Gelände. *Obwohl wir es nicht sehen können, ist es da* – so lautete der Hinweis und …« Rubys plötzlicher Wortschwall stoppte, sie schlüpfte aus ihrer Shorts und watete ins Wasser. Da draußen wartete ihre Insignie auf sie, niemand würde sie ihr vor der Nase wegschnappen.

Trotz der lauen Sommernacht lief Ruby ein Schauer über die Arme. Mit einem erstickten Kreischen stieß sie sich vom Grund ab und schwamm in die Nacht hinaus. Warum war das Wasser so eiskalt?

Der Mond bot ihr ausreichend Licht in dieser sternenklaren Nacht, warf silberne Reflexionen auf die glatte Wasseroberfläche. Für viele wirkte es sicherlich beängstigend, tonnenweise schwarzes Wasser unter sich zu wissen, doch für Ruby fühlte es sich an wie Schweben. Ohne die Aussicht auf die Insignie hätte sie sich auf den Rücken gedreht und treiben lassen, während sie sich vorstellte, zwischen den Sternen zu gleiten.

Sie hatte das Ufer bereits weit hinter sich gelassen, da fiel Ruby auf, dass sie sich in ihrer Begeisterung direkt vor Ben ausgezogen hatte. Für einen Moment tauchte Ruby den Kopf unter Wasser. Komplett aufgekratzt durch das Blinken hatte sie ihn nur halb wahrgenommen. Dabei hatte er in der ersten Reihe gesessen und ihr einen Blick geschenkt, den sonst nur Isabel erntete.

Plötzlich erschien Ben neben ihr, sodass sie vor Schreck aufkreischte. In der Ferne blinkte noch immer das goldene Leuchten und er hielt unbeeindruckt darauf zu.

»Weißt du, wie tief der See ist?«, fragte er ruhig.

»Keine Ahnung – tief?« Immerhin zog sich ein gut zwei Kilometer langer Wanderweg um dessen Ufer.

Mit seinem nächsten Schwimmzug ließ Ben sie fast hinter sich zurück. »Wie gut kannst du tauchen?«

»Gut genug«, spielte Ruby sich auf, dennoch beschlichen sie die ersten Zweifel. Sie konnte tauchen, zumindest in einem Hallenbad mit entsprechender Brille. Aber von dieser Kleinigkeit würde sie sich nicht abhalten lassen. Das blinkende Licht war ein perfekter Wegweiser.

Mit den Armen voraus stieß sie in die Tiefe, sie würde geschmeidig wie eine Meerjungfrau hinabtauchen. Nur schaffte Ruby es nicht, unter Wasser die Augen zu öffnen. Völlig blind und orientierungslos kämpfte sie gegen den Reflex an, ihre Lider zusammenzukneifen, und verlor. So sehr sie sich bemühte, desto mehr wehrte sich etwas in ihr dagegen, bis auf einmal etwas Rubys Wade streifte. Ihr Kreischen verklang still in einem Wirbel aus Luftblasen und schon trieb sie an die Oberfläche des Sees. Hustend und würgend strampelte sie, bevor Ben sie an Ort und Stelle hielt. Er zog nur die Brauen hoch, anstatt das abrupte Ende ihres Nichttauchgangs zu kommentieren.

»Da war was!«, zischte sie, ganz verlegen, wie leicht sie sich erschreckte.

Bens Grinsen war Antwort genug. Sie hatte sich gehörig blamiert, aber wenigstens zog er sie damit nicht auf. Natürlich musste irgendetwas im Wasser sein, schämte sie sich. In einem See lebten Fische, Frösche und noch viel mehr Getier, von dem sie keine Ahnung hatte.

Die Oberfläche beruhigte sich wieder, bis auf gelegentliche Wellen, die durch ihre Bewegungen ausgelöst wurden. Die Sterne über ihnen spiegelten sich darin und wären sie nicht mitten auf der Suche nach einem magischen Gegenstand, wäre dieser Moment unglaublich romantisch gewesen.

Vermutlich war sie das einzige Mädchen auf diesem Planeten, sinnierte Ruby, das eine Schatzsuche einem Kuss vorzog.

»Ich versuch mein Glück«, schlug Ben vor. »Nicht von der Strömung abtreiben lassen.«

Ruby blieb keine Zeit zu antworten, da verschwand Ben in der Tiefe des Sees.

Im dunklen Wasser verlor sie ihn aus den Augen, doch schon einen Augenblick später schien sich das goldene Leuchten zu bewegen. Höher und höher stieg es, bis Ben in einigen Metern Abstand auftauchte und mit kräftigen Zügen zurück ans Ufer schwamm. In seiner Hand pulsierte das Glühen; beinahe als wäre es ein magischer Gegenstand.

Rubys Herz klopfte vor Aufregung und sie hätte geschworen, noch nie im Leben so schnell durchs Wasser geschwommen zu sein.

Kaum zurück auf dem Uferstreifen wrang Ruby die Haare aus und zog ihr T-Shirt wieder über, während Ben ihren Fund betrachtete. Er hatte einen länglichen Gegenstand aus dem Wasser gezogen, dessen Form fast unkenntlich war. Ein blinkender Lichterschlauch wand sich darum, der vermutlich über eine Zeitschaltuhr lief. Anders konnte Ruby sich das nächtliche Leuchten nicht erklären.

»Was da wohl drin ist?«, freute sie sich und wickelte den Schlauch ab. »Ich mein, es ist so groß!« Ihre Bewegungen wurden schneller und schneller, an den ersten Stellen riss sie sogar die wasserabweisende Verpackung ein.

»Bist du an Weihnachten genauso?«, scherzte Ben, der

neben ihr im Gras saß und die blonden Locken ausschüttelte, ehe er sein T-Shirt überstreifte.

»Was?« Ruby blickte kurz auf. »Keine Ahnung«, murmelte sie abwesend und riss die Folie weiter auf. Sie brauchte mehr Kraft dafür, als sie gedacht hatte, doch im Lager ein Messer zu holen, würde viel zu lange dauern. Bis dahin würde sie vor Neugier platzen.

»Wenn man mir ein Schwert schenkt …!« Mit jedem Wort schraubte sich ihre Stimme vor Freude höher.

»Ein Schwert?«, echote Ben. Das Wasser aus seiner Kleidung bildete eine Pfütze, aber die laue Sommernacht würde sie warmhalten.

»Wir haben ein Schwert geborgen, Ben!«

Zwischen den unendlichen Lagen aus Plastikfolie, Luftpolsterkissen und Klebeband schaute ein Zweihänder hervor, dessen dunkelblauer Griff golden verziert war. Vorsichtig hob Ruby die Waffe hoch und studierte diese. Sie wog deutlich mehr als ihre eigene und schien locker zwei Handbreit länger.

»Schau dir an, wie schön es ist …«, schwärmte Ruby, »so gut ausbalanciert.«

Zu gerne hätte sie gewusst, welche Art von Metallband den Griff umschloss oder ob die Parierstangen mit Leder verstärkt waren. Trotz des Schaumstoffs war die Klinge so bearbeitet, dass sie wie ein echtes Schwert aussah, bis hin zur glänzenden Metallicfarbe. Je weiter sie ihren Fund untersuchte, desto weniger kam Ruby aus dem Staunen heraus.

»Hier liegt ein Zettel.« Ben hielt die Schrift vor die kleine Laterne, die Ruby mitgebracht hatte.

»Zeig her.« Sie rückte dichter heran, schon berührten sich ihre Unterarme.

»Glückwunsch.« Er kniff die Augen zusammen, um die winzigen Buchstaben besser lesen zu können. »Mit sofortiger Gültigkeit bist du Besitzer der Insignie ›Excalibur‹. Melde dich bitte bei der Orga, um dies zu bestätigen.«

»Wir haben es geschafft!« Ruby schlang die Arme um Bens Hals. »Wir haben Tristans Schwert gefunden.«

»Tristans Schwert?«, wiederholte Ben verwirrt. »Ist das gut?«

»Eine ziemlich starke, magische Waffe!«, rief Ruby aufgeregt. Das Fangirl in ihr brach endgültig hervor. »Das ist so aufregend! Ob es noch mehr Sachen gibt, die man nur im Dunkeln findet?« Ben wartete, bis sie sich beruhigt hatte, ehe er eine Erklärung erhielt. »In der Buchreihe ist zum größten Teil die Artussage verwoben. Excalibur war das verzauberte Schwert, das Artus aus dem Stein zog, um dadurch König zu werden.«

Ben nickte bestätigend, auch abseits des Fandoms war die Sage weit verbreitet.

»Schade, dass wir es nicht benutzen können«, seufzte Ruby und hielt sich gerade so zurück, das Schwert ein weiteres Mal abzutasten. Das Fangirl in ihr drehte schon genug durch.

»Warum nicht?«, hakte Ben nach, weiterhin belustigt über ihren Ausbruch.

»Magische Schwerter sind an bestimmte Besitzer oder Fähigkeiten gebunden«, erklärte Ruby wie von selbst und ließ die Finger über die Klinge gleiten. »Excalibur kann nur von seinem rechtmäßigen Besitzer geschwungen werden. Mal abgesehen davon, dass ich meinen Anderthalbhänderskill nicht darauf anwenden kann und ich erst herausfinden müsste, wie sich das Schwert auf meine anderen Fähigkeiten auswirkt. Dennoch ist es so, so, so wunderschön.« Ruby verlor sich einen Moment in ihren Überlegungen und strich über die detailreichen Verzierungen. »Sorry …«, fügte sie lahm hinzu.

Ben runzelte die Stirn. »Wofür entschuldigst du dich?«

»Wir haben eben, also wir, na ja … und jetzt sabbere ich quasi wegen eines Schwerts.«

»Dafür musst du dich nicht entschuldigen. So bist du«, betonte Ben, »und niedlich ist es dazu.«

Kichernd wiederholte Ruby die Worte in Gedanken, bis sie zu einem stillen Singsang anschwollen. Sie konnte ihr Glück kaum fassen.

»Wäre es nicht eine gute Täuschung, wenn ich es trage?«, schlug Ben vor.

Ruby sah ihn lediglich fragend an.

»Niemand wird damit rechnen, dass ich ein besonderes Schwert habe.« Ben zuckte mit den Schultern. »Die meisten würden davon ausgehen, dass ich mein Geld für eine Waffe rausgeworfen habe, die ich nicht nutzen kann. Niemand würde vermuten, dass ich eine Insignie besitze, und sie mir daher nicht abnehmen wollen.«

»Der Diebstahl der Flöte war …«

»Ich weiß.« Er hob die Hand, sodass sie verstummte. »Doch es gibt genug Möglichkeiten, um Insignien auf ehrliche Weise zu erspielen, oder? Wenn die anderen Teams das herausfinden, werden sie Schlange stehen, um gegen uns zu kämpfen.«

Ruby wog einen Moment seine Worte ab. Ein paar Duelle würde sie sicherlich gewinnen, zumindest, bis die Splitternden Schädel oder die Eiswölfe sie herausforderten.

»Darf ich?«, wiederholte Ben seine Frage und deutete auf Excalibur.

»Oh, sorry, Fangirl-Wunderland«, scherzte Ruby, woraufhin er grinste. »Natürlich. Klar. Die Idee ist wirklich gut.« Es kostete sie ein wenig Überwindung, aber dann schob sie das Schwert zu ihm.

»Meinst du, wir finden auf die Schnelle einen Waffengurt?«, fragte Ben sie, als er das Schwert in den Händen wog. »So schlecht, wie ich ausgerüstet bin, hatte Merlin wohl jedes Recht, mich einen Noob zu nennen.«

Ruby nickte sogleich. Vermutlich mussten sie nur Johann darum bitten, der stets mit einem halben Arsenal an Ausrüstung anreiste.

Bevor sie erneut in ihre Fantasien abdriftete, erhob Ruby sich. Halbwegs getrocknet schlüpfte sie zurück in Shorts und Turnschuhe. Wie stellte Isabel das nur an, ständig makellos auszusehen? Fünf Minuten im Gras kniend und schon wiesen ihre Knie Dreck und grüne Flecken auf. Eigentlich sah sie auf einem LARP immer so aus, als hätte sie sich durch ein Dornengestrüpp gekämpft, was manchmal sogar den Tatsachen entsprach.

Verstohlen beobachtete Ben sie aus den Augenwinkeln und das freudige Kribbeln kehrte sofort zurück.

Letztes Jahr war Ruby so furchtbar unsicher gewesen, bei dem, was sie tat, sagte und welche Entscheidungen sie traf. Henrik hatte sie mitgerissen, ohne dass sie groß darüber nachgedacht hatte, derweil hatte seine unterschwellige Aggressivität ihre Handlungen weiter hochgeschaukelt. Dagegen war Ben das komplette Gegenteil. Sie unterschieden sich in vielen Dingen, dafür glichen sie sich aus. Anstatt stets einer Meinung zu sein, brachte Ben sie mit seiner ganz anderen Denkweise auf Ideen, die sie sonst vielleicht nie gehabt hätte. Während sie sich mit Henrik wie bei einem Wettrennen gefühlt hatte, bei dem jeweils ein Bein des Partners zusammengebunden war … Ruby wusste nicht so recht, wie sie ihr Gefühl beschreiben sollte, das sie in Bens Nähe empfand. Wenn sie sich umdrehte, war er da. Wenn sie fiel, fing er sie auf und ließ sie glauben, dass sie es beim nächsten Mal schaffte. Und falls er für eine Zeit verschwand, lag es keineswegs daran, dass er sie zurückließ, sondern an anderer Stelle der Strecke auf sie wartete. Weil er einen anderen Weg entdeckt hatte.

»Lady Ruby.« Zwei Worte reichten und schon nahm sie die Haltung ihrer Figur ein.

Auf ein Knie gestützt hielt Ben Excalibur wie zum Schwur hin. Es dauerte einen Moment, bevor Ruby den Wink verstand. Obwohl Ben die Buchreihe um die Insignien noch nicht beendet hatte, wusste er genau, wofür ihr Fangirl-Herz höher schlug. Nur dass sich die Wirklichkeit noch viel aufregender anfühlte.

»Schwörst du, stets das Beste für deine Mitstreiter zu wollen?«, fragte Ruby bedeutungsvoll.

»Ja.«

»Excalibur gerecht zu führen und den Schwachen beizustehen?«

»Ja.«

Gerade so unterdrückte Ruby ein Kichern. »In allen Welten, in die die Portale führen, treu an ihrer Seite zu kämpfen und gegen das Dunkle anzutreten?«

»Ja.«

Träumte nicht jedes Mädchen insgeheim davon, dass ein Ritter ihr die Treue schwor? Ruby jedenfalls schon. Aber Ben spielte dies nicht nur, er meinte es sogar ernst! Sie gingen hier ein verrücktes Bündnis miteinander ein, eine Verbindung, mit der sie nie gerechnet hätte.

Ben senkte den Kopf und wartete geduldig.

»Hiermit ernenne ich dich«, sie tippte mit der Schwertspitze sachte auf die linke und rechte Schulter, »zum ersten Ritter der Weißen Raben.« Theoretisch müsste sie Ben mit seinem Figurennamen ansprechen, allerdings war sie sich nicht sicher, wen er überhaupt darstellte.

Ruby kniete vor ihm nieder und legte das gefundene Schwert in seine offenen Hände. Anstatt Ben zu erklären, dass er sich wieder erheben durfte, umfasste Ruby sein Gesicht.

»Schau mich an, Ben.« Ihre Finger strichen wie von selbst durch sein feuchtes Haar. »Ja, ich mag dich auch.«

Überrascht riss Ben seine grünen Augen auf. Doch Ruby beugte sich vor, um ihm einen Kuss aufzudrücken, und bestätigte damit ihre Vermutung von vor zwei Nächten. Die ersten Augenblicke waren noch unbeholfen, ihre Nasen stießen gegeneinander, bevor sie sich fanden. Bens Hände suchten einen Weg zu Rubys Taille und er zog sie dichter zu sich, ohne dabei den Kuss zu unterbrechen.

Beim zweiten Mal zweifelte sie nicht mehr daran, dass sie sich in Ben verliebt hatte.

14. KAPITEL

Lautes Geläut erschreckte die Spieler des LARP nah und fern am Vormittag des letzten Tages. Nach einer Minute verstummten die Glocken jedoch nicht, ebenso wenig nach zweien, sodass Ruby die Weißen Raben anwies, zur Burg zurückzukehren.

»Es ist zu früh für eine Krönung«, beschwerte sich Merlin und steckte den Hinweis, den er gerade gelesen hatte, zurück ans Schwarze Brett. »Was soll der Radau?«

Nicht nur ihr Team trat den Rückweg vom Wirtshaus an, aus allen Ecken strömten nun die Teilnehmer herbei. Die Flut an Kostümen und besonderen Outfits faszinierte Ruby nach wie vor, ebenso wie die ungebrochene Fröhlichkeit. Obwohl der Schlafmangel Spuren zeigte, niemand ließ sich davon abbringen, wie bei einem Festzug zur Burg zu marschieren.

Ruby lief neben Isabel, erleichtert, dass sie ihre Fröhlichkeit zurückerlangt hatte. Nach ihrer Aussprache wirkte ihre Freundin sogar noch leichtfüßiger, besonders, als ihr Weg den der Greifenreiter kreuzte. Firebird und seine Teammitglieder hatten Ruby und die Jungs längst adoptiert, doch Kaliandra, vor allem, wenn sie voll in Fahrt kam, vergötterten sie. Ruby war sich nicht sicher, warum Isabel diese Aufmerksamkeit und Komplimente brauchte.

Aber vielleicht lag es daran, dass die Gruppe Studenten sie mühelos in Gespräche verwickelte, die sich um Wörter wie Numerus clausus und ATL drehten. Ruby war sich ziemlich sicher, dass es keine Spielbegriffe waren. Merlin und Ben waren genauso ratlos wie sie.

Im Innenhof drängten sich bereits die meisten Spieler zusammen, denn wie weit die Teams in die Wälder auch vorgedrungen waren, niemand hatte beim Läuten getrödelt. Ruby quetschte sich mit Ben durch die Menschenmenge, um an der Halterung auf der Bühne ihr Banner anzubringen. Wenn zweihundert Leute durcheinanderredeten und spekulierten, was gleich passieren würde, verlief eine Anwesenheitskontrolle so am einfachsten.

Wie schon die Tage zuvor trug Ben den dunklen Mantel, Jeans und ein schwarzes T-Shirt. Dazu hatte er sich Excalibur mit einem ledernen Waffengurt, den ihm Johann geschenkt hatte, über den Rücken gebunden. Der blau-goldene Schwertgriff leuchtete auf Augenhöhe, sodass Ruby sich langsam wunderte, wen sie mehr anschmachtete. Das magische Schwert oder Ben. Der bemerkte ihren Blick und rückte dichter an sie heran, bis sie sich an den Armen berührten.

»Ihr seid jetzt zusammen?«, fragte Isabel feixend.

»Also … ähm«, stotterte Ruby. Waren sie das? So direkt hatten sie nie darüber gesprochen …

»Habe ich dir nicht meine Treue geschworen?«, flüsterte Ben, woraufhin Rubys Gesicht aufflammte. Insgeheim mochte sie scheinbar kitschige Sprüche.

Ohne zu zögern, griff sie Bens Hand und verschränkte ihre Finger mit seinen.

Isabel schenkte ihnen das breiteste Lächeln, das Ruby bei ihrer Freundin während des LARP gesehen hatte. »Na endlich, hat ja lange genug gedauert.«

»Leute, wir wurden wegen eines Alarms in die Burg gerufen«, warf Merlin ein und deutete zum strahlend blauen Himmel. »Ein Gewitter wird nicht der Grund sein, also lasst den Quatsch.« Damit drehte er sich um und beobachtete aufmerksam das Geschehen.

»Oh«, neckte ihn Isabel und zerstruwwelte seine Haare, »haben wir etwa eine Sache gefunden, von der der große Meisterzauberer keine Ahnung hat?«

Merlin ignorierte Isabel gekonnt, dafür färbten sich seine Ohren vor Verlegenheit knallrot.

»Der Trubel ist für das Abschlussevent, oder?«, vermutete Ben, woraufhin Ruby nickte.

Kaum zu glauben, aber morgen um diese Zeit würden alle Teilnehmer ihre Zelte abbauen und nach Hause fahren.

Als eines der letzten Teams bahnte sich Sparta einen Weg durch die Menge. Henrik schritt voraus und hinter ihm folgten seine Gorillas in Keilformation. Wie eine dunkle Wolke breiteten sie sich in der losgelösten Stimmung aus und die anderen machten automatisch Platz. Ohne Vorwarnung wandte Henrik den Kopf in Rubys Richtung und suchte Blickkontakt. Manchmal fragte sie sich, ob er ein Radar für sie entwickelt hatte. Wie sonst sollte er sie unter zweihundert Spielern sofort entdecken?

Ruby richtete ihre Aufmerksamkeit allerdings auf die Bühne, dort versammelten sich die Anführer der stärksten Gilden: das Oberhaupt der Eiswölfe, und somit Tildas Vater, sowie die Chefin der Splitternden Schädel.

»Eine dunkle Gefahr droht, diese Welt zu vernichten!«, begann der Eiswolf. Für einen Moment beneidete sie ihn um das strahlend weiße Fell seines Outfits.

»Die Hexen rüsten zu ihrem letzten Schlag!«, stimmte die Chefin der Splitternden Schädel mit ein. Ihr Team war mit den Gipsschädeln, die jeder Spieler an einem Gürtel um die Hüfte trug, unverkennbar unter den LARPlern.

Der Eiswolf baute sich zu seiner vollen Größe auf, hob mahnend die Hand und fuhr fort: »Boten haben uns berichtet, dass die Hexenclans sich verbunden haben.«

Ein Raunen ging durch die Anwesenden.

»Um zusammen ein neues Portal zu öffnen und einen Dämon aus einer fremden Welt herbeizuholen. Mächtiger und stärker als alles, was wir kennen, würde er die Sommerlande und das Herrschaftsgebiet des Wolkenvolks in Trümmer legen. Unsere Städte verbrennen und einen Berg aus Opfern auftürmen.«

»Dieses Jahr tragen sie richtig dick auf«, murmelte Merlin, hörte allerdings genauso gebannt zu wie alle anderen.

Statt eine Antwort zu geben, sah Ruby sich im Hof

um und entdeckte endlich, was ihr komisch vorgekommen war. Normalerweise umgaben stets Helfer das Spielgeschehen. Sie betreuten die Teams, kümmerten sich um den Ablauf, immer lief jemand im Hintergrund vorbei oder beaufsichtigte Duelle. Ganz zu schweigen davon, dass der Spielleiter jedes Treffen anmoderierte – den Spaß ließ er sich nicht entgehen. Aber heute war die komplette Organisation verschwunden.

»Darum wende ich mich an euch, ihr mutigen Krieger, weisen Zauberer und mächtigen Anderswesen. Für den heutigen Tag müssen wir die Suche nach den Insignien ruhen lassen und gemeinsam gegen diesen Feind antreten.«

Die zierliche Chefin trat wieder vor, ihr Blick loderte vor Enthusiasmus. »Wenn wir nicht vereint in die Schlacht ziehen, wird der zukünftige König ein Reich aus Asche und Blut regieren. Wollen wir das?«

»Nein!«, antworteten die Anwesenden. Auch Ruby und Ben stimmten mit ein.

»Dann lasst uns für ein friedliches Morgen kämpfen!«

Die rund zweihundert Spieler stießen einen Schlachtruf aus, der an den Mauern des Innenhofs Echos warf. Unzählige Waffen und Magierstäbe wurden in die Höhe gereckt. Der Lärm der gleichzeitig davoneilenden Teams und Gilden löste ein freudiges Kribbeln bei Ruby aus. Ihre Vorstellungskraft war gut, aber das hier übertraf ihre Träumereien. Sie lauschte dem Klappern der Rüstungen und sog die erdige Luft ein. Jeden Eindruck musste sie sich einprägen, irgendwann würde sie vielleicht eine ähnliche Szene bei ihrer Fan-Fiction schreiben. Worte brauchten eine ganz besondere Kraft, um diesen Zauber festzuhalten.

»Jetzt gilt es, Leute«, wollte Ruby ihr Team einschwören, doch ihre Freunde prüften schon wie von selbst ihre Ausrüstung, sodass Ruby das Zeichen zum Aufbruch gab.

Nach der ersten Welle an Spielern, die sich vom Rest absetzte, schlossen sich die Weißen Raben dem Hauptfeld an. Die vorderste Front würde bald nicht mehr marschieren, sondern voller Vorfreude rennen. Spätestens, wenn ihnen die Puste dank der kiloschweren Rüstungen ausging, würde das hintere Feld an Kämpfern sie locker einholen.

»Die größeren Gilden übernehmen die erste Angriffswelle und stürmen meist voran«, erklärte Ruby Ben. »Die kleineren wie wir unterstützen oder bekommen Sonderaufgaben.«

Die Anführer der größten Gilden zeigten den Kriegern eine Schneise zwischen den beiden Wäldern, die das Spielgelände umschlossen. Karren und andere Wagen hatten Spurrillen in den weichen Boden gezogen, sodass sich Ruby erst recht wie beim Aufmarsch einer Armee fühlte.

Ein großer, umgepflügter Acker, flankiert von den Wäldern, stellte den Ort für die Endschlacht. Verstecken konnte sich hier zumindest niemand, dazu hatten sie herrlich viel Platz. Das Portal – ein Bogen aus Pappe und Draht – stand im Zentrum und wurde von einem Kreis aus zwei Dutzend Hexen bewacht. Sie hatten einen Schutzwall erschaffen, doch Ruby würde sich gedulden müssen, bis sie alle Details herausfand. Mit ein bisschen Fantasie malte sie sich aus, dass das Portal aus glänzendem, uraltem Metall gehauen war. Wind und Wetter trotzend, wartete es vergessen in der Wildnis darauf, dass es wieder in Betrieb genommen wurde.

Alle Anführer der Gilden traten an den Wall heran und tauschten Informationen über das Szenario aus, während die noch ungeordneten Spieler Stellung einnahmen.

»Also«, meinte Ruby, als sie zur Position der Weißen Raben zurückkehrte und Bericht erstattete. »Dieses Jahr wird es nicht ganz so einfach.«

»Ist es das je?«, spottete Merlin.

»Es existiert ein zylinderförmiger Schutzkreis, der uns von vierundzwanzig Hexen abtrennt. Darin beschwört die Oberste gerade das Portal für den Dämon. Zeitlimit, bis sie es geschafft hat, sind drei Stunden. Zwei Gilden haben sich vom Hauptfeld abgespalten und nähern sich von der anderen Seite der Wälder. Sie fallen den Hexen in den Rücken, sobald das Kraftfeld zusammenbricht«, erklärte Ruby und deutete schließlich auf Merlin. »Die Magiergilde hat dich angefordert, sie brauchen jede Hilfe, die sie kriegen können.«

Merlin krempelte die Ärmel hoch und schnallte seinen Stab ab, ehe er lossprintete.

»Mach uns keine Schande!«, rief Isabel ihm nach, was Merlin mit ein paar unverständlichen Flüchen quittierte.

Zunächst blieb Ruby am Rande des Schauplatzes zurück. Auf den ersten Blick sah es aus, als würden die Magier mit erhobenen Armen gegen eine unsichtbare Wand singen und manche wie in Trance schwanken. Während die Hexen möglichst aggressiv fauchten, wenn ein Zauber abprallte. Rubys Fantasie zeichnete jedoch ein ganz anderes Spektakel: Der magische, blaue Zylinder flirrte in der Mittagshitze. Fast hörte sie die Absperrung zischen, sobald ein Kontakt entstand. Sie musste sich nicht mal anstrengen, um sich die Magie vorzustellen. Die farbenfrohen Energiebälle, bunten Partikel und Lichtblitze, die gerade den Schutzwall bearbeiteten. Dieser würde die Manareserven einiger Zauberer restlos aufbrauchen, bevor sie die zweite Angriffswelle starteten.

»Lady Ruby«, warf Ben auf einmal ein, als er wie aus dem Nichts neben ihr auftauchte. Oder war sie so sehr in Gedanken versunken gewesen? »Wir hätten einen verrückten Plan.«

»Verrückt klingt immer gut«, freute sich Isabel.

Firebird und die restlichen Greifenreiter hatten sich ebenfalls an ihrer Position eingefunden. Das gute Dutzend Spieler beeindruckte schon mit ihren bunten, mit Federn verzierten Overalls, doch für die letzte Schlacht hatten sie sich mit wilder Kriegsbemalung geschmückt. Sogar die Arme und Hände waren mit Runen bemalt.

Theodor, der lebensgroße Greif, wartete mit gebührendem Abstand.

»Wir fliegen.«

»Was?« Ruby blinzelte verwirrt, als hätte sie sich verhört. Sicherlich hatte der Aufzug der Greifenreiter sie nur abgelenkt.

»Wir fliegen«, wiederholte Firebird und deutete auf die magische Absperrung. »Wollt ihr mitkommen? Drei Kämpfer mehr und ein Magier wären durchaus praktisch.«

»Und wir könnten uns die Insignie unter den Nagel reißen«, warf Ben voller Überzeugung ein, »die die Oberste Hexe mit Sicherheit bei sich trägt.«

»Ist das überhaupt …« Bevor Ruby ihre Bedenken äußern konnte, packte Ben sie am Handgelenk und zog sie mit sich. Isabel war schon aufgebrochen, um Merlin aus den Reihen der Magier zu holen.

Ben legte ihr eine Fliegerbrille ähnlich seiner eigenen um und achtete darauf, dass sie fest saß.

»Knutschen könnt ihr später noch, jetzt erobern wir erst mal den Himmel«, scherzte Firebird, bevor die Greifenreiter sie zu einer Stelle im Rücken der Hexen führten, die fast unbewacht war.

Ruby spannte sich an, stellte sich wie ein Sprinter beim Start hin und rannte mit Vollgas durch die magische Barriere. Natürlich flogen sie nicht wirklich, doch Firebirds aufgeregte Schreie überzeugten Ruby beinahe vom Gegenteil. Ihre Füße berührten nur leicht den Boden, es fehlte nicht viel und sie schwebte. Mehr und mehr gewann Ruby an Tempo, spürte den Gegenwind, der ihre Locken flattern ließ. Hörte das überraschte Keuchen der Spieler, nachdem sie ihr Manöver durchschauten.

Lachend machte Ruby einen Satz in die Höhe, sprang, so weit sie konnte, und landete auf der anderen Seite, dicht gefolgt von Ben und Firebird. In ihrer Fantasie war Ruby geflogen. Sie hatte den mächtigen Körper des Greifen unter sich gespürt sowie das Schlagen seiner Schwingen, während sie über den Himmel geglitten waren. Wie zum Beweis pickte sie eine unsichtbare Feder aus ihrem zerzausten Haar.

Ben zog Ruby auf die Füße, da sie sich beim Aufprall abgerollt hatte, und bedachte sie mit einem Grinsen. »Landen müssen wir noch mal üben.«

Spielerisch streckte Ruby ihm die Zunge raus, bevor sie den Dreck von ihrem Outfit klopfte und die Fliegerbrille abzog. Ihre Mitschüler lagen in diesem Moment am Strand, faulenzten zuhause oder machten Sightseeing in einer fremden Stadt. Sie jedoch war hier, flog, kämpfte und würde später noch an einer Krönungsfeier teilnehmen, wenn sie die Hexen besiegt hatten.

Damit war Ruby anders als die meisten, die in ihrem Alter nicht mehr ihre Fantasie auslebten. In ihrer Stufe wollte der Großteil erwachsen handeln, ein paar wenige vernünftig – für all diese wirkte ein LARP sicherlich kindisch und albern. Bisher hatte Ruby gedacht, ihre

Fantasie wäre wie eine Mauer, die sie von den anderen trennte und mit einer Handvoll Sonderlinge zusammenschweißte. Doch sie war zu einem falschen Schluss gekommen. Es war nicht nötig, sich zu vergleichen oder dem Standard zu entsprechen. Sondern es ging darum, etwas zu finden, in dem sie sich selbst verwirklichte. Und wenn sie glücklich war inmitten einer fiktiven Schlacht, dann war dies ihr Platz.

Sie war Lady Ruby und Lady Ruby war sie. In diesem Moment war sie genau dort, wo sie sich am wohlsten fühlte.

Ben legte Ruby eine Hand auf die Schulter und holte sie somit ins Geschehen zurück. »Interessanter Gedankengang?«, fragte er neugierig.

»Sehr.«

»Der sollte besser bis später warten.«

Im Gegensatz zu den Weißen Raben, die zusammen mit Firebird die Hexen unvorbereitet erwischt hatten, wurden die meisten Greifenreiter mit einem Zauberspruch abgeschossen. Sie blieben getroffen am Boden liegen oder krümmten sich theatralisch vor dem Wall, da sie im vollen Flug abgestürzt waren. Bis auf Firebird hatten nur zwei weitere das verrückte Manöver geschafft. Corvin und Aquila würden an der Seite ihres Anführers kämpfen.

Geistesgegenwärtig beschwor Merlin eine Barriere, ähnlich der, die er schon beim Kampf um das Fass verwendet hatte. Dadurch waren die Hexen zwischen ihrer eigenen und seiner Absperrung gefangen, sodass sie sich lediglich um die Oberste kümmern mussten. Während Isabel Merlin Rückendeckung gab, zückten die verbliebenen Kämpfer ihre LARP-Waffen und stellten sich dem Endboss.

Ruby warf einen Seitenblick zu Ben, der breit grinste. Für ihn musste es sich wirklich anfühlen, als wäre ein Videospiel zum Leben erwacht.

Die Oberste Hexe unterschied sich von ihren Clanmitgliedern, die hauptsächlich in Mittelalterkleidung auftraten oder ihrer jeweiligen Sage entsprechend verkleidet waren. Morgana allerdings hüllte sich in einen schwarzen Anzug aus glänzendem Leckleder. Schlohweißes, langes Haar fiel ihr in dicken Strähnen über den Rücken und sie blickte ihnen aus pechschwarzen Augen herausfordernd entgegen. Die Lippen zu einem kalten Lächeln zusammengepresst.

Spätestens als ihre Gegnerin mit der Stimme des Spielleiters die Regeln ihres Zweikampfs erklärte, unterdrückte Ruby ein Lachen.

Für das Finale traten sie in einem Mehrspielerkampf an. Ungewöhnlich, dachte Ruby einen Moment lang. Sie hatte befürchtet, dass sie sich ihr nacheinander stellen mussten. Da Morgana jedoch weiterhin das Portal im Bogen beschwor, erhielten sie zwei Vorteile: Die Hexe konnte keine Magie verwenden und ihre einzige Verteidigung war der Wall, den Ruby und ihre Mitstreiter hinter sich gelassen hatten.

Firebird und Ruby wechselten sich beim Angriff ab.

Mit weniger Kampfkraft ausgestattet brachte Ben sich als Back-up ein und kratzte stetig am Punktekonto des Endbosses. Rubys Schwert der tausend Flammen blitzte im Sonnenlicht auf, als sie sich auf Morgana stürzte. Sie vergaß völlig die Zeit, während sie Schlag für Schlag ausführte, bis sie schließlich mit dem entscheidenden die Hexe niederstreckte. Wie bei einer Figur, aus der die Luft herausgelassen wurde, schrumpfte ihre Gegnerin und blieb reglos liegen. Ruby wischte sich den Schweiß von der Stirn, japste von all der Anstrengung.

Die Kämpfer warteten noch einen Moment, ehe sie sich Morgana näherten. Zuallererst fiel Ruby die mit Runen verzierte Goldkette auf, an deren Ende ein neongrüner Stein baumelte.

»Sieht aus wie ein Glasstein«, rätselte sie und reichte die Kette weiter an Merlin, damit er diese in den unendlichen Taschen seiner Kutte verstaute.

»Es kann nur eine Insignie sein«, versicherte Isabel. »Woher sollte sie sonst ihre magische Kraft nehmen?«

Plötzlich setzte sich die angeblich besiegte Hexe mit einem Ruck auf und breitete gespenstisch langsam die Arme aus. Ruby kreischte vor Schreck, während die anderen einen Satz zurück machten. Dämonen, Greifen, Feen – dafür schwärmte sie voller Begeisterung – nur Zombies gingen gar nicht. Zombies waren …

Die ehemalige Oberhexe griff nach ihrem Bein und Ruby flüchtete mit einem angewiderten »Uwaaah!«

»Törichte Menschen!« Morgana zog die Schultern

hoch, sodass ihre langen Haare ins schneeweiße Gesicht fielen. »Glaubt nicht, dass ihr mich bezwungen habt«, röchelte sie. Wer auch immer die Helfer dieses Jahr vorbereitet hatte, nahm seinen Job sehr ernst. Oder der Spielleiter besaß außerordentliches Schauspieltalent.

»Ich selbst habe mich mit einem Bann belegt, der ausgelöst wird, sobald ich sterbe!«

Die Kämpfe jenseits des Bannkreises stoppten und ein jeder lauschte überrascht den Worten des Endbosses.

»Jeder, der in den letzten Tagen von der Magie der Hexen berührt worden ist«, schrie Morgana, »unterliegt meinem Fluch! Ihr werdet vergessen, wer ihr seid! Ihr werdet meine Marionetten sein! Ihr werdet euch gegen eure Kameraden wenden und sie niederstrecken! Bis keiner mehr aufrecht steht!«

Darauf folgte eine komplexe Reihe von Worten in einer unverständlichen Sprache. Bevor Ruby etwas dagegen unternehmen konnte, kippte Morgana hintenüber. Ruby tippte den leblosen Körper vorsichtig mit der Schwertspitze an.

Entwarnung. Der Zombiezwischenfall war überstanden.

»Sagte sie Vitima oder Maldicion?« Merlin kritzelte schnell etwas auf einen Zettel, als dürfte er dies nicht vergessen.

»Der Bannkreis löst sich!«, hörte Ruby die aufgeregten Stimmen aus den Reihen der Magier. »Wir haben es geschafft!«

Plötzlich riss die gefallene Oberhexe die Augen auf und wiederholte ihre Ansage, in die ihre Kolleginnen einstimmten. So verteilte sich die Nachricht über das gesamte Feld. Ruby konnte gerade so einen zweiten Schreckensschrei zurückhalten. Der Gruselfaktor beim diesjährigen Finale war kaum zu überbieten.

Ein Ruck ging durchs Spielerfeld. Die Kämpfe, die sich vorher auf die Hexen konzentriert hatten, wurden eingestellt, so, als müssten die anderen erst die Nachricht verarbeiten. Anstatt die Bemühungen wieder aufzunehmen, griffen sich die Spieler auf einmal untereinander an. Schon sah Ruby die Ersten zu Boden gehen – das sinnbildliche Zeichen dafür, dass ihre Lebenspunkte verbraucht waren.

Ruby blickte zum steinernen Bogen, der aus der Erde ragte. Wo blieben die beiden Gilden, die einen Weg außen um den Wald suchten? Müssten sie nicht langsam auftauchen? Die Weißen Raben waren jedenfalls nicht in der Lage, das Portal zu zerstören.

»Corvin, Aquila«, warnte Firebird, der plötzlich von Isabel in Sicherheit gezogen wurde. »Was macht ihr da?«

Geschickter Wendepunkt im Plot, sinnierte Ruby einen Augenblick, bevor sie vor Schreck die Augen aufriss.

»Nein …« Sie schluckte hart, als sie Morganas Fluch Wort für Wort durchging.

Ein jeder, der von der Magie der Hexen berührt wurde. Das betraf bis auf Firebird die kompletten Greifenreiter und vermutlich die Hälfte aller Spieler des LARP. In den meisten Aufgaben war es darum gegangen, sich einer Hexe zu stellen, und jeder hatte sich mit Feuereifer darauf gestürzt. Sie waren auf den Friedhof der Nebelhexen getroffen, den Wald ohne Wiederkehr und natürlich auf Medusa selbst, die Ben verflucht hatte.

»Ben?«, wisperte Ruby entsetzt.

Er hatte ihr den Rücken zugedreht, während er das Schlachtfeld beobachtete, den Blick allerdings auf sein Schwert gerichtet. Ruby stand ein paar Meter von ihm entfernt, dennoch konnte sie seine Anspannung fast spüren. Seit den letzten Tagen kannte sie diese Haltung gut, Ben dachte angestrengt über die Situation nach. Aber der Fluch war eindeutig formuliert. Er musste sich gegen sie wenden. Es gab keinen Ausweg. Sie wüsste nicht welchen.

»Namenloser?«, fragte Ruby als Nächstes. Vielleicht war er so tief ins Szenario gesunken, dass er seinen normalen Namen ignorierte. Ein Ben existierte im Spiel nicht.

»Lady Ruby.« Isabel packte sie an der Schulter, bevor Ruby sich ihm näherte. »Passt auf.«

Ruby rechnete in diesem Moment mit dem Schlimmsten. Ihre Fantasie zeichnete ein Bild, wie Ben mit getrübtem Blick und schwerfälligen Bewegungen auf sie zustapfte. Wie in Trance das Schwert erhoben, damit er zuerst sie niederstrecken und danach die anderen Mitglieder der Weißen Raben angreifen konnte. Ihre höheren Statuswerte würden ihr einen Vorteil bieten, doch

Ruby hatte sich gewünscht, mit Ben Seite an Seite kämpfen, nicht gegen ihn. Was sollte sie tun? Sie würde ihn nicht abwehren. Er war ihr Held, ihr Prinz. Prinzen richteten ihre Angriffe nicht gegen Mitstreiter. Nur welche Möglichkeit blieb ihr dann noch?

Langsam drehte sich Ben zu ihr um.

Beschwichtigend hob er die Hand. »Es ist alles gut, Lady Ruby, mich trifft der Fluch nicht.«

Im nächsten Moment hatte Ruby die Arme um ihn geschlungen und drückte Ben so fest, wie sie nur konnte.

»Hey«, beruhigte er sie, seine Finger vergruben sich in ihre Locken. »Glaubst du wirklich, ich hätte dich angegriffen?«

»Wenn das Szenario so was verlangt?« Dennoch schüttelte Ruby vehement den Kopf. »Excalibur …?«, kam es ihr in den Sinn. Eine andere Erklärung fiel ihr nicht ein.

»Ich hab mich heute Morgen über die Stats informiert: praktisch unendliche Resistenz gegenüber Magie«, flüsterte Ben.

Niemand außer Ruby, Ben und der Spielleitung wussten über den Schwertfund Bescheid. Sogar Isabel und Merlin wollten sie erst nach der Krönung damit überraschen.

Ruby war sprachlos. Nur einer konnte von den besonderen Eigenschaften des Schwerts Gebrauch machen, das konnte nur bedeuten …

»Wie du das hingebogen hast, will ich später trotzdem wissen«, warf Merlin ein und unterbrach Rubys Gedankengang. »Aber erst mal sollten wir Firebird helfen, bevor seine Leute ihm die letzten Federn rupfen.«

Wie aufs Stichwort zogen Ruby und Ben ihre Waffen und eilten ihren Mitstreitern zu Hilfe.

Merlin starrte den Zettel nieder, auf dem er die Beschwörung notiert hatte. »Kaliandra!«, rief er. »Welche Sprache war das? Latein kann ich und das war es nicht!«

»Es klang ein bisschen wie Alt-Englisch.« Zusammen mit Firebird setzte Isabel einen Greifenreiter außer Gefecht und fesselte ihn.

»Sprichst du das?«, forderte Merlin.

»Sehe ich aus wie Shakespeare?«

»Ich muss den genauen Wortlaut kennen, um den Fluch aufzuheben«, maulte er. Genervt nutzte er seinen Stab, um dem zweiten Greifenreiter den Boden unter den Füßen wegzuhauen. Sogleich hielt Ben den nächsten Gefangenen in Schach, während Ruby Merlin schützte. Bens Bewegungen verliefen noch holprig, für die kurze Zeit, in der er üben konnte, waren seine Fortschritte jedoch immens. Ruby hatte eine kleine Ewigkeit gebraucht, die Abläufe zu verinnerlichen, ohne dass sie wie ein Tollpatsch über ihre Füße stolperte.

Für einen Moment schloss Isabel konzentriert die Augen und rezitierte dann den Fluch der Obersten Hexe.

»Ich hab nicht mehr genug Energie für so was Kompliziertes«, erklärte Merlin und raufte sich die Haare. »Ich brauch einen Gegenstand, der euch viel bedeutet. Platziert ihn in einem Kreis um die Hexe.«

Kaliandra riss sich eine Haarsträhne heraus, Ben legte das Abzeichen der Greifenreiter ab, das Firebird ihm geschenkt hatte. Schnell kramte Ruby einen zerkratzten Stift hervor, mit dem sie seit Wochen schrieb, und Merlin schloss mit einem geschnitzten Spielstein den Kreis.

»No-hon magiis circaca fiidem«, beschwor Merlin, löste seinen Schutzkreis und begann, mit seinem Stab Runen in den Boden zu zeichnen. Isabel folgte ihm auf Schritt und Tritt, um ihm Rückendeckung zu geben.

Hexen stürzten sich auf die Weißen Raben, nutzten die neu erschaffene Lücke, um das Portal wieder unter ihre Kontrolle zu bekommen. Firebird sah sich plötzlich einem Dutzend Gegner gegenüber, sodass Ruby und Ben ihm zu Hilfe eilten.

»Du kommst klar?«, wollte Ruby rasch wissen.

»Immer doch.« Dem Greifenreiter bereitete diese Übermacht sichtlich Spaß.

Aus den Untiefen seiner Taschen zog Merlin mehrere Stücke Schnur hervor, die er um ihre Opfergaben legte und anschließend mit einer klaren Flüssigkeit tränkte. Danach musste Ruby sich auf das Duell gegen eine Hexe konzentrieren, allerdings hörte sie Merlins hektische und vor allem panische Beschwörung.

»Erkennt der Spielleiter dieses Ritual an?«, fragte er laut und auf einmal zeigte die am Boden liegende Morgana mit dem Daumen nach oben.

Kurz lachte Ruby über diese irrsinnige Situation, dann riss sie sich wieder zusammen, um ihre Gegner in Schach zu halten. Sie wunderte sich erst gar nicht, warum Merlin ein Päckchen Streichhölzer mit sich trug. Der erste Versuch scheiterte, das zweite Hölzchen fing jedoch Feuer und zündete das Seil an. Kräftige, helle Flammen loderten augenblicklich in die Höhe, doch verbrannten sie nicht Merlins Finger. Der Junge rannte direkt zur nächsten Opfergabe.

Gerade rechtzeitig wehrte Ruby einen weiteren Angriff ab.

In das nächste Feuer streute Merlin eine Art Salz und sogleich wechselten die Flammen die Farbe, ehe er weitereilte. Beim Entzünden der vierten Opfergabe ertönte plötzlich ein lautes, hupendes Geräusch wie bei einem Nebelhorn und die Verfluchten schüttelten ihre Verwünschung ab. Mit Schrecken betrachtete Ruby die vielen Spieler, die am Boden saßen oder lagen. Dafür besiegten die Überlebenden die restlichen Hexen nun mit Leichtigkeit.

»Das war ziemlich genial«, lobte Merlin sich selbst.

»Allerdings«, gestand Isabel, die ihn ohne Vorwarnung knuddelte, sodass Merlin auf einmal viel größer wirkte als sonst.

»Du hättest vielleicht sagen können, dass die Sachen danach hinüber sind.« Ben stieß sein Abzeichen mit der Fußspitze an, hob die verkohlten Reste jedoch nicht auf. Müde und abgekämpft lehnte Ruby sich gegen ihn, die Endschlacht hatte sie mehr geschlaucht, als sie zugeben würde.

Mit reichlich Verspätung trudelten nun die letzten beiden Gilden ein. Sogleich machten sie sich daran, das Portal auseinanderzunehmen.

»Das war's«, seufzte Ruby, »damit ist der LARP zu Ende.«

Bevor einer ihrer Teammitglieder etwas erwiderte, rannten die ersten anderen Spieler jubelnd auf die Weißen Raben zu. Immerhin hatte eine verhältnismäßig kleine Gilde gerade die stärkste Hexe außer Gefecht gesetzt.

Anschließend würden ihre Mitstreiter zu dem übergehen, was sie am besten konnten: ein Fest feiern.

15. KAPITEL

»Isabel, bitte nicht«, jammerte Ruby und hob abwehrend die Hände.

»Du ziehst das an«, forderte ihre Freundin in einem Tonfall, der keinen Widerspruch duldete. »Du bist eine Heldin der Schlacht, außerdem wird *Lady* Ruby keinen verdreckten Kampfanzug zur Krönung tragen.«

»Du übertreibst.«

»Nein, und jetzt mach schon.« Erbarmungslos hielt Isabel ein Kleid hoch, das sie vom Boden ihrer Tasche hervorgezaubert hatte.

Mit einem Seufzen gab Ruby sich geschlagen. Sie hatte es gar nicht auf den Ruhm abgezielt. Doch durch den Sieg über die Oberste Hexe ehrten die anderen Mitspieler sie nun dafür. Dabei war der Vorstoß hinter den magischen Wall eine Teamleistung gewesen, wenn überhaupt, dann waren sie alle Helden.

»Merlin trägt seit Tagen das Gleiche.« Rubys Kostüm war dagegen flexibler, sie konnte ganz leicht ihre Unterkleidung austauschen.

Isabel lachte schadenfroh. »Von wegen, sonst würde unser Zauberer zum Himmel stinken.«

»Ach, das sind mehrere Kutten und Überwürfe?«

Isabel rümpfte die Nase. »Der kleine Perfektionist hat

sie komplett identisch gestaltet. Ich hätte es fast nicht erkannt.« Sie gab sich gespielt großspurig. »Aber nur fast.«

Anstatt einer Antwort zog Ruby das Kleid über, das aus einem fließenden feuerroten Stoff bestand. Vom Schnitt her könnte sie es auch unter einem ledernen Waffenrock tragen, allerdings hatte Isabel es mit aufgenähten Rankenmustern aufgepeppt. Ihren Schwertgürtel ließ sie sich nicht ausreden, genauso wenig ihre Hüfttasche. Rüstungswerte besaß dieses Outfit jedenfalls keine. Höchstens ein paar Bonuspunkte fürs Aussehen. Als Heldin der Entscheidungsschlacht schnallte sie sich kurzerhand noch ihren Rundschild um.

Noch immer nicht zufrieden, signalisierte Isabel Ruby, sich hinzuknien, damit sie ihr Zöpfe flechten und Blüten sowie Blätter hineinweben konnte. Sie selbst hatte ein buntes Tunikakleid hervorgezaubert, dessen leichter Stoff im kleinsten Luftzug mitschwang. Mit Ketten und Bändern verziert klimperte Isabel bei jedem Schritt.

»Seid ihr endlich so weit?«, maulte Merlin, als Ruby das Zelt verließ. »Echt, dass wir uns von unserer eigenen Party wegschleichen müssen, weil ihr euch umziehen wollt. Mädchen!«

»Wir brauchen so lange, wie wir brauchen, Merlin.«

Doch der ignorierte Isabels Erwiderung und wandte sich wieder an Ben. »Jetzt verrate mir schon, wieso der Fluch dich nicht getroffen hat.«

»Nein«, lachte Ben und tauschte mit Ruby kurz einen wissenden Blick aus, bevor er die Arme hinter dem Kopf verschränkte. »Da musst du selbst drauf kommen, großer Zauberer.«

Genervt marschierte Merlin einfach los, ohne auf die anderen zu warten. Die Magiergilde hatte ihn für sein Manöver bei der Endschlacht gelobt, dennoch biss er sich an Bens Geheimnis fest. Vielleicht lag es auch daran, dass er heute Abend den Gewinner des Brettspielwettbewerbs küren würde und ihn deswegen die Nervosität plagte.

Im Gegensatz zu den vorherigen Treffen fand die Krönung im Zentrum des Zeltlagers statt. Der symbolische Thron stand dicht am Lagerfeuer und wartete auf seinen neuen Herrn. Oder seine neue Herrin. Beim heutigen Abschlussfest des LARP war diese Entscheidung vernünftig. Nach der Schlacht gegen die Hexen hatten die Heiler alle Hände voll zu tun, die Verletzten und Gefallenen wiederherzustellen. Und niemand würde freiwillig der Krönung fernbleiben wollen.

»Gamer sterben nicht«, scherzte Ben, während sie an den langen Schlangen vorbeischritten, »sie respawnen.«

»In drei, zwei, eins«, stimmte Ruby lachend mit ein, als ein geheilter Spieler Platz für den nächsten Patienten machte. In Games geschah diese automatische Wiederbelebung meist während einer kurzen Zwischensequenz.

»Wenigstens erscheinen wir nicht kilometerweit weg auf einem Friedhof«, kommentierte Merlin unbeeindruckt.

Ruby suchte einen Platz weiter abseits. Dort sah ihre

Gruppe vielleicht nicht jedes Detail, aber sie waren weit genug von den offenen Flammen entfernt, damit Ben sich wohlfühlte. In Gedanken zählte sie ihre erbeuteten Insignien durch. Die Flöte, der Orden, Excalibur und die Halskette, die sie Morgana abgenommen hatte – das machte insgesamt vier Stück. Sie würden lediglich im Mittelfeld landen, für einen Sieg reichte es auf keinen Fall. Immerhin hatte Sparta bereits zum Mittsommerfest ebenfalls so viele besessen. Selbst wenn sie ihn nicht ausstehen konnte, Ruby wusste mit absoluter Gewissheit, dass Henrik seitdem mehr Insignien gefunden hatte. Oder sich sonst wie angeeignet. Bei ihm musste sie ja mit allem rechnen.

Plötzlich packte Ben sie an den Hüften und hob sie hoch.

»Was soll …? Lass mich runter!«

Doch er wirbelte sie um die eigene Achse, bis Ruby sich an seinen Schultern festhielt. Sie kreischte seinen Namen, während der Laut bereits einem Lachen wich, weil sie schneller und schneller durch die Luft flog.

»Fühlst du dich besser?« Mit einem Ruck hielt er an und setzte Ruby vorsichtig ab.

Die Umstehenden begannen sogleich zu tuscheln und überall entdeckte sie amüsierte Gesichter.

»Nein, jetzt ist mir schwindelig«, meinte sie wahrheitsgemäß, kicherte trotzdem ausgiebig. Diese kindische Seite war definitiv niedlich.

»Wir haben uns gut gehalten, Lady Ruby«, stellte Isabel fest. Als Ruby zu ihr aufblickte, sah sie das breite Grinsen ihrer Freundin. »Es gibt keinen Grund, niedergeschlagen zu sein.«

»Oder einen Gedanken an Idioten zu verschwenden«, fuhr Merlin fort.

War es so offensichtlich, wenn sie an Henrik dachte? Ruby fand jedenfalls keine Antwort, da der Spielleiter nun auf den sandigen Platz im Zentrum trat.

Obwohl er die letzten Tage und die Endschlacht dramatisch zusammenfasste, hörte Ruby nur halb zu. Wie sehr sie sich auch anstrengte, sie sah ihn stets in seiner Verkleidung als Oberste Hexe. Fast verpasste Ruby den Applaus und den Jubel, den die Weißen Raben erhielten, und schaute beschämt zu Boden.

Während seiner Erzählungen zog der Spielleiter weite Kreise ums Lagerfeuer, um die Errungenschaften der einzelnen Teams hervorzuheben. »Kommen wir zum Punkt, der euch alle beschäftigt«, freute er sich und erhaschte sofort die allgemeine Aufmerksamkeit. »Welchem Team war das Glück hold, der Mut ein treuer Begleiter und die Stärke immer zugegen, um die meisten Insignien des Königs zu erbeuten?«

In den letzten Stunden hatte Ruby völlig verdrängt, was noch auf dem Spiel stand. Erst jetzt, als der Trubel sich legte, fiel ihr wieder der Preis ein, den der neue König gewann: Er würde den Autor der Insignien-Reihe treffen.

Der Spielleiter holte ein Pergament hervor, das er betont langsam auseinanderfaltete. »Nach dem Stand zu

Beginn der Siegesfeier sieht es wie folgt aus …« Er hielt inne und schenkte den Teilnehmern einen skeptischen Blick. »Seid ihr bereit?«

Die Menge brach in Jubelschreie aus, in die die Weißen Raben einstimmten. Selbst wenn Ruby traurig darüber war, ihr Idol zu verpassen, so gönnte sie es dem Gewinnerteam.

»Den zweiten Platz teilen sich dieses Jahr die Splitternden Schädel und die Eiswölfe mit einem Gleichstand von sieben Insignien«, berichtete der Spielleiter. Ruby blendete die Aufzählung der magischen Gegenstände aus. Mit zusammengekniffenen Augen harrte sie für die Ankündigung des Siegers aus. Dabei drückte sie Isabels und Bens Hand so fest, dass sie ihnen bestimmt Schmerzen zufügte.

»Mit acht Insignien, also einer recht knappen Führung«, fuhr der Spielleiter fort, »stellt dieses Jahr den König … das Team Sparta.«

Täuschte Ruby sich oder klang sogar der Spielleiter wenig erfreut über dieses Ergebnis? Der Jubel fiel jedenfalls verhalten aus, die meisten Spieler hatten von Henriks Diebstahl erfahren und reagierten dementsprechend empört. Nur Henriks Gorillas grölten und schlugen ihre massigen Fäuste auf den Brustkorb, bis es laut klatschte.

Ruby fixierte den sandigen Boden vor ihren Füßen. Es gab einfach keine ausgleichende Gerechtigkeit. Keinen Karma-Gott, der dafür sorgte, dass Henrik für seine miesen Machenschaften eins ausgewischt bekam.

Augen zu und durch, mahnte Ruby sich und schaute Richtung Thron. Henrik hatte bereits darauf Platz genommen, sie konzentrierte sich jedoch auf einen Punkt oberhalb seines Haares. Sein selbstzufriedenes Gesicht wollte sie lieber nicht klar erkennen.

»Der Plot läuft noch, oder?«, fragte auf einmal Ben.

»Offiziell geht es bis Mitternacht.« Merlin maß ihn mit einem seltsamen Blick. »Warum? Was hast du vor?«

»Einen Idioten dort treffen, wo's richtig wehtut.« Ben löste sich aus Rubys Klammergriff und bahnte sich einen Weg durch die Menschenmenge. Anstatt ihm zu folgen, starrte Ruby ihm entgeistert hinterher.

»Der SL hat zwar immer recht«, meinte er laut, »aber heute hat er sich verzählt.«

Ruby konnte sich bildlich vorstellen, wie Henrik gerade vor Wut die Lehnen seines Throns umklammerte, bis er das Holz abriss.

Während ein erstauntes Raunen durch die Menge ging, holte Ruby Ben ein. Dicht gefolgt von Isabel und Merlin waren sie bereit, seinen Plan zu unterstützen. Welchen Plan auch immer er verfolgte.

»Ach wirklich?«, erwiderte der Spielleiter belustigt und stemmte die Hände in die Hüften. Es gehörte zu den selteneren Erlebnissen, von einem Spieler in dessen erstem Jahr berichtigt zu werden.

»Als erster Ritter der Weißen Raben ...« Ben stockte. Ausgesprochen klang der Titel ein bisschen peinlich, gestand Ruby sich ein. »... bin ich stellvertretend für die

Gruppe eine Kooperation mit den Greifenreitern eingegangen.«

»Du hast ihn zu was ernannt?«, kicherte Isabel vergnügt, aber Ruby brachte sie mit einem »Pssst!« zum Schweigen.

Sie musste das hören. Wort für Wort.

»Sowohl die Greifenreiter als auch die Weißen Raben besitzen vier Insignien«, erklärte Ben und betrat den kreisrunden Platz, um den sich alle versammelten. »Damit haben wir einen Gleichstand.«

Henrik wuchtete sich auf dem Thron hoch, das Gesicht vor Wut verzerrt.

Die Weißen Raben hatten es erneut gewagt, seinen Sieg in Gefahr zu bringen.

Die Neugier entfacht, drängelten die Schaulustigen nach vorne und schlossen den Kreis um den Thron enger. Am liebsten wollte Ruby Ben etwas zurufen, beschränkte sich jedoch auf ein anerkennendes Nicken. Das war ein cleverer Schachzug. Zwei Teams zu verbünden, war generell nicht verboten, geschah dennoch selten. Um nicht zu sagen nie.

»Ist das zulässig?«, schimpfte Henrik. Einer seiner Gorillas zuckte bloß mit den Schultern.

Isabel und Merlin nahmen Stellung an beiden Seiten ihrer Anführerin, um die Weißen Raben geschlossen zu präsentieren. Während ihre Freundin sich köstlich über die Wendung amüsierte, las Ruby in Merlins Gesicht tausend unausgesprochene Fragen.

»Wir haben einen Vertrag ausgehandelt«, meldete sich Firebird in der Menge zu Wort. Mit den Ellbogen schob er die Schaulustigen auseinander. »Bei einem Sieg stellen die Raben den nächsten König, während wir die Siegprämien erhalten.«

Ruby schmunzelte, aber aus ganz anderen Gründen, als die meisten Anwesenden vermuteten. Die Sachpreise bestanden aus den Büchern der Reihe sowie Merlins neustem Brettspiel. Ersteres besaß sie bereits, Letzteres würde Merlin mit Sicherheit zu ihren Pen-&-Paper-Treffen mitbringen.

Auch die Spielleitung fand keinen Fehler an diesem Bündnis und bekräftigte nun mehr offiziell dessen Existenz.

Daraufhin sprang Henrik auf und preschte Richtung Ben. Wütend deutete er mit dem Zeigefinger auf ihn, als wollte er laut »Wie kannst du es wagen?!« brüllen.

»Bei einem Gleichstand gibt es ein Stechen.« Ben versperrte Henrik den Weg, schien jedoch die Ruhe selbst. An seiner Stelle wären Ruby allein vor Panik die Worte ausgegangen. »Ich fordere dich heraus, um den Titel des Königs zu kämpfen.«

Die Menge lachte lauthals – warum sollten die anderen Spieler Ben ernst nehmen? Es hatte sich längst herumgesprochen, dass der Namenlose Rabe ein Anfänger war und seine Figur beinahe keine Lebens- oder Angriffspunkte besaß. Dazu waren seine Rüstungswerte jämmerlich. Ein Mantel und eine LARP-Waffe änderten daran nichts. Dennoch stutzte Ruby beim Anblick seines schwarzen Shirts. Zum Abschluss der Veranstaltung trug Ben ein Shirt mit dem Aufdruck: ›Ich bin kein Nerd, ich bin ein Level 90 Warlock.‹

In Gamersprache bedeutete dies eine klare Kampfansage.

Wie bei seinen sonstigen Auftritten ließ Henrik seinen Piratenmantel aufwallen. Er war der Herr der Lage, versuchte er damit zu vermitteln, der Stärkste sowieso und einen Noob zerquetschte er mit der Kraft seines kleinen Fingers. Ruby hätte ihn zu gern durchgeschüttelt, bis er mit dieser affigen Show aufhörte.

Ben wich keinen Schritt zurück, sondern musterte sein Gegenüber genauso abschätzig.

»Wenn ich gewinne«, forderte Henrik, »bleibt Lady Ruby ein Mitglied meines Teams, solange sie in dieser Welt existiert.«

Isabel drückte Rubys Hand, als könnte sie allein dadurch dieses Schicksal abwenden. Nein, Ben würde keinesfalls verlieren. Er wusste, was er tat, das wusste er stets, schließlich spielte er immer viel vorausschauender.

»Das ist es doch, was du willst, oder, Ruby?« Sofort fand Henrik sie in der Menge und blickte ihr in die Augen, was eine unangenehme Gänsehaut bei ihr auslöste. »Komm einfach gleich an meine Seite, dann kannst du den ach so fantastischen Schöpfer dieser Welt treffen.«

Ruby würde niemals freiwillig ihre Figur aufgeben

oder erneut unter Tiberius' Kommando stehen. Bevor sie ewig Henriks Spielzeug wäre, würde sie die Sommerlande und die Welten des LARP verlassen. Sie würde den Leuten, die sie so lieb gewonnen hatte wie eine zweite Familie, den Rücken kehren, Lebewohl sagen.

»Für was hältst du dich eigentlich, Tiberius? Ich lasse mich weder mit der Königswürde kaufen noch erpressen«, erwiderte Ruby streng und wäre beinahe selbst in die Arena gestürmt. Aber nach den Duellregeln war es ihr verboten: Es war ein Kampf Mann gegen Mann.

Zumindest die Chefin der Splitternden Schädel bejubelte Rubys Ansage.

»Nun gut.« Der Spielleiter räusperte sich, überrascht von der plötzlichen Wendung seiner Abschlussfeier. »Beide Seiten haben ihre … äh … Bedingungen gestellt. Ihr legt euch ja mächtig ins Zeug für euer Mädchen, trotzdem nicht vergessen: keine Magie, kein Eingreifen durch eure Teammitglieder oder sonstige Parteien. Keine direkten Körpertreffer. Schläge ins Gesicht sind verboten …«

Seine Erklärungen gingen halb im Jubel des Publikums unter, das nicht mit einem Duell gerechnet hatte. Geschweige denn mit einem, das über Lady Rubys Zukunft entschied. Mehrere Spieler schnappten nach Luft, als Henrik den ersten Angriff startete.

Für den Kampf warf Henrik seinen Piratenmantel ab und zog so schnell ein neues Breitschwert, dass Ruby der Bewegung kaum folgen konnte. Die meisten niederen

Arbeiten ließ er von seinem Team erledigen, dennoch sollte niemand seine Figur, Tiberius, unterschätzen.

»Namenloser!« Als Bens Anfeuerungsrufe immer lauter wurden, stieg Henriks Zorn lediglich. Auf der anderen Seite des Kampfplatzes konnte Ruby Firebird entdecken, der sich zu den Eiswölfen gesellte. Im nächsten Moment stimmte auch dieser Clan in die Rufe mit ein.

Brüllend machte Henrik einen Satz auf Ben zu, das Schwert zum Kampf erhoben. Ruby zwang sich, den Blick nicht vom Geschehen abzuwenden, selbst wenn Ben einen frontalen Treffer einstecken sollte. In letzter Sekunde reagierten seine Reflexe und ihr Freund wich aus. Sich zur Seite drehend glitt er zu Boden, rollte ab und kam wieder auf die Füße.

Die Zuschauer grölten, aus einer fast langweiligen Krönung hatte sich auf einmal ein spannendes Duell entwickelt.

Derweil preschte Henrik wie ein Berserker voran und pflügte in die Menge hinein. Er schubste eine Gruppe Spieler rücksichtslos zur Seite und erntete dafür einige Buhrufe.

»Unvollständiger Hit, ein Lebenspunkt Abzug für den ähm … Namenlosen«, kommentierte ein anwesender Helfer, der die Charaktereigenschaften auf einem Klemmbrett ablas. »Verbleibende Lebenspunkte: fünf.«

»Das war knapp«, flüsterte Isabel.

»Sekunde mal, wieso …« Ruby hielt Merlin die Hand

vor den Mund, bevor er jemanden darauf aufmerksam machen konnte, was ihm aufgefallen war. Die Sorge um Ben überwog, sie würde ihm unter keinen Umständen seinen Trumpf nehmen.

»Was willst du damit beweisen, Schwächling?«, spottete Henrik und bemerkte die absolut seltsame Anzahl an Lebenspunkten nicht. Sogar Ruby besaß in ihrem dritten Jahr erst sechs Punkte, eigentlich dürfte Ben nicht mehr als zwei haben.

Erneut startete Henrik einen Angriff, auch dieses Mal wich Ben rechtzeitig aus. Sand und Staub wirbelten auf, während Henrik ihn immer ungehaltener über den Platz jagte. »Wenn du nur davonläufst, kannst du gleich den Schwanz einziehen und aufgeben.«

»Ich bin kein Schwächling.« Ben stellte sich aufrecht hin und wischte sich den Dreck ab, ehe er in einer beinahe fließenden Bewegung sein Schwert zog. »Ich bin Tristan und somit …«

»… der rechtmäßige Prinz des Wolkenvolks«, echote Ruby und ihr Herz machte einen Satz.

Das war besser als jede Fan-Fiction. Tausendfach aufregender als jede Story, die sie sich zu den Büchern ausdenken konnte. Ben verkörperte ihre Lieblingsfigur! Ohne es zu wissen, hatte sie eine Woche mit ihrer Lieblingsfigur gespielt. Wie verrückt war es, sich in den Jungen zu verlieben, der so weit ging, dass er für sie einen Prinz spielte? Nicht nur spielte, dachte Ruby verlegen, sondern auch war.

Mit beiden Händen den Schwertgriff fest umschlossen, nahm Ben die typische Grundstellung eines Kämpfers ein, die Klinge hoch erhoben.

»Dieser Mistkerl«, entwich es Merlin. »Er hat uns die ganze Zeit reingelegt.«

Ruby erwiderte nichts darauf, immerhin hatte sie das Geheimnis geahnt. Schließlich konnte bloß Tristan das magische Schwert Excalibur vollständig nutzen.

»Seit wann kann man Figuren aus der Reihe wählen?«, schimpfte Henrik und richtete seinen Zorn nun auf den Spielleiter.

»Schon immer! Hat dich nur nie interessiert!«, rief Ruby zur Antwort. »Es gibt jede Menge Buchfiguren, die spielbar sind.«

Die meisten LARPler kreierten lieber ihre eigene Rolle. Ben jedoch hatte eine sehr gute Entscheidung getroffen. Als Gamer war es für ihn normal, aus einem vorgefertigten Figurenset zu wählen. Und obwohl er nur grob ahnen konnte, was auf sie zukam, hatte er weit genug vorausgeplant. Tristan ergänzte sich richtig gut mit den Mitgliedern der Weißen Raben.

Ben warf Ruby einen Blick über die Schulter zu, und sie war von seinem siegessicheren Grinsen regelrecht überrascht.

»Das war noch nicht alles, denn das …« Er hob seine Waffe auf Schulterhöhe, sodass jeder den blau-goldenen Griff sah. Es handelte sich um eine Attrappe, trotzdem schienen alle auf dem Platz so gebannt, als wäre es tatsächlich ein magisches Schwert. »Das hier ist Excalibur.«

Ruby biss sich auf die Lippen, um nicht vor Fangirl-Ekstase zu kreischen. Das war so genial, wäre sie nicht hin und weg von den Geschehnissen, hätte Ruby zum Stift gegriffen. Doch sie wollte unbedingt miterleben, wie es ausging, und keine Sekunde davon verpassen.

Nach Bens Geständnis erfüllte eine Stille die Zuschauer, die Ruby eine Gänsehaut bescherte. Die Spielleitung hielt stets alle Insignienbesitzer unter Verschluss. Reine Vorsichtsmaßnahme, wie sie sagten, um den Gemeinschaftssinn zu wahren. Niemand hatte damit gerechnet, dass Excalibur im Umlauf war – genauso, wie Ruby und Ben es geplant hatten.

Lediglich Firebird setzte seinen Jubel fort, vermutlich würde er erst aufhören, wenn ihm die Stimme brach.

»Da ihr jetzt alle eingeweiht seid«, der Spielleiter konnte sich ein Lachen nicht verkneifen, »geht das Duell zwischen Tiberius und Tristan weiter!«

Ben holte aus, schwang das Schwert und rief: »Avalon Strike!«

»Diese verdammten Gamer und ihre Special Moves«, seufzte Merlin.

Vor Aufregung wippte Ruby auf den Ballen, während sie die Blicke der anderen Spieler wie Nadelstiche spürte. Jeder, absolut jeder schaute in diesem Moment zum Kampfgeschehen. Wer würde letzten Endes den Königsthron erringen?

Ohne Vorwarnung attackierte Henrik Ben, der sich in seiner Überraschung nicht einmal wehrte. Die Wucht allein war Beweis genug, dass Henrik nicht mehr antäuschte. Er rammte Ben mit der Schulter und beide stürzten zu Boden. Staub wirbelte auf, als sie sich überschlugen und übereinanderrollten. Henrik kam oben auf und verpasste Ben einen Fausthieb. Erst beim Zweiten hob Ben die Arme vors Gesicht, um sich zu schützen. Excalibur glitt ihm dabei aus der Hand, doch Henrik schnappte es sich und drosch damit auf Ben ein.

Ruby wartete keine Sekunde länger und rannte auf die beiden zu. Bevor Henrik erneut auf Ben einschlug, löste sie den kleinen Rundschild von ihrem Rücken und parierte den nächsten Hieb. Ihre Finger zitterten unter der Wucht des Schlags, jedoch würde Ruby niemals freiwillig nachgeben. Da das Leichtmetall des Schilds deutlich stabiler war, brach Excalibur entzwei. Voller Bedauern beobachtete Ruby, wie Henrik die Einzelteile davonschleuderte. Wie alle Dinge, für die er keine Verwendung mehr hatte, ließ er auch das LARP-Schwert einfach fallen.

»Jetzt bist du endgültig zu weit gegangen!«, zischte Ruby erbost.

»Ach?« Henrik wies wieder alle Schuld von sich. »Du hast ins Duell eingegriffen, damit habt ihr verloren. Immer noch keinen Deut schlauer als letztes Jahr.«

Ruby hingegen blieb standhaft. »*Du* hast verloren, Tiberius. Der Bösewicht verliert am Ende immer.«

Aus den Augenwinkeln sah sie, wie Isabel Merlin an der Schulter zurückhielt, bevor er sich ebenfalls einmischte. Zum ersten Mal war sein Gesicht nicht aus Angst kalkweiß, sondern scharlachrot vor Zorn. Schnell winkte sie in seine Richtung, dass alles in Ordnung war.

»*Avalon Strike* erzielt 250 Schadenspunkte«, erklärte der Spielleiter und ging dazwischen.

Ruby hätte schwören können, dass das Fallen einer Stecknadel in der fassungslosen Stille zu hören wäre. Keiner der Zuschauer wagte ein Wort zu wechseln, um bloß nicht den Ausgang zu verpassen.

»Tiberius ist somit besiegt und ausgelöscht«, bestätigte der Spielleiter ruhig. »Tristan ist ebenfalls besiegt. Das magische Schwert Excalibur kann nur ein einziges Mal *Avalon Strike* ausführen und als Nebeneffekt muss der Spieler die Schadenspunkte in sich aufnehmen. Tristan ist somit auch ausgelöscht.«

Obwohl Henrik sich wehrte, schimpfte und drohte, packten ihn zwei Helfer und schoben ihn durch die Versammelten Richtung Burg. Ruby hoffte, dass er eine zusätzliche Strafe für das Prügeln erhielt. Nach der letzten Verwarnung schloss man ihn mit Sicherheit ganz aus. Zumindest stapfte Frank wutentbrannt der Eskorte hinterher, als hätte er noch eine persönliche Rechnung mit Henrik zu begleichen.

Die Menge brach in wilde Jubelschreie aus, plötzlich löste sich all die aufgestaute Anspannung. Zumindest bis Tilda die Spieler zur Ruhe ermahnte.

»Das Beste kommt noch!«, freute sich das kleine Wolfsmädchen.

Sofort legte Ruby ihren Schild beiseite und beugte sich über Ben, der weiterhin auf dem Sandplatz lag.

»Ben?« Sie rüttelte ihn sanft.

Mit geschlossenen Augen lag er im Staub und rührte sich keinen Zentimeter. Hatte er sich schwer verletzt? Hatte Henrik irgendeinen gemeinen Trick angewandt? Bis auf ein wenig Dreck konnte sie nichts Ungewöhnliches ausmachen. Lediglich seine Wange schwoll an der Stelle an, an der Henrik ihn geschlagen hatte.

»Kuss! Kuss! Kuss!«, rief auf einmal Tilda fröhlich und die Menge stimmte bei ihrer Forderung lautstark mit ein.

»A… alles in Ordnung?«, flüsterte Ruby und unterdrückte ein nervöses Stottern, die Wangen rot vor Verlegenheit.

Da öffnete Ben ein Auge und murmelte: »Ich soll das doch spielen, oder etwa nicht?«

»Bist du bescheuert?« Ruby versetzte ihm einen Schlag, bevor sie seinen Kopf auf ihre Beine bettete. Die kastanienbraunen Haare fielen ihr über die Schultern, als sie den Kopf senkte, und verdeckten so, dass Ben hellwach und unversehrt war. Für den Rest der Spieler musste es aussehen, als würde Lady Ruby ihren gefallenen Mitstreiter betrauern. »Warum machst du so was? Du hast Tristan für immer aus dem Spiel genommen!«

»Kuss! Kuss! Kuss!«

Ruby wagte nicht, den Kopf zu heben, die anderen hörten mit ihrem Singsang überhaupt nicht mehr auf. Zumindest genossen sie das Schauspiel der diesjährigen Krönung.

»Das ist deine einzige Sorge, Lady Ruby?« Seufzend kniete sich Merlin zu ihnen. Er kam nicht viel weiter, da Isabel ihn kräftig am Ohr zog, damit er Ben und Ruby nicht mehr störte.

Mit vor Verlegenheit rot glühenden Wangen rang Ruby mit sich, ob sie den Rufen nachkommen sollte. Sie verhielt sich gewiss nicht wie jedes Mädchen, dennoch dämmerte ihr nun, was Ben alles für sie erreicht hatte. Henriks Tiberius war ausgelöscht – er konnte nicht wiederbelebt werden. Falls er sich neu anmeldete, hatte Ruby nun drei Jahre Erfahrung mehr als er. Dazu hatte Ben ihn tatsächlich dort getroffen, wo es am meisten wehtat: seinem Ego. Ein absoluter Noob hatte den großen, unbesiegbaren Tiberius mit der seltensten magischen Waffe kaltgemacht. Wenn Ruby ehrlich war, war dieses Duell wie ein Overkill abgelaufen.

»Ein Krieger muss einen heldenhaften Tod im Kampf sterben.« Ben grinste breit und umfasste mit einer Hand ihre Wange. »Damit eine Walküre ihn in die nächste Welt begleitet. Ich dachte, das ist es wert.«

»Gut gespielt, Lehrling!«, schrie Merlin gegen den Lärm der Menge an. Das ließ er sich dann doch nicht nehmen. »Bis auf deine komplette Auslöschung.«

Firebird und Isabel riefen ebenfalls etwas, aber Ruby

war vollkommen abgelenkt. Mit der zweiten Hand zog Ben sie zu sich herunter.

»Beim nächsten Mal mache ich dich zu meiner Königin.« Ben zögerte einen Moment, als wäre er über das Ziel hinausgeschossen. Tatsächlich steigerten die Zuschauer ihre Lautstärke, allerdings drängte Ruby die Rufe zu einem Hintergrundgeräusch zurück, als ihre Lippen sich trafen.

»Also, wenn du noch mal einen LARP mit mir spielen möchtest, Lady Ruby.«

»Natürlich!« Ruby wollte ihm einen zweiten Kuss aufdrücken, erwischte jedoch nur seine Stirn. »Ich kann's kaum erwarten.«

»Leute!«, mahnte der Spielleiter. »Beruhigt euch wieder!« Er umrundete einmal den Kampfplatz, bevor er neben Ruby und Ben zum Stehen kam. »Wir müssen immer noch eine Krönung abhalten!«

Langsam ebbte der Freudentaumel ab, Ruby fragte sich, wie laut sie erst feiern würden, sobald der neue König verkündet wurde. Die Barden und Geschichtenschreiber des LARP rieben sich vermutlich schon vor Aufregung die Hände, bisher hatte es keine vergleichbare Zeremonie in den Sommerlanden gegeben.

Ruby kniete weiterhin auf dem Boden, als Ben sich aufsetzte, vom Kampf staubig und angeschlagen. Isabel und Merlin gesellten sich zu ihnen, genauso wie Firebird stellvertretend für die Greifenreiter dazustieß.

»Du machst Sachen, mein Prinz.« Gespielt verpasste

er Ben eine Kopfnuss. »Da passt man fünf Minuten nicht auf und dann das.«

Grinsend zuckte Ben mit den Schultern, zumindest der Anführer der Greifenreiter hatte von seinem Geheimnis gewusst. Dennoch war er erleichtert, dass Ben bis auf eine geschwollene Wange heil davongekommen war.

»Nun, wer ist denn jetzt der neue König?«, warf der Spielleiter ungeduldig ein.

Ruby, Isabel und Merlin tauschten einen wissenden Blick und nickten sich zu, bevor sie ihre LARP-Waffen erhoben. Isabel und Merlin legten Ben eine Hand auf die Schulter, während Ruby Bens Hand in die Höhe riss.

»Der König ist tot!«, riefen sie und wiederholten die Losung, die vor einigen Tagen den LARP gestartet hatte.

»Lang lebe der König!«, antwortete die Menge sogleich und reckte ebenfalls ihre Speere, Schwerter und Stäbe in die Luft.

Nur Ben blickte vor Verlegenheit zu Boden, als der Spielleiter ihm zu seinem Titel gratulierte und Firebird ihn in eine überschwängliche Umarmung zog. Mit diesem Ausgang hatte zu Beginn des LARP niemand gerechnet und doch konnte Ruby sich keinen besseren vorstellen.

16. KAPITEL

»Lady Ruby!«, erklang plötzlich Xenios Stimme, sodass sie erschrocken in die Tiefe blickte.
Bei ihrem Sturz hatte sie gar nicht gemerkt, dass ihr Mitstreiter kopfüber den Wasserfall heruntergerauscht war, der zu seinem Glück in einem tiefen See endete.
Xenio war wieder einmal glücklich mit dem Leben davongekommen.
»Lass los!«
Zuerst begriff sie nicht, was er meinte, bis sie die Insignienjäger am Rand der Klippe entdeckte, die sich daranmachten, sie hochzuziehen.
Rasch schnitt sie mit einem Messer das Seil durch und sie stürzte in die Tiefe. Sie zögerte keine Sekunde – Xenio würde sie auf jeden Fall retten.

Still betrachtete Ruby Ben, der neben ihr auf der Rückbank schlief. Die Schmerzmittel, die er gegen seine blau verfärbte und angeschwollene Wange eingenommen hatte, hatten ihn als Ersten wegdösen lassen.

Ruby hingegen schrieb im Wettlauf gegen die aufkommende Dunkelheit, während der VW-Bus von Merlins Onkel über eine leere Autobahn rauschte. Sie hätte Ben um sein Tablet bitten können, aber mit Stift und

Notizbuch bewaffnet, blieb eine Hand frei. Wie selbstverständlich hielt diese Bens umschlungen.

Es war nur eine dumme Wette mit ihr selber gewesen. Wenn der LARP scheitern sollte, wäre Xenio gestorben und sie hätte mit ihm ihren Glauben an Jungs begraben. Dass ein Prinz nun sie gerettet hatte, damit hätte Ruby nie gerechnet.

Das Auto bog in eine scharfe Kurve ein, als Merlins Onkel von einer Autobahn auf die nächste überwechselte, und Ruby steuerte den Fliehkräften entgegen. Ihr Notizbuch rutschte beinahe ab, doch sie griff rechtzeitig danach, bevor es in den Fußraum rauschte.

Ein goldener Umschlag kam dabei zwischen den Seiten zum Vorschein. Sorgfältig schob sie ihn wieder ins Buch.

Nach der Krönungsfeier hatte der Spielleiter des LARP den Weißen Raben den Umschlag als Sonderpreis für das Erlangen der Königswürde ausgehändigt. Sie konnte kaum glauben, was sie in seinem Innern vorgefunden hatten. Handgeschrieben, in großen, geschwungenen Buchstaben, wartete eine persönliche Nachricht vom Autor der Insignien-Reihe auf sie:

Liebes Gewinnerteam!
Jedes Jahr erfüllt es mich mit Freude und Stolz, dass ihr eine Woche in die Welt der Sommerlande abtaucht und alles gebt, um die Insignien des Königs euer Eigen zu nennen.
Ich freue mich, dass ich euch im Oktober auf der Frankfurter Buchmesse treffen werde und euch all meine Fragen zu euren Figuren und Abenteuern in den Sommerlanden stellen kann.
Natürlich könnt ihr mir genauso Fragen stellen!
Wie es Königen und Königinnen gebührt, verbringt ihr eine Nacht in einem exklusiven Hotel. Dazu nehme ich euch auf eine streng geheime, magische Stadtführung mit und zum Abschluss seid ihr herzlich als VIP-Gäste bei meiner Lesung eingeladen.
Ich kann es gar nicht erwarten, euch demnächst zu sehen!

Ruby konnte es ebenfalls kaum erwarten. In drei Monaten würde sie ihrem Lieblingsautor gegenübertreten.

»Ich glaub nicht, dass er schläft«, moserte Merlin, der eine Reihe vor ihnen saß.

In mehrere Decken eingewickelt, sodass kein Schlagloch ihnen Schaden zufügte, lagen neben ihm die Waffen und Stäbe der Weißen Raben. Excalibur, wenn auch zerbrochen, hatten sie ebenfalls einpackt. Ruby vermutete, dass Merlin das Schwert irgendwie reparieren wollte. Sie durften es zwar nicht mehr einsetzen, dennoch blieb es eine unvergleichliche Trophäe.

»Lass ihn in Ruhe.« Isabel hatte den Beifahrersitz eingenommen, denn im Gegensatz zu den anderen konnte sie sich mit Merlins Onkel beim Fahren abwechseln. »Nur weil der LARP vorbei ist, ist Ben nicht aus der Welt.«

»Ja, aber ihr geht auf die gleiche Schule!«, jammerte Merlin und warf einen Blick nach hinten. »Wenn er mit Ruby zusammen ist, hat mein Lehrling bestimmt keine Zeit für mich. Ich darf seine Ausbildung auf keinen Fall schleifen lassen …«, fügte Merlin lahm hinterher.

»Wir haben noch fast vier Wochen Sommerferien vor uns«, erwiderte Isabel ungerührt.

Merlin runzelte die Stirn und murmelte leise vor sich hin, als müsste er einen vollgestopften Terminkalender aus dem Stegreif neu planen. Erst jetzt kam Ruby der Gedanke, dass Merlin sein Brettspiel auf Spielemessen oder ähnlichen Veranstaltungen vorstellen würde.

»Da Ben nun ein Mitglied der Weißen Raben ist, bringe ich meinen nächsten Freund auch einfach zum LARP mit«, stellte Isabel fest. Von ihrem Platz ganz hinten glaubte Ruby zu sehen, wie sie sich die Hände vor Freude rieb. »Zusammen werden wir unschlagbar sein. Das wird ein Spaß!«

Ruby malte sich aus, was wohl Isabels zukünftiger Freund davon halten würde. Oder sie fand tatsächlich jemanden, der genauso tickte wie sie.

»Etwa Fiiirebiiird?«, neckte sie und zog den Namen des hitzigen Greifenreiters extra in die Länge.

Zu ihrer Überraschung strich sich Isabel verlegen eine

Strähne hinters Ohr. »Wir haben zumindest Nummern ausgetauscht.«

»D… dann möchte ich a… aber auch …«, stotterte Merlin plötzlich mit hochrotem Kopf. »Also, wenn ich … ich mein, falls ich … ein Mädchen, vielleicht, ihr wisst schon.«

»So nervös bist du richtig süß, kleiner Zauberer«, zog Isabel ihn auf.

»Ich bin nicht klein«, maulte Merlin sofort, »und schon gar nicht süß.«

Ruby konnte kaum glauben, dass der LARP vorbei war und bald die zehnte Klasse starten würde. Bis dahin würde Isabel zwei Wochen bei einem UN-Sommercamp in Straßburg verbringen, Ruby hatte dagegen noch keine großen Pläne geschmiedet. Normalerweise würde sie insgeheim die restlichen Ferien vom LARP schwärmen und weiter an ihrer Fan-Fiction arbeiten, während sie sich mit den Jungs zum Zocken traf.

Doch mit Ben und ihren Gefühlen hatte sich auf einmal alles geändert. Ruby würde ihn nach einem Date fragen, und dann? Ob er genauso viel Zeit mir ihr verbringen wollte wie sie mit ihm? Vielleicht sollten sie an den Badesee außerhalb der Stadt fahren oder die neuen Sommersorten im Eiscafé um die Ecke ausprobieren oder …

»Ihr müsst mich besuchen«, schlussfolgerte Merlin und holte Ruby aus ihren Überlegungen. Tatsächlich hatte er aus seinem Koffer ein Tablet ausgegraben, dessen Display eine vollgestopfte Kalender-App zeigte.

»Wir werden in die verwunschenen Hallen eingelassen«, spottete Isabel.

»Hiermit bist du offiziell ausgeladen, Kaliandra, aber Ruby, du kommst mich mit Ben besuchen, ja?«

Bei einer Bodenwelle rutschte Ben ein Stück näher und Ruby spürte, wie er still über Merlins Angebot grinste. Seine Atmung beruhigte sich wieder und kitzelte Ruby ganz leicht, als sie ihr Schlüsselbein streifte.

Verraten würde sie Ben jedoch auf keinen Fall. Dafür genoss sie die Nähe zwischen ihnen viel zu sehr.

Während Merlin und Isabel sich darüber stritten, dass Merlin sie nicht ausladen durfte, konzentrierte sich Ruby auf ihre Zeilen. Sie hatte ein Kapitel zu beenden und erst danach konnte sie Pläne für zukünftige Dates schmieden. Immerhin warteten ihre Leser sehnsüchtig auf ihre Rückkehr und sie hatte sich fest vorgenommen, das neue Kapitel hochzuladen, sobald sie zuhause angekommen war.

Das Nächste, woran Lady Ruby sich erinnerte, war, wie Xenio sie an Land zog. Durchgefroren und patschnass suchten sie sogleich ein Versteck im Dickicht des Waldes. Sicherlich waren ihnen die Insignienjäger weiterhin auf den Fersen.

»Warum hast du dich nicht in Sicherheit gebracht?«, fragte sie tadelnd. Blut sickerte seinen Oberarm herab, dort, wo ihn ein Pfeil gestreift hatte.

»Was wäre ich für ein Prinz, wenn ich eine Lady in Gefahr zurücklasse?«
»Ein ganz normaler, jeder rettet doch zuerst seine eigene Haut.« Jetzt klang sie schon so zynisch wie er.
Xenio umfasste ihr Gesicht, bis sie ihm in die strahlend grünen Augen sehen musste. »Aber nicht deiner.«
Lady Ruby lächelte ihren Weggefährten liebevoll an. Das stimmte allerdings.

Ruby klappte ihr Notizbuch zu und schmiegte sich so dicht wie möglich an Ben. Instinktiv lehnte sie sich gegen ihn und genoss die Wärme, bevor die Müdigkeit sie übermannte.

Ihr nächstes gemeinsames Abenteuer hatte längst begonnen.

ENDE

DANKSAGUNG

An erster Stelle geht mein Dank an Dominic, auch wenn er diese Worte nicht mehr lesen kann. Du warst nicht nur mein Beta-Leser, sondern hast auch an den Rätseln und Aufgaben mitgetüftelt, als ich nicht weiterwusste. Außerdem hast du mich nicht für verrückt erklärt, als mir die Idee kam, »Die Insignien des Königs« zu einem LARP zu recyceln, sondern mich darin bestärkt.

Dann gilt mein Dank all den lieben Menschen, die ich über den Ankh-Morpork e.V. und die Scheibenwelt Convention kennengelernt habe. Burg Ludwigstein, der fast magische Veranstaltungsort der Con, hat das Setting dieses Buches maßgeblich beeinflusst. Ebenso geht ein großes Dankeschön an Phil und Anne, die ich über ihre LARP-Erfahrungen, wie Gewandungsgrillen, ausquetschen durfte, und meinen Testleserinnen Sabrina, Sonja und Sandra.

Tausend Dank an all die wunderbaren und geduldigen Menschen bei Random House, allen voran Susanne Krebs, die mir so viel Zeit gegeben hat, wie ich brauchte. Und meine Lektorinnen Martina Patzer und Mia König, die dem Manuskript den letzten Schliff verpasst haben.

Zum Schluss möchte ich mich auch bei meinen Leserinnen und Lesern bedanken, dafür, dass ihr dieses Buch aufgeschlagen und Ruby, Ben, Isabel und Merlin bis zum Schluss begleitet habt!

Alles Liebe!

Cornelia

© Random House/Isabelle Grubert

Die Autorin

Cornelia Franke wurde 1989 in Mönchengladbach geboren, studierte Kulturwissenschaften mit Schwerpunkt Literatur und ist mittlerweile eingemeindete Berliner Großstadtpflanze. Den Traum, Bücher zu schreiben, fasste sie schon früh, seit 2010 veröffentlicht sie im Bereich Fantasy, Romance und Jugendbuch. Wenn sie nicht schreibt, bleibt sie weiterhin den Wörtern treu und arbeitet als freiberufliche Lektorin.

Von Cornelia Franke ist bei cbt erschienen:
Wär mein Leben ein Film, würd ich eine andere Rolle verlangen (15501)

Mehr über cbj auf Instagram unter @hey_reader

Morgan Matson

Save the Date

576 Seiten, ISBN 978-3-570-31302-2

Charlies große Schwester heiratet. Charlie kann es kaum erwarten, dass alle ihre Geschwister noch einmal wie früher unter einem Dach versammelt sind, bevor die Eltern das Haus verkaufen. Noch ein unbeschwertes, fröhliches letztes Wochenende mit der Familie! Die Entscheidung für ein College, das Wiedersehen mit ihrem Kindheitsschwarm Jesse Foster – das alles kann warten. Jetzt zählt für Charlie nur, dass das Wochenende perfekt wird. Doch das Wochenende steuert eher auf ein vollkommenes Desaster zu ...

www.cbj-verlag.de